I0573495

SOCCORRERE ZOEY

Armi & Amori: verso il futuro, Libro 5

SUSAN STOKER

Titolo originale: *Securing Zoey*

Traduzione dall'inglese di Well Read Translations

Pubblicato da Kelli Collins

Foto di copertina: AURA Design Group

Prodotto negli Stati Uniti

Also by Susan Stoker

Armi & Amori: verso il futuro

Soccorrere Caite
Soccorrere Brenae
Soccorrere Sidney
Soccorrere Piper
Soccorrere Zoey
Soccorrere Avery
Soccorrere Kalee
Soccorrere Jane

Ricerca e soccorso Eagle Point

In cerca di Lilly
In cerca di Elsie (28 Giugno)
In cerca di Bristol (15 Novembre)
In cerca di Caryn
In cerca di Finley
In cerca di Heather
In cerca di Khloe

Forze Speciali alle Hawaii

Trovare Elodie
Trovare Lexie
Trovare Kenna
Trovare Monica (10 Maggio 2022)
Trovare Carly
Trovare Ashlyn
Trovare Jodelle

Delta Force Heroes

Salvare Rayne
Salvare Emily

Salvare Harley
Il Matrimonio di Emily
Salvare Kassie
Salvare Bryn
Salvare Casey
Salvare Sadie
Salvare Wendy
Salvare Mary
Salvare Macie
Salvare Annie

Armi e Amori
Proteggere Caroline
Proteggere Alabama
Proteggere Fiona
Il Matrimonio di Caroline
Proteggere Summer
Proteggere Cheyenne
Proteggere Jessyka
Proteggere Julie
Proteggere Melody
Proteggere il Futuro
Proteggere Kiera
Proteggere i figli di Alabama
Proteggere Dakota

Mercenari di Montagna
Difendere Allye
Difendere Chloe
Difendere Morgan
Difendere Harlow
Difendere Everly
Difendere Zara
Difendere Raven

Ace Security

Il riscatto di Grace

Il riscatto di Alexis

Il riscatto di Bailey

Il riscatto di Felicity

Il riscatto di Sarah

Una raccolta di storie brevi

Un momento nel tempo

CAPITOLO UNO

"Mark Wright?" chiamò la signorina dal bancone della compagnia aerea.

"Sono io," le rispose Bubba. Gli sembrava ancora strano essere chiamato per nome, in genere tutti lo chiamavano con il soprannome che si era guadagnato dopo aver completato l'addestramento di base: si era scofanato da solo un intero secchiello di gamberetti alla Gamberetti Bubba SNC... da quel giorno, nessuno lo aveva più chiamato Mark.

"Ottimo," gli rispose lei. "L'idrovolante che ha noleggiato dovrebbe essere pronto per l'imbarco in una ventina di minuti. Può aspettare lì, con l'altra passeggera, la chiameremo quando saremo pronti."

Bubba si girò per guardare il punto indicato dalla signorina e vide una donna seduta poco lontano, aveva un libro sulle ginocchia ed era totalmente immersa nelle parole davanti a lei. Gli ricordava un'oasi di pace, dopo l'affollatissimo terminal principale di Anchorage.

Bubba prese il borsone e si diresse verso l'altra passeggera, al momento si trovava nella parte del terminal che ospitava gli aerei privati e a noleggio. L'avvocato di suo padre, Kenneth

Eklund, gli aveva inviato i dettagli del volo, organizzato dall'assistente dell'avvocato secondo direttive precise.

Bubba era in procinto di tornare a Juneau, in Alaska, perché suo padre era venuto a mancare all'improvviso.

Decise di concentrarsi sulla donna per prevenire l'ondata di tristezza che stava minacciando di travolgerlo; aveva un aspetto familiare, ma non riusciva a ricordare esattamente in quali circostanze l'avesse conosciuta.

Rimase immobile davanti a lei, in piedi, in attesa che la donna alzasse lo sguardo per riconoscerlo. Quando lei continuò a leggere, Bubba si rimproverò mentalmente. Quanto diavolo era presuntuoso? Non poteva starsene impalato di fronte a lei, come se fosse una serva con l'obbligo di riconoscere il padrone.

"Ciao," le disse.

Lei sobbalzò a tal punto che Bubba si sentì subito in colpa per averla spaventata.

"Oh!" gli disse lei, alzando lo sguardo verso di lui. "Non ti ho sentito arrivare."

Ovvio. "Scusami, non volevo spaventarti. A quanto pare siamo sullo stesso volo per Juneau."

Lei sbatté le palpebre. "Oh, ciao Mark. Non sapevo che fossi tu l'altro passeggero in viaggio con me. Mi dispiace tanto per tuo padre."

Toccò a Bubba apparire sorpreso. "Ehm... ci conosciamo?"

Lei gli rivolse un sorriso vagamente ironico. "Sì, sono Zoey Knight. Ci siamo conosciuti al liceo."

E fu così che ebbe inizio. Uno degli elementi che Bubba detestava di più di Juneau era il fatto che si conoscevano tutti. In realtà non era una piccola città, ma lo sembrava per la mancanza di strade in entrata e uscita. Vi si poteva accedere solo via mare o via aerea.

A Juneau non c'erano segreti; Bubba era solito infuriarsi ogni volta che usciva con gli amici ai tempi del liceo perché una volta a casa suo padre sapeva già dove era stato, con chi e cosa avesse fatto. A quel tempo Bubba non era un ragazzaccio, desiderava solo potersi bere una birra senza dover subire un terzo grado quando tornava a casa.

Per qualche istante, Bubba non riuscì a ricordarsi di Zoey: quel nome gli suonava familiare, ma non riusciva a collocarla al tempo del liceo.

La donna lo tolse dall'impiccio. "Sono uscita con Malcom un paio di volte, durante il nostro ultimo anno."

Bubba si ricordò all'istante e studiò la donna di fronte a lui con rinnovato interesse. *Finalmente* si ricordava di lei.

Di certo aveva sviluppato tutte le curve nei punti giusti, ai tempi del liceo era magrissima e timida. A occhio e croce, Bubba immaginò che fosse più bassa di lui di circa trenta centimetri, non riusciva a smettere di guardarle tutte quelle curve che di sicuro Zoey non possedeva alle superiori.

Sì, Zoey Knight era molto cambiata... in meglio, per quel che lo riguardava.

Si rese conto di averla osservata un po' troppo a lungo, così le tese una mano. "È un piacere rivederti, Zoey."

Lei gli strinse la mano. "Anche per me, mi dispiace solo che avvenga in queste circostanze."

Con quelle parole, Bubba si ricordò il motivo per cui stava tornando a casa e si sedette accanto a lei. "Sì, anche a me. Ho sempre pensato che mio padre sarebbe vissuto in eterno."

Zoey annuì. "È stato un brutto colpo per tutti, dato che godeva di ottima salute."

Bubba la osservò con lo sguardo assottigliato. "Conoscevi bene mio padre?"

Lei sbatté le palpebre, sorpresa. "Oh, immagino che tu non lo sappia."

"Cosa?"

"Aiutavo tuo padre in casa. Sai, pulizie, qualche lavoretto

di giardinaggio quando serviva, commissioni... questo genere di aiuto."

Bubba si ricordò che qualche tempo prima il padre gli aveva detto qualcosa circa una ragazza di nome Zoey che lo aiutava a sbrigare le faccende che detestava, ma non aveva collegato quel nome alla ragazza che aveva conosciuto al liceo.

"Ah."

Lei lo studiò. "Che cosa significa?"

Bubba alzò le mani. "Niente, sapevo che aveva qualcuno che lo aiutava, ma non sapevo chi fosse."

"Se ogni tanto fossi tornato a trovarlo, l'avresti saputo."

Bubba si sentì colpito da quella frase pungente e le rispose a tono. "Sì, beh, scusa se sono stato in giro a salvare il mondo, tesoro. Non ho avuto tanto tempo per visitare la mia città natale e farmi rimproverare di non essere stato tanto presente."

Zoey assottigliò lo sguardo, fissandolo con aria truce. "Il grande SEAL[1] della marina. Sì, sappiamo tutto di te e di quanto tu sia fantastico, fin troppo in gamba per parlare con i comuni mortali come me, ne sono certa. Se ora vuoi scusarmi, penso che continuerò a leggere finché non sarà pronto il nostro volo."

Bubba sospirò e si passò una mano tra i capelli corti. Non aveva intenzione di attaccarla, ma Zoey se lo meritava per essere stata tanto dura e avergli aggiunto altri sensi di colpa. La verità era che una volta lasciata Juneau, Bubba non aveva mai dato molta importanza al tornare a casa. Il padre lo aveva pregato di tornare a casa per lavorare in fabbrica; Malcolm lo aveva praticamente ignorato, se non si contavano quelle due volte in croce in cui avevano parlato della fabbrica. Quando Bubba sentiva altre persone, gli chiedevano sempre quando sarebbe tornato a Juneau ma lui se n'era andato proprio perché si era sempre sentito soffocato in quella piccola città dove non cambiava mai nulla, a parte l'affluenza del traffico delle navi da crociera in estate.

I pettegolezzi restavano sempre uno dei passatempi preferiti della gente locale, ogni volta Bubba perdeva la testa: dopo aver terminato gli studi, si era sentito più che pronto per crescere e vedere il resto del mondo.

Malcom, il gemello, si era accontentato di rimanere a Juneau e lavorare con il padre. Bubba detestava di non essere legato al fratello come lo erano stati da piccoli, ma dopo tredici anni di lontananza, non c'era molto di cui stupirsi.

Ciò che più aveva ferito Bubba era stata la rapidità della morte del padre, avvenuta come un fulmine a ciel sereno. Pensava che sarebbe vissuto almeno fino a novant'anni, dal momento che aveva sempre avuto una salute di ferro: la scomparsa improvvisa era stata un pugno nello stomaco, soprattutto perché Bubba si era deciso ad andarlo a trovare a breve. Soffriva molto per non essere riuscito a salutarlo un'ultima volta.

"Mi dispiace," le disse Bubba, mentre Zoey teneva il capo chino sul libro. "È che... mi sento malissimo per non aver potuto dire addio a mio padre. Diavolo, non sapevo nemmeno che avesse problemi di cuore. Mi sembra tutto talmente irreale..."

Zoey mise un dito tra le pagine per non perdere il segno, chiuse il libro e alzò lo sguardo verso di lui. "Se ti può consolare, negli ultimi tempi non era stato bene, ma poi sembrava stare molto meglio. Quando sono partita per andare a trovare mia madre ad Anchorage era quasi guarito, quindi mi sono sentita tranquilla a lasciarlo da solo. Anche a me pesa non averlo potuto salutare un'ultima volta. Mi dispiace anche per quello che ti ho detto prima, era un commento fuori luogo, un colpo basso. La verità è che ti invidio un po'... Non tutti noi abbiamo avuto la possibilità di andarcene da Juneau, dopo il liceo," gli disse con dolcezza. "Tuttavia, anche se Juneau non è il posto più divertente del mondo, non è neanche tanto male come credi."

"Vero, il liceo è stato piuttosto divertente," le disse Bubba, nel tentativo di smorzare la tensione... tentativo che andò a vuoto.

"Sì, certo. Uno spasso," commentò Zoey senza alcun entusiasmo.

Bubba sentiva di essersi perso qualcosa, dunque si comportò come sempre: tentò di risolvere il mistero. "Allora, come mai hai rotto con Malcom?"

Lei alzò gli occhi al cielo e Bubba non poté fare a meno di pensare a quanto fosse carina. Zoey aveva i capelli castani raccolti in uno chignon disordinato e degli occhi nocciola sprizzanti di grinta e intelligenza. Gli piaceva quel dettaglio. "Non eravamo proprio una coppia," gli rispose lei. "Siamo usciti giusto un paio di volte."

"Davvero?"

"Sì. Scommetto che per te non è una novità, ma Malcom era un assatanato. Voleva solo portarmi a letto."

Bubba le pose la domanda ancora prima di pensarci. "Ci è riuscito?"

Zoey assottigliò lo sguardo. "Non sono affari tuoi, ma... no. Non ero quel tipo di ragazza."

"Non lo eri?"

Diamine, a volte Bubba doveva proprio imparare a controllarsi. Era sorpreso da quanto gli importasse conoscere quella risposta.

"Non lo ero," confermò lei, poi continuò: "E non lo sono, qualsiasi cosa tu intenda. Non esco con gli uomini solo per fare sesso: se ho voglia, so soddisfarmi da sola. Esco con gli uomini perché voglio conoscerli, perché mi piacciono e mi piace trascorrere del tempo in loro compagnia. Stiamo parlando di *tuo* fratello, quindi sono sicura che non ti sto dicendo niente di nuovo, ma dopo aver conosciuto Malcom, ho scoperto che non mi piaceva così tanto. Era troppo egoista e irritante, crescendo non è cambiato di molto. Ora inizio a pensare che il suo gemello non sia troppo diverso, anche se tuo padre ha sempre decantato le tue imprese."

"Ora, se non ti dispiace, ho *davvero* intenzione di leggere il mio libro e fingere che questa conversazione non sia mai esistita." Zoey aprì di nuovo il libro, si girò un po' sulla sedia in modo da dare le spalle a Bubba, poi chinò la testa per tornare a leggere.

Bubba si rimproverò mentalmente, era stato proprio uno stupido. Non erano affari suoi se Zoey fosse andata a letto con Malcom, chiederlo era stato proprio scortese. Si passò una mano sul viso, si appoggiò allo schienale della sedia e sospirò di nuovo.

Sapeva che Malcom era un cretino: lo era sempre stato. Si volevano bene da bambini, ma crescendo Bubba si era reso conto che Malcom usava le persone per ottenere tutto ciò che voleva. Usciva con le ragazze finché non andavano a letto con lui, poi le scaricava. Implorava Bubba di fare il vecchio trucchetto dello scambio dei gemelli per evitare di fare gli esami; Bubba aveva accettato un paio di volte, ma si era stancato presto e si era rifiutato di rifarlo dopo essere stati scoperti, in terza media. Era un atteggiamento stupido e infantile, Bubba sapeva già di voler entrare a far parte dell'esercito, quindi voleva fare tutto il possibile per stare lontano dai guai.

Malcom, invece... no. Era stato sorpreso a taccheggiare e a guidare ubriaco. Aveva anche infranto il coprifuoco un milione di volte e spesso marinava la scuola. Il loro padre lo puniva di continuo e minacciava di cacciarlo di casa.

Ma i gemelli sapevano che non l'avrebbe mai fatto. Malcom non aveva nessun altro posto dove andare, quindi alla fine si scusava, stava tranquillo per un po' e poi ricadeva nelle vecchie abitudini.

Bubba si voltò per studiare Zoey, che si ostinava a leggere

per ignorarlo. Dopo averla riconosciuta, cominciò a ricordarsi in modo vivido il momento in cui Malcom usciva con lei. Zoey si era trasferita a Juneau in seconda superiore ed era sempre stata tranquilla e riservata. Malcom era stato molto soddisfatto per averla convinta a uscire con lui, gli aveva detto che quella era una delle poche ragazze con cui non aveva fatto sesso ed era entusiasta di averne finalmente la possibilità.

Bubba gli aveva detto che probabilmente sarebbe riuscito a stare con una ragazza per più di un paio di mesi, se solo l'avesse trattata bene e non come un mero pezzo di carne. Malcom lo aveva mandato al diavolo e gli aveva detto che non sapeva cosa si stesse perdendo.

Dopo un paio di appuntamenti con Zoey, Malcom era tornato a casa furibondo: Zoey lo aveva scaricato ancora prima che lui fosse riuscito a portarsela a letto. Malcom aveva passato l'ora seguente a sputare veleno su di lei, dicendo a Bubba che era frigida, una bacchettona e che sarebbe diventata una vecchia zitella.

La sera dopo, Malcom era uscito con alcuni amici e si erano imbucati a una festa del college, dove a suo dire aveva fatto sesso con ben tre ragazze.

Bubba ricordava di essersi sentito dispiaciuto per Zoey, per il modo in cui l'aveva trattata il fratello. Allora gli stava simpatica... e non solo, a dire il vero.

"Di nuovo, mi dispiace," disse a Zoey. "Mi piace pensare di essere totalmente diverso da Malcom. Non lo conosco bene come una volta, ciò che ti ho detto è stato fuori luogo e tremendamente maleducato. Sono sicuro che mio padre ti stimasse molto e ti rispettasse, perché so che non gli è mai piaciuta la gente che 'ficcava il naso negli affari suoi', come diceva sempre."

Zoey sospirò e chiuse di nuovo il libro, poi si voltò a guardarlo. "No, *scusami* tu. Abbiamo sicuramente iniziato con il piede sbagliato, visto che ci stiamo scusando un sacco. Non dovevo parlarti in quel modo e sì... volevo tanto bene a tuo padre. Era sempre gentile con me e mi ha aiutata davvero tanto, quando ne ho avuto bisogno."

Bubba si sentì preoccupato, senza capirne il motivo, poi le disse: "Sembra proprio tipico di papà." Voleva sapere perché lei avesse avuto bisogno di aiuto e cosa avesse fatto il padre per darle una mano, ma pensò di aver già detto la sua buona parte di stupidaggini e quindi era meglio non tentare di nuovo la sorte. "Allora, sei diretta a Juneau? Vai a trovare la tua famiglia?"

"Non sai proprio *niente* di cos'è successo a casa, vero?" gli chiese lei con un piccolo sorriso, per fargli capire che il rimprovero era bonario. "Vivo ancora a Juneau, tuo padre mi ha affittato una piccola casa. Mi ha scontato parte dell'affitto in cambio del mio aiuto. Sono andata ad Anchorage solo per fare visita a mia madre. L'avvocato di tuo padre mi ha chiamata mentre ero là per dirmi che Colin era morto e che dovevo tornare per la lettura del testamento."

Bubba ne fu sorpreso. "Sei inclusa nel testamento di mio padre?"

Lei assottigliò lo sguardo. "A quanto pare, sì. Ma se ti azzardi a dire qualche fesseria sul mio rapporto con lui, ti prendo a pugni. Volevo bene a tuo padre, ma non in *quel* senso. Eravamo amici, ecco tutto."

Bubba scosse la testa. "No, non volevo insinuare nulla, davvero. Sono solo sorpreso, tutto qui. Ovviamente non so molto su papà... anzi, so ancora meno di quanto pensassi."

Zoey serrò le labbra. "Quando sono andata via sembrava contento, sembrava aver superato qualsiasi strana malattia con cui avesse avuto a che fare di recente. Mi aveva detto di non preoccuparmi di pagare l'affitto questo mese e di usare quei soldi per il volo diretto ad Anchorage. Era l'uomo più generoso che abbia mai conosciuto, era come un padre per me. Mi mancherà."

Bubba si sentì uno schifo. Sapeva che il padre era un brav'uomo, ma sentirsi dire ciò che gli era successo da una sconosciuta gli faceva proprio male. Il rimpianto per non essere andato a trovarlo più spesso gli pesava come un macigno.

Bubba decise di rischiare e allungò una mano, posandola sull'avambraccio di Zoey. "Grazie per esserci stata per lui. Non sono stato un figlio modello, ma ho sempre voluto il meglio per papà." Quando lei non si mosse, Bubba si sentì leggermente meglio. "Sono contento che ti abbia inclusa nel testamento, non sono sorpreso. Papà si è sempre preso cura delle persone a cui voleva bene."

Zoey lo fissò con i grandi occhi color nocciola e Bubba fu sorpreso di scorgere una scintilla di... qualcosa... in quello sguardo. Si sentiva incapace di guardare altrove, nemmeno se la sua vita fosse dipesa da quel gesto.

Lei schiuse le labbra per rispondere, ma l'impiegata della compagnia aerea la interruppe.

"Il vostro pilota sta per terminare tutti i controlli. Tra cinque minuti potrete salire a bordo."

Zoey deglutì a fatica e si spostò quel che bastava per far cadere la mano di Bubba dal braccio. "Grazie."

Lui si alzò, ricordandosi improvvisamente di dover chiamare Rocco, glielo aveva promesso. "Devo fare una telefonata prima del decollo," disse all'impiegata della compagnia aerea.

"Ha cinque minuti," gli rispose lei in tono neutro.

Non appena l'impiegata si allontanò, Bubba si rivolse a Zoey. "Mi dispiace, ma ho promesso al mio amico che l'avrei chiamato prima di partire. È un po' paranoico, lo sto assecondando."

Zoey fece spallucce. "Fai pure."

Bubba si sentì stranamente infastidito da quel congedo, recuperò il telefono e fece un passo verso la finestra per avere un po' di privacy mentre componeva il numero di Rocco.

L'amico rispose al secondo squillo. "Ehi, Bubba! Stai per partire?"

"Sì."

"Com'è stato il volo per Anchorage?"

"Tranquillo," gli rispose Bubba. "Adesso la pilota ha quasi finito di fare tutti i controlli, dovremmo atterrare a Juneau tra circa tre ore." Dalla finestra, fissò la donna che camminava intorno a uno degli idrovolanti tanto comuni in quella zona. C'erano almeno altri dieci piccoli aerei allineati sulla pista: erano molto popolari in Alaska, dal momento che molte città (inclusa Juneau) non potevano essere raggiunte tramite la strada. Molte persone avevano ottenuto la licenza di pilota nello stesso periodo in cui avevano imparato a guidare.

"Dovreste?" gli chiese Rocco.

"Sì, c'è anche una donna di nome Zoey Knight, vola con me. A quanto pare aiutava mio padre in casa, stava facendo visita alla madre ad Anchorage quando lui è morto. Fa parte del testamento, anche a lei hanno chiesto di tornare per la lettura, così l'avvocato ci ha messo sullo stesso volo."

"Beh, è proprio buffo."

"Cosa c'è di buffo?" gli chiese Bubba.

"Il suo cognome è Knight, il tuo è Wright; accidenti, se vi sposaste lei dovrebbe cambiare solo due lettere del cognome."

"Ma vai a cagare," gli rispose Bubba con uno sbuffo. "Non ci sposeremo... diamine, non è che dal momento che ti sposi tu, allora lo faremo anche noi altri."

"E va bene. Comunque, qui è tutto tranquillo. Il comandante non ci ha parlato di missioni imminenti, anche se sappiamo bene che tutto potrebbe cambiare rapidamente in poco tempo. Cerca di goderti il tempo a casa, so che non torni da anni. Vedrai tuo fratello, vero?"

Bubba trasalì, sentendosi improvvisamente in colpa per non essere entusiasta a quell'idea. Malcom era il suo gemello: avrebbe dovuto essere felicissimo di vederlo e recuperare il tempo perduto insieme. Tuttavia, a giudicare dalle parole di Zoey, Malcom non era molto cambiato. "Sì, rivedrò Mal e anche Sean, il socio in affari di mio padre. Non ci vediamo o sentiamo da anni. Oh, probabilmente ci saranno anche tutti quelli con cui sono cresciuto e che non vedo da ben tredici anni."

Rocco ridacchiò. "Evviva le piccole città."

"Sì, come no."

"Quand'è la cerimonia commemorativa di tuo padre?" gli chiese Rocco.

"Credo tra due giorni. Sarà cremato domani, come voleva lui. Quindi credo che il giorno dopo ci sarà la cerimonia." Bubba vide l'impiegata della compagnia aerea dirigersi verso di loro, sapeva di avere meno di un minuto per terminare la chiamata. "Devo andare, sembra che sia arrivata l'ora di imbarcarsi."

"Ok, fai attenzione. Questa volta non hai la squadra a coprirti le spalle."

Bubba alzò gli occhi al cielo, ripensò a Zoey. "Ti preoccupi troppo," disse all'amico e capo della squadra di SEAL.

"È il mio lavoro, vedrai quanto ti troverai una donna... ti sentirai allo stesso modo. Ti giuro che ora sono più nervoso che mai per ogni minima cosa, sono molto più ansioso ora rispetto a prima di conoscere Caite."

"Passo," gli rispose Bubba. "Non voglio diventare un signor Nervosetti come te, quindi resterò single."

"Ecco le ultime parole famose," gli disse Rocco con una risata. "Chiamami appena atterri e ricordati che se hai bisogno di noi, siamo qui. So che la situazione non è facile, se si fa troppo pesante, devi solo chiamare e uno... o tutti noi, ti raggiungiamo in un baleno. Chiaro?"

"Grazie, Roc. Lo apprezzo molto. Ti chiamerò quando saremo a Juneau."

"Va bene. Ci sentiamo presto."

"Ciao."

"Ciao."

Bubba riattaccò e spense il telefono per prepararsi al volo. Sentì l'impiegata della compagnia aerea dire a Zoey che poteva salire a bordo, infilò il telefono nel borsone e poi le raggiunse.

Voleva offrirsi di portare il borsone di Zoey, ma aveva la netta sensazione di aver sfidato abbastanza la fortuna, per quel giorno.

Mentre camminavano verso l'idrovolante, Bubba era contento che ci fosse il sole. Il clima era temperato per quel periodo dell'anno, intorno ai quindici gradi. Più tardi era prevista pioggia, ma non era nulla di sorprendente. In Alaska, il detto "Se non ti piace il tempo, aspetta venti minuti e cambierà" era molto appropriato.

Mentre camminavano, Bubba si ritrovò a fissare il sedere di Zoey. Non era orgoglioso di sé per quell'occhiata, ma la donna aveva un sedere fatto apposta per essere guardato. Lui riuscì a sollevare lo sguardo appena in tempo quando lei si girò per chiedergli se avesse una preferenza sul posto da occupare, se interno o esterno.

"No, scegli tu. Voglio solo dormire, quindi non mi importa del posto."

Zoey annuì e si girò di nuovo, Bubba le guardò di nuovo il sedere.

Diamine, che problemi aveva? Va bene, era stanco. Aveva dormito malissimo la notte prima, continuava a chiedersi cosa lo stesse aspettando a Juneau, ma non era da lui essere tanto sfacciato nell'osservare il corpo di una donna.

Bubba rivolse l'attenzione alla pilota, mentre si avvicinavano al piccolo aereo. Sembrava una ragazza giovane, sulla ventina, ma Bubba non era preoccupato: sapeva che in Alaska la gente imparava presto a guidare mezzi del genere.

"Salve," li salutò lei mentre si avvicinavano. "Mi chiamo

Eve Dane e oggi sarò la vostra pilota. Se lasciate i bagagli giù dagli scalini, li caricherò a bordo e poi potremo decollare."

Zoey la ringraziò e salì sull'aereo dopo aver lasciato il borsone a terra. Bubba tese la mano e strinse quella di Eve. "Sono Bubba, lei è Zoey. Ti ringraziamo per portarci a Juneau, oggi. Da quanto tempo voli?"

Lei gli sorrise distrattamente, mentre gli stringeva la mano guardò qualcosa all'interno dell'aereo. "So che sembro giovane, ma ho la licenza da otto anni. Ho iniziato a volare con mio padre all'età di quattordici anni, a sedici ho superato l'esame."

Bubba annuì, non era affatto sorpreso. "È un piacere conoscerti."

"Anche per me."

Le lasciò andare la mano e posò il borsone accanto a quello di Zoey prima di salire sul piccolo veicolo. C'erano due posti davanti e due dietro; quelli dietro erano un divanetto unico, separato solo da un bracciolo. In quel modo lui e Zoey sarebbero stati molto vicini. Era un posto stretto, specialmente per lui, ma Bubba si sedette accanto a Zoey con qualche difficoltà e allacciò la cintura di sicurezza.

Eve salì dopo qualche minuto, si voltò verso di loro con un piccolo sorriso. "Pronti?"

"Pronti," le rispose Zoey.

Bubba annuì.

Non aveva paura di volare, aveva viaggiato molto a bordo di elicotteri, boeing 747 e piccoli aerei privati simili a quello. Chiuse gli occhi e fece un respiro profondo. Se fosse riuscito a dormire per le poche ore che li separavano da Juneau, sarebbe arrivato in uno stato d'animo molto migliore; era importante, dal momento che sentiva di aver bisogno di tutta la pazienza possibile per gestire l'avvocato, Malcom, il socio d'affari del padre e le tante altre persone che avrebbero voluto sapere tutto quello che aveva combinato negli ultimi tredici anni.

Bubba non era nemmeno arrivato a Juneau e già si sentiva soffocato, già non vedeva l'ora di andarsene. Gli dispiaceva non essersi sforzato di più per andare a trovare il padre prima della morte, ma non si pentiva proprio di essersene andato da quella cittadina tanto opprimente.

Pochi secondi dopo aver sentito le ruote dell'idrovolante staccarsi dalla pista, Bubba era già nel mondo dei sogni. Era proprio stanco.

CAPITOLO DUE

Zoey non riusciva a riposare. Lanciò un'occhiata a Mark, che si era addormentato rapidamente, poi si voltò di nuovo per guardare fuori dal finestrino. Non vide nemmeno il paesaggio mozzafiato, l'aveva visto per tutta una vita; al contrario, Zoey era persa nei ricordi.

Santo cielo, Mark Wright non era cambiato per nulla dall'ultima volta che lo aveva visto, ovvero tredici anni prima.

Va bene, non era vero. Mark era cambiato, eccome... in meglio. Era sempre alto, circa un metro e ottanta, proprio come il gemello. Anche se erano identici, lei li avrebbe distinti senza alcun dubbio. Tanto per cominciare, Malcom era un bullo: aveva una scintilla di stronzaggine ben visibile negli occhi.

Gli occhi di Mark, invece, erano pieni di segreti e dolore, totalmente privi di malizia. Certo, poco prima in aeroporto non era stato esattamente galante, ma si era scusato quasi subito. Zoey non riusciva a ricordare una sola volta in cui Malcom si fosse scusato per una delle sue malefatte.

A dirla tutta, nemmeno lei era stata Miss Simpatia durante la conversazione, si sentiva tremendamente in colpa.

Non era proprio da lei essere sgarbata, anche se si era scusata si sentiva ancora in colpa. Forse si era inacidita all'istante perché era abituata a mantenere un carattere freddo con Malcom, ma Mark non era come il gemello: lo aveva capito non appena lui le aveva chiesto scusa. Inoltre, quella non era l'unica differenza tra i fratelli.

Mark era molto più muscoloso, con le spalle più larghe rispetto a quelle di Malcom.

Zoey sospirò e appoggiò la fronte contro il finestrino gelido. Tanti anni prima, quando era una giovane sprovveduta, aveva accettato di uscire con Malcom solo perché aveva una cotta per *Mark*. Dal momento che i due si somigliavano tanto, Zoey aveva pensato che sarebbe stato bello uscire con Malcom... ma si era proprio sbagliata in merito.

Rabbrividì al ricordo della sera in cui lei aveva scaricato Malcom e desiderò di prendersi a calci da sola. Malcom non era *per niente* come Mark. L'aveva portata fuori a cena (un modesto fast food) poi l'aveva portata a Lena Beach per chiacchierare. Ovviamente, una volta arrivati, Malcom voleva solo metterle le mani sul seno. Lei lo aveva respinto dicendogli che non era pronta e che non voleva fare sesso con lui, a quel punto Malcom si era arrabbiato. Le aveva dato della bigotta e della frigida, poi l'aveva fatta scendere dalla macchina e l'aveva piantata nel bel mezzo del nulla. Zoey aveva dovuto chiamare la madre per farsi venire a prendere, tra l'imbarazzo e l'umiliazione.

Ovviamente la settimana dopo, a scuola, Malcom aveva diffuso voci maligne su come se la fosse scopata e che lei fosse stata pessima. A Zoey non importavano quelle cretinate, ma aveva paura che Mark potesse sentirle e finire per crederci.

All'epoca continuava a chiedersi come potesse avere ancora una cotta per qualcuno che assomigliava tanto a quel coglione che l'aveva mollata in mezzo alla strada.

Per fortuna di Zoey, Mark detestava i pettegolezzi; lo

sapevano tutti. Ciò non fermò le voci fasulle, ma quella giovane Zoey si era sentita sollevata nel pensare che il ragazzo che le piaceva non dava per scontato il fatto che lei scopasse male.

In quel periodo Zoey non sapeva nemmeno se fosse brava o meno, dato che non aveva ancora fatto sesso. Si era conservata per Mark, ma quando lui aveva lasciato la città per arruolarsi in marina, Zoey si era resa conto di aver perso l'occasione di stare con lui. Mark non sarebbe più tornato, lo sapevano tutti. Almeno Zoey si era consolata pensando di non aver perso la verginità con quell'idiota di Malcom.

Quando aveva visto Mark all'aeroporto era rimasta scioccata... anche se non avrebbe dovuto esserlo: era ovvio che anche lui sarebbe tornato per onorare la scomparsa del padre. Colin Wright era un brav'uomo, tanto quanto Mark. Raccontava sempre, a chiunque fosse disposto ad ascoltarlo, di quanto fosse orgoglioso del figlio divenuto un SEAL della marina. Zoey lo ascoltava sempre volentieri; gli teneva compagnia, oltre ad aiutarlo in casa. Era diventata la sua confidente, una cara amica.

Il solo pensiero di Colin morto all'improvviso, dopo che sia lui che lei lo pensavano sulla via della guarigione dopo una lunga malattia, intristì nuovamente Zoey.

Non aveva vissuto la più avventurosa delle vite, ma si riteneva soddisfatta. Si era laureata in economia all'università locale, lavorava part-time in un negozio per turisti vicino al molo delle navi da crociera, ma solo d'estate; d'inverno aiutava Colin e le piaceva molto, era sempre indaffarata.

Con la morte di Colin, Zoey avrebbe dovuto prendere delle decisioni difficili. In realtà era rimasta a Juneau principalmente per lui, quando le aveva chiesto di restare lei gli si era già affezionata abbastanza da non fare i bagagli per andare ad Anchorage. Colin le era sembrato spesso solo e molto triste, Zoey non era riuscita a lasciarlo senza alcuna compagnia.

Non aveva idea di cosa le avesse lasciato in eredità nel testamento, supponeva che avesse lasciato praticamente tutto ai figli. Ciò significava che Malcom l'avrebbe probabilmente sbattuta fuori di casa prima della fine della settimana.

Dopo quell'infelice episodio ai tempi del liceo, Malcom non provava simpatia per lei. Anche se era stato lui a esagerare cercando di imporsi su di lei, in qualche modo aveva distorto la situazione per far sembrare che fosse stata *lei* ad avergli fatto un torto. La tollerava solo perché il padre la trovava simpatica.

Zoey sarebbe potuta tornare ad Anchorage per stare più vicina alla madre, ma anche quella prospettiva non la entusiasmava; in realtà desiderava vedere il mondo.

C'era stato un periodo in cui non sognava altro che sposarsi, avere dei bambini e restare a Juneau per sempre. Sua madre aveva sempre avuto un animo irrequieto e non era rimasta a lungo in nessun posto, durante i primi quindici anni di vita della figlia. Così Zoey aveva scelto consapevolmente di rimanere nel luogo in cui si era diplomata, anelando un po' di stabilità.

Dopo aver passato anni a sentire le avventure di Mark raccontate da Colin, Zoey aveva lentamente iniziato a sentirsi come se si stesse perdendo qualcosa.

Non era mai stata in spiaggia... una spiaggia vera, in costume. Non era mai stata a Disney World, non aveva mai visto il Grand Canyon; la gente dava per scontate tante esperienze, ma lei non aveva nemmeno pensato di farle.

Fino a quel momento.

La morte di Colin l'aveva liberata, per certi versi. Zoey non era ricca, ma forse avrebbe potuto trovare un lavoro ad Anchorage e risparmiare abbastanza soldi vivendo per un po' con la madre, per poi spostarsi verso il centro degli Stati Uniti.

Zoey si voltò per guardare Mark e sospirò ancora una volta, lo osservò dormire con il capo appoggiato allo schienale del sedile. Aveva i capelli castani più corti rispetto a quelli di Malcom e la barba di qualche giorno, che Zoey trovava decisamente sexy. In genere in Alaska tutti gli uomini tenevano la barba lunga, per mantenere il viso più caldo nei mesi freddi invernali; dato che Mark viveva nel sud della California, non doveva preoccuparsi del clima.

Indossava un paio di stivali neri e dei pantaloni da combattimento blu scuro con tasche che sembravano piene di chissà quali diavolerie. Aveva una maglietta a maniche lunghe verde scuro con alcuni bottoni slacciati e sopra un'altra maglia a maniche lunghe, più spessa. Il materiale era stretto sui bicipiti, Zoey poteva quasi immaginarlo sudare e sforzarsi mentre si allenava, facendo trazioni per rendere quei muscoli tanto grandi.

Mark teneva le dita intrecciate sul ventre, Zoey non riuscì a non fissarle. Erano lunghe e robuste... chissà che sensazione paradisiaca, sentirle scorrere sulla pelle. Mark aveva il naso storto, probabilmente se l'era rotto, aveva anche una piccola cicatrice su una tempia. Esibiva altre cicatrici sul dorso delle dita, lei avrebbe dato tutto per sentire le storie dietro quei segni.

Voleva sapere tutto di lui.

Sembrava un tipo tosto, Zoey si sarebbe sentita a disagio nel stargli seduta tanto vicino se non lo avesse conosciuto... ma lei *sì* che lo conosceva. Probabilmente sapeva più di quanto Mark credesse, dopo aver sentito tanto parlare di lui da Colin.

Dopo tredici lunghi anni, nel momento in cui Zoey aveva guardato Mark negli occhi, si era riaccesa subito la fiamma della cotta che si era presa al liceo.

Diamine, quanto era patetica. Non era più la vergine inesperta di un tempo, ma si sentiva ancora più attratta dall'uomo che era diventato Mark Wright, rispetto al ragazzo di tanti anni prima.

Zoey sospirò, chiuse gli occhi e si voltò di nuovo. Mark non avrebbe guardato due volte una come lei, inoltre stava tornando in città solo per la cerimonia commemorativa del padre e la lettura del testamento. Una volta risolta la faccenda, se ne sarebbe andato e non sarebbe tornato mai più. Zoey lo sapeva, ma non riusciva proprio a non desiderare l'impossibile.

Improvvisamente l'aereo sbandò, riportandola subito alla realtà. Zoey allungò una mano e afferrò la maniglia sopra la testa.

L'aereo subì un altro scossone, poi il motore iniziò a fare le bizze.

Zoey trattenne il respiro e fissò la pilota con occhi sgranati.

"Merda!" esclamò Eve, Zoey la vide armeggiare con i controlli. In genere non le aveva mai dato fastidio sedersi tanto vicina a un pilota, era abituata a viaggiare su quei piccoli veivoli in Alaska... ma in quel momento avrebbe tanto preferito non vedere il panico che attanagliava la giovane pilota, occupata a trafficare in modo frenetico con vari interruttori e a tirare la barra di comando.

Mark fu evidentemente svegliato dagli scossoni del volo, perché si chinò in avanti per chiedere: "Qual è il problema?"

"Non lo so," gli rispose Eve. "È come se avessimo terminato la benzina, ma non è possibile: ho fatto il pieno, prima di partire. Dovremmo avere abbastanza carburante per arrivare a Juneau."

Zoey notò che Mark passò in rassegna il pannello di controllo, poi guardò a destra e a sinistra, fuori dal finestrino. "Come posso aiutarti?" le chiese.

Zoey era sul punto di scoppiare in una risata isterica. Era ovvio che il mitico SEAL della marina volesse dare una mano. Diamine, probabilmente avrebbe tirato fuori tre paracaduti messi previdentemente nel borsone, così sarebbero potuti scappare dall'idrovolante.

"Sei un pilota?" gli chiese Eve.

"No."

Zoey imprecò mentalmente. Perché Mark non era un dannato pilota? Avrebbe dovuto esserlo! Se lo fosse stato, probabilmente avrebbe potuto riparare qualsiasi problema in un batter d'occhio.

Lei sapeva di stare pensando in modo isterico e irrazionale, ma non poteva farci nulla. Aveva preso almeno un centinaio di voli durante tutto il tempo in cui era vissuta in Alaska, ma non si era mai trovata in una situazione spaventosa come quella, non le piaceva proprio ciò che stava succedendo..

"Puoi portarci giù in tutta sicurezza?" chiese Mark alla pilota.

Eve scosse leggermente la testa, Zoey si sentì ancora peggio. "Forse... se riesco a trovare un posto per atterrare."

"Acqua o terra?" le chiese Mark.

"Preferibilmente acqua," gli rispose Eve. "Ah, ecco!" esclamò lei. "C'è un piccolo lago di fronte a noi. Se riusciamo ad arrivarci, atterriamo lì."

Non appena finì di pronunciare la frase, l'aereo vibrò ancora una volta e l'idrovolante fu invaso da un silenzio inquietante.

"Merda. Abbiamo perso i motori," annunciò Eve, con tono spaventosamente calmo. "Mettetevi in posizione di sicurezza," ordinò loro. "Abbassate la testa e copritevi con le braccia, stringetevi il più possibile."

Zoey guardò Mark con occhi spalancati; lui ricambiò lo sguardo per un attimo, prima di cercare di calmarla.

"Respira, Zoey," le disse dolcemente. "Eve ci farà atterrare."

"Certo, tanto scenderemo, che lo vogliamo o no!" ribatté Zoey.

Mark non sorrise, ma arricciò le labbra verso l'alto. Le portò le dita callose intorno alla nuca per farla chinare. In qualsiasi altra situazione, Zoey avrebbe avuto un orgasmo immediato sentendo quelle dita ruvide a contatto con la pelle, ma la libido era bloccata dalla certezza di stare per morire nel giro di pochi secondi.

"Chinati, Zoey. Posizione di sicurezza."

Zoey non fece quanto detto, si mosse senza pensare e si piegò di lato, nascondendo la testa nel petto di Mark. La cintura di sicurezza si tese e le segò leggermente le spalle, ma lei ignorò la fastidiosa sensazione.

Erano seduti talmente vicini che lei avrebbe potuto allungare una mano e toccarlo in qualsiasi momento, si era trattenuta per mantenersi sana di mente... ma sentendosi a due passi dalla morte, si lasciò andare. Avvolse le braccia intorno alla vita di Mark come meglio poteva e trattenne il respiro, felicissima di essere a bordo di un piccolo aereo privo di corridoio che la separasse da un'altra persona.

Invece di respingerla, Mark si rannicchiò sulla schiena di lei il più possibile. La posizione era scomoda per via dei piccoli sedili, ma sentire il peso e il calore di Mark sopra di lei la fece sentire molto più sicura di quanto si sarebbe sentita raggomitolandosi sul proprio lato del sedile.

Zoey sentì la pilota imprecare, ma non alzò la testa per vedere cosa stesse succedendo fuori dal finestrino. Non voleva saperlo.

Passarono i minuti, o forse secondi... il tempo sembrava essersi fermato.

Al primo urto violento, Zoey emise uno squittio spaventato e sorpreso. Mark strinse la presa su di lei, Zoey lo imitò. Nessuno proferì parola.

L'idrovolante impattò la superficie dell'acqua con un suono talmente forte da ricordare lo scoppio di una bomba.

"Cazzo, sì! Ce l'ho fatta!" esultò Eve circa trenta secondi dopo.

Quelli erano stati i trenta secondi più lunghi della vita di Zoey. Sentì Mark alzarsi, ma lei rimase dov'era, aggrappata a lui come se fosse tornata ad avere tre anni, invece di trentuno.

"Siamo atterrati, ma non siamo ancora fuori pericolo," disse Eve ai passeggeri. "Ci porto verso la riva del lago. Voi dovrete scendere mentre io vedo se riesco a capire cosa c'è che non va e lo riparo."

Scendere. Sì, Zoey poteva farcela. Sarebbe scesa volentieri da quella trappola mortale.

"Non ti ho sentito lanciare l'allarme con il mayday," osservò Mark.

"Sì, non ho avuto tempo," gli disse Eve con calma. "Tra un secondo lo faccio e chiedo aiuto via radio. La nostra rotta è stata registrata, il tratto tra Anchorage a Juneau è trafficato; sono sicura che anche se non riesco a far ripartire questo affare, presto ci troveranno. Ecco, mi sono avvicinata il più possibile alla riva."

Zoey inspirò a fondo e si mise lentamente a sedere. Guardò fuori dal finestrino, vedeva solo acqua e alberi. Si girò per guardare fuori dalla parte anteriore dell'aereo, vide che erano a pochi metri dalla terraferma.

"Sembra che l'acqua diventi poco profonda, vicino alla riva. Se scendete sul pontone, la parte galleggiante dal lato passeggero, potete raggiungere la riva senza bagnarvi troppo. Poi vi lancerò il cavo di traino e potrete legare l'aereo a uno degli alberi, così non me ne vado alla deriva mentre cerco di capire cosa c'è che non va in questo stramaledetto aereo."

Zoey guardò Mark... notò che era accigliato. Non fu una

grande sorpresa, anche lei sapeva di avere un'espressione arrabbiata.

Tuttavia, colse qualcosa di diverso in lui... Mark sembrava vigile, all'erta.

Sospettoso.

"Mark?" lo chiamò Zoey dolcemente. Non era sicura di cosa volesse chiedergli, sapeva che voleva solo scendere subito da quel veicolo.

Mark lanciò un ultimo sguardo a Eve, inspirò a fondo e si alzò leggermente per chinarsi su di lei e spingere la piccola porta sul lato anteriore del passeggero. Zoey spinse in avanti il sedile di fronte a lei e si tirò indietro il più possibile, lasciando che Mark la aggirasse e scendesse per primo. Lui scese sul galleggiante e tese una mano a Zoey.

Lei gliel'afferrò con gratitudine. Voleva memorizzare la sensazione di quelle dita tra le proprie, ma non era quello il momento di cedere a una stupida cotta. Erano stati sul punto di morire, dannazione. Doveva riprendersi.

Lui la aiutò a stare in piedi sul piccolo idrovolante, Zoey inspirò bruscamente per la paura quando il veicolo oscillò nell'acqua, dato che il loro peso combinato era tutto su un lato.

Mark scese in acqua e la prese in braccio, come se lei non pesasse più di una piuma. Zoey gli avvolse le braccia intorno al collo e gli si aggrappò alla vita mentre lui faceva i pochi passi necessari per raggiungere la terraferma.

Zoey indossava il solito abbigliamento: jeans, calze di lana (aveva sempre i piedi congelati), stivali Timberland, una canottiera sotto una maglietta a maniche lunghe e una camiciona di pile a quadri legata intorno alla vita, nel caso in cui avesse avuto freddo.

Non appena la rimise a terra, Mark si girò per tornare verso l'aereo e prendere il cavo di traino, ma Zoey fissò incredula l'idrovolante da cui erano appena usciti.

Invece di essere solo a un paio di metri dalla riva, si trovava ben più distante, ogni secondo che passava si allontanava sempre di più.

Il motore si avviò e Mark gridò: "Ma che cazzo succede?"

Eve girò l'aereo e si allontanò verso il centro del lago, senza degnarli di uno sguardo.

Zoey guardò la scena con espressione confusa per un secondo, prima di iniziare a capire cosa stesse succedendo.

"Credevo che il motore fosse andato," sussurrò.

"Anche io," concordò Mark.

Rimasero sulla riva del lago a guardare sconcertati l'aereo che avevano creduto fuori uso mentre si allontanava e virava. Eve accese del tutto il motore e l'idrovolante sfiorò la superficie dell'acqua per qualche metro prima di decollare lentamente in aria. Il motore sembrava andare perfettamente, senza alcuna traccia dei suoni inquietanti di prima.

"Brutta *puttana*!" esclamò Mark con sdegno.

Entrambi guardavano impotenti mentre l'aereo diventava sempre più piccolo nel cielo, fino a sparire del tutto; gli unici suoni che li circondavano erano quelli dell'acqua che sciabordava contro la riva e il cinguettio di qualche uccello.

Zoey fece un passo verso Mark, come se avesse intuito che la situazione stesse precipitando e stare vicino a quel grande uomo furibondo fosse la mossa più sicura.

"Tornerà, vero?" gli chiese Zoey dopo un minuto di silenzio.

Mark la fissò con uno sguardo talmente intenso e spaventoso che Zoey fece istintivamente un passo indietro.

"Ne dubito fortemente, visto che si è inventata quel guasto al motore e ci ha lasciati nel bel mezzo del niente, cazzo."

Zoey inspirò bruscamente. "Ma... l'ha detto lei stessa. La rotta tra Anchorage a Juneau è molto trafficata. Qualcuno ci troverà presto, vero?"

Mark sospirò e si passò una mano sulla barba corta. Il suono prodotto avrebbe potuto far eccitare Zoey in qualsiasi altro momento, ma in quella circostanza pericolosa non poteva far altro che fissare Mark e pregare che fosse d'accordo con lei.

"Ero stanco," le rispose.

Zoey si accigliò, non aveva idea di cosa volesse dirle.

"Mi sono addormentato subito, non appena siamo partiti. Non stavo prestando attenzione a dove stavamo andando. Quanto tempo siamo stati in volo, prima che il motore facesse i capricci?"

"Uhm... non sono sicura, direi un'ora, più o meno," gli rispose.

"Cazzo," imprecò Mark. "Non va bene."

"Ma dovremmo essere quasi a metà strada per Juneau," gli disse Zoey, sapendo già che non le sarebbe piaciuto quello che Mark le avrebbe detto poco dopo.

"Zoey, Juneau è a sud-est di Anchorage. L'ho capito solo dopo che eravamo già atterrati... stavamo volando verso ovest."

Lei lo fissò con occhi spalancati, rendendosi conto che aveva ragione. Dannazione. Il sole avrebbe dovuto essere in faccia alla pilota mentre stavano volando, ma non era stato così... avevano avuto il sole alle spalle. "Non eravamo diretti verso Juneau," disse lei, anche se era ovvio. "Perché?"

"Questa è una buona domanda. Immagino che sia legata al motivo per cui la nostra pilota ha finto un'emergenza per far atterrare l'aereo, per poi mollarci qui."

In quel momento, Zoey comprese la gravità della situazione. Erano nel bel mezzo dell'Alaska, senza cibo e riparo. Non erano sulla rotta giusta, quindi se anche qualcuno avesse provato a cercarli, li avrebbe cercati nel posto sbagliato. Non erano nemmeno nella direzione giusta e non avevano telefoni, anche se probabilmente non avrebbero funzionato, in mezzo al nulla. Nessuno sapeva dove fossero.

Erano spacciati.

"Ci dev'essere un errore, tornerà!" gli disse Zoey disperata.

Mark fece un passo verso di lei e la prese per le spalle. Lei lo guardò, sperando che lui le dicesse qualcosa di positivo. Qualsiasi cosa che le avesse fatto sembrare la loro situazione meno drammatica

Ma non fu così.

"Non tornerà. Siamo da soli."

Zoey non era una dalla lacrima facile, tanti anni prima aveva imparato che piangere non serviva a nulla. Tuttalpiù si ritrovava con gli occhi gonfi e un dolore al naso. Tuttavia, in quel momento non sarebbe riuscita a trattenere le lacrime in nessun caso, nemmeno se le avessero puntato una pistola alla testa.

Stava per morire nelle lande selvagge dell'Alaska. Nessuno avrebbe ritrovato il cadavere, sua madre si sarebbe chiesta per anni cosa le fosse successo. Forse sarebbe finita in uno di quei programmi in cui vanno alla ricerca della gente scomparsa che le piacevano tanto. Che ironia... e che tristezza.

Nemmeno il forte abbraccio di Mark avrebbe potuto migliorare la situazione.

CAPITOLO TRE

Bubba era furente con se stesso e disgustato dal proprio comportamento. Avrebbe dovuto capire prima che c'era qualcosa che non andava, ma al momento del decollo si era lasciato vincere dal sonno. Aveva persino notato che non stavano volando nella direzione giusta, ma si era convinto che Eve stesse cercando di prendere il controllo dell'aereo e si fosse girata per cercare un posto per atterrare.

Era stato uno stupido a lasciare l'aereo, ma il guizzo di panico negli occhi di Zoey lo aveva preoccupato e voleva portarla al sicuro.

Diamine, era stato proprio un idiota.

Non aveva idea di chi si nascondesse dietro quel piano, ma lo avrebbe scoperto. Chiunque avesse pianificato tutto quel casino lo aveva decisamente sottovalutato.

Era un maledetto SEAL della marina, santo cielo. Era stato addestrato per resistere al freddo e aveva trascorso abbastanza tempo tra le lande selvagge. Non aveva idea di dove fossero, ma lo avrebbe capito non appena fosse riuscito a calmare Zoey.

Il borsone di Bubba era rimasto sull'aereo dell'ingannevole

Eve, ma lui non andava mai da nessuna parte senza i rudimenti della sopravvivenza in tasca. Una volta diventato SEAL, lo era in ogni momento.

Sentì Zoey fare un enorme respiro per cercare di riprendere il controllo, lo apprezzò. Non gli dava fastidio che le donne piangessero, ma era un uomo d'azione: avrebbero dovuto rimboccarsi entrambi le maniche e lui sentiva l'urgenza di mettersi in moto. Tuttavia, doveva ammettere che abbracciare Zoey non era stato esattamente un sacrificio.

Ai tempi del liceo, aveva notato subito Zoey quando si era trasferita a scuola. Tutti i ragazzi l'avevano adocchiata, dal momento che era la nuova arrivata. Zoey era timida e parlava a bassa voce, ma qualcosa in lei lo aveva attratto. Poi Malcom si era fatto avanti e le aveva chiesto di uscire; dopo quello che era successo, Bubba pensava che sarebbe stato strano fare lo stesso, per scoprire se lei avrebbe potuto essere interessata all'*altro* fratello.

Era già stato scottato da ragazze alle quali non importava con quale fratello uscissero: a ogni modo, già da ragazzino Bubba desiderava una ragazza che volesse uscire solo ed esclusivamente con lui.

Inoltre, prestava più attenzione ai voti e a mantenere una buona condotta per entrare in marina, quindi gli appuntamenti erano sempre in secondo piano.

Tuttavia, stringere Zoey in quel momento e averla protetta anche poco prima, quando erano convinti di schiantarsi a terra... lo aveva fatto sentire bene. Per davvero. Bubba era un uomo abituato al comando, in situazioni di pericolo le persone si affidavano spesso a lui, ma il fatto che fosse Zoey ad avere bisogno di lui era diverso: era giusto.

Inspirò a fondo e fece il possibile per calmarsi, pensò che avrebbero trascorso sicuramente un paio di giorni complicati... sperando che si trattasse *solo* di pochi giorni, in effetti.

Bubba prese Zoey per le spalle e la spinse con delicatezza all'indietro per poterla guardare in faccia.

Lei aveva gli occhi gonfi e il viso rigato di lacrime, ma non era in preda al panico: per fortuna. Bubba accettava la paura e l'insicurezza, ma il panico era molto più complesso da gestire.

"Ti senti meglio?" le chiese.

Lei annuì, ma gli rispose: "No."

Bubba non riuscì a trattenere una risatina. Ecco un'altra caratteristica che gli piaceva di Zoey, riusciva a farlo ridere nei momenti più assurdi. "Bene. Prima di tutto, ti chiedo scusa."

Lei si accigliò. "Perché?"

"Avrei dovuto prestare più attenzione, lo so bene. Ma ero stanco e ho abbassato la guardia. Non succederà più."

"Mark, non è colpa tua. Come potevamo prevedere qualcosa di simile?"

Bubba non era abituato a essere chiamato per nome, si sentì strano, proprio com'era successo in aeroporto. Non ne capiva il motivo, quindi decise di ignorare quella sensazione. "Beh, sappiamo che mio padre era ricco; immagino che qualcuno non ci volesse a Juneau per la lettura del testamento."

"Ma è una stupidaggine," gli disse Zoey. "Voglio dire, farci sparire non farà guadagnare i soldi a qualcun altro... giusto?"

Bubba fece spallucce. "Non ne ho idea. Non so cosa ci fosse nel testamento di papà, né come l'abbia impostato. Se ha creato un fondo fiduciario, è possibile che se io fossi impossibilitato (o morissi)... quei soldi andrebbero a qualcun altro."

Zoey spalancò gli occhi. "Secondo te chi c'è dietro tutto questo?"

"Questa è la domanda del secolo, vero?" le chiese. "In realtà dovrei chiederla a *te*: hai passato tanto tempo con mio padre, molto più di me. Chi potrebbe esserci dietro?"

"A me? Io sono insignificante, non sono nemmeno imparentata con Colin. Perché qualcuno dovrebbe progettare di farmi fuori?"

"Ecco un'altra bella domanda," le disse Bubba, sollevato che lei avesse smesso di piangere. "Forse hai solo avuto la sfortuna di condividere l'aereo con me... ma non è assolutamente vero che sei insignificante. Non vedevo papà da tanto tempo, ma so che sei stata al suo fianco per più di dieci anni. Per lui eri molto importante, dal momento che ti ha inclusa nel testamento di certo non ti considerava una persona qualsiasi."

Zoey lo fissò in silenzio, Bubba non riuscì a decifrarle i pensieri.

Alla fine, lei chiuse gli occhi e sospirò. "Quindi qualcuno ci voleva entrambi morti, o almeno fuori dai giochi, cosicché non avremmo potuto reclamare l'eredità di tuo padre? Che piano stupido."

Bubba ridacchiò di nuovo, non si aspettava di sentirle dire qualcosa del genere. "Sono d'accordo con te: se *venissimo* dichiarati morti, qualsiasi cosa ci abbia lasciato papà andrà ai *nostri* eredi."

"Ma non sappiamo ancora chi ci vuole morti," osservò Zoey.

Bubba annuì. "Sì, ma ora dobbiamo pensare a questioni più importanti."

Zoey si guardò intorno, ma era ancora abbracciata a Bubba. Lui notò che lei portava legata in vita una camiciona di pile, le afferrò il nodo in vita per scioglierlo.

"Cosa stai..."

Prima che lei potesse finire di porre la domanda, lui si mosse e l'aiutò a indossare la camicia. La temperatura era già rigida in quel momento, ma lui si rallegrò per il fatto che lei avesse uno strato in più a proteggerla, quella notte sarebbe stata gelida.

"Grazie," gli disse lei quando lui ebbe terminato di farle indossare la camicia.

"Non moriremo qui," le disse con tono serio e determinato.

Zoey inclinò la testa per guardarlo negli occhi. "Non puoi dirlo con certezza."

"Sì, invece. Chiunque abbia architettato questo piano ha commesso un errore."

Lei inarcò un sopracciglio.

Bubba curvò le labbra verso l'alto senza rendersene conto. Diamine, quella ragazza era proprio adorabile. "Innanzitutto hanno sbagliato a pensare che lasciarci in mezzo al nulla ci avrebbe tolti di mezzo."

"Mi secca fartelo notare, Superman, ma non abbiamo cibo, mezzi di trasporto o modo di contattare il mondo esterno, non abbiamo neanche un posto dove ripararci." Zoey si guardò intorno in modo comico. "Non vedo nessun Uber pronto a portarci a casa."

"Oh, donna di poca fede," la prese in giro. "In una scala da uno a dieci, quanto ti senti a tuo agio all'aria aperta?"

Lei aggrottò la fronte e arricciò il naso. "Forse un quattro. Quattro e mezzo," gli rispose.

Bubba si rallegrò. "Perfetto."

"Perfetto? Ti hanno mai detto che sei matto?"

"Sì, i miei compagni di squadra me lo dicono spesso," le rispose sinceramente. "Se tu avessi risposto zero o uno, la situazione sarebbe stata problematica, ma posso gestire un quattro."

Zoey scosse la testa e alzò gli occhi al cielo, Bubba sentì l'impulso improvviso di afferrarle la nuca e baciarla per cancellarle quello sguardo scettico dal viso. Non ebbe il tempo di esaminare quella reazione perché lei gli rispose immediatamente: "Davvero... sei matto. Voglio dire, vivo a Juneau, quindi è ovvio che ho una certa familiarità con l'aria aperta. Sai bene quanto me che d'estate tutti stanno fuori il più possibile, dato che l'inverno è buio e gelido."

"Lo so bene. E il tuo allenamento?"

"Cosa vuoi sapere?" gli chiese lei.

"Svolgi attività fisica?"

Zoey sospirò di nuovo e distolse lo sguardo. "Se mi stai chiedendo se segretamente sono un'atleta o qualcosa del genere, mi dispiace ma rimarrai deluso."

Bubba si rese conto di averla messa in imbarazzo, si dispiacque all'istante. Le mise un dito sotto il mento e le girò delicatamente il viso per farsi guardare. "Sai, credo che *niente* di quello che fai possa deludermi."

Lei lo guardò di nuovo negli occhi e Bubba si sentì subito sollevato. Gli piaceva quello spirito impertinente.

"Tornando alla tua domanda.... non mi alleno regolarmente. Non mi piace andare in palestra, mi sento troppo a disagio accanto ai maniaci del fitness di Juneau. Però non ho la macchina, quindi cammino tanto. La casa che mi ha affittato tuo padre è a pochi isolati dalla sua, quindi quando andavo ad aiutarlo, andavo sempre a piedi. Quando dovevo andare in città, andavo in bicicletta."

Bubba annuì soddisfatto. "Molto bene." Lei lo guardò incredula, lui continuò: "Dico davvero, camminare a Juneau non è semplice. Forse ti sei dimenticata che ci ho vissuto anche io, casa di papà è in cima a un'enorme collina, so che non è facile salirci. Se andavi in città in bicicletta, dovevi attraversare diverse colline. Questo ci sarà di grande aiuto."

Zoey si morse un labbro e si guardò intorno. "Mark, siamo in mezzo al nulla! Non sappiamo nemmeno in che direzione si trovi Anchorage. Come diavolo ci arriveremo? Non possiamo camminare, abbiamo volato per un'ora."

Bubba percepì l'agitazione di Zoey, così si mise la mano in una delle tante tasche dei pantaloni da combattimento, tirò fuori un oggetto e se lo mise sul palmo della mano per farlo vedere anche a lei. Poi le disse: "Non dovremo camminare tutto il tempo, incontreremo qualcuno e abbiamo questa."

Zoey esaminò l'oggetto, poi tornò a guardare Bubba. "Una bussola?"

"Sì."

"Perché?"

"Perché no?" le chiese lui con voglia di scherzare. Quando lei non sorrise, lui tornò serio. "Mi hanno addestrato per affrontare ogni evenienza. Non ho il mio borsone, ma ti prometto che non moriremo di fame e non congeleremo."

Lei deglutì rumorosamente. "Credi che siamo qui da soli? E se i nostri nemici fossero qui nei paraggi, per essere *sicuri* di farci fuori del tutto?"

Bubba ci aveva già pensato. "Se devo dirti la verità... spero proprio che sia così."

Lei lo fissò con occhi spalancati, come se gli fossero spuntate tre teste all'improvviso. "Cosa? Perché?"

"Perché potrei catturarli e farmi dire chi diavolo c'è dietro tutto questo casino. Probabilmente avrebbero anche delle provviste che potrei rubare, forse anche un telefono satellitare."

"Sembri molto sicuro di te," osservò Zoey dopo qualche istante.

"Lo sono, infatti. Zoey, sono un SEAL della marina."

"Lo so."

Lui scosse la testa. "Secondo me non sai cosa significa. Vedi, la maggior parte delle volte le nostre missioni prevedono di intrufolarsi in paesi stranieri e salvare civili innocenti dagli stronzi o uccidere obiettivi di alto valore."

"I cosa?"

"Nemici noti alle autorità. Sono stato addestrato per resistere nei deserti torridi e nei terreni glaciali dell'Artico. So come uccidere a mani nude e so come creare un fuoco sfregando due rametti, so come ripararmi da qualsiasi intemperie e come sfuggire alla cattura. Non ti posso promettere che ci divertiremo, ma di sicuro *posso* prometterti che ti riporterò a casa. Ti fidi di me?"

Zoey non gli rispose immediatamente, lo studiò per un lungo istante. Bubba non aveva idea di cosa stesse pensando la ragazza, ma rimase in silenzio sperando che potesse fare affidamento su di lui.

"Quindi stai cercando di dirmi che per te questo è una sorta di campeggio?"

Bubba non riuscì a trattenere una risatina. "Beh, non proprio. Quando andavo in campeggio con papà avevamo sempre una tenda e una borsa frigorifera piena di birra. Se davvero non c'è nessuno in agguato... direi di sì, riusciremo ad arrivare in città, non importa *quanto* sia lontana. Magari arriveremo sporchi e puzzolenti, ma non moriremo né di fame né di freddo, per fortuna non siamo in pieno inverno... *sicuramente* non ci faremo intimidire da chiunque pensi di potersi liberare di noi."

"Ho sempre freddo," sbottò Zoey.

"Come, scusa?"

"Ho sempre freddo," ripeté lei. "Ecco perché indosso gli stivali, la maglia a maniche lunghe e una camiciona di pile legata in vita, anche se siamo a settembre. Non so come mai, ma sono molto freddolosa."

"Farò di tutto per assicurarmi che tu ti senta a tuo agio."

Zoey sospirò. "Sono stata in campeggio due volte, non mi è piaciuto molto."

"Non sei mai stata in campeggio con me," le rispose Bubba.

Come si aspettava Bubba, Zoey alzò gli occhi al cielo. "Vedo che in marina ti hanno insegnato a essere umile."

Bubba ridacchiò di nuovo, poi le tese una mano in segno di invito. "Vieni, orientiamoci ed elaboriamo un piano provvisorio."

Lei gliela prese subito, Bubba si rese conto che la mano di lei era gelida. La prese tra le proprie, nel tentativo di scaldarla.

"Sarà solo un piano provvisorio?"

"Sì, mi hanno insegnato a creare più di un piano: se non funziona il piano A, dobbiamo avere pronti i piani B, C, D e anche E."

"Ma certo, ha senso," concordò Zoey, che poi raddrizzò le spalle e fece un cenno verso sinistra. "Procedi pure, oh grande guerriero SEAL della marina."

"Ti ha mai detto nessuno che sei una secchiona?" le chiese mentre le stringeva la mano con più forza e la conduceva lontana dal lago.

"Non sono una secchiona…. Almeno, non fino a quando sei arrivato tu."

Bubba non riuscì a non sorridere.

Quella situazione era a dir poco tremenda, ma se Bubba non fosse rimasto bloccato con Zoey Knight sarebbe stato mille volte peggio. Più le stava intorno, più si ricordava di quanto lei gli piacesse, al liceo. Decise di essere onesto con se stesso e ammettere che non vedeva l'ora di conoscerla meglio, nel loro tragitto incerto verso Anchorage o Juneau. Quello era l'unico vantaggio della situazione incresciosa.

Lui non era preoccupato all'idea di stare all'aperto per un po', ci sarebbe stato del disagio ma si fidava abbastanza delle proprie capacità per riportare la ragazza in un posto sicuro.

Chiunque avesse architettato quel piano per sbarazzarsi di loro lo aveva proprio sottovalutato. Quando le aveva detto che avrebbe quasi voluto trovare quelli che li volevano morti, Bubba non scherzava affatto. Quel fatto avrebbe potuto capovolgere la situazione e farli entrare in possesso di provviste, magari anche di un veicolo e di un cellulare. Bubba aveva la sensazione che Eve avesse scelto un posto a caso per farli atterrare, non sembrava un posto scelto in modo premeditato.

Bubba aveva già intuito che la pilota si stava comportando in modo strano, ma ci aveva messo troppo a capire cosa stesse succedendo.

Fu folgorato dal pensiero che aveva promesso a Rocco di chiamarlo, una volta arrivato a Juneau: Bubba sorrise. Una volta tanto, la paranoia dell'amico gli sarebbe tornata utile; Rocco si sarebbe allarmato e avrebbe avvisato tutta la squadra, incluso il loro amico esperto di informatica, Tex. Grazie a tutti loro, Bubba e Zoey sarebbero tornati a casa in un battibaleno.

Almeno, così sperava.

Mentre Bubba stringeva la mano di Zoey ogni volta che lei incespicava, ebbe la netta impressione che quella piccola avventura gli avrebbe cambiato la vita. Chiunque ce l'avesse con lui aveva preso di mira anche Zoey e Bubba non poteva perdonare un atto simile.

Come se fosse stata in grado di leggergli nel pensiero, Zoey gli strinse la mano e gli disse con dolcezza: "Questa situazione è pessima, ma se proprio dovevo restare bloccata nel nulla con qualcuno... sono felice che quel qualcuno sia tu."

CAPITOLO QUATTRO

Zoey non aveva idea di quanto tempo fosse passato, ma ne aveva già abbastanza di quell'escursione improvvisata. Stava facendo del proprio meglio per restare positiva, ma con il passare delle ore diventava sempre più scoraggiata e spaventata.

Era grata solo per il fatto di essere all'inizio dell'autunno, invece che in pieno inverno. In quel caso avrebbero dovuto farsi strada tra strati di neve, invece del sottobosco umido della foresta.

Il solo pensiero della neve la fece rabbrividire; nonostante tutto quel camminare, aveva ancora freddo. Zoey pensò che fosse così per via del fatto di non riuscire a smettere di pensare a dove diavolo si sarebbero fermati a dormire. Avrebbe dovuto dormire per terra, probabilmente sarebbe morta congelata. Non voleva nemmeno pensare agli insetti e ai serpenti che le sarebbero potuti strisciare tra gli abiti.

"Smettila di arrovellarti tanto," le disse Mark.

Lei alzò gli occhi al cielo, stava camminando dietro di lui ed era consapevole del fatto che Mark stesse procedendo apposta molto più lentamente di quanto avrebbe fatto normalmente se fosse stato da solo, per fare in modo che lei gli stesse dietro.

Zoey si fermò e appoggiò le mani sulle cosce, mentre si chinava per cercare di controllare le proprie emozioni. Era affamata, stanca, infreddolita e terrorizzata. Dopo la partenza, l'adrenalina l'aveva fatta procedere a passo spedito e le aveva fatto quasi dimenticare la gravità della situazione, era riuscita a metterla in secondo piano... tuttavia, con il passare del tempo e dopo aver macinato chilometri attraverso una foresta nel bel mezzo del nulla, Zoey non riusciva a ignorare dubbi e timori.

"Zoey?"

Il tono di Mark era gentile, rappresentando la rovina di Zoey. Lui le mise una mano sulla parte superiore della schiena e con l'altra le afferrò delicatamente la parte posteriore del collo, facendole un breve massaggio.

Zoey chiuse gli occhi. Perché quel tizio non poteva essere un idiota, come il fratello? "Devi piantarla di essere gentile con me," gli disse, senza sollevarsi.

"Assolutamente no," le rispose.

Zoey sospirò. "Allora forse dovresti procedere e cercare aiuto, per poi tornare a prendermi."

Lui si spostò davanti a lei, poi la costrinse ad alzarsi. Le teneva sempre una mano sulla nuca, con l'altra le sollevò il mento e la obbligò a guardarlo; Zoey non sapeva bene dove mettere le mani, così gliele appoggiò sul petto con fare esitante.

Lui aprì la bocca per dirle qualcosa, ma lei esclamò: "Santo cielo, come sei caldo!" Prima che lui potesse dire altro. Il calore irradiato dal petto di Mark quasi le bruciava le povere dita congelate, ma lei si sentiva benissimo.

In tutta risposta lui la cinse con le braccia, tirandola a sé in modo che fossero praticamente incollati, dai fianchi al petto.

Zoey gemette e girò il viso in modo da trovarsi sepolta nel petto di Mark. In quel modo non riusciva a respirare, ma in fondo a cosa le serviva l'aria se poteva godere di tutto quel calore?

Lo sentì ridacchiare, lei si lasciò sfuggire un lamento quando lui le spostò il volto in modo da farle appoggiare la guancia sul petto, non il viso. Mark le teneva sempre una mano sulla nuca e con l'altra la premeva contro di sé, toccandole delicatamente la parte bassa della schiena. Zoey non sarebbe riuscita a liberarsi facilmente da quella presa, ma in fondo non voleva neanche farlo. Le sembrava di abbracciare una coperta elettrica formato uomo.

"Non ti abbandono qui, Zoey," le disse Mark dopo un minuto. "Perché dovresti anche solo pensare che lo farei? Hai un'opinione di me tanto pessima?"

Dal tono le sembrava ferito, Zoey si detestò e scosse la testa. "No, ma ti sto rallentando. Scommetto che potresti procedere più rapidamente, se non dovessi costantemente aspettarmi o continuare a controllare che non sia caduta come un sacco di patate. Potresti andare avanti, trovare aiuto e tornare indietro."

"Non se ne parla," le disse Mark con fermezza. "Non va bene così. Un SEAL non abbandona un compagno di squadra."

"Non sono un SEAL," gli disse subito lei.

"Magari no, ma comunque non ti lascio indietro. Guardami, Zoey."

Lei inclinò il capo a malincuore per guardarlo in quegli occhi ambrati, le ricordavano il colore del whisky. Per quanto bizzarro, si ritrovò a pensare che lui avesse le ciglia molto lunghe, per essere un uomo.

"Ho bisogno che tu mi ascolti, intendo *sul serio*. Mi stai ascoltando?"

Lei annuì.

"Ci siamo cacciati insieme in questa situazione: non importa come, ma resteremo insieme. Non abbiamo idea di cosa succederà, ho bisogno di te tanto quanto tu hai bisogno di me. Non è una situazione a senso unico. Finora te la sei cavata alla grande, sono impressionato; credimi, non sono uno che si impressiona facilmente."

"Sono caduta diverse volte, in tasca ho solo un pacchetto di caramelle e lo scontrino di quella merda di hamburger che ho mangiato prima di salire sull'aereo," gli rispose lei inarcando un sopracciglio.

"Sarai anche caduta, ma ogni volta ti sei rialzata," puntualizzò Mark. "Non scherzo quando ti dico che sono capitato spesso in situazioni simili... ho percorso chilometri nella giungla, cercando di portare in salvo gente che non aveva alcun interesse a salvarsi o a collaborare. So che è dura, ma davvero... tu stai andando *benissimo*; sono sicuro che non smani dalla voglia di vedere che trionfi chiunque si nasconda dietro questo casino, vero?"

Zoey sospirò. Mark *aveva ragione*, diamine. "Giusto."

"Siamo in questo casino come una squadra, Zoey. Tu mi copri le spalle, io copro le tue. Ok?"

"Certo," gli disse lei. "Se ci dovessimo imbattere in un orso, gli lanciò una caramella sperando di distrarlo il tempo necessario per farci scappare."

"Mi sembra un ottimo piano," le disse Mark con un sorriso, poi le lasciò andare il mento.

Zoey tornò subito a seppellirgli il naso nel petto e sospirò, inalando tutto il calore possibile.

Mark rimase immobile per alcuni minuti, lasciandola scaldare e riposarsi. Zoey inspirò a fondo e si sforzò di allontanarsi da lui, ma quando lo fece non riuscì a contrastare un brivido che le attraversò il corpo per la perdita del contatto con la fonte di calore.

Lui si acciglìò. "Hai proprio tanto freddo, vero?"

Zoey scrollò le spalle. "Penso che la mia temperatura corporea sia sempre stata influenzata dal fatto di vivere in Alaska, te l'ho detto che ho sempre freddo."

"Farò del mio meglio per tenerti sempre al caldo," le promise Mark.

Zoey pensò subito a delle sconcerie; sapeva di essere arrossita, ma cercò di non farsi notare. "Starò bene, meglio se ora proseguiamo. Siamo sempre diretti a sud?"

Per un secondo, pensò che Mark le avrebbe chiesto a cosa diavolo stesse pensando mentre le studiava il viso, ma alla fine annuì. "Sì. Non dobbiamo assolutamente andare verso ovest, ci imbatteremmo direttamente in una catena montuosa e non sono sicuro delle nostre abilità come alpinisti."

Zoey guardò verso sinistra e notò le grandi cime delle montagne, attraverso gli alberi. "No, penso che preferirei rimanere qui," concordò.

Si rimisero in marcia e come se Mark avesse capito che lei fosse alla ricerca di un qualsiasi pretesto per distrarsi dalla situazione, le chiese: "Allora... cosa hai fatto negli ultimi dieci anni, oltre che aiutare mio padre?"

Zoey ridacchiò. "Wow, questa sì che è una domanda aperta," gli rispose.

Mark la guardò e le sorrise. "Abbiamo forse altro da fare, al momento?" le chiese.

"In realtà, dovevo andare a spuntarmi un po' i capelli, ma credo che perderò l'appuntamento," scherzò lei.

Mark ridacchiò e Zoey si rese conto di quanto amasse quella risatina.

"Bene, allora... dopo il diploma, sono andata all'università di Juneau e mi sono laureata in economia. Le lezioni non mi avevano entusiasmata, non ero sicura di cosa volessi fare. Ho trovato lavoro in uno dei negozi per turisti vicino al molo delle navi da crociera, lavoro lì durante l'estate."

"Come hai iniziato a prenderti cura di mio padre?" le chiese Mark.

Zoey continuò dopo essersi chinata per schivare un ramo e aver saltato una pozzanghera. "Ci siamo conosciuti in inverno, i negozi erano chiusi. Ero al supermercato e sono andata a sbattere con il carrello contro Colin, l'ho fatto cadere a terra; mi sono sentita una cretina, ma lui è stato molto gentile. Ho insistito per aiutarlo a portare la spesa in macchina, poi per scusarmi mi sono offerta di cucinargli qualcosa. Sapevo già chi fosse, lo avevo visto alla cerimonia del diploma tua e di Malcom, oltre che in giro per la città. Penso che Colin abbia accettato la mia offerta culinaria solo perché gli avevo detto di essere a piedi e stava cercando un pretesto per darmi un passaggio senza costringermi ad accettare. Comunque, quella sera gli ho preparato i peperoni ripieni e lui mi ha offerto un lavoro così, su due piedi. Ho iniziato quella settimana stessa, pulendo casa e sbrigando faccende varie. Nei mesi successivi abbiamo stretto una bella amicizia."

Smise di parlare, chiedendosi improvvisamente quanto fosse disposto a sentire Mark: Non voleva rattristarlo troppo.

"Vai avanti," la esortò lui.

"Io... so che non andavate molto d'accordo. Non voglio dirti niente di strano."

"La pensi così? Non andavamo d'accordo, secondo te?"

"Beh... sì. Non sei mai tornato a trovarlo, Malcom mi ha detto che voi due avete litigato ed era quello il motivo della tua assenza."

"Ho voluto molto bene a mio padre, più di quanto possa esprimere," le disse Mark senza voltarsi. "Ammetto che sarei dovuto tornare almeno una volta, dopo la mia partenza, ma non sono rimasto lontano a causa sua. Direi proprio di no."

"Allora, come mai?"

Mark sospirò, Zoey si sentì male per averlo chiesto, ma alla fine lui le rispose: "Perché avevo paura di continuare a deluderlo. Sapevo quanto volesse che lavorassimo insieme: per tutto il liceo, continuava dire che avrei lavorato con lui presso la Heritage Plastics e che avrei fatto carriera per diventare vicepresidente. Però non mi sono nemmeno laureato, non potevo sopportare di vedergli la delusione negli occhi quando ha capito che non mi interessava seguire le sue orme. Quando mi parlava di lavoro, non capivo mai nulla. Non riuscivo a pensare a niente di più brutto che stare seduto in un cubicolo, o peggio... lavorare in una fabbrica."

Zoey si accigliò e fece qualche passetto per raggiungere Mark, gli mise una mano sul braccio e tirò, costringendolo a fermarsi. Lui si voltò a guardarla con aria interrogativa.

"Mark, Colin era molto orgoglioso di te." Quando il SEAL la guardò in modo scettico, lei gli strinse ancora più forte la presa sul braccio. "Seriamente. So che non vi sentivate spesso, ma quando lo facevate, raccontava a tutti quanti delle tue imprese. Si vantava continuamente di te, grande SEAL della marina, di come fossi in giro per il mondo a farti il culo in modo che gente come lui potesse vivere tranquilla e vendere plastica."

Notò che Mark deglutì visibilmente prima di chiederle: "Davvero?"

"Sì. Non gli importava proprio che tu non avessi una laurea, era davvero orgoglioso di te."

Mark si passò una mano sul viso e le disse: "Sarei dovuto tornare a trovarlo."

Zoey fece spallucce. "Beh, forse sì, ma ti voleva comunque molto bene. Diceva sempre che eri troppo impegnato a salvare il mondo per preoccuparti di un vecchietto come lui."

Mark ridacchiò, ma era visibilmente triste. "Sono pentito," le disse a bassa voce.

Zoey gli strinse il braccio.

"Sono pentito anche di aver perso i rapporti con Mal, ma forse non è troppo tardi per risanare quel legame."

Zoey si sforzò di trattenere alcune espressioni facciali, ma a quanto pare non ci riuscì perché Mark le chiese: "Che c'è?"

"Niente," gli disse rapidamente, non voleva dire nulla che potesse allontanare Mark dal fratello; il loro rapporto non la riguardava. "Come ti ho detto prima, non so cosa dovrei o non dovrei dire riguardo a tuo padre. Non voglio parlare di lui, se ti fa troppo male."

Mark scosse la testa. "No. Voglio dire, sì, fa male, ma mi piacerebbe sentire parlare di lui, se per te va bene."

Zoey gli sorrise. "Che ne dici di camminare e chiacchierare?"

Mark ridacchiò. "Stai dicendo che mi fermo troppo, donna?"

"L'hai detto tu eh, non io," gli rispose lei.

"Sissignora," le disse portandosi una mano alla tempia a mo' di saluto militare, poi si voltò e riprese a camminare.

Per un secondo, Zoey immaginò Mark a rivolgerle quel saluto in uniforme bianca, gliel'aveva vista in alcune foto. Di recente, lui aveva inviato un'e-mail a Colin con allegata una foto di lui e i compagni di squadra che indossavano quell'uniforme. Erano tutti in piedi, in spiaggia, radunati intorno a un uomo e una donna che si erano appena sposati. Zoey non aveva potuto fare a meno di sbavare un pochino a quella vista: aveva sempre avuto un debole per gli uomini in uniforme, anche se non l'avrebbe ammesso nemmeno sotto tortura.

"Allora, una volta una ragazzina è andata a bussare a casa di tuo padre: stava vendendo biscotti e piangeva perché era stata cacciata tante volte. Colin ha invitato lei e la madre a entrare, si è inginocchiato davanti alla ragazzina e hanno chiacchierato per una decina di minuti. Le ha chiesto sciocchezze, come per esempio le materie preferite a scuola, il piatto preferito e così via. Poi le ha chiesto quante scatole di biscotti avesse ancora da vendere e gliene ha comprate il *doppio*. La ragazzina se n'è andata con un sorriso a trentadue denti, diceva alla madre che non vedeva l'ora di far vedere a tutti quante scatole aveva venduto, dal momento che aveva venduto il doppio della quantità richiesta. Colin si comportava spesso in questo modo, compieva gesti molto altruisti. Era molto ricco, ma non si comportava mai come tale. Si mangiava con gioia un piatto di pasta al formaggio, invece di una bistecca da cinquanta dollari."

"Cosa ne ha fatto di tutti quei biscotti?" le chiese Mark.

Zoey lo guardò sorpresa. "Che intendi dire?"

"Papà odiava quei biscotti, diceva che facevano schifo. So che non li mangiava, quindi cosa se ne faceva di tutte quelle scatole?"

Zoey sorrise. Mark le aveva detto di essere pentito di come aveva gestito il rapporto con il padre, eppure lo conosceva. Anche se non lo vedeva da più di dieci anni, *conosceva* il padre. "Li ha donati ai rifugi per i senzatetto e le donne in difficoltà, giù in città."

Mark annuì. Zoey non poteva vederlo in faccia, ma aveva la netta sensazione che lui stesse sorridendo. "Sì, sembra proprio un comportamento tipico di papà. Hai altri aneddoti?"

Per l'ora successiva, Zoey raccontò a Mark tutte le storie che riusciva a ricordare su Colin. Alcune erano tristi, ma la maggior parte erano ricordi sciocchi e felici; le piaceva parlare di Colin. Una volta terminate le storie, Mark le disse: "Grazie. È evidente che gli volessi molto bene."

Era proprio vero. Colin Wright poteva anche essere scontroso e fastidioso a volte, ma non lo erano tutti? Inoltre, era stato molto buono con lei, era la persona che più l'aveva aiutata in tutta la sua vita. Aveva sempre creduto in lei e l'aveva sempre incoraggiata a fare tutto ciò che voleva. Certo che gli voleva bene.

"Posso farti una domanda?" le chiese Mark.

"L'hai appena fatto." Lei lo sentì ridacchiare, ma poi lui si girò a guardarla negli occhi e le chiese: "Perché sei rimasta a Juneau, dopo che tua madre se n'è andata? Ti piaceva tanto stare lì?"

Non smisero mai di camminare e lei gli rispose solo quando Mark si era voltato e non la stava più guardando. "Beh, immagino di essere rimasta lì perché non avevo nessun altro posto dove andare," gli rispose. "Sembra un po' patetico, ora che ci penso..."

"No. No, non è così," la interruppe Mark.

"Sì, invece, e non interrompermi," lo rimproverò Zoey, dimenticandosi per un attimo che Mark non era Colin. Quando lui le lanciò un sorrisetto da dietro la spalla, lei si rilassò. "Stavo per trasferirmi ad Anchorage, ma Colin mi ha chiesto di restare. A quel punto mi ha detto che avrei potuto affittare la casa vicina alla sua. Mi ha reso facile dirgli di sì, a dirla tutta. Probabilmente è per questo motivo che a trentun anni suonati non ho idea di cosa voglio fare da grande."

"Mio padre ha sempre reso tutto più semplice," la rassicurò Mark. "Questo è stato uno dei motivi per cui me ne sono andato, subito dopo il diploma. Sapevo che se fossi rimasto a lavorare con lui, anche solo per un paio di mesi, sarebbe stato decisamente più difficile andarmene."

Mentre camminavano, Zoey rifletté su quanto detto: Mark aveva ragione. Colin le *aveva* reso molto facile rimanere a Juneau. Non odiava stare in quella città, ma non ne era nemmeno entusiasta. Quando lavorava al negozio per turisti in estate, vedeva sempre tante persone felici di viaggiare, entusiaste di essere in crociera e di vedere il mondo... mentre lei era bloccata lì, una casalinga che non aveva mai lasciato lo stato.

Era talmente assorta nei pensieri da non accorgersi che Mark si era fermato, così gli sbatté addosso. Se lui non avesse avuto dei super riflessi e non l'avesse presa al volo, lei sarebbe caduta col sedere a terra.

"Oh, grazie. Avrei dovuto guardare dove stavo andando," gli disse lei. Le piaceva sentire il braccio di Mark intorno a sé, era una sensazione piacevole e rassicurante. Lui sembrò lasciarla andare lentamente, ma quando lo fece lei si spostò di lato, non voleva stargli troppo addosso o fargli capire quanto le piacesse stargli tra le braccia. Doveva proprio darsi una regolata.

"Tranquilla, avrei dovuto avvertirti che mi sarei fermato. Penso che questo sia un buon posto per fermarsi per la notte."

Zoey si guardò intorno e non notò alcuna differenza sostanziale rispetto ai posti che avevano appena percorso. "Qui?"

"Sì."

"Perché?"

"Perché sei stanca, respiri un po' più a fatica e inciampi più spesso. Là c'è una radura dove posso creare una sorta di rifugio, c'è un sacco di legna secca che possiamo usare per accendere un fuoco."

Zoey era imbarazzata dal fatto che si stavano fermando per colpa sua, ma ripensando a quando Mark le aveva detto che non l'avrebbe lasciata indietro, si sforzò di scacciare il pensiero di lui che sarebbe potuto procedere più spedito senza di lei. Si guardò intorno, non vide nulla che assomigliasse a un buon posto dove costruire un riparo o accendere un fuoco, ma non disse nulla. Mark era un SEAL: di sicuro sapeva quello che faceva.

"Cosa vuoi che faccia?" gli chiese lei.

Lei non capì il motivo per cui lui le rivolse uno sguardo tenero, ma le piacque la sensazione innescata.

"Pensi di riuscire a raccogliere della legna? Ci servono sia rametti che tronchi più grandi."

"Uhm... Mark?"

"Sì?"

"So che prima hai detto che potevi farlo, ma hai davvero intenzione di accendere un fuoco strofinando due rametti?"

Come risposta, lui si mise la mano in una delle numerose tasche ed estrasse un piccolo oggetto d'argento, che le mostrò con un sorriso senza spiegarle cosa fosse.

Zoey guardò l'oggetto e poi lui. "Ok, dovrei sapere cos'è, ma in realtà non lo so. Ti ricordi che sono un quattro sulla scala di come ce la si cava all'aria aperta, vero?"

Mark scoppiò a ridere e lei non riuscì a staccargli gli occhi di dosso. Fino a quel momento, essere sperduti in mezzo al nulla non si era rivelato *troppo* traumatico... specialmente se c'era uno come Mark da guardare.

"È un acciarino, sprizzerà scintille per farci accendere un fuoco."

Ovvio. Zoey si sentì improvvisamente stupida. "Ah... sì, certo. Lo sapevo. Va bene, allora vado a cercare della legna." Cominciò a girarsi per non dover affrontare il suo Bear Grylls personale, ma Mark la prese per un braccio e la fece voltare talmente velocemente da farle perdere l'equilibrio; se lui non l'avesse tenuta, lei avrebbe rischiato di cadere di nuovo.

Lui la abbracciò con vigore e lei non poté fare a meno di rannicchiarglisi contro il petto. Di nuovo, lui era caldo e lei stava morendo di freddo. La sola vicinanza al corpo di Mark le fece salire la temperatura corporea di diversi gradi.

"Non sentirti in imbarazzo con me," le disse.

"Non puoi dirmi una cosa simile, aspettandoti che io ti creda," brontolò lei.

Più che sentire, lei percepì la risatina di lui sulla guancia. "Sì, certo che posso. Non ti prenderei mai in giro, Zoey... mai. Non mi interessa quello che sai e quello che non sai: te l'ho già detto ma te lo ripeto, ti riporterò a casa a tutti i costi. Mi sento in qualche modo responsabile per averti trascinata in questa situazione, quindi voglio assolutamente tirartene fuori."

"Ehi, non sei stato tu ad assumere quella tizia per farci mollare nel bel mezzo dell'Alaska," gli rispose lei. Poi alzò il viso per guardarlo dritto in faccia: "Vero?"

Lui chiuse gli occhi e scosse la testa; Zoey lo vide sorridere, quindi non doveva essere arrabbiato e anzi, doveva aver capito che lei aveva voglia di scherzare.

"No, Zo, certo che no."

Le si formò la pelle d'oca sulle braccia nel sentirsi chiamare in quel modo: prima di quel momento, nessuno le aveva mai dato un soprannome: le piaceva.

"Oggi hai condiviso con me qualcosa di inestimabile, non lo dimenticherò mai."

Zoey si scervellò per capire a cosa si stesse riferendo Mark, ma non le venne in mente nulla. Forse lui stava iniziando a delirare? Aveva sbattuto la testa e lei non l'aveva visto?

"Storie su mio padre," chiarì lui. "In genere, quando qualcuno muore, nessuno vuole parlarne per non turbare i cari. Ma per me è stato importante sentirti raccontare della sua vita quotidiana, sapere che era felice e con te al suo fianco."

"Beh, non emozionarti troppo, nella tua famiglia non mi volevano tutti bene." Quando Mark si irrigidì, Zoey sapeva che avrebbe fatto meglio a starsene zitta.

"Mal?" le chiese.

Lei annuì. "E Sean."

"Il socio mio padre?"

"Sì. Una sera ho sentito che parlava con Colin, gli stava chiedendo perché diavolo mi tenesse con sé. Gli ha detto che se avesse avuto bisogno di una governante, poteva assumerne una."

"Stronzo," mormorò Mark.

"Credo di non piacere neanche all'avvocato," continuò Zoey, incapace di tenere il becco chiuso. "Quando mi ha chiamato per dirmi della lettura del testamento, non sembrava troppo contento del fatto che ci fossi anche io."

"Non me ne frega un cazzo di loro," le disse Mark con fermezza. "Per me sei importante, è tutto ciò che conta."

Lo stesso valeva per Zoey, nel bel mezzo dell'Alaska, stretta tra le braccia di Mark Wright.

Alla fine, lui si tirò indietro e le disse: "Dai, dobbiamo darci una mossa. So che è ancora chiaro, ma hai freddo. Voglio accendere un fuoco per farti riscaldare."

Zoey era sicuramente più stanca del dovuto, dato che quel piccolo gesto le fece venire voglia di piangere. Inspirò a fondo e annuì. "Almeno non dobbiamo preoccuparci di nascondere il nostro fuocherello da qualche nemico che ci sta inseguendo."

Mark non le rispose, Zoey gli chiese nervosamente: "Vero?"

"Scusami, sì. Hai ragione. Chissà... magari il fumo attirerà l'attenzione, se c'è qualcuno nei paraggi potrebbe venire a cercarci," le rispose Mark.

Zoey annuì. "Raccoglierò tutta la legna che riesco a trovare, così potremo accendere un grande falò."

"Perfetto," le rispose Mark.

Zoey si voltò per darsi da fare, ma quando si girò per guardare Mark un minuto dopo, lui era rimasto immobile. La stava fissando, ma era evidentemente immerso in qualche pensiero.

"Mark?" lo chiamò lei. "Va tutto bene?"

Quelle parole lo scossero dalla trance in cui era caduto. "Sì, scusa. Va tutto benone." Poi si infilò una mano in tasca e tirò fuori il coltello che le aveva mostrato prima. Le aveva detto che aveva ricevuto un permesso speciale per portarlo a bordo, dato che erano su un volo noleggiato in condizioni straordinarie. Nel precedente volo diretto ad Anchorage lo aveva tenuto stipato in valigia.

Zoey si chiese cos'altro nascondesse in tasca il SEAL mentre si mise al lavoro per raccogliere legna da ardere. Lo immaginava mentre tirava fuori un panino succulento, o magari un telefono satellitare, lui avrebbe riso per poi dirle che voleva solo passare del tempo con lei prima di chiamare aiuto.

Zoey sapeva di essersi cacciata in un bel guaio: più tempo passava con Mark Wright, uno straordinario SEAL della marina, più le piaceva. Non si trattava più di una cotta da liceo, provava una vera e propria infatuazione per quell'uomo. Doveva solo assicurarsi di non farglielo mai sapere. Non voleva proprio rivedergli quell'espressione tenera sul volto prima che lui le spezzasse il cuore.

Lei viveva in Alaska, lui in California. Lui non avrebbe mai desiderato una pantofolaia come lei, quindi Zoey doveva godersi ogni minuto trascorso con lui in quel momento e tenersi stretta i bei ricordi, se... anzi, *quando*... se ne sarebbero finalmente andati da quelle lande selvagge.

CAPITOLO CINQUE

Bubba fissava il fuoco scoppiettante davanti a lui senza realmente vederlo. Era totalmente concentrato sulla donna che stringeva tra le braccia. Per cena non avevano mangiato altro che una caramella a testa e si erano sdraiati nel piccolo spazio che Bubba aveva allestito intorno al falò. Zoey tremava, lui detestava non poter fare di più per scaldarla.

Era stata di grande aiuto nell'allestire il piccolo accampamento improvvisato, dopo aver raccolto la legna aveva chiesto a Bubba cos'altro potesse fare per rendersi utile. Lui le aveva mostrato con pazienza il modo in cui stava costruendo il piccolo rifugio, lei aveva osservato con molta attenzione l'utilizzo dell'acciarino per appiccare il fuoco.

Bubba aveva creato una piccola trappola con un po' di spago che aveva in tasca e dei rametti trovati nei dintorni, aveva anche creato un sistema per filtrare l'acqua dagli alberi e poi si era accucciato dietro Zoey, impegnandosi per scaldarla da dietro mentre il fuoco le scaldava la parte frontale.

Lei gli si irrigidì tra le braccia, ma non lo respinse.

"Vuoi che mi allontani?" le chiese.

Zoey scosse subito la testa. "No, è che sai... abbracciarsi

come abbiamo fatto prima era un conto, ma adesso, stare sdraiati in questo modo... è un po' imbarazzante."

"No, non lo è," ribatté lui. "Rilassati."

"Ma non ci conosciamo."

"Non è vero, Zoey. Ti conosco da più di quindici anni."

Lei scosse la testa. "Ok, Mark, ma non ti ho visto per ben tredici di questi anni. "

"Allora riprendiamo da dove abbiamo interrotto," le disse.

Lei sbuffò, Bubba pensò che probabilmente lei avesse alzato gli occhi al cielo. "Penso che mi sarei ricordata di un momento simile, se lo avessimo avuto. Sai... avevo una cotta per te."

"Davvero?"

Zoey sospirò. "Diamine... ecco che parlo di nuovo a sproposito, perdendo ogni buon senso."

"Se ti può consolare, sappi che appena ti ho vista ti ho trovata subito carina."

Lei girò la testa e lo fissò; il sole non era ancora tramontato del tutto e lui riconobbe lo scetticismo nello sguardo di Zoey. "Lo dici solo per cercare di farmi sentire meglio?"

"No," le disse Bubba serenamente. "Eri appena entrata a scuola, accompagnata da tua madre. Sembravi terrorizzata, non potevo di certo biasimarti: essere la nuova arrivata in una scuola superiore e in un posto come Juneau avrebbe fatto vacillare anche l'animo più coraggioso. Eppure, quando hai notato che tutti ti fissavano, hai alzato il mento e hai sorretto ogni sguardo: ti ho trovata molto coraggiosa, mi hai incuriosito. Per non parlare poi di come ti calzassero bene quei jeans neri che portavi, la forma del tuo... uhm... fisico, sotto la maglietta rosa."

"Ti ricordi cosa indossavo la prima volta che mi hai vista?" gli chiese lei, sempre fissandolo.

Bubba strinse il braccio che le teneva intorno alla vita e le portò l'altro sopra il petto, in un abbraccio diagonale. Lei tornò a guardare davanti a sé, sistemandosi nella posizione. Bubba si sentiva più tranquillo, senza lei che lo fissava. Le rispose fissando le fiamme tremolanti del falò. "Sì, mi ricordo tutto. Indossavi le Converse, avevo già capito quanto fossi una forza."

"Non ero una forza," mormorò lei.

Lui ridacchiò. "Secondo me sì. Eri gentile con tutti: non ti ritenevi superiore a nessuno, trattavi tutti come tuoi pari, dal secchione della classe all'atleta di turno."

"Non riesco a credere che ti ricordi cosa indossassi quel giorno," mormorò lei scuotendo la testa.

Bubba ridacchiò di nuovo, si accorse di non aver riso tanto da molto tempo. Non era un musone come il suo compagno di squadra Phantom, ma non era nemmeno l'anima della festa. Persino in quella situazione difficile, però, stare accanto a Zoey lo faceva ridere più del solito.

"Beh, dannazione! Se avessi saputo che mi avevi notata, forse non avrei accettato di uscire con Malcom, quando me l'ha chiesto."

Bubba si sforzò al massimo per non irrigidirsi. "*Perché* sei uscita con lui?"

Zoey fece spallucce. "Ho pensato che lui fosse la cosa più vicina a te che avrei mai potuto avere."

Quelle parole aleggiarono nell'aria, nella luce ormai tenue. Zoey proseguì rapidamente: "Ma già quando ci siamo incontrati al centro commerciale per il nostro primo appuntamento, avevo capito che tra noi non poteva funzionare."

"Perché?"

"Perché mi ha praticamente ignorata," gli rispose Zoey. "Continuava a guardarsi intorno per vedere chi altro ci fosse, e se qualcuno lo stesse guardando. Ha aspettato di incontrare un amico per mettermi un braccio intorno alle spalle, mi ha praticamente tirata contro di lui... a momenti mi strangolava. Mi ha comprato il biglietto per il cinema, ma quando siamo entrati ed era sicuro di essere lontano da chiunque lo cono-scesse, mi ha detto che se avessi voluto comprarmi qualche snack, me lo sarei dovuto pagare da sola. Durante tutto il film ha cercato di palparmi, è stato proprio sgradevole; avevo deciso che non volevo avere più niente a che fare con lui. Dopo il film, ha insistito per passeggiare di nuovo per il centro commerciale, per ripetere la patetica scenetta del braccio intorno al collo."

Bubba riuscì a immaginare la scena in modo vivido, non gli piaceva proprio. "Mal mi ha detto che avete pomiciato durante tutto il film e che gli stavi sempre addosso."

Zoey non si infuriò, scoppiò a ridere. "Sì certo, come no. Comunque, siamo usciti ancora un paio di volte ma sono andate sempre come la prima, allora gli ho detto che non eravamo compatibili. Lui si è incazzato perché lo stavo scari-cando ancora prima di averci fatto sesso, così mi ha mollata da sola a Lena Beach. Ammetto di essere rimasta delusa dal fiasco... più che altro perché speravo davvero che lui fosse più simile a *te*. A scuola eri sempre gentile e premuroso con tutti."

"Io e mio fratello non ci assomigliamo per niente," le disse Bubba, detestò Malcom per aver maltrattato Zoey in quegli anni.

"Lo so."

Bubba non aveva idea se lei si stesse rendendo conto di accarezzargli una coscia, come per calmarlo, ma lui non poteva negare che quella fosse una sensazione piacevole ed effettivamente lo stava aiutando a restare calmo. Insomma, scoprire che Zoey era uscita con Malcom perché aveva avuto una cotta per *lui* non era una passeggiata.

Scoprire che Malcom l'aveva trattata tanto male l'aveva mandato su tutte le furie.

"Sai, ero convinta che i gemelli fossero molto legati e simili in tutto e per tutto," ammise Zoey dopo qualche istante.

Bubba fece spallucce. Lei non lo poteva vedere, ma probabilmente aveva percepito il movimento sulla schiena. "Non ci sono mai piaciute le stesse cose. Quando da piccoli mio padre ci metteva gli stessi vestiti, uno di noi se li cambiava sempre. Mal era più impetuoso, si buttava a capofitto nelle situazioni senza pensarci. Io sono sempre stato più prudente. Diciamo che c'è un motivo se quando lasciavo le ragazze, non finivano per odiarmi."

"Eh, è stata proprio una delusione," ammise Zoey. "Per tutto il resto di quell'anno, non sono andata a nessun altro appuntamento."

"Come mai non sei ancora sposata?" le chiese Bubba. "Cioè... non sei sposata, vero?"

Lei gli scosse la testa contro il petto, lui inalò la delicata fragranza dello shampoo. Anche dopo la giornata trascorsa camminando nella foresta, lei era ancora profumata.

"Non sono sposata e negli ultimi anni non sono nemmeno uscita con qualcuno."

"Non capisco," le disse Bubba. "Sei bella, premurosa, intelligente. Cosa diavolo c'è che non va negli uomini di Juneau?"

Lei sbuffò. "Ti ringrazio. Credo di volere... di più. Magari è stupido come pensiero, ma non voglio sposare il primo uomo che me lo chiede solo perché potrebbe essere l'*unico* a farlo. Voglio stare con qualcuno che non può immaginare di stare *senza* di me, qualcuno che è impaziente di tornare a casa dopo una lunga giornata solo perché sa che ci sarò ad aspettarlo. Qualcuno che mi tratti con rispetto e mi incoraggi a inseguire i miei sogni, invece di insistere a farmi accettare un lavoro di merda in modo che lui possa comprarsi tutta l'erba e l'alcol che desidera."

Bubba si irrigidì. "Qualcuno l'ha fatto davvero?" le chiese.

"Sì, ma non preoccuparti: ho rotto con lui due secondi dopo aver ricevuto questo gran bel suggerimento. So di essere un'inguaribile romantica, ma non posso farci niente. Voglio trovare l'uomo della mia vita. Non qualcuno di cui devo prendermi cura, né qualcuno che pensi di doversi prendere cura di *me*: sono una donna adulta che è riuscita a mantenersi un tetto sopra la testa e la pancia piena, durante gli ultimi anni. Magari sì, non sono ricca e non faccio il lavoro dei miei sogni, ma penso di cavarmela bene."

"Infatti è così," le confermò Bubba. "Non dovresti accontentarti, penso che questo sia un grosso problema nella nostra città natale. Tutti pensano che se non accettano la prima persona che arriva, non ci sarà mai nessun altro. Scusa il proverbio trito e ritrito, ma il mare è pieno di pesci; non dovresti accontentarti del primo che ti salta nella rete."

"Sì," concordò Zoey.

Rimasero in silenzio per un po', finché Bubba le chiese: "Allora, se ti avessi chiesto di uscire, avresti accettato?"

"Senza alcuna esitazione" gli disse Zoey rapidamente.

"Volevo farlo," ammise Bubba. "Ma dopo che sei uscita con Malcom, ho pensato che sarebbe stato strano. Non volevo che la gente pensasse che tu uscissi con me per *lui*. Infantile, lo so."

Zoey annuì, ma non disse nulla.

"Credo anche di non averti chiesto di uscire perché sapevo già che sarei andato via, subito dopo il diploma. In fondo, sapevo che se avessimo iniziato a frequentarci, sarebbe stato molto più difficile partire." Bubba percepì che Zoey si spinse leggermente contro di lui, ma lei non disse nulla, né si voltò. "Anche se sono passati anni, so che avevo ragione. Avremmo sofferto entrambi con la mia partenza, non volevo ferirti."

"Allora sono contenta che tu non mi abbia chiesto di uscire," gli disse Zoey dopo qualche minuto.

Bubba sbatté le palpebre, sorpreso. Non era certo quello che si aspettava di sentire, dopo averle fatto quella confessione. "Davvero?"

Lei annuì. "Sì. Dirti addio mi avrebbe uccisa, se ci fossimo frequentati sapendo che non saresti mai tornato. E guardati ora... hai fatto qualcosa di incredibile: hai salvato vite, hai servito il tuo paese e stai facendo quello che ami! Rimanere a Juneau ti avrebbe soffocato. Sei un brav'uomo, Mark, sono orgogliosa di te. So di avertelo già detto, ma sentivo di doverlo ripetere. Tuo padre mi parlava sempre di te."

Quelle parole gli fecero bene. Bubba non aveva parlato molto con il padre, sentirsi dire che il suo vecchio era stato tanto orgoglioso di lui era servito a lenire il senso di colpa per non essergli stato accanto quando era morto.

"Grazie," sussurrò lui.

Zoey gli strinse la coscia. "Non c'è di che."

Bubba percepiva che lei era ancora rigida, voleva farla rilassare e farla appoggiare totalmente a lui. "Rilassati, Zo. Non mordo, se ti lasci andare contro di me non penserò che tu voglia strapparmi i vestiti e saltarmi addosso."

Lei ridacchiò. "E se *volessi* farlo?"

Bubba fu messo a dura prova da quelle parole, ma si costrinse a mantenere la calma.

"Allora direi che quando torneremo in città, sarò più che felice di farti fare tutto quello che vuoi."

Lei ridacchiò, un po' a disagio. "Stavo scherzando," gli disse rapidamente.

"Io no," le rispose con dolcezza.

C'è da dire che Zoey non si sottrasse all'abbraccio per rimproverarlo per averci provato con lei. "Sai, non capisco proprio come nei romanzi rosa, quando i protagonisti si rifugiano nella giungla per scappare dai nemici, trovino il tempo per fare sesso. Dai, non è passato neanche un giorno e mi sento sporca e ributtante. Inoltre, sto congelando: non vorrei proprio togliermi i vestiti per fare sconcerie."

Bubba per poco non si strozzò con la saliva, ma poi

scoppiò a ridere. "Beh, non sono un amante di quel genere, ma immagino che ci sia qualcosa di romantico."

"Scusa tanto, ma tutto questo non è romantico," gli rispose Zoey.

"Come no? Abbiamo un bel fuocherello, un bel paesaggio e una bella conversazione. Dove manca il romanticismo?"

"Beh... fa freddo, non abbiamo idea di dove siamo o se qualcuno si è accorto della nostra scomparsa, è ovvio che qualcuno ci vuole morti e potremmo restare bloccati qui per settimane."

"Hai ragione, Zo, ma devi guardare il lato positivo."

"C'è un lato positivo?" gli chiese lei.

"C'è sempre un lato positivo," le rispose Bubba. "Sembra che non ci sia nessuno in agguato, pronto a ucciderci; non siamo in inverno, quindi anche se fa freddo non c'è neve in giro, non siamo sotto zero; grazie alla mia bussola non possiamo perderci e non moriremo di fame perché posso cacciare e cuocere qualsiasi animaletto abbastanza scemo da finire nella mia trappola. E poi, non siamo soli: abbiamo l'un l'altra."

"Vero," gli disse Zoey a bassa voce. "Se fossi stata da sola, non so proprio cos'avrei combinato. Probabilmente avrei avuto una crisi di nervi."

"No, ti saresti comportata come sempre."

"Ovvero?" lo incalzò lei quando lui non finì la frase.

"Ti saresti rimboccata le maniche e te la saresti cavata."

"Penso che nessuno mi abbia mai detto qualcosa di tanto carino," gli disse Zoey.

"Allora dovrò impegnarmi di più," le disse Bubba, non era tanto per dire. Gli piaceva tutto quello che aveva scoperto quel giorno: Zoey Knight non era una che si lasciava abbattere dalla vita. "Sono contento di non essere qui da solo," le disse dopo un po'.

Lei sbuffò.

"Cosa?" le chiese lui. "Sono serio."

"Come se avessi davvero bisogno di qualcun altro, io non faccio altro che rallentarti."

"Non è vero," le disse Bubba. "In situazioni simili, è fondamentale avere una buona squadra. Io copro le spalle a te, tu fai lo stesso con me. È così che funziona."

"Ti è capitata una pessima compagna, Mark."

Come al solito, quando lei pronunciava il nome di Bubba, gli provocava una piacevole sensazione nello stomaco. "Non dire così," la rimproverò lui. "Durante l'addestramento, ci hanno insegnato che ogni singola persona è vitale per la missione. Sì, oggi per te è stata dura, ma con il passare del tempo hai acquisito sempre più sicurezza nelle tue capacità. Ora sai come accendere un fuoco e costruire un riparo. Ma soprattutto, mi hai tenuto compagnia; perdere mio padre è stato un duro colpo. Ho molti sensi di colpa e rimpianti riguardanti il nostro rapporto, ma ascoltando tutte le storie che mi hai raccontato su di lui, mi sono sentito molto meglio. Quindi non pensare di non essere una parte vitale di questa missione, Zo, perché è l'esatto contrario."

"Quindi ora siamo in missione?" gli chiese lei.

Il sole era finalmente tramontato, il fuoco di fronte a loro era l'unica fonte di luce per chilometri. Per quanto possibile, l'atmosfera aveva assunto toni intimi e accoglienti.

"Direi proprio di sì," le rispose Bubba. "Qualcuno voleva sbarazzarsi di noi, dobbiamo capire perché. Dobbiamo sopravvivere abbastanza a lungo per tornare in città, prima o poi incontreremo qualcuno. Anche se siamo in Alaska, ci sono tante persone che vivono in posti sperduti. Non vogliamo essere sbranati da animali selvaggi, dobbiamo trovare cibo e acqua e restare positivi. Quindi sì, Zo: siamo in missione."

"Sono felice che tu sia qui con me," gli disse Zoey.

"Anche io sono contento di averti qui," le rispose Bubba.

Trascorsero diversi minuti nel silenzio. Zoey rabbrividì tra le braccia di Bubba, lui strinse la presa. Anche se doveva sentirsi esausto, non riusciva a spegnere la mente, proprio come quando era impegnato nelle missioni per la marina. Gli era impossibile smettere di cercare di capire perché qualcuno li avesse presi di mira. Continuava a ripensare a tutto quello che Zoey gli aveva detto sul padre e sulle persone che gli erano state più vicine.

"Sai esattamente come è morto mio padre?" le chiese dopo circa venti minuti di silenzio. "Voglio dire, so che si è trattato di infarto, ma non so altro."

"Non conosco tutti i dettagli. Era da un po' che Colin non si sentiva bene. Quando andavo a trovarlo gli preparavo la zuppa e altri piatti. Certi giorni erano meglio di altri, ma in linea generale stava migliorando. Pensavo fosse sicuro andare ad Anchorage. Tuo padre detestava i medici, non voleva mai ammettere di averne bisogno. Se in quel momento ha sofferto un qualche dolore al petto, so che non è andato all'ospedale, come invece avrebbe dovuto fare. Comunque, Malcom è andato a casa a controllare dove fosse finito, visto che non si era presentato al lavoro. Lo ha trovato morto nel letto, a quanto pare è successo durante la notte."

"Non sapevo nemmeno che fosse malato," le disse Bubba a voce bassa. "Non lo sopporto."

Zoey fece qualcosa che sconvolse Bubba: gli prese una mano, ne baciò il palmo e se la portò al petto. "Non voleva farlo sapere in giro. Io lo sapevo solo perché ero sempre a casa sua a sbrigare faccende, ritirare la posta e tutto il resto. Lo sapevano anche Sean e Malcom. Oh, credo che anche Kenneth lo sapesse, ma poi basta. Nessuno dei suoi dipendenti ne era al corrente, Colin preferiva così. L'ho pregato di andare dal medico, ma lui diceva sempre che si sarebbe sentito meglio il giorno seguente e così continuava a rimandare. Giuro che nè io nè lui ci saremmo aspettati un infarto."

"Comportamento tipico di papà." Bubba sospirò. "Mi mancherà."

"Anche a me," concordò Zoey. "Allora, qual è il piano per domani?"

"Procederemo come oggi. Continuiamo a muoverci verso sud, speriamo di aver catturato qualcosa nella trappola e di poterci rifocillare un po'. Terremo d'occhio i funghi e le bacche commestibili, possiamo mangiarci anche alcune foglie. Non c'è pericolo di disidratarci perché sembra che ogni cento metri dobbiamo attraversare un ruscello. Continueremo a muoverci finché non ci imbatteremo in una specie di città o non incontreremo qualcuno."

"La fai tanto facile, tu," si lamentò Zoey in modo bonario.

"Un passo dopo l'altro," le rispose Bubba. "Non possiamo fare altrimenti."

"Credi davvero che i tuoi amici si accorgeranno che qualcosa non va?"

Prima, quando stavano preparando il rifugio per la notte, Bubba le aveva accennato della squadra SEAL e di come era certo che avrebbero capito che qualcosa non andava, dal momento che lui non si era più potuto far vivo con loro.

"Sì. Scommetto tutto quello che vuoi che Rocco si sta già muovendo."

Finalmente, Bubba sentì Zoey contro di lui. Lei gli si appoggiò contro il petto e quel piccolo gesto di fiducia lo rallegrò, come se avesse appena superato un enorme ostacolo che lo bloccava da giorni.

Lui si spostò affinché i loro corpi combaciassero. Mantenne il braccio intorno alla vita di lei e la tirò indietro, sempre più contro di lui. Bubba sperava che Zoey si sarebbe scaldata del tutto, tra il fuoco davanti a lei e lui dietro. Faceva freddo, anche se non era nulla di insormontabile; però Zoey non era affatto abituata a quella situazione e gli aveva detto di essere molto freddolosa. Bubba avrebbe dovuto tenerla d'occhio, per vedere come se la cavava con tutto quel freddo.

"Per la cronaca..." gli disse Zoey.

"Sì?"

"La prossima volta che andiamo in campeggio, voglio fare un'esperienza di campeggio glamping."

"Glamping?"

"Sì, un campeggio con tutte le comodità di una casa. Un vero letto, veri cuscini, doccia, forse anche una Jacuzzi. Camino e servizio in camera."

"Esiste davvero o te lo sei inventato?"

"Esiste," gli disse lei. "Cercalo. Beh... dovrai cercarlo quando saremo a casa. Non mi piace dormire per terra."

"Nemmeno a me fa impazzire," le disse Bubba. "Ma prometto di portarti in uno di questi campeggi, quando torniamo."

"Bene. Mark?"

"Sì?"

"Non so come ci riesci, ma non sto impazzendo. Ho paura, sì... ma con te al mio fianco, penso che potremmo davvero arrivare a casa."

"Ci arriveremo. Ti giuro che ti porterò a casa sana e salva."

"Certo, tornare a casa non significa che chi ha orchestrato questa simpatica avventura non cercherà di nuovo di liberarsi di noi," mormorò lei.

Bubba si irrigidì.

Diamine, non ci aveva nemmeno pensato. *Certo* che i nemici ci avrebbero riprovato, perché avevano provato seriamente a far sparire sia lui che Zoey nel nulla. Bubba non aveva idea se avessero preso di mira entrambi, ma al momento non aveva importanza.

"Scoprirò chi ha combinato questo casino e mi assicurerò che tu sia al sicuro per vivere la tua vita al meglio," le promise Bubba.

Ma Zoey non lo aveva sentito, respirava in modo profondo; si era addormentata.

Bubba strinse la presa e la tirò ancora più a sè, poi pensò agli amici SEAL.

Rocco, spero proprio che tu ti sia messo in moto, quando non ti ho chiamato come promesso.

———

"C'è qualcosa che non va," mormorò Rocco sottovoce. Quando aveva detto a Bubba di chiamarlo una volta atterrato, stava scherzando solo in parte. Con il passare delle ore senza aver ricevuto quella chiamata, Rocco diventava sempre più inquieto.

Si era agitato ancora di più quando aveva chiamato il numero di Bubba ed era partita subito la segreteria telefonica. Aveva controllato i notiziari, non c'era nessuna notizia su incidenti aerei nella zona di Anchorage. Aveva anche mosso qualche filo per cercare di scoprire i dettagli del volo noleggiato che doveva portarlo a Juneau, senza successo.

Dall'aeroporto di Anchorage, nessuno poteva o voleva dirgli qualcosa sul volo che sarebbe dovuto partire quando aveva sentito Bubba l'ultima volta.

C'era decisamente qualcosa di sbagliato, il senso di allerta di Rocco stava schizzando alle stelle.

Prese il telefono e compose il numero dell'unica persona che lo avrebbe potuto aiutare: Tex.

Il SEAL sperava di essere solo troppo paranoico, che Bubba fosse atterrato sano e salvo a Juneau e che fosse semplicemente troppo occupato con il testamento del padre per ricordarsi di chiamarlo.

Tuttavia, Rocco scartò subito quel pensiero. Bubba era un professionista: non si sarebbe mai "dimenticato" di chiamare

Rocco, così come non sarebbe mai partito per una missione senza munizioni per le armi.

No, era sicuramente successo qualcosa di grave. Rocco non si sarebbe dato pace finché non avesse scoperto cosa fosse successo e avesse riportato l'amico a casa.

Trattenne il respiro e attese che Tex rispondesse alla chiamata, sperando vivamente di non dover portare a casa il corpo di Bubba in una cassa di legno.

CAPITOLO SEI

"Raccontami di più sulla tua squadra," disse Zoey a Mark il giorno dopo, mentre arrancavano verso sud.

La mattina era trascorsa abbastanza bene, per la situazione in cui si trovavano. Mark era riuscito a catturare un piccolo coniglio e Zoey si era sentita malissimo per l'animaletto; non le era piaciuto guardare Mark che lo scuoiava e sventrava, ma si era sforzata di non distogliere lo sguardo. Se doveva essere la compagna di squadra del SEAL, doveva imparare il più possibile ed essere pronta a fare la propria parte.

Non pensava di apprezzare quel pasto, soprattutto perché le piaceva molto quell'animale carino e pelosetto, ma non appena annusò l'odore della carne cotta, iniziò a salivare; una volta che il pasto era pronto, non si sentiva più tanto in colpa.

Mentre Mark cucinava, Zoey aveva sentito lo stomaco brontolarle tutto il tempo. Si era abituata a mangiare solo bacche e una caramella per cena; anche se al primo assaggio della carne si era mostrata un po' reticente, si era lasciata conquistare subito dal gusto.

Perse ogni educazione e maniera di comportarsi dopo un

solo morso: quella carne era *talmente* buona! Magari un po'
insipida e stopposa, ma Zoey la trovò deliziosa. Sia lei che
Mark avevano rosicchiato tutto il possibile dalle ossa, poi si
erano rimessi in cammino con forza e determinazione, spera-
vano di trovare presto un segno di civiltà.

Tre ore dopo, Zoey aveva perso parte dell'entusiasmo.
Aveva i piedi congelati, anche se le calze e gli stivali impedivano all'umidità di penetrare. Mark procedeva come se
potesse macinare ancora un bel po' di strada, Zoey sapeva che
in realtà era proprio così. Si sarebbe stancata molto prima
di lui.

Per evitare di pensare a quanto si fosse sentita bene quella
mattina quando si era svegliata tra le braccia di Mark (un
sogno diventato realtà), cercò disperatamente di parlare con
lui. Era molto curiosa di scoprire di più su quegli uomini che
lui le aveva citato spesso, che riteneva al pari di fratelli. Zoey
non aveva mai condiviso un legame del genere con nessuno,
né con amici né con familiari, quindi era genuinamente
curiosa.

"Cosa vuoi sapere?" le chiese Mark.

"Tutto," gli rispose lei.

Lui ridacchiò, Zoey si lasciò cullare da quel suono e si
sentì un po' meglio riguardo tutta la situazione in cui si erano
cacciati. Lo ricordava come un ragazzo serio, ma da quando
erano rimasti bloccati nel bel mezzo dell'Alaska lui aveva riso
spesso.

"Beh, vedi, siamo una squadra composta da sei uomini.
Lavoriamo insieme da quando abbiamo superato l'addestramento per i SEAL. Rocco è il più grande, ha trentacinque
anni ed è il capo non ufficiale della squadra. Io sono quello
più giovane, avendo trentun anni."

"Wow, davvero?"

"Sì. Siamo in squadra da tanto, praticamente ci leggiamo

nel pensiero. Il più delle volte agiamo senza che nessuno ci dia un comando."

"Fenomenale," commentò Zoey.

"Sì, adoro quei bestioni. Farei qualsiasi cosa per loro, proprio come loro farebbero per me."

"Per questo sei tanto sicuro che ti cercheranno?"

"Esatto. So con certezza che anche se dovessimo morire, non si limiterebbero a trovare i nostri corpi, ma continuerebbero a cercare di capire chi ci ha giocato questo brutto tiro e in quali circostanze saremmo morti."

"Uhm... questo è un po' inquietante."

Mark ridacchiò di nuovo. "Sì, probabilmente hai ragione, ma il fatto è che sono i miei migliori amici, non so cosa farei senza di loro."

"Scommetto che è fantastico," commentò Zoey senza pensare.

"Non hai amicizie di questo tipo?" le chiese Mark.

Zoey desiderò prendersi a calci da sola per aver tirato fuori l'argomento, così tentò di ignorare la domanda. "No, voglio dire... è bello avere qualcuno di cui potersi fidare tanto."

"Tu non hai persone così?" insistette lui.

Diamine, Mark non voleva proprio lasciar perdere. "A dire il vero... no. Sai com'è, se non sei nato e cresciuto a Juneau allora sarai sempre considerato un forestiero. Ho persone con cui trascorrere del tempo, ma il nostro rapporto non si avvicina a quello di cui parli tu."

"Ti starebbero molto simpatiche Caite, Sidney e Piper," le disse Mark.

Zoey apprezzò che lui non insistesse sul discorso della mancanza di amici stretti. Lei detestava quel fatto, si era sforzata duramente di coltivare belle amicizie ma non aveva mai trovato nulla di più serio di un drink o un pranzo fuori. "Chi?"

"Le donne di Rocco, Ace e Gumby."

Zoey scosse la testa. "Devo dire che avete dei soprannomi proprio strani, non riuscirei mai a chiamarti Bubba, sei tutto tranne che un Bubba. Sarà lo stesso anche per i tuoi amici. Gumby... davvero? Sarà mica grande, verde e gommoso?"

Mark scoppiò a ridere. "No. È Phantom quello grosso, è alto quasi due metri."

"Lui è quello serio, giusto?" gli chiese Zoey.

"Sì. Ha avuto un'infanzia orribile, anche se non è mai sceso nei dettagli. Ci ha detto solo lo stretto necessario per sapere che non ne vuole parlare e che se non rivedrà più la madre e la zia, sarà comunque troppo presto."

Zoey fu scossa da un brivido, non solo per l'aria gelida. Non si sentiva tanto sicura di voler incontrare quegli uomini; sapeva che Mark li considerava al pari di fratelli, ma non riusciva a immaginarsi circondata da tanto testosterone condensato in un unico posto. Faceva già abbastanza fatica a gestire Mark da solo. "Parlami delle ragazze."

Zoey ascoltò con attenzione i racconti di Mark su come alcuni compagni di squadra si fossero conosciuti con le loro donne. Zoey pensò che fossero tutti fantastici, sentì una punta d'invidia pungerle il petto.

"Ma quindi Caite ha davvero salvato la vita dei tuoi amici quando erano in Bahrain o stai solo esagerando per rendere la storia più interessante?" gli chiese.

"Li ha salvati davvero," le rispose Mark. "Rocco mi ha detto che ormai si erano messi l'anima in pace e stavano cercando di capire come uccidere più contrabbandieri possibile prima che quelli gli sparassero, poi in quel momento Caite è riuscita a spostare il tavolo sopra la botola che li teneva prigionieri. Se non fosse arrivata a salvarli, i contrabbandieri avrebbero aperto la botola e avrebbero sparato a Rocco, Ace e Gumby dall'alto."

Zoey rabbrividì, Mark si sarebbe potuto trovare in quella situazione e il pensiero non le piacque per nulla. Accidenti, lui non le aveva raccontato di nessun'altra missione, ma aveva la netta sensazione che probabilmente si *fosse* effettivamente ritrovato in una situazione simile. Per fortuna era ancora vivo e vegeto.

"Sono proprio contenta che Sidney abbia salvato Hannah," commentò lei.

"Sì, anch'io. Quella povera cagnolina era stata trattata malissimo, ma senza saperlo non lo diresti per quanto è affettuosa... diventa cattiva solo se qualcuno minaccia i suoi padroni."

"E non riesco a credere che Piper e Ace siano riusciti ad adottare quelle ragazzine tanto in fretta! In genere non funziona così, vero?"

"Vero, ma quello è stato tutto merito di Tex. Lui è fantastico, ti giuro che sarebbe in grado di trovare un ago in un pagliaio senza alcuna fatica."

Zoey sapeva di suonare più insicura del dovuto quando gli rispose: "Non avrei mai pensato di paragonarmi a un ago, ma spero proprio che tu abbia ragione e che tale Tex possa trovarci in questa foresta, tanto simile a un pagliaio."

Mark si fermò e si girò a guardarla: lei quasi quasi avrebbe preferito che lui avesse continuato a camminare, così non avrebbe dovuto sforzarsi di apparire più coraggiosa di quanto si sentisse. La situazione stava peggiorando ora dopo ora, persi nei boschi; non stavano affrontando un campeggio complicato, qualcuno aveva tentato di sbarazzarsi di loro *per sempre*. Chiunque fosse il nemico, sperava che sarebbero stati sbranati da un orso o qualcosa di simile.

"Ci troverà," le disse Mark, estremamente convinto.

"Non puoi esserne certo."

"Sì, invece; sai perché?"

"Perché?"

"Perché Tex è il migliore nel suo campo, in quanto SEAL in pensione. Sa anche quanto sarei furioso se qualcuno tentasse di uccidermi per un qualcosa di tanto banale come i soldi.”

“Pensi davvero che sia questo lo scopo di chi ci vuole morti?” gli chiese Zoey.

Mark annuì. “Non c’è altro motivo, davvero. Ora, la domanda è: chi? Kenneth? Ha organizzato lui il nostro volo. Sean? Il socio in affari di papà? Se mio padre avesse deciso di lasciarmi parte degli affari, Sean potrebbe essersi incazzato, visto che io non ho mai lavorato con loro.”

“Forse è stata Ashley,” rifletté Zoey, entrando nel vivo della conversazione.

“Chi?”

“Ashley Gilstrap, un’infermiera assunta da tuo fratello per tenere d’occhio tuo padre. Quando non c’ero io, andava lei.”

“Non ne sapevo nulla. Quanti anni ha? È sposata?”

“Mi sembra che sia una nostra coetanea, è single. Credo che lei e Malcom si siano frequentati per un po’, ma non ne sono sicura.”

“A proposito... non possiamo depennare nemmeno Malcom dalla lista dei sospettati.”

“Lo credi davvero capace di volersi sbarazzare di te?” gli chiese Zoey.

Mark fece spallucce. “No... o almeno, mi piacerebbe pensare di no, ma a questo punto, non possiamo escludere nessuno.”

“La moglie di Sean è una stronza,” gli disse Zoey. “Tuo padre mi ha detto che Vivian Kassamali odiava gli affari e pressava Sean per fargli vendere la sua metà.”

Mark la guardò per alcuni istanti.

“Cosa?” gli chiese Zoey inclinando la testa.

“Sei fantastica,” le disse Mark a bassa voce.

Zoey non aveva idea del perché le avesse detto ciò, aggrottò la fronte.

“So che non sei d’accordo, ma è utile parlare della situazione con te. Faccio sempre così, con la squadra: facciamo sessioni di brainstorming e buttiamo fuori ogni possibilità, l'eventualità di ogni azione. Questo ci aiuta a elaborare un piano efficace per assicurarci di tornare a casa sani e salvi."

"A dire il vero, dentro di me sono in tumulto. Odio tutto questo casino, Mark. Nessuno ha mai cercato di uccidermi prima d'ora, non ha alcun senso," gli disse Zoey onestamente.

"Questo rende ancora più incredibile il modo in cui stai gestendo la situazione. Comunque, per tornare all'argomento iniziale, Tex e la mia squadra ci troveranno... sempre che non ci salviamo prima noi. Quasi mi aspetto che si presentino qui ridendo e mi prendano in giro su quanto ci ho messo io a trovare *loro*."

"Mi andrebbe anche bene se si presentassero, ma diciamo che arriveranno con un elicottero così non dobbiamo camminare per altri cento chilometri, ok?"

Mark buttò la testa indietro tra le risate, Zoey rimase affascinata da come gli si muoveva la gola. Quando si riprese, lui fece un passo verso di lei e l'avvolse in un abbraccio da orso, regalandole una magnifica sensazione.

Zoey aveva adorato svegliarsi tra le braccia di Mark; il suolo era gelido, il fuoco ormai quasi spento e non si sentiva più i piedi, ma a un certo punto della notte si era girata verso di lui, trovandoselo di fronte. Gli aveva sepolto il naso nel collo, lui le aveva avvolto un braccio intorno alla vita e l'aveva stretta forte. Lei era riuscita a percepire il calore del corpo di lui nonostante tutti gli strati di vestiti. Per un momento, aveva chiuso gli occhi e aveva provato a fingere di dormire con lui nel letto di Juneau, immaginando che lui fosse andato a trovare il padre e si fosse innamorato immediatamente di lei, avessero fatto l'amore tutta la notte e fossero crollati per la stanchezza.

Era un pensiero stupido, ma Zoey non riusciva proprio a frenare cotanta immaginazione.

"Vada per l'elicottero, Zo," le disse Mark, poi le stampò un bacio su una tempia e si allontanò. "Va bene se procediamo ancora per un po'?"

Zoey annuì. Era stanca, ma non voleva proprio che l'Iron Man lì con lei se ne accorgesse.

Però lui se n'era accorto lo stesso. "Giusto un pochino, poi ci fermiamo e troverò qualcosa da mettere sotto i denti. Ok?"

"Va bene," accettò lei.

Lui la guardò per un lungo momento, Zoey avrebbe pagato miliardi per potergli leggere la mente in quel preciso istante, per poter scoprire a cosa stesse pensando. Lui si limitò a farle un cenno con il capo, si voltò e ripresero la marcia.

Non fu facile trovare un percorso fattibile nella foresta; non c'erano sentieri, dovevano farsi strada tra alberi e cespugli lungo il cammino. Mark era costantemente in allerta per i versi degli animali nei dintorni, più di una volta aveva alzato una mano in aria per farla fermare e poi era rimasto in ascolto per lunghi minuti. Ogni volta che succedeva, Zoey non riusciva a sentire nulla oltre al cuore che le martellava in petto. Dopo qualche istante, riprendevano a camminare. Fino a quel momento non si erano imbattuti in orsi o alci, Zoey sapeva che erano stati solo fortunati.

Mark mantenne la parola e dopo un'ora trovò una grande roccia su cui lei avrebbe potuto sedersi per riposare mentre lui andava in giro alla ricerca di cibo.

"Non allontanarti troppo," gli gridò Zoey quando lui stava per farsi inghiottire dalla foresta che li circondava.

Lui si fermò e tornò verso di lei; appoggiò le mani sulla roccia, accanto ai fianchi di Zoey, poi si chinò. Lei lo fissò con grande sorpresa.

"Tornerò il prima possibile."

"O-Ok," balbettò lei.

"Non ti abbandono qui da sola," le disse.

"Lo so, ma... può succedere qualcosa..."

"Te lo giuro sulla mia vita, tornerò."

Zoey sentì un nodo in gola per le lacrime non versate e annuì. Se avesse parlato, Mark si sarebbe accorto di quanto lei fosse giunta al limite.

Come se ne fosse comunque al corrente, Mark le spostò una ciocca di capelli dalla fronte e gliela baciò. Poi le poggiò la fronte sudata contro quella di lei e le portò una mano sul retro del collo.

Quella posizione era molto intima. Nessuno dei due profumava, Zoey era consapevole di avere i capelli tutti annodati ma al momento non le importava. Si sentiva come se fossero rimasti solo loro due al mondo.

"Non sono sopravvissuto alla cattura dei talebani, a due incidenti in elicottero e a innumerevoli pezzi di merda che hanno cercato di spararmi e farmi saltare in aria per finire sbranato da un dannato orso nel bel mezzo dell'Alaska, lasciando la mia donna da sola ad arrangiarsi. Tornerò, devi credermi. Va bene?"

Zoey voleva sentire tutto sui talebani e sugli incidenti in elicottero, ma pensò che quello non fosse il momento giusto per chiedere, inoltre era probabile che lui non volesse raccontarle certi episodi, quindi si limitò ad annuire di nuovo.

"So che non sei seduta su una superficie molto comoda, ma prova a fare un pisolino, rilassati... o almeno, chiudi gli occhi e cerca di riposare. Tra poco tornerò con qualcosa da mangiare e poi ci rimetteremo in cammino."

"Stai attento," sussurrò lei quando lui si tirò indietro.

"Certo."

Detto ciò, Mark si voltò e si diresse verso la fitta foresta intorno a loro. Dopo un attimo, era già sparito. Zoey non lo sentiva nemmeno camminare; la sensazione era spaventosa, ma si sforzò di non chiamarlo. Le aveva promesso che sarebbe tornato, sapeva che l'avrebbe fatto.

Zoey inspirò a fondo e fece quanto suggerito da Mark: chiuse gli occhi e provò a rilassarsi.

———

Bubba detestava la scintilla di disperazione che aveva riconosciuto negli occhi di Zoey. Detestava che lei avesse paura, fino a quel momento si era comportata benissimo. Si era sforzata fin troppo di fare la propria parte, tanto per cominciare lui detestava che si trovassero invischiati in quella situazione. Non gli piaceva pensare a chi potesse aver tentato di ucciderli tra le conoscenze del padre, ma non poteva lasciar perdere: era chiaro che qualcuno avesse assunto Eve Dane per mollarli nel bel mezzo del nulla.

Certo, poteva andare peggio: chiunque avesse architettato il piano avrebbe potuto farli schiantare per davvero, dopo aver sabotato l'idrovolante.

Era tutto talmente strano. Perché lasciarli in giro da qualche parte, se li volevano morti? Chiunque avesse assoldato Eve non poteva sapere se Bubba e Zoey sarebbero morti dopo essere stati lasciati a loro stessi. Seppur minima, c'era sempre la possibilità che loro due sarebbero spuntati da qualche parte, dopo qualche settimana.

Zoey non era una SEAL della marina, aveva colto il punto; stava rallentando Bubba, ma a lui non importava. Anzi, era contento di averla con sé. Non sapeva quanta strada avessero ancora da percorrere: sperava che Rocco e Tex riuscissero nel compiere il miracolo e li andassero a recuperare il prima possibile. Nel frattempo, lui e Zoey dovevano solo continuare a muoversi, trovare abbastanza cibo e stare più asciutti e caldi possibile. Lui avrebbe potuto reggere ancora qualche settimana, ma non era sicuro per Zoey, anche se fino a quel momento se l'era cavata egregiamente.

Bubba trovò quel che stava cercando e si inginocchiò

vicino a un albero, raccogliendo con attenzione i funghi cresciuti intorno alle radici. Tanti anni prima, il padre gli aveva insegnato a distinguere i funghi commestibili da quelli velenosi. Colin gli aveva insegnato molto e Bubba fu trafitto da una rivelazione, mentre lasciava cadere la testa: suo padre era morto.

Non avrebbe più sentito la risata del padre.

Non lo avrebbe più sentito parlare con entusiasmo di qualche nuovo tipo di plastica.

Non avrebbe più ricevuto un'altra e-mail dove il padre gli avrebbe chiesto se avesse finalmente trovato una brava ragazza.

Non sarebbe più stato preso in giro per il fatto di dovergli dare dei nipotini.

Non era giusto.

Bubba inspirò a fondo e si rialzò con i funghi in mano. Non poteva soffermarsi sul passato o il dolore lo avrebbe divorato. Doveva andare avanti, proprio come aveva detto a Zoey. Tuttavia, in quell'istante si ripromise di sforzarsi di dimostrare sempre quanto volesse bene alle persone che gli stavano a cuore.

Si incamminò per raggiungere Zoey e ripensò a tutti i segnali di pericolo che aveva ignorato. Kenneth aveva insistito parecchio per fargli prendere un idrovolante, quando i voli normali per Juneau avrebbero avuto la stessa durata. Eve, la pilota, non lo aveva guardato negli occhi quando gli aveva stretto la mano. Inoltre, non aveva lanciato alcun allarme ed era apparsa stranamente calma quando stavano precipitando.

Ripensandoci, persino il suono del motore che si spegneva gli era sembrato strano. Bubba non era un pilota, ma aveva sentito abbastanza motori di aerei ed elicotteri in avaria per riconoscere quel suono.

Sì, un sacco di elementi che avrebbero dovuto renderlo

iper vigile, ma era preoccupato per Zoey e voleva che stesse al meglio.

Si pentì di aver ignorato i segnali, ma non era pentito di essere rimasto con Zoey. Se fosse rimasto sull'aereo e Zoey fosse uscita, Eve l'avrebbe lasciata lì da sola? Se lui avesse protestato, la pilota avrebbe estratto una pistola e avrebbe sparato a entrambi?

Bubba scosse la testa e si costrinse a smettere di pensare a tutti quei "se." Il passato non si poteva cambiare, doveva concentrarsi sul presente: doveva sopravvivere e riportare Zoey a casa.

Si infuriò, al ricordo del panico sul viso di Zoey. Bubba sapeva di cosa fossero capaci gli esseri umani, lo sapeva per esperienza, ma detestava il fatto che dovesse sperimentarlo anche Zoey. Lei era una bravissima ragazza, sapeva che era rimasta a Juneau soprattutto per Colin, perché aveva bisogno di lei.

Il terrore di Zoey era inaccettabile. Bubba avrebbe scoperto chi si nascondeva dietro quell'attacco, gliel'avrebbe fatta pagare cara. Avevano proprio sbagliato a non ucciderlo; chiunque fosse, dava per scontato che sia lui che Zoey sarebbero morti di fame nelle fitte foreste dell'Alaska, ma si era dato la zappa sui piedi.

"Scoprirò chi cazzo sei e ti farò pentire di essere nato," grugnì Bubba a denti stretti, come se dirlo ad alta voce ne validasse l'intenzione.

Inspirò a fondo per controllare la rabbia, poi camminò più rapidamente. Di certo Zoey sarebbe stata in pensiero per lui, doveva tornare da lei e farla mangiare, vedere se avesse abbastanza acqua e magari scaldarla anche un po' prima di rimettersi in marcia. Non aveva mai conosciuto una donna tanto freddolosa.

Immaginò che lei avesse la casa disseminata di coperte dove si poteva avvolgere a bozzolo, magari aveva anche una coperta elettrica sul letto. Le sarebbe piaciuta Riverton: lì non faceva né troppo caldo, né troppo freddo, sarebbe potuta andare in una delle numerose spiagge e godersi i caldi raggi del sole. Era sicuro che sarebbe andata molto d'accordo con Caite, Piper e Sidney; a dirla tutta, Zoey gli ricordava molto Piper. Quando erano stati tutti in fuga dai ribelli sui monti di Timor Est, Piper si era dimostrata molto resistente.

Bubba sorrise ampiamente quando si rese conto di come gli stessero volando i pensieri. Aveva detto a Rocco che voleva restare single, ma il pensiero di portarsi Zoey a Riverton non lo disturbava affatto.

Si fermò e alzò la testa verso il cielo. *Me l'hai mandata tu, papà? Ci stavo mettendo troppo a darti quei nipotini che hai sempre desiderato?*

Non ricevette nessuna risposta, ma iniziò a pensare che il padre avrebbe in qualche modo protetto Zoey per lui, fino al suo ritorno.

Bubba credeva fermamente nel destino: dopo aver ritrovato Zoey era rimasto sorpreso da tutto ciò che aveva scoperto, non riusciva a smettere di pensare che il padre gli avrebbe dato una mano, in qualche modo. Probabilmente Colin non aveva avuto intenzione di morire, ma Bubba sperava con tutto il cuore che in quel momento ci fosse lo spirito del padre a vegliare su di loro.

———

Quando squillò il telefono usa e getta, il capo borbottò un torrente di parolacce prima di rispondere.

C'era solo una donna che aveva quel numero.

"Pronto?"

"Ehi, capo! Sono io. Ho portato a termine il lavoro, ora mi servono i soldi che mi hai promesso."

Il capo era scioccato: Eva Dawkins, conosciuta anche

come Eve Dane, era ancora viva. Ciò significava che stava per scoppiare un gran casino. Aveva assunto Eva per portare Mark e Zoey a Juneau, farle fingere di avere "problemi al motore" lungo il tragitto e abbandonarli da qualche parte.

Ma il problema al motore avrebbe dovuto essere reale... Eve sarebbe dovuta morire insieme ai due passeggeri.

Non serviva a niente che Mark e Zoey fossero dispersi, dovevano *ritrovare* i loro cadaveri. Era evidente che qualcosa fosse andato storto, visto che stava parlando con Eva: secondo i piani doveva essere morta. Prima di tentare di rimediare a quel pasticcio, però, il capo voleva sapere da lei che cosa ne era stato dei passeggeri.

"Calma, prima ho bisogno di sapere i dettagli. Dove li hai mollati?" le chiese il capo.

Eva sospirò dall'altro capo della linea. "Per fortuna Mark si è addormentato non appena siamo partiti. Se fosse stato super vigile, come mi avevi detto, si sarebbe accorto subito che non ci stavamo dirigendo verso Juneau. Ho volato verso ovest e ho fatto dei giri prima di scendere nel Parco Nazionale e Riserva di Lake Clark. Sono scesa tra due catene montuose, sono atterrata su un affluente dei Twin Lakes."

"Non ha sospettato nulla?"

"No, credo di no. Se si è accorto di qualcosa, ormai era troppo tardi. Ho tolto il carburante al motore, ho inscenato un atterraggio di fortuna; loro si sono messi in posizione di sicurezza. Quando siamo atterrati nel lago, ho detto loro che dovevo fare dei controlli, quindi li ho fatti scendere. Appena sono scesi e hanno raggiunto la riva, ho riacceso tutto e me ne sono andata." Eva rimase un attimo in silenzio. "A dire il vero, i loro sguardi mi perseguiranno per sempre. Mark ha capito cosa stesse succedendo ed era furioso, Zoey sembrava solo confusa. Quando ho fatto manovra, ho lanciato loro un'occhiata... la ragazza era incredula e terrorizzata."

"E non gli hai lasciato niente che possa aiutarli a sopravvivere, vero?"

"No, possedevano solo ciò che indossavano, però devo dirti che Mark aveva l'autorizzazione per portarsi a bordo un coltello, sono quasi certa che nelle tasche dei pantaloni militari avesse un po' di roba, anche se non so cosa. Ma a parte questo, possiedono solo quello che indossano."

"Ottimo."

A dire il vero non c'era nulla di ottimo, era tutto *rovinato*. Molti non se ne sarebbero fatti nulla di un coltello, ma si trattava di Mark: tutti sapevano che era un SEAL e un mero coltello lo avrebbe aiutato nella lotta per la sopravvivenza nella natura incontaminata dell'Alaska, dandogli un vantaggio per salvarsi le chiappe insieme alla stronza che stava con lui.

"Sicura che nessuno sappia dove sei andata e dove ti trovi adesso?"

"Il più sicura *possibile*," gli rispose Eva. "Quando ho compilato l'itinerario di volo, ho usato un nome fasullo e ho falsificato i numeri di serie del veicolo: in questo modo, se qualcuno tentasse di risalire al mio idrovolante, non lo troverebbe. L'ho abbandonato in una città sperduta, su una pista sterrata. Ho convinto uno del posto a portarmi ad Anchorage, dove mi sono imbarcata sul volo per Seattle. Inoltre, dato che stavo volando nella direzione completamente opposta rispetto a quella dichiarata nell'itinerario, chiunque cerchi di trovarli cercherà nel posto sbagliato."

"Bene così, non si meritano nemmeno uno *spicciolo* dei soldi di Colin. Hanno avuto ciò che si meritavano."

Ma il capo sapeva che ormai il piano era andato in fumo. Se tutto fosse andato come previsto, in breve avrebbero dovuto trovare i cadaveri; l'idrovolante sarebbe dovuto precipitare poco tempo dopo il decollo, quindi i corpi sarebbero stati recuperati nel giro di poche ore. Ma dal momento che Eva aveva portato a termine quello che lei credeva essere il vero piano... chissà quando (o se) avrebbero trovato i cadaveri di Mark e Zoey.

Non era per niente positivo. Una *mozione* per farli dichiarare morti, utile anche solo per iniziare il processo, non poteva essere presentata per anni. Quegli stramaledetti soldi lasciati da Colin sarebbero rimasti bloccati in tribunale fino all'ufficializzazione della dichiarazione di morte di quei due imbecilli!

"Allora... quando avrò i miei soldi?" gli chiese Eva.

"Te li darò quando avrò la certezza che non si presenteranno a reclamare la loro parte di eredità."

"Non era questo il nostro accordo! Mi hai detto che a lavoro terminato, mi avresti pagata."

"Beh, il lavoro non è ancora finito, va bene? Ti contatto io."

Il capo riagganciò senza dare a Eva il tempo di replicare, spense il telefono usa e getta e si prefissò di buttarlo da qualche parte in modo che quella cretina non potesse più contattarlo.

Eva non avrebbe chiamato la polizia, era incastrata in una situazione scomoda. Aveva un disperato bisogno dei soldi che lui le aveva promesso; se avesse osato tornare a casa a mani vuote, il suo ex sarebbe sparito con i loro figli e lei sapeva che non li avrebbe più rivisti.

Eva era stata semplicemente perfetta per quel lavoro: sacrificabile e fin troppo ingenua. Gli aveva raccontato tutto d'un fiato la sua storia strappalacrime, era la vittima ideale per quel piano. Quando Eva aveva incontrato Jay, l'ex fidanzato, aveva pensato di aver vinto alla lotteria. Lui l'aveva fatta innamorare, l'aveva sposata, l'aveva messa incinta... poi aveva lasciato trapelare la vera natura di stronzo violento che spacciava per vivere.

Le ci era voluto un po' per sottrarsi alle grinfie di Jay, aveva pensato di esserci riuscita ma poi lui aveva chiesto dei favori e aveva ottenuto da un giudice la piena custodia dei loro figli. Jay non li voleva in realtà, anzi, li odiava; adorava avere il coltello dalla parte del manico e gioiva nel ferire Eva. Le aveva detto che le avrebbe ridato i figli e sarebbe scomparso nel nulla solo *se* lei gli avesse restituito ogni centesimo che lui aveva speso per lei negli ultimi quattro anni.

Si trattava di una barca di soldi, Eva da sola non sarebbe riuscita a racimolarli. A quel punto, Jay le aveva dato il contatto del capo: magari lui avrebbe potuto aiutarla, in cambio di un piccolo favore...

Eva Dawkins aveva avuto molta fortuna, dato che il *vero* piano era andato storto. Ma purtroppo non avrebbe mai visto un centesimo del denaro che le aveva promesso il capo, non era previsto che lei sopravvivesse: doveva essere *morta*, insieme a Mark e Zoey.

Il capo sospirò, sapeva che l'unica speranza di ottenere i soldi di Colin era quella di trovare Mark e quella cretina di Zoey. Sarebbe stato molto complicato: tutti pensavano che fossero diretti da Anchorage a Juneau, quando in realtà erano da tutt'altra parte. Era un bel casino... ma si poteva ancora rimediare.

Il capo avrebbe dovuto pianificare con scrupolosità e dar sfoggio di doti di recitazione, ma con un colpo di fortuna presto avrebbero *davvero* ritrovato i cadaveri dei poveri Mark e Zoey e tutti avrebbero potuto continuare la loro vita... con molti più soldi in tasca.

CAPITOLO SETTE

La mattina dopo, Bubba attese a svegliare Zoey. Sapeva che dovevano iniziare a muoversi, ma non riusciva ancora ad alzarsi. A trentun anni aveva avuto la sua buona dose di relazioni, ma non aveva mai capito fino in fondo la bellezza delle coccole. Era un tipo mattiniero, sempre pronto e scattante.

Non aveva mai desiderato poltrire a letto solo per il gusto di farlo: aveva sempre qualcosa da fare, il più delle volte doveva andare ad allenarsi con il resto della squadra. Tuttavia, dopo essersi svegliato abbracciato a Zoey per due sole mattine, aveva capito cosa si fosse perso fino a quel momento.

L'aria era fredda ma non gelata, però Zoey non sembrava essersene accorta. Si era voltata di nuovo verso di lui, durante la notte, gli aveva sepolto il viso nel petto. Gli aveva infilato le mani sotto le braccia, alla ricerca di sempre più calore. Avevano intrecciato le gambe e Bubba non riusciva a ricordare l'ultima volta in cui si era sentito talmente... soddisfatto... semplicemente stando vicino a una donna.

Sì, erano bloccati in una situazione assurda, ma Bubba aveva la sensazione che si sarebbe sentito a suo agio con

Zoey, anche se non si fossero trovati in pericolo di vita. Probabilmente si sentiva in quel modo con lei perché non erano esattamente degli sconosciuti; le piaceva al liceo, anche se erano passati tanti anni si sentiva ancora attratto da lei.

Inoltre conoscevano le stesse persone, senza contare che lei era stata molto più vicina al padre, rispetto a lui. La sera precedente avevano parlato dei vecchi luoghi di ritrovo di quando andavano ancora a scuola, avevano riso per il fatto che i ragazzini facessero esattamente le stesse cose che avevano fatto loro più di dieci anni prima. Insomma, la vita a Juneau era sempre la stessa, considerazione che allo stesso tempo rassicurava e inquietava Bubba.

Si spostò, cercando di liberarsi dal sasso che gli stava trafiggendo le chiappe e con quei movimenti svegliò Zoey. La guardò sorridendo mentre lei si svegliava con lentezza. Quella era una grande differenza tra loro; quando Bubba si svegliava, era subito *operativo*. Poteva entrare in modalità combattimento in meno di un minuto, invece Zoey ci metteva diverso tempo anche solo per aprire gli occhi, una volta sveglia. Bubba pensava divertito che lei fosse una di quelle ragazze che aveva bisogno di almeno tre tazze di caffè prima di avere abbastanza energie per parlare.

"Dormito bene?" le chiese con dolcezza dopo qualche momento.

"No," gli grugnì lei, sepolta nel petto.

Bubba scosse la testa e sorrise, avrebbero dovuto aspettare che lei si riprendesse, tanto non avevano alcuna fretta. In effetti, sentiva di poter stare tutto il giorno abbracciato a quella donna.

Zoey ci impiegò cinque minuti buoni per svegliarsi del tutto e iniziare a muoversi, minuti in cui Bubba ignorò la pietra che gli faceva male al sedere, impegnato com'era a godersi quel bel corpo sinuoso avvinghiato al suo. Quando finalmente lei sollevò la testa e lo guardò, Bubba si sentì pizzicato da una strana sensazione.

La ragazza era ancora insonnolita, i capelli erano un disastro, le guance rosse sia per le scottature che per il vento, non aveva ormai alcun residuo di trucco, perso nel sudore e nella fatica... nessuno dei due profumava, eppure lui si sentiva incredibilmente attratto da lei.

"Ciao," le disse con calma.

"Ciao," gli rispose lei, poco dopo gli chiese: "Faccio tanto schifo come mi sento?"

Bubba ridacchiò, poi le mentì spudoratamente. "No."

Lei alzò gli occhi al cielo e lui non riuscì a trattenere un altro sorriso, da quel momento in poi avrebbe sempre pensato a lei ogni volta che avrebbe visto qualcuno compiere quel gesto sarcastico.

"Hai detto una bugia, ma ti ringrazio." Zoey si mise a sedere lentamente e gemette di nuovo. "Non ho idea di come tu faccia a essere sempre tanto caldo, ma è una qualità che apprezzo sempre di più."

"Usami ogni volta che vuoi come stufetta personale, sono sempre a tua disposizione," le disse Bubba con tono molto più serio di quanto avesse voluto.

"Grazie," gli rispose lei con una risatina. "Magari potresti seguirmi ovunque, così potrei infilarti le mani ghiacciate sotto la maglia ogni volta che ho freddo."

Zoey chiuse gli occhi non appena finì di pronunciare quelle parole, Bubba la vide arrossire ancora di più. "Non farci caso," borbottò lei. "Sto chiaramente delirando."

Bubba ridacchiò, poi si alzò anche lui e le tese una mano. Quando lei l'afferrò e lui l'aiutò ad alzarsi, le disse: "No. Sei stanca, preoccupata e hai fame, ma non stai delirando."

Poi le prese entrambe le mani e se le portò sui fianchi, sotto la camicia, contro la pelle. Zoey aveva le mani fredde, ma non gli diedero troppo fastidio.

L'espressione estasiata che si diffuse sul volto di Zoey ricompensò ampiamente Bubba per il piccolo disagio.

Lei chiuse gli occhi e si lasciò sfuggire un gemito, Bubba non poté fare a meno di pensare che avrebbe potuto provocarle quella stessa reazione facendo *altro* con lei, ma scacciò subito quel pensiero. Non avevano di certo bisogno di aggiungere della tensione sessuale alla loro situazione, già abbastanza stressante. In quel momento doveva esserle semplicemente amico.

"Oh, santo cielo," mormorò lei, "Quanto è piacevole."

Per due lunghi minuti Bubba rimase con le mani sulla vita di Zoey, mentre lei gli stringeva i fianchi sotto la camicia, poi lei sospirò e lo guardò negli occhi. "Grazie. Allora, qual è il programma di oggi? Peschiamo un po', poi ci facciamo due passi nel bosco e quando saremo stanchi, cena da quattro portate al nostro rifugio? Oh, non ci dobbiamo dimenticare di fare un bel bagno caldo sotto le stelle!"

Bubba ridacchiò. "Direi che dovremmo vedere se siamo riusciti a catturare qualche bestiola con la nostra trappola; se così fosse, la cucineremo e vedremo se riusciremo a muoverci ancora un po' per allontanarci da queste due montagne. Poi potremmo anche fare una gara: proviamo a vedere chi riesce a trovare più funghi."

Zoey sospirò, ma gli rivolse un sorriso incoraggiante. "Perderai miseramente, mio caro SEAL."

"È fantastico avere tanta fiducia nelle proprie capacità," le rispose.

Poi lei lo sorprese, tornò seria e gli disse: "Grazie per aver fatto in modo che quest'esperienza non diventasse un incubo, sei riuscito a distrarmi dal fatto che qualcuno ci ha lasciati intenzionalmente qui a morire di fame. Grazie anche per avere le tasche piene di cianfrusaglie, hai più roba utile tu addosso di quanta ne abbia messa io in valigia... Un coltello, una bussola, uno spago, un acciarino e chissà che altro tirerai fuori. Davvero... grazie. Se non ci fossi stato tu con me, non so quanto sarebbe andata bene."

Bubba non riuscì a trattenersi e le accarezzò una guancia. "Non devi ringraziarmi, Zo. Sono convinto che se tu non avessi avuto la sfortuna di trovarti su quell'aereo, in questo momento saresti a Juneau a insultarmi perché non mi sarei nemmeno presentato alla lettura del testamento di mio padre."

Lei lo guardò con un cipiglio dubbioso. "Cioè? Mi stai dicendo che pensi di essere *tu* il bersaglio di chi ci ha fatto questo brutto scherzo?"

"Proprio così."

"Sai cosa ti spetta, dal testamento di tuo padre?"

"No, e tu?"

Lei scosse la testa.

"Ecco, però ovviamente papà ti ha lasciato qualcosa. Non saprei dirti cosa, probabilmente lo sai meglio di me, ma non credo proprio che sia tanto importante da giustificare un omicidio."

Zoey lo fissò in silenzio.

"Io sono suo figlio... mi hai detto che mio padre era ricco, gli affari andavano a gonfie vele, quindi mi aspetto di ereditare un bel po' di soldi."

Lei sbatté le palpebre, come se si fosse ricordata all'improvviso di qualcosa. "Oh cielo, Mark. Secondo te Malcom sta bene? E se qualcuno avesse tentato di ucciderlo?"

Bubba ci aveva già pensato ma non le aveva detto nulla per non farla preoccupare, inoltre... se il gemello si nascondeva dietro quel piano malefico, ovviamente, *non* era in pericolo.

Dal momento che lui non le rispose subito, Zoey gli chiese: "Sospetti che ci sia dietro Malcom?"

"Non lo so," le rispose rapidamente Bubba. "Ma in questo momento, mi importa solo di noi due. Possiamo gestire solo la nostra situazione, adesso: è inutile preoccuparsi di questioni per cui non possiamo fare un bel niente."

Zoey chiuse gli occhi, Bubba notò che lei abbassò le spalle e si lasciò andare contro la mano con cui le stava accarezzando una guancia. Lui gliela strinse con delicatezza e attese qualsiasi pensiero lei stesse elaborando.

Poi lei riaprì gli occhi e gli disse: "Detesto il modo in cui il denaro trasforma le persone, davvero. Lo *detesto*. Non sono nata ieri, so che il denaro muove tutto, ma mi lascia sempre meravigliata constatare come bastino persino pochi soldi per far compiere alle persone azioni a dir poco orribili. Mi sta antipatico tuo fratello, è un cretino; però è un gran lavoratore e ha aiutato molto tuo padre. Non gli auguro alcun male, quindi spero che stia bene."

"E Sean?"

Zoey sospirò. "Sì, potrebbe aver combinato qualcosa. So che ultimamente lui e Colin avevano discusso molto riguardo agli affari. Da quel che ho capito, Sean voleva spostare la fabbrica all'estero, dove avrebbero risparmiato per produrre i materiali, ma tuo padre non era d'accordo: voleva mantenere i posti di lavoro qui in America, a Juneau. Litigavano di continuo per questo motivo."

"E Malcom da che parte stava?"

Zoey fece spallucce. "A dirla tutta, non lo so. Ma il povero Colin era consumato tra litigi e tensioni; se aggiungiamo anche la malattia, era diventato sempre più intrattabile e brusco, con quasi tutti."

Bubba detestava pensare che qualcuno l'avesse preso di mira, soprattutto se c'erano coinvolte le persone che erano state accanto al padre. Zoey aveva proprio ragione, il fatto che i soldi potessero aver spinto qualcuno a volerli morti era ripugnante.

Lo stomaco di Zoey scelse proprio quel momento per manifestarsi con un forte brontolio. Lei arricciò il naso,

Bubba le lasciò cadere la mano dal viso mentre lei se ne portava una sulla pancia e gli disse: "Fammi un favore, chiama il servizio in camera e chiedi perché ci stanno mettendo così tanto a portarci il pranzo."

Lui le sorrise e ringraziò di nuovo la buona stella di essere in quella situazione con una come Zoey. "Lascia fare a me."

"Suppongo che tu non abbia dello shampoo nelle tasche, vero?" gli chiese lei inarcando un sopracciglio, colma di speranza.

"Purtroppo no, però... ho questo..." Bubba si chinò leggermente per raggiungere una tasca all'altezza del polpaccio e tirò fuori un piccolo pettine nero. Per come lo guardò lei, sembrava che Bubba avesse tirato fuori un mini elicottero per portarli in salvo.

"Un pettine! Oh, mio Dio, sei il mio eroe!" esclamò lei.

Bubba non aveva mai dato troppo peso a quella parola, ma quando la sentì pronunciata da Zoey mentre gli rivolgeva quello sguardo immensamente grato si sentì contento. Le guardò i capelli, le rivolse una smorfia e le disse: "Mi sa che avrai bisogno d'aiuto."

Lei sorrise e si portò subito una mano verso i capelli per cercare di lisciarli. "Sono proprio messi male, eh?" gli chiese.

Bubba scosse la testa. "Non c'è niente che non possiamo sistemare."

"Grazie," gli disse lei di nuovo.

"No, non devi ringraziarmi: siamo una squadra e ci siamo dentro insieme."

Lei rivolse uno sguardo desideroso al pettine, ma poi inspirò a fondo. "Beh, suppongo che i miei capelli possano anche aspettare. Se non hai paura di farti vedere in pubblico con me, con questi capelli (sempre che possiamo considerare questa foresta come 'pubblico')... allora posso anche aspettare. Prima dobbiamo controllare le trappole, accendere un fuoco e capire dove ci dirigeremo oggi."

Bubba rimise il pettine a posto e dovette sforzarsi stringere Zoey tra le braccia: quella donna era incredibile, pratica e con i piedi per terra. Naturalmente le trapelavano dagli occhi vulnerabilità e incertezza, lui desiderava incoraggiarla a spiccare il volo, ma al tempo stesso proteggerla da ogni male. Non potendo fare molto altro, le chiese: "Tu vuoi controllare la trappola o provare ad accendere il fuoco?"

"Proverò con il fuoco. Non so se ne sarò in grado, ma ti cedo volentieri gli animali morti, se non ti dispiace."

"Guarda che se vuoi puoi sederti senza fare nulla," le ricordò Bubba, per lui non sarebbe stato un problema occuparsi di entrambi i compiti ma lei scosse subito la testa.

"No, non sono una damigella in pericolo; voglio darti una mano."

"Va bene. Ti ricordi cosa ti ho detto ieri sull'acciarino?"

"Sì, però non aspettarti grandi miracoli al primo colpo, va bene?"

Lui ridacchiò. "Se hai bisogno di me, lancia un grido."

"Certo, tanto qui non dobbiamo preoccuparci di non fare casino... non ci sente nessuno."

Bubba annuì. Sarebbe stato mille volte peggio se i loro nemici avessero spedito qualche cecchino per ucciderli senza alcun margine di errore, ma le opzioni erano due: o i nemici erano troppo tirchi per portare a termine del tutto l'operazione, oppure erano fin troppo sicuri che lasciare Bubba e Zoey all'addiaccio li avrebbe uccisi. "Tornerò presto." Bubba si mise una mano in tasca, estrasse l'acciarino e glielo consegnò. "Puoi farcela, Zo."

"Sì, chiamami pure Laura Ingalls."

"Chi?" le chiese Bubba, confuso.

Lei scoppiò a ridere. "Oh, non importa. Ora vai, su. Tu uomo, cacciare carne. Io donna, preparare fuoco."

Bubba si voltò con una risata e lasciò il loro campeggio

molto improvvisato. Adorava il fatto che lei lo facesse sempre ridere.

Sì, poteva dire che Zoey gli fosse già entrata nel cuore... la sensazione gli piaceva molto.

———

Zoey fece di tutto per controllare il respiro mentre camminavano, avevano ripreso la marcia da un po'. Alla fine, non era riuscita ad accendere il fuoco. L'acciarino era difficile da usare, Zoey era stata in grado di produrre delle scintille ma non di dirigerle dove voleva, quindi non era riuscita a far prendere fuoco ai rametti raccolti.

Ovviamente Mark era stato capace di ottenere una bella fiamma al primo colpo, un dettaglio che Zoey trovò irritante. Lui era stato tanto gentile da dirle che aveva solo avuto fortuna, ma lei sapeva che non era affatto così.

Più stava insieme a Mark, più le tornavano in mente i vecchi sentimenti provati alle superiori... sentimenti che si erano evoluti, non era più una mera cotta: Zoey ammirava Mark e l'uomo che era diventato. Generoso, gentile, coraggioso e colto in tantissimi ambiti.

Era anche un grande osservatore. Zoey stava perdendo miseramente al loro piccolo gioco de "la ricerca dei funghi", ma non era per nulla stupita. Era convinta che Mark fosse consapevole di ogni uccello che svolazzava nei dintorni e di ogni animaletto che si faceva sentire nel sottobosco. Mark procedeva con la bussola in mano, tenendoli sulla strada, allo stesso tempo l'avvertiva di ogni ostacolo in cui lei potesse inciampare, o dove trovare dannate bacche e funghi lungo il cammino.

Se non avesse ammirato tanto quell'uomo, Zoey si sarebbe infastidita parecchio.

Più di ogni altro aspetto, era incuriosita dagli scorci

dell'uomo "non proprio perfetto" di Mark. Non era stato proprio un buon figlio, a dir la verità nemmeno un gran fratello. Ogni tanto aveva mandato qualche e-mail a Colin, ma non lo chiamava quasi mai e soprattutto non era mai andato a trovarlo. Malcom, invece, era rimasto ad aiutare il padre al lavoro e nella vita di tutti i giorni.

Dieci anni prima la lontananza di Mark non sarebbe stata un grosso problema, ma quando Colin si era ammalato, aveva avuto bisogno di sempre più cure. Zoey aveva fatto tutto il possibile, Malcom non si era sforzato particolarmente... Mark non sapeva nemmeno che il padre fosse malato.

Inoltre, per i gusti di Zoey, il SEAL era fin troppo positivo.

Immaginava che lui si comportasse in tal modo per lei e per farla stare meglio, ma Zoey avrebbe apprezzato se ogni tanto lui si fosse lamentato di essere stato abbandonato nel bel mezzo di una maledetta foresta, o di quanto gli mancasse la doccia, oppure di quanto si fosse rotto le scatole di mangiare scoiattoli, bacche, foglie e funghi. Era sicura che lui fosse arrabbiato, ma aveva continuato a comportarsi quasi come un buffone ottimista per tutta la mattinata... si sentiva esasperata.

Zoey si sforzò di mantenersi positiva durante il loro percorso. Lui aveva cercato di spiegarle quale fosse il piano e dove stessero andando, ma Zoey aveva smesso di ascoltarlo, tanto non faceva alcuna differenza: nessuno dei due sapeva realmente dove diavolo fossero finiti. Si trovavano a nord di Anchorage, o a sud? Non lo sapevano e basta.

Le cime delle montagne ai loro lati la opprimevano, le ricordavano imponenti guardie carcerarie che impedivano loro di muoversi in altre direzioni, potevano dirigersi solo verso sud. Zoey non poté fare a meno di rabbrividire.

Era talmente immersa nei pensieri che quando Mark si fermò di colpo a momenti gli andò a sbattere contro. Lei si riprese in tempo e sbirciò oltre il SEAL, cercando di capire perché si fosse fermato tanto bruscamente.

Sbatté le palpebre incredula e imprecò contro l'enorme lago che bloccava il loro cammino. "Cazzo!" Alzò lo sguardo verso Mark, che studiava la zona circostante.

Lei sospirò, notò una grossa roccia nelle vicinanze e vi si sedette sopra, raccogliendo le gambe al petto, poi le abbracciò. Appoggiò una guancia sulle ginocchia e chiuse gli occhi. Sì... probabilmente avrebbero potuto camminare intorno al lago, ma ci sarebbe voluta una vita. Non avevano fretta, avrebbero potuto anche allungare il cammino di due o tre giorni, non sarebbe cambiato nulla.

Ma Zoey non *voleva* allungare il percorso di due o tre giorni... o forse di più.

"Potrebbe andare peggio," commentò Mark dopo alcuni istanti.

Zoey digrignò i denti dal fastidio. Sapeva di essere irragionevolmente scontrosa, ma in quel momento non tollerava l'atteggiamento positivo di Mark. Sapeva *benissimo* che sarebbe potuta anche andare peggio, però dai: si trovavano già in una pessima situazione.

Si sentì travolta da irritazione e frustrazione. *Una volta tanto* avrebbe voluto vedere anche Mark arrabbiato: ciò non avrebbe cambiato o migliorato nulla, ma almeno le sarebbe apparso più umano.

Sapeva di non essere razionale, sarebbe stato tremendo se entrambi avessero perso la testa, ma non riusciva a controllarsi.

Lei non gli rispose così lui parlò di nuovo, ignaro del tumulto interiore di Zoey. "Mi sembra di riuscire a vedere il bordo del lago, a ovest. Ci metteremo un po', ma spero che dall'altra parte riusciremo a trovare un pescatore, un cacciatore o qualcosa del genere."

Zoey non gli rispose di nuovo. A quel punto, Mark le

chiese: "Hai sentito, Zo? Il lago è un segno positivo: avremo tanta acqua fresca da bere, forse saremo anche in grado di pescarci un bel pesce, invece di mangiare ancora scoiattoli."

"Che meraviglia," borbottò lei, desiderava solo tornare nella sua casetta di Juneau, alla sua vita noiosa ma priva di freddo e pericoli.

Mark le appoggiò una mano sul polpaccio. Zoey immaginò che lui si fosse inginocchiato davanti a lei; non aprì gli occhi per controllare.

"Stai bene?" le chiese Mark con dolcezza.

Quella domanda la colpì.

Zoey ce l'aveva messa tutta per essere forte e dominare paura, rabbia e frustrazione, ma non poteva sopportare la compassione di Mark in quel momento. "No," sussurrò. "Non sto bene."

"Cosa c'è che non va? Dimmi tutto, Zo."

Lei alzò la testa e fissò gli occhi scuri e preoccupati di Mark, per poco non lasciò perdere: avrebbe tranquillamente potuto dirgli che era solo stanca, poi avrebbero iniziato a camminare intorno a quello stupido lago... oppure dirgli cosa le passasse per il cervello.

Decise di essere onesta.

"Non ce la faccio più."

Mark la guardò sorpreso. "A fare cosa?"

"*A sopportarti*. Continui a fingere che ci stiamo divertendo in una sorta di campeggio alternativo, non ti sei lamentato neanche *una* volta. Posso capire che rispetto ad altre missioni che hai affrontato questa sia più semplice, ma per me non lo è. Detesto tutto, tutto quanto! Sentirti sempre tanto allegro e ottimista mi dà proprio sui nervi. Ma dimmi, dentro di te sei davvero tranquillo? Davvero non sei infastidito? Perché io sì, lo sono. Qualcuno ci vuole *morti*, Mark! Devo sapere che sei un minimo umano, che stai soffrendo e stai detestando questa situazione ridicola. Dimmi che hai fame, che hai mal di piedi, *qualsiasi* cosa! So che ti suona ridicolo, se perdiamo le staffe entrambi non va bene, ma mi sento del tutto fuori luogo qui e voglio solo che tu sia onesto con me."

Lui la fissò per un lungo attimo; Zoey pensò che avrebbe tentato di calmarla, poi lo ascoltò attentamente. Finalmente parlò.

"Sono fottutamente *incazzato*," le rispose quasi sibilando, con la furia che trapelava dal tono. "Soprattutto perché tutto questo è collegato alla morte di mio padre e alla lettura del testamento: ciò significa che chiunque abbia architettato questa scenata, è qualcuno che probabilmente conosco, qualcuno che era vicino a mio padre. Solo questo mi fa venire voglia di *uccidere* questa persona. Mi odio per aver abbassato la guardia e aver permesso tutto questo, tanto per cominciare. Ho fatto una cazzata e ora siamo entrambi incastrati in questa situazione. Sono preoccupato per te, ma allo stesso tempo, sei riuscita davvero a stupirmi, stai tenendo duro e mi hai colpito."

"Sto cercando di essere sempre ottimista e positivo per impedirti di vedere un lato di me che potrebbe farti paura. Sono preoccupato perché potremmo essere costretti a camminare tantissimo prima di trovare anche solo un segno di un altro essere umano. Mi spaventa l'idea di incontrare un orso o qualche altra bestia feroce, non ho un'arma per difenderci. *Sono* stanco e affamato, ucciderei per una tazza di caffè, ma hai ragione: rispetto ad altre missioni, questa non è niente."

Zoey non riusciva a distogliere lo sguardo dall'uomo che si trovava di fronte. Era come se Mark fosse diventato improvvisamente una persona completamente diversa... lei si sentì in imbarazzo perché mentre lo ascoltava lamentarsi, si era emozionata come mai prima di quel momento.

Tutto quello che le aveva detto era proprio ciò che Zoey aveva bisogno di sentire: o meglio, voleva vedere delle vere emozioni nel SEAL. Aveva appena avuto conferma che lui non stava prendendo la situazione a cuor leggero, ciò la faceva sentire meglio.

"Però quando siamo in missione, è fondamentale non soffermarsi sugli aspetti negativi, ma focalizzarsi su quelli positivi. Sto cercando di fare così, ma sono solo un essere umano, Zo. Proprio come te. Non dubitare del fatto che non sia consapevole dei pericoli che ci circondano, anzi... probabilmente ne sono più consapevole di chiunque altro. Però sto cercando di rimanere ottimista perché l'alternativa è sprofondare nella nostra autocommiserazione, finendo così per lasciarci andare e arrenderci. Questa *non* è un'opzione."

"Mi piaci, Zoey. Mi piacevi quando eravamo ragazzini e ora mi piaci ancora di più. Detesto di non poterti invitare a un appuntamento come un uomo normale, non poterti venire a prendere a casa tua e vedere come ti sei tirata a lucido solo per me. Vorrei vederti ridere al lume di candela al tavolo di un ristorante di lusso, vivermi l'eccitante attesa di quando ti porto a casa per cercare di capire come darti il bacio della buonanotte senza sembrare un cretino. *Che cazzo,* non lo sopporto."

Zoey non riusciva a credere alle proprie orecchie: lei piaceva a Mark Wright? *Davvero?* Diamine! "Non mi serve tutta quella manfrina," gli disse senza pensare. "Non mi è mai servita; voglio solo un uomo che sia felice di stare seduto a leggere, mentre ogni tanto mi dà un colpetto con il piede per farmi sapere che mi sta pensando. Qualcuno con cui fare la spesa e ridere nella corsia dei cereali. Un uomo che non abbia paura di mostrarmi le emozioni e che mi dica quando non è dell'umore giusto perché ha mal di testa o i calli lo stanno uccidendo."

Mark ridacchiò, Zoey fu felice di vedere che quella risatina gli spazzò via la nube d'ira dal volto. Finalmente riuscì a scorgergli degli sprazzi di emozioni negli occhi e si sentì molto meglio.

"Mi piace l'atteggiamento positivo, ti chiedo solo di non nascondermi tutte le preoccupazioni del caso. Siamo una squadra: parliamo. Non sono una SEAL della marina, però ho sempre vissuto in Alaska e quindi posso aiutarti. Almeno, mi piace pensare di poterlo fare. Se non altro, posso ascoltarti," gli disse. "Non voglio rallentarti, non voglio essere un peso che devi costantemente controllare se sta bene, sia fisicamente che mentalmente."

Mark annuì, non le aveva mai spostato la mano che le teneva sulla gamba, quel piccolo calore contribuì al benessere di Zoey.

"Comunque non mi stai rallentando, *non* sei un peso ma ho recepito il messaggio. Mi sono sforzato troppo di essere ottimista, ho capito. Farò di tutto per controllarmi, ma devi capire che sto cercando di proteggerti."

"Lo so e lo apprezzo molto. Voglio solo che tu sia te stesso, non fingere che stiamo facendo una gita fuori porta. Vorrei tanto dirti che non ho bisogno di protezione, ma sono ovviamente estranea a questo ambiente, nonostante il mio grandissimo quattro sulla scala di sopportazione all'aria aperta." Gli rivolse un piccolo sorriso.

Lui lo ricambiò e le spostò la mano verso la parte posteriore del polpaccio, le sfiorò la parte interna della coscia con le dita e lei si irrigidì... in senso buono.

"Certo, chiaro. Stai andando alla grande Zo, seriamente. Non ti sto prendendo in giro. Anche se siamo qui da poco, secondo me il tuo valore è già salito a cinque, persino cinque e mezzo."

"Grazie."

"Non c'è di che. Ora... sai cosa penso di questo lago?"

"Cosa?"

"Mi sta sul cazzo."

Zoey ridacchiò. "Già, lo penso anch'io."

"Però prima non stavo facendo solo l'inguaribile ottimista, quando ti ho parlato dei pesci; mi scoccia che ci metteremo più tempo, ma i grandi laghi spesso implicano la presenza di persone. Dobbiamo tenere gli occhi aperti."

"Se non troviamo nessuno?"

"Continueremo a camminare finché non li troveremo."

"Ma sei davvero convinto che qualcuno ci troverà? I tuoi amici ti stanno cercando?" gli chiese per quella che sembrò essere la millesima volta.

"*Ci* stanno cercando, sì. Sono certo che Rocco stia già dando di matto, avrà già chiamato tutti per venire a cercarci."

"L'Alaska è un ottimo posto per nascondere dei cadaveri," gli rispose Zoey con tono lugubre.

"Vero, ma non siamo morti e i miei amici non si fermeranno finché non ci troveranno, ti ho già detto che non lo faranno nemmeno se ci pensassero morti. Rintracceranno Eve, scopriranno dove ci ha mollati e chi c'è dietro tutto questo. Te lo garantisco."

"Riecco il solito inguaribile ottimista," lo prese in giro Zoey.

"No, sono serio," le disse.

"Se sei tanto sicuro che i tuoi amici troveranno Eve e scopriranno dove ci ha scaricati, perché non siamo rimasti vicino all'altro lago?"

"Perché non so quanto sia testarda quella lì o quanto ci metteranno a trovarla. Inoltre, anche se ci siamo spostati verso sud, avendo quel punto come riferimento i ragazzi allargheranno il loro raggio di ricerca. Alla fine ci troveranno, sempre che non ci siamo salvati prima noi. Non sono disposto ad aspettarli, se non è necessario."

Zoey annuì, era d'accordo. "Va bene, allora... pensi davvero di poter prendere un pesce?" gli chiese. "Non che non apprezzi i tuoi scoiattolini gourmet, ma ammetto che non mi dispiacerebbe un bel salmone grasso."

"Spero di farcela," le rispose Mark.

Zoey apprezzò molto quella risposta onesta, invece di un sì più diretto. Lasciò andare lentamente le gambe e Mark si alzò insieme a lei. "Beh, se dobbiamo camminare intorno a questo lago di merda, tanto vale metterci in marcia," gli disse Zoey.

Mark la prese per mano e la tirò verso di sé, lei si lasciò trasportare volentieri, appoggiandogli subito la guancia contro il petto, sentendogli il battito cardiaco. Quella posizione aveva il potere sia di tranquillizzarla che di farle desiderare di aggrapparsi al SEAL e di non lasciarlo andare mai più. Si costrinse a fare un passo indietro e a fare un cenno verso sinistra. "Dopo di te."

"Vuoi solo farmi andare per primo per togliere tutte le ragnatele," si lamentò Mark.

Zoey scoppiò a ridere. "Vorresti dirmi che hai paura dei ragni?"

"Non li sopporto," ammise Mark.

Zoey si sentiva mille volte meglio rispetto a quando erano saliti sul piccolo idrovolante, anche se in quel preciso momento non era cambiato nulla, dato che erano ancora bloccati nel bel mezzo della foresta, muniti solo dei loro vestiti.

"Facciamo così, se te ne vedo uno addosso, ti salvo io."

"Lo apprezzo," le rispose Mark. "Andiamo, divertiamoci lungo il percorso."

Zoey seguì Mark con una scintilla di speranza nel cuore. Lui continuava a credere che i compagni li avrebbero cercati, lei decise di credergli. Pregava solo che i SEAL riuscissero a trovare Eve il prima possibile per farsi dire dove diavolo li avesse scaricati.

CAPITOLO OTTO

Rocco camminava avanti e indietro senza pace nella sala riunioni della base. Ormai erano passati due giorni da quando Bubba sarebbe dovuto atterrare ad Anchorage per occuparsi del testamento del padre; quando non si era messo in contatto con nessuno, dopo tre ore dall'atterraggio, Rocco aveva chiamato Tex e riunito gli altri compagni, avevano iniziato a svolgere delle indagini.

Erano passati due giorni e non avevano ancora avuto notizie di Bubba, sembrava che nessuno sapesse dove fosse finito: a peggiorare la situazione, c'era il fatto che il volo sembrava sparito. Tutti sapevano che in genere la sparizione di un volo indicava uno schianto, ma c'era qualcosa che non tornava in tutta la faccenda e Rocco seguiva sempre l'istinto, che in passato gli aveva salvato la vita più di una volta.

"Ok, allora: abbiamo chiamato tutti gli ospedali, sia ad Anchorage che a Juneau, senza successo; la polizia di entrambe le città non ha ricevuto segnalazioni di incidenti aerei e il National Transportation and Safety Board[1] non ha ricevuto alcun mayday durante il periodo del volo," riassunse Rocco mentre continuava a muoversi.

"Ho contattato la madre di Zoey Knight ad Anchorage, anche lei non ha ricevuto notizie dalla figlia," disse Rex.

"Kenneth Eklund non è stato di alcun aiuto," aggiunse Ace con un sospiro. "Anzi, a dirla tutta è stato proprio *inutile*. Non sapeva né il nome della pilota, né i dettagli del volo noleggiato. Ha detto che se n'è occupato l'assistente. Quando gli ho chiesto una ricevuta o *qualsiasi* cosa che dimostrasse di aver noleggiato l'aereo, non mi ha saputo dare niente. Poi gli ho chiesto di parlare con l'assistente, mi ha detto che questa settimana è in ferie. Alquanto sospetto, secondo me."

Rocco concordava con lui. "Sì, ma almeno dall'aeroporto di Anchorage siamo stati in grado di scoprire il nome della pilota e il numero dell'idrovolante."

"Però non siamo stati in grado di trovare *nulla* su questa 'Eve Dane'," aggiunse Gumby.

"Tutta la faccenda è maledettamente sospetta," grugnì Phantom.

Rocco alzò una mano. "Sono d'accordo, ma in questo momento lo scopo primario è trovare Bubba. Il comandante ci ha dato il permesso di dirigerci ad Anchorage per iniziare la nostra ricerca."

"Odio fare il pessimista, ma non sappiamo nemmeno da dove cominciare," commentò Gumby.

"Beh, Juneau è a sud-est di Anchorage, quindi cominceremo a cercare tra le due città. Il comandante North ci ha messo in contatto con gli Alaska State Troopers, la polizia di questo stato, così inizieremo la nostra ricerca dall'alto."

Phantom si alzò tanto rapidamente da far cadere la sedia dietro di lui con un suono secco, né si scusò né la raccolse. Proprio come Rocco, iniziò a camminare rapidamente avanti e indietro accanto al tavolo. "È come cercare un ago in un pagliaio," si lamentò. "Non ci sono arrivati segnali dal telefono di Bubba, perché l'avrà spento prima di imbarcarsi. Quindi non possiamo rintracciarlo. Se quel minuscolo aereo si è schiantato, sarebbe quasi impossibile da vedere tra gli alberi. Se invece fosse finito nell'oceano (e speriamo proprio di no, dannazione), sarebbe già affondato... e poi, chi ci dice che siano andati in direzione di Juneau? Abbiamo un tragitto ma se fosse successo qualcosa, la pilota potrebbe aver deviato; non sappiamo se quella maledetta sia andata a nord, sud, est o ovest. Ci serve *qualcosa* di più!"

Rocco era totalmente d'accordo con l'amico, anche lui era furioso come Phantom ma purtroppo non avevano altre opzioni oltre a quella di volare in giro per cercare il loro amico e compagno di squadra. "Senti, conosciamo Bubba, è un fottuto guerriero. Ricordate quando in Medio Oriente quegli stronzi ci hanno catturato durante la missione? È riuscito a nascondersi per bene il coltello tattico durante la perquisizione, neanche gliel'hanno trovato. Aveva talmente tanta roba in tasca che persino i nostri rapitori erano impressionati. Non so dirvi cosa sia successo a Bubba in Alaska, ma *sono certo* che se c'è stata anche la minima probabilità di sopravvivere, Bubba l'ha colta. Quasi sicuramente in tasca nasconde una cazzo di tenda per ripararsi. Non mi interessa se dobbiamo perlustrare ogni fottuto centimetro dello stato, non mi arrenderò finché non lo troveremo, vivo o morto."

Lentamente, uno dopo l'altro, gli altri SEAL annuirono.

Tranne Phantom.

Sembrava decisamente furioso e frustrato; come al solito, Rocco non riusciva a capire a cosa stesse pensando.

Dopo qualche istante, Phantom parlò. "C'è qualcosa che mi puzza, qui. Non può essere un caso che Bubba sia volato in Alaska per scoprire cosa abbia ereditato e sia scomparso nel nulla. Qualcuno lo voleva morto, probabilmente per impedirgli di riscuotere quanto lasciato dal padre. Sappiamo tutti che il sesso e i soldi sono i due elementi che fanno perdere la testa anche ai cittadini più onesti. Cosa sappiamo di questa Zoey che volava con lui?"

Gumby prese un foglio e lo lesse. "Zoey Knight. Trentuno anni. Si è trasferita a Juneau in seconda superiore e da allora vive lì. La madre vive ad Anchorage, il padre non pervenuto. Sparito da anni. D'estate Zoey lavora part-time in un negozio per turisti in centro, sapete, quelli un po' kitsch. Ha dato una mano a Colin Wright in casa, per circa dieci anni. Ha affittato una casa da Colin e si guadagna il giusto per vivere. Nei suoi conti ha circa mille dollari. Nessun grosso deposito o prelievo negli ultimi quattro mesi. Quando Colin è morto, si trovava ad Anchorage per fare visita alla madre. L'avvocato le ha chiesto di tornare per la lettura del testamento. Dato che era ad Anchorage, Kenneth ha fatto in modo che lei prendesse lo stesso volo di Bubba."

"Quindi potrebbe essere coinvolta in qualsiasi cosa sia successa a lui," concluse Phantom. "Forse usciva con il padre di Bubba, lui le ha detto cosa le avrebbe lasciato; magari lei si è incazzata perché si aspettava di più, nel testamento. Cogliendo Bubba di sorpresa, magari l'ha ammazzato, si è messa d'accordo con la pilota per scaricare il cadavere da qualche parte prima di sparire per sempre."

"A questo punto, è del tutto irrilevante," gli disse Rocco.

"Come fai a dirlo?" gli chiese Phantom. "Sai bene quanto me che finché non troviamo la prova che ne confermi l'innocenza, nessuno può essere considerato come tale."

"Dico che è irrilevante perché la nostra prima preoccupazione è quella di trovare Bubba. Se Zoey è con lui, bene; altrimenti, bene uguale. Ma risolveremo questa merda solo *dopo* aver trovato il nostro compagno di squadra. Credimi, Phantom: se scopriamo che la sua scomparsa non è causata da un mero incidente, sarò il primo a strozzare chiunque abbia osato fargli del male. Ma fino ad allora, voglio solo *trovarlo*. Più ce ne stiamo seduti qui a girarci i pollici, più ci metteremo tempo per riportarlo a casa. Se è ferito o intrappolato tra i rottami di un aereo, dobbiamo vederlo dal cielo. *Tutto* il resto può aspettare."

Rocco fissò Phantom per un lungo istante, ben deciso a non lasciar perdere. Sì, potevano chiamare Tex e chiedergli di indagare per svelare i vari retroscena della vicenda (cosa che aveva già fatto), ma per quanto riguardava loro, dovevano assolutamente trovare Bubba.

Poco dopo, Phantom annuì. "Hai ragione. Dopo averlo trovato, avremo il tempo di capirci qualcosa in più."

Rocco rivolse un'alzata di mento all'amico, poi si rivolse agli altri. "Partiamo tra due ore. Andate a casa, fate i bagagli, salutate le vostre donne e fate tutto il necessario. Non torneremo finché non avremo trovato il nostro compagno di squadra. Un SEAL non abbandona mai un compagno."

Tutti annuirono e uscirono dalla stanza. Rocco raccolse la moltitudine di fogli prima di inspirare a fondo. Serrò le labbra e non poté fare a meno di inviare un pensiero silenzioso all'amico scomparso.

Ovunque tu sia, Bubba... Tieni duro. Stiamo venendo a prenderti.

———

"Ecco, ci sei quasi," si complimentò Bubba mentre guardava Zoey alle prese con il fuoco da accendere per la quarta volta, si stava impegnando per acquisire padronanza con l'acciarino. C'era voluta molta pratica per riuscire a dirigere le scintille dove voleva lei, per poi farle tramutare in una fiamma.

Zoey sospirò con aria frustrata e si sedette sui talloni, fece per restituirgli l'oggetto. "Lascia perdere, non ce la faccio."

Bubba non prese l'attrezzo per accendere il fuoco. "Ce l'avevi quasi fatta, l'ultima volta. Prova ancora," la esortò.

Zoey scosse la testa. "No. Sono pessima in queste attività; io vado a prendere altra legna, tu sei responsabile del fuoco e del rifugio. Io posso raccogliere la legna, invece."

Bubba allungò una mano e le afferrò i bicipiti per impedirle di alzarsi. "Non darti per vinta, Zoey."

Lei lo guardò con una scintilla di sconfitta negli occhi, che lui detestò. "Mark, apprezzo che tu cerchi di insegnarmi nuove cose, ma sono stanca e affamata. Potremo mangiarci quel pesce che hai pescato solo se prima accendiamo il fuoco quindi ti prego, fallo e basta. Vado a prendere altra legna per dopo."

Bubba annuì, conscio del fatto che se avesse continuato a insistere, le avrebbe fatto più male che bene; lei gli rivolse un sorriso stanco e si alzò in piedi. Non appena si fu allontanata a sufficienza, lui si chinò e usò l'acciarino per accendere il fuoco in pochi secondi.

Zoey lo aveva aiutato a sistemare il rifugio per la notte; stava migliorando, anche se non era ancora riuscita a capire esattamente come legare i rametti per farli stare insieme. Bubba non aveva alcun dubbio, quando Rocco e gli altri li avrebbero trovati Zoey sarebbe già diventata un'esperta. In quel momento era frustrata, vero, ma lui le leggeva costantemente un'aria determinata negli occhi, era chiaro che non voleva essere un peso e desiderava imparare il più possibile per fare la sua parte e aiutarlo.

Erano passati tre giorni da quando erano stati abbandonati nel bel mezzo della natura indomita; se all'inizio Zoey era un quattro su dieci, su quella famosa scala di sopportazione all'aria aperta, in quel momento era sicuramente salita a un sei e mezzo.

Bubba la ammirava: lei non si lasciava abbattere dalle frustrazioni e faceva di tutto per rimanere ottimista e positiva. Era naturale che stesse iniziando a perdere colpi; dal momento che aveva piovuto per gran parte di quella giornata, si erano dovuti riparare. Per loro, bagnarsi era una catastrofe: non avevano vestiti di ricambio e faceva freddo, anche se per fortuna non erano in inverno inoltrato. I vestiti bagnati avrebbero disperso il loro calore corporeo e sarebbero potuti andare in ipotermia, anche se la temperatura non era ancora sotto zero.

Il resto della serata trascorse abbastanza rapidamente. Avevano consumato la cena, composta dal salmone pescato condito con bacche e funghi. Il pesce era delizioso, molto meglio rispetto agli scoiattoli dei giorni precedenti. Tuttavia, Bubba avvertiva che Zoey iniziava a contrastare a fatica la frustrazione.

Dopo aver terminato il loro pasto e aver alimentato il fuoco il più possibile, Bubba le tese una mano. "Vieni qui."

Lei lo guardò con aria interrogativa, ma gli prese la mano e lasciò che lui la tirasse verso di sé, dov'era seduto. La posizionò davanti a lui e la cinse con le braccia. Aveva le gambe distese accanto a quelle di lei, sembrava che fossero davvero le uniche due persone rimaste al mondo, in quel momento. Le appoggiò il mento su una spalla e rimasero immobili, guancia contro guancia, a fissare il fuoco per alcuni minuti.

Non gli piaceva riesumare gli eventi passati che si stava preparando a condividere con Zoey, ma era convinto che lei dovesse sentirli.

"Ti ho già detto che sono stato tenuto prigioniero dai talebani."

Lei gli sussultò leggermente tra le braccia per la sorpresa ma non si spostò, annuì una volta.

"Rex e Ace erano rimasti feriti; noi altri eravamo a posto, ma non potevamo comunque affrontare i venti uomini che ci avevano circondato, così ci siamo lasciati catturare."

"Cazzo, ma davvero?" gli chiese Zoey.

"Sì. Probabilmente saremmo riusciti a scappare, ma non potevamo lasciarci dietro Rex e Ace, per niente al mondo."

Zoey si voltò per guardarlo in faccia, ma lui stava fissando le fiamme tremolanti davanti a sé. Per un attimo si chiese cosa ci stesse vedendo, ma poi decise di voltarsi di nuovo e portargli le mani sulle cosce, per poi stringergliele.

Lui sospirò silenziosamente, inebriato dal tocco di quelle mani su di lui, ma doveva proseguire con la storia.

"Ci hanno perquisiti e, proprio come questa volta, avevo una tonnellata di roba in tasca, i talebani erano talmente distratti dal prendere per il culo me e i miei numerosi oggetti per svolgere una perquisizione accurata."

Zoey inspirò bruscamente. "Cosa si sono persi?"

Lui sorrise per la rapidità con cui lei aveva capito, le rispose: "Un coltello, infilato in una tasca interna segreta dei pantaloni."

"Quindi l'hai usato per ucciderli e scappare?" gli chiese lei.

Bubba scosse la testa e le rispose: "No, purtroppo. Erano su di giri per averci tra le loro grinfie, hanno passato le prime ventiquattro ore a picchiarci a sangue. Ci hanno legati in stanze separate... anche se più che stanze erano delle sorta di stalle, in realtà; c'erano muri, non porte... ci hanno messo in posti diversi e passavano a picchiarci, a turno."

Zoey inspirò bruscamente e strinse la presa sulle cosce di lui, ma non commentò.

"Potevamo sentire cosa stava succedendo, ma non potevamo vederci; siamo stati addestrati a sopportare la tortura, quindi le botte non mi hanno piegato, riuscivo a sopportare il dolore... ma la preoccupazione per Rex e Ace mi ha quasi ucciso."

"Poi mi sono ricordato di quando eravamo tutti insieme alla Settimana Infernale. È la terza settimana dell'addestramento principale, prima che la marina faccia un costoso investimento nell'addestramento per rendere i SEAL operativi. Si tratta di cinque giorni e mezzo di puro inferno: quattro ore di sonno totali nella settimana, dovevamo continuamente correre, nuotare, remare, fare addominali, flessioni, rotolarci nella sabbia, arrancare nel fango... qualsiasi cosa ti venga in mente, ce l'hanno fatta fare. La sabbia mi irritava in posti che voglio dimenticare, l'acqua salata del mare mi bruciava i tagli e i graffi sul corpo. Abbiamo dovuto eseguire valutazioni che ci richiedevano di pensare, comandare, prendere buone decisioni e operare in modo funzionale mentre eravamo in preda ad allucinazioni, ipotermia e mancanza di sonno."

"Sembra tremendo," commentò Zoey. "Perché mai organizzano questa settimana?"

"Perché vogliono sapere chi vuole *davvero* diventare un SEAL della marina: vogliono sapere chi ha il fisico e la mente adatti per superare l'addestramento e quando il vero combattimento si fa aspro, vedere chi potrebbe salvarsi la pelle, oltre a quella dei compagni."

"Come hai fatto tu," concluse Zoey.

"Alla fine, sì. Ma ero arrivato al punto critico, ero sul punto di suonare la campana."

"Suonare la campana?" gli chiese Zoey.

"Sì, mollare. Gli istruttori della Settimana Infernale fanno del loro meglio per spingere gli aspiranti SEAL a mollare: usano un megafono per dirci le stesse cose che ci dicevano le voci nelle nostre teste: non ce la possiamo fare, non siamo abbastanza bravi, è troppo difficile... Gli istruttori fanno risultare la sconfitta in modo quasi logico, persino onorevole: sì insomma, abbandonare il freddo, suonare la campana, che equivale a dichiarare sconfitta e godersi una ciambella e un caffè bollente."

"Ma tu non li hai ascoltati."

"No, ma solo grazie a Rocco, Gumby, Ace, Rex e Phantom."

"Vedi, la Settimana Infernale non è una mera prova fisica, è molto di più. Gli istruttori potrebbero far smettere chiunque, se fossero seriamente intenzionati, ma quello che vogliono *davvero* è che i futuri SEAL ce la facciano. I partecipanti devono dimostrare di avere le palle di andare fino in fondo, ignorando il dolore e quella vocina che ti intima di mollare, che ti dice che non ce la fai più. I miei compagni di squadra mi hanno aiutato a focalizzare quel desiderio ardente di diventare un SEAL, di non mollare, di non arrendermi e di non suonare quel campanello di merda."

"Così, mentre quei cazzo di talebani mi picchiavano, ho ripensato a quei momenti della Settimana Infernale. Anche loro volevano che mollassi, che suonassi il campanello e che mi arrendessi. Mi sono ricordato di quello che i miei compagni di squadra avevano fatto per me durante quei giorni micidiali, allora ho ricambiato il favore. Ogni volta che i talebani mi colpivano, invece di gemere o imprecare, urlavo una parola che mi ricordava la Settimana Infernale abbastanza forte per farmi sentire anche dai compagni di squadra: sabbia, freddo, tronco, pagaia, barca, cibo, sonno... e via così. In quel modo, ero totalmente concentrato sulla ricerca di nuove parole e non pensavo più alle botte o ai compagni di squadra feriti."

Zoey era ancora immobile tra le braccia di Bubba: non era nemmeno sicuro che lei stesse respirando, il desiderio di finire quella storia per passare ad altro lo spinse a parlare più rapidamente.

"Non so dirti per quanto tempo ci hanno massacrati, ma alla fine se ne sono andati. Ci hanno abbandonato in quelle stalle, sicuri di averci sconfitti. Dopo un po', sono riuscito a sfilare una mano dalla corda che mi teneva prigioniero."

Bubba omise il dettaglio di essersi slogato di proposito una spalla e di aver usato il proprio sangue per lubrificare il polso, per riuscire nell'impresa.

"Ho recuperato il coltello dalla tasca e mi sono liberato, poi sono andato di stanza in stanza per liberare anche gli altri. Abbiamo fatto del nostro meglio per far riprendere Ace e Rex per andarcene da quel posto di merda."

"Il punto di questa lunga storia allucinante è che se ti succede, *va bene* essere frustrati. Ti può capitare di voler mollare, ma... non puoi. Anche quando tutto sembra perduto e credi di non poter proseguire, ricordati che non puoi mollare. So che per te tutto questo è difficilissimo, ma devi credermi: stai andando alla grande. Non riesci ad accendere un falò, e allora? Stai facendo molto più che aiutarmi, mi stai rendendo tutto talmente facile che quasi mi sento in colpa."

"Facile?" gli disse lei a voce talmente bassa che lui quasi non la sentì. "Sei tu quello che ha sempre procurato cibo, ha acceso il fuoco e ha creato il riparo, con tutti gli oggetti che ti ritrovi nelle tasche magiche per sopravvivere. Mi sento come se fossi una gigantesca ancora che ti trattiene."

"Ma è proprio questo il punto: non lo sei, Zo. Non ti sto prendendo in giro. So che per te questa non è una scampagnata, sei totalmente fuori dal tuo elemento ma ti sei fatta forza con coraggio, hai proseguito meglio che potevi. Non hai avuto molta paura e cosa più importante, non ti sei arresa, costringendomi a portarti. E prima che tu me lo chieda... sì, se dovessi farlo ti *porterei* in braccio. Inoltre, mi hai parlato tutto il tempo: ho appreso tante nozioni su mio padre, più in questi tre giorni con te che negli ultimi tredici anni. Grazie a te, mi sembra di averlo conosciuto di nuovo. Rimpiango di non aver scoperto tutto da solo, ma ti sarò sempre grato per avermi dato quest'opportunità. La tua forza sta nella distrazione: quando chiacchieriamo, non ci soffermiamo sul freddo, sulla fame, su quanto siamo sporchi e bisognosi di una bella doccia calda. Ognuno ha i suoi punti di forza e le sue debolezze. Per favore, non mollare e non suonare quel maledetto campanello. Ho bisogno di te, Zoey."

Bubba trattenne il respiro; ci aveva messo un po' per arrivare al punto, forse aveva divagato su dettagli poco importanti e le aveva detto solo un mucchio di stupidate, ma sperava che lei avesse recepito il messaggio.

Zoey rimase in silenzio per alcuni minuti, che a lui sembrarono finiti; Bubba si rimproverò mentalmente per aver tirato fuori la storia della cattura e della Settimana Infernale. Probabilmente a lei mancava Colin tanto quanto a lui, era stato un errore parlare del padre.

"Non mollo," gli disse lei, Bubba chiuse gli occhi dal sollievo.

"Questa situazione è pessima, la prova più difficile che abbia mai dovuto affrontare in vita mia. Le dita di mani e piedi non si scongeleranno mai, sono terrorizzata all'idea che nessuno ci trovi, di ammalarci e morire di scorbuto o qualcosa del genere, ma non mollo. Se mi lasci provare ancora, farò vedere chi comanda a quel cazzo di acciarino."

Bubba non riuscì a trattenersi e scoppiò a ridere. "Per prima cosa, lo scorbuto è causato dalla carenza di vitamina C nel corpo e ci vogliono almeno tre mesi prima che si manifestino i sintomi. Dato che stiamo mangiando un sacco di bacche e foglie, penso che ce la caveremo. Secondo, non ho alcun dubbio che tu riesca a domare l'acciarino. Stasera ce l'avevi quasi fatta."

Zoey si rilassò contro di lui, lasciandosi andare contro il petto. In quel momento, Bubba sentì qualcosa scattare dentro di sé; gli piaceva stringere Zoey tra le braccia, quando dormiva accanto a lei si sentiva rilassato e confortato, ma quando lei si appoggiava a lui come in quel momento, fidandosi del fatto che lui non la lasciasse cadere, lo faceva sentire al settimo cielo.

Lui l'abbracciò ancora di più, lei alzò le mani e gli afferrò con forza gli avambracci. Dopo circa dieci minuti, lei gli disse: "Mi dispiace per quello che è successo a te e ai ragazzi. Mi sembrano uomini straordinari."

"Lo sono, quando ci troveranno te li presenterò."

Lei esitò un attimo, poi gli disse: "Sei proprio convinto che ci salveranno, vero?"

"Certo che sì, ci troveranno. So che non sono riuscito a spiegarti bene cosa abbiamo passato durante la Settimana Infernale, ma abbiamo instaurato un legame che è più profondo di qualsiasi cosa abbia mai provato in vita mia. So che potrei chiamarli in qualsiasi momento, da qualunque luogo; ci sarebbero sempre per me, senza porre domande. Saranno preoccupati dal mio silenzio, faranno di tutto per capire cosa diavolo ci è successo. Stanno venendo a prenderci, Zoey. Dobbiamo solo continuare a comportarci come abbiamo fatto fino adesso."

"Ottimo, perché mia madre non avrebbe la minima idea da dove cominciare per cercare di trovarmi... sempre che si sia accorta della mia sparizione."

"Sono sicuro che se n'è accorta, probabilmente sta impazzendo."

Zoey scosse leggermente la testa e sospirò. "Mia madre... non è proprio come le altre mamme."

"In che senso?" le chiese Bubba.

"È sempre stata un po' egoista. Non fraintendermi, le voglio bene... ma ha sempre messo se stessa al primo posto. Ci siamo trasferite un sacco di volte prima di arrivare a Juneau, sempre perché stava sempre seguendo un nuovo tizio. Non ha mai pensato a quanto spostarsi potesse essere dura per me. Desidera talmente tanto l'amore di un uomo che rinuncerebbe a *qualsiasi cosa* pur di ottenerlo. Ma fino ad ora, ha ottenuto solo un cuore spezzato."

"Quando mi hanno chiamata per tornare a Juneau per la lettura del testamento di tuo padre, mia madre aveva appena conosciuto un uomo, ho riconosciuto tutti i segnali. Si è già innamorata, se quello decidesse di trasferirsi nella foresta dell'Alaska domani, lei lo seguirebbe senza pensarci due volte. Sono sicura che è preoccupata per me, sempre che si sia *accorta* della mia scomparsa, ma probabilmente darà per scontato che le autorità stiano facendo il possibile per trovarmi, quindi non avrebbe senso agitarsi tanto."

"Come, scusa?" le chiese Bubba incredulo.

"Lo so, sembra brutta detta così... cioè, *è* brutta. Ho dovuto pregarla di rimanere a Juneau fino alla fine del liceo; lei mi ha accontentata, ma stava palesemente soffrendo. Scalpitava per tornare ad Anchorage per cercare di trovare 'l'amore della sua vita'. Non l'aveva trovato a Juneau, penso che abbia capito che lì non l'avrebbe mai trovato. Mi vuole bene a modo suo, ma di certo non sono la persona più importante della sua vita. Una volta sono rimasta a casa di un'amica per tre giorni prima che lei si accorgesse della mia assenza e mi chiamasse per sapere dove fossi finita."

Bubba si sentì triste per Zoey: meritava di essere amata in modo incondizionato, specialmente dalla madre.

"Ecco perché ho legato tanto con tuo padre," aggiunse Zoey a bassa voce. "Non ho mai sentito la mancanza di un padre, ma di una figura genitoriale. Colin ha riempito quel vuoto: eravamo amici, ma lo vedevo anche come un padre. Mi mancherà molto."

Bubba l'abbracciò più forte, non sapeva cosa dirle.

La sentì appoggiarsi ancora di più contro di lui, Bubba si rese conto che per la prima volta Zoey si era rilassata del tutto. Gli aveva già dormito tra le braccia, ma da sveglia era sempre vigile, come se avesse tentato di mantenere delle distanze per proteggersi.

Bubba aveva la sensazione che lei finalmente avesse capito e gli avesse creduto sul fatto che Rocco e gli altri li avrebbero rintracciati, prima o poi. "Mi dispiace tanto per tua madre, ma sono felice che mio padre ti sia stato vicino. Inoltre, i miei amici *ci troveranno*. Magari ci metteranno una settimana, forse un mese, ma ci troveranno: non ho dubbi," le disse.

"Spero di riuscire ad accendere quello stupido fuoco, prima del loro arrivo," gli disse Zoey dopo alcuni minuti.

Bubba scosse la testa e si limitò a ridacchiare. "Chiudi gli occhi," le disse. "Cerca di dormire un po'. Domattina dobbiamo toglierci gli stivali per far prendere un po' d'aria ai tuoi piedi."

"Perché non lo facciamo adesso?" gli chiese lei.

"Non voglio rischiare che la temperatura scenda durante la notte; senza scarpe o calzini, la nostra temperatura interna colerebbe a picco."

Lei sospirò. "Sì, sarebbe un bel problema. Ti confesso che non muoio dalla voglia di togliermi i calzini, le dita dei piedi mi tremano con tutti gli stivali."

"Se ti prometto un massaggio ai piedi, passa la paura?"

Lei scosse la testa, sorprendendolo. "No! Che schifo... Mark, i piedi sono disgustosi. Non ho mai fatto una pedicure in vita mia e non la farò mai. A parte che soffro troppo il solletico, ma non posso sopportare il pensiero che qualcuno mi tocchi i piedi."

Bubba scosse la testa, Zoey diceva sempre qualcosa che lui non si aspettava minimamente. "E va bene, niente massaggio, ma che ne dici se ti prometto di non farti raffreddare troppo le dita dei piedi, nel frattempo?"

Lei si voltò per guardarlo negli occhi, con sguardo assottigliato. "Come?"

"Ascelle?" le chiese, più che risponderle.

Lei gli sorrise. "Santo cielo, non avrei mai pensato di dirlo, ma credo che ficcarti le dita gelate sotto le ascelle si avvicini molto alla mia idea di paradiso."

Bubba ricambiò il sorriso. "Ora dormi, Zoey. Domani sarà solo un altro giorno della nostra avventura nelle lande selvagge. Dovremmo godercela, finché dura."

Lei scosse la testa e si sistemò di nuovo contro di lui. "Sei strano, Mark."

"Sì. Zoey?"

"Sai che se smetti di parlarmi posso dormire, vero?" lo prese in giro.

"Un'ultima cosa."

"Ok, dimmi."

"Sono felice che ci fossi anche tu su quell'idrovolante, insieme a me. Non posso dire che mi sei mancata da quando mi sono diplomato, ma solo perché non *sapevo* cosa mi stessi perdendo. Ora che ti ho ritrovata, mi dispiace ancora di più di non essere mai tornato a casa per venire a trovare papà. Mi piacevi già anni fa e mi pento di non aver cercato di conoscerti meglio in quel periodo."

Quando lei si zittì per diversi minuti, Mark pensò che non gli avrebbe proprio risposto, ma alla fine Zoey gli disse con dolcezza: "Pensi che ci rivedremo ancora, quando ci saremo salvati? Voglio dire, ti comporti così solo perché siamo in questa situazione?"

Il solo pensiero di non rivedere mai più Zoey fece accigliare Bubba. "Ci vedremo," le disse con decisione. "Questa situazione ci ha permesso di conoscerci meglio e non sono tanto stupido da lasciarti uscire di scena, ora che ti ho ritrovata." Quando lei non gli rispose immediatamente, lui aggiunse con incertezza: "Cioè... se lo vuoi anche tu."

"Ti conosco da anni," gli disse lei. "Tuo padre mi parlava sempre di te, talmente tanto che ti consideravo già amico. Voglio assolutamente rivederti."

"Bene. Ora dormi, domani ci aspetta una grande giornata di ricerca di funghi, mosse strane con le ascelle e accensione di fuochi."

Zoey tirò su i piedi e gli si raggomitolò a palla contro il petto. Era ancora seduta, ma raggomitolata com'era, lui le sosteneva tutto il peso. Per lui non sarebbe stato facile dormire in quella posizione, ma l'avrebbe lasciata in quel modo il più possibile prima di farli sdraiare per la notte.

Mentre i respiri di Zoey rallentarono fino a quando lei prese sonno, Bubba si sentì più rilassato che mai.

Non erano ancora fuori pericolo, neanche per scherzo, ma in qualche modo lui si sentiva più in pace con la loro situazione. Zoey non avrebbe mollato e lui avrebbe fatto tutto il necessario per mantenerli entrambi sani e salvi fino a quando li avrebbero trovati gli altri SEAL.

CAPITOLO NOVE

Rocco e il resto della squadra SEAL erano ad Anchorage, seduti intorno a un tavolo nel quartier generale degli Alaska State Troopers per discutere gli sviluppi dell'indagine fino a quel momento. C'erano i rappresentanti del quartiere generale, quelli degli Agenti di Pubblica Sicurezza, dei Ranger, della Guardia Costiera, del controllo traffico aereo e dei dipartimenti di polizia sia di Juneau che di Anchorage.

Sembrava che tutti quanti avessero perlustrato ogni centimetro del suolo tra Anchorage e la capitale negli ultimi due giorni... senza alcun successo.

Bubba ormai era scomparso da quasi una settimana... una maledetta *settimana*. Non avevano ancora trovato i resti di un idrovolante abbattuto; anche dopo aver diramato la voce in tutto lo stato e in tutti gli aeroporti locali, nessuno aveva riferito di aver ricevuto un allarme o di aver assistito a qualche atterraggio non previsto.

Era tutto terribilmente frustrante, ma Rocco non era disposto ad arrendersi.

"E ora che facciamo?" chiese Malcom Wright.

La presenza del gemello di Bubba in stanza era un po' inquietante, ma tolto l'aspetto fisico, Rocco non li avrebbe mai confusi. Tanto per cominciare, Bubba emanava una sicurezza che Malcom non aveva; era al massimo molto presuntuoso, sicuramente del tutto irritante. Inoltre, Bubba era più forte e muscoloso del fratello.

Malcom aveva insistito per essere coinvolto nella ricerca, per fare tutto il possibile per trovare Bubba; Rocco non si era sentito di negarglielo.

"Espanderemo i parametri della ricerca," gli rispose Rex con voce dura.

Rocco fece un cenno a uno degli Alaska State Troopers con cui aveva parlato prima della riunione, permettendogli di esporre il piano.

"Esatto," disse l'agente. "Abbiamo contattato tutti gli Agenti di Pubblica Sicurezza dei villaggi periferici, nessuno ha segnalato anomalie. Nessun estraneo in città, nessuno ha visto o sentito precipitare un idrovolante. Dal momento che non abbiamo trovato nulla nel tragitto tra Anchorage a Juneau, siamo giunti alla conclusione che l'idrovolante abbia volato in un'altra direzione. Naturalmente potrebbe esserci sfuggito, ma nessuno di noi è disposto a ignorare la possibilità che la pilota abbia deliberatamente fatto una deviazione, volando nella direzione sbagliata per far precipitare intenzionalmente l'idrovolante in una zona poco accessibile."

"Oh, maddai," si accigliò Malcom. "Crede che sia andata davvero così? Per quale ragione avrebbe dovuto farlo? È semplicemente assurdo."

Un detective del dipartimento di polizia di Juneau si sporse in avanti e gli disse: "Ne è sicuro? Colin Wright era co-proprietario di una società multimilionaria. Non ho visto il testamento, ma presumo che quei beni sarebbero stati divisi tra i due figli. Parecchi sono morti per molto meno, signor Wright."

Malcom impallidì e si risistemò sulla sedia, con fare sottomesso.

"Giusto," commentò Rocco, desideroso di proseguire in modo che potessero tornare a cercare Bubba. Non sapeva se potesse fidarsi di Malcom, ma quello non era il posto o il momento adatto per interrogarlo e cercare di scoprire un possibile coinvolgimento nella scomparsa del fratello. "Allora, gli agenti e persino la Guardia Costiera hanno accettato di volare in missioni di ricerca e salvataggio, proprio come hanno già fatto negli ultimi due giorni, ma questa volta ci divideremo: alcuni voleranno verso ovest, altri verso nord e altri ancora verso est. Cercheremo qualsiasi segno di Bubba o di quell'idrovolante: fumo che sale, alberi spezzati o bruciati, crateri nel suolo... insomma, qualsiasi cosa. Sarà una missione complicata, non possiamo distrarci nemmeno un istante." Fece una pausa e poi scrutò la stanza, soffermandosi qualche secondo nello sguardo di ogni presente.

"Bubba è disperso da qualche parte: dobbiamo trovarlo, questo è il nostro scopo principale. Ci occuperemo del testamento, dei problemi degli affari di Colin e di tutto il resto solo dopo aver trovato Bubba. Ora non abbiamo altro che le nostre intuizioni per far luce su ciò che è successo. Per quanto voglia sapere tutti i perché del caso e avere risposte alle mie mille domande, ciò che conta è Bubba... ovviamente anche Zoey e la pilota, che erano su quell'aereo con lui."

Annuirono tutti quanti, erano d'accordo.

"Ok, allora ci divideremo e capiremo chi andrà dove, dopo aver finito qui."

"Vorrei venire anch'io," insistette Malcom.

Rocco scosse immediatamente la testa. "No, tu ci servi qui. Sei il nostro tramite tra l'avvocato e Sean, il socio in affari di Colin."

Malcom si accigliò di nuovo, Rocco si irrigidì: non voleva proprio discutere con il fratello di Bubba, che non era addestrato come i SEAL e le squadre delle forze dell'ordine. Non potevano avere tra i piedi un civile, anche se aveva sempre vissuto in Alaska era ovvio già a una prima occhiata (con quell'elegante completo giacca e cravatta) che non era pronto a salire su un elicottero o un aereo per trascorrere ore a scrutare alberi e corsi d'acqua nella speranza di ritrovare Bubba.

"Va bene, ma conosco delle persone e vorrei organizzare anch'io la mia squadra di ricerca. Non saranno SEAL, ma ho amici che conoscono molto bene i terreni più impervi dell'Alaska. Potrebbero darci una mano e voglio essere avvisato non appena qualcuno scopre qualcosa," gli rispose Malcom.

Rocco annuì. "Ottimo, sfrutteremo tutto l'aiuto possibile. Bubba è tuo fratello di sangue, ma per noi è un fratello d'armi. Non ci arrenderemo finché non l'avremo trovato." Rocco non riuscì a interpretare la strana scintilla che attraversò per un attimo lo sguardo di Malcom, poi l'uomo annuì.

"Bene, allora chiamo Sean e Kenneth per aggiornarli. L'avvocato non sarà contento di dover rimandare di nuovo la lettura del testamento di mio padre, ma gli farò capire che non c'è altra possibilità."

"Sean se la caverà con la gestione degli affari?" gli chiese Gumby.

Malcom annuì. "Certo, perché non dovrebbe? La fabbrica è coperta dal responsabile del progetto; io e Sean possiamo occuparci di qualsiasi altro imprevisto, come abbiamo sempre fatto negli ultimi dieci anni. Andate a cercare mio fratello," disse bruscamente a tutti i SEAL. "Prima lo troviamo, prima torneremo alla normalità."

Detto ciò, Malcom spostò indietro la sedia per alzarsi. "Se volete scusarmi, devo fare delle telefonate." Poi rivolse un cenno di saluto generale alla stanza e si diresse verso la porta.

Non appena fu uscito di scena, Ace scosse la testa. "Se non fosse identico a Bubba, non riuscirei a credere che sono imparentati."

Rocco era d'accordo, ma in quel momento non aveva il tempo o la pazienza di discutere su quanto fosse antipatico il fratello del loro amico. Guardò l'anziano poliziotto e poi il rappresentante della Guardia Costiera. "Rivediamo ancora la mappa dove svolgeremo le ricerche, poi decideremo chi andrà dove."

Entrambi gli uomini annuirono e si chinarono per esaminare le cartine di fronte a loro.

Rocco voleva lasciar perdere la pianificazione per salire subito su un elicottero e decollare, ma sapeva che avevano bisogno di un piano. Sperava solo che quel tempo in più, necessario per la pianificazione, non rappresentasse una questione di vita o di morte per Bubba; se fosse rimasto ferito e avesse avuto bisogno di cure mediche, ogni minuto perso era vitale.

"Stiamo arrivando, fratello," mormorò, prima di rivolgere l'attenzione agli altri presenti.

***

Malcom Wright non era contento: non si era di certo immaginato di stare tanto lontano da Juneau, quando era andato ad Anchorage per la scomparsa di Mark.

Aveva già dovuto organizzare tutto da solo la cerimonia commemorativa di loro padre e avere a che fare con quasi tutti gli abitanti di Juneau. L'aveva programmata per due giorni dopo l'arrivo del fratello; quando si era accorto che era scomparso, ormai era troppo tardi per cancellare la cerimonia. C'era già tutta la città radunata: gli impiegati della fabbrica, i proprietari di negozi, dannazione... c'erano persino alcuni senzatetto della zona, desiderosi di rendere omaggio a Colin. Malcom aveva preferito proseguire senza il fratello, del resto non poteva rimandare indietro tutta la città.

Sapeva che qualcuno non sarebbe stato d'accordo con

quella scelta (in particolare Sean), ma rimase fedele alle proprie idee. Per tutta la vita, aveva vissuto nell'ombra di Mark. Anche se il gemello aveva lasciato Juneau e non era mai più tornato, ascoltando i racconti di Colin tutti sapevano che Mark era diventato un SEAL della marina.

Solo per quella volta, Malcom voleva che tutta l'attenzione fosse dedicata al padre.

A Malcom non piaceva invidiare il gemello, ma fin da quando erano piccoli era sempre stato Mark quello bravo. Voti, sport, ragazze... Mark eccelleva in qualunque campo si cimentasse.

Ovviamente, il padre non si faceva problemi nel continuare a paragonarli.

Perché non puoi essere più come Mark?

Mark ha preso un 10, perché tu no?

Non vai al ballo? Forse Mark può aiutarti a trovare una ragazza.

Oggi ho ricevuto un'e-mail da Mark: è appena tornato da una missione dove ha salvato la vita di ventiquattro persone. Fantastico!

E così via, a ripetizione. Il padre non smetteva mai di parlare di Mark, anche se il fratello non si era degnato di tornare a trovarlo nemmeno una volta da quando aveva lasciato Juneau, dopo il diploma.

Malcom aveva fatto del proprio meglio per restare impassibile, così nessuno avrebbe potuto indovinare quanto odiasse il gemello.

Nessuno lo avrebbe mai capito: tutti pensavano che il legame tra due gemelli fosse fortissimo, Malcom avrebbe dovuto stravedere per il fratello...

...ma la verità era ben lontana da quelle fesserie. Malcom non era per nulla affranto dalla scomparsa di Mark, avrebbe potuto succedere di peggio.

Una volta uscito dall'edificio, tirò fuori il telefono di tasca e compose un numero che aveva memorizzato da tempo.

"Pronto?"

"Sono io," disse Malcom.

"Novità?" gli chiese la voce all'altro capo della linea.

"Non ancora, non hanno trovato nessun segno del veicolo o di mio fratello. Quei coglioni oggi hanno avuto il coraggio di chiedermi se gli affari andranno bene, come se non potessi mandare avanti la baracca come ho fatto per anni. Che rottura di palle."

"E la lettura del testamento?"

"Rimandata finché non scoprono qualcosa su Mark."

"Merda! Non riesco a *credere* che quei bastardi che abbiamo assunto per sabotare l'aereo abbiano fatto tanto schifo."

"Sei riuscito a rintracciarli?" gli chiese Malcom.

"No, sono spariti nel nulla. Ma credimi, se potessi, li farei pentire di essersi intascati i miei soldi e di non aver mantenuto la loro parte dell'accordo."

"Avremmo dovuto farli uccidere in una sparatoria o qualcosa del genere," mormorò Malcom.

"Oh, certo, per nulla *sospetto*," gli rispose la voce con fare sarcastico. "Il punto è che dobbiamo trovare quei due prima di chiunque altro: finché restano dispersi, non avrai un soldo. Troverò qualcuno che li cerchi; quando li troverà, sempre che siano ancora vivi, li ammazzerà prima che si scopra cos'è successo. Così facendo, la parte che Colin ha lasciato a Mark andrà direttamente a te."

"I suoi compagni di squadra sono fottutamente determinati, non si arrenderanno finché non lo troveranno, vivo o morto."

"Beh, allora dovremo assicurarci che lo trovino morto, no?" gli disse il capo.

"Avremmo dovuto fare tutto in modo diverso," commentò Malcom.

"Beh, non è andata come volevamo! Ormai quel che è fatto è fatto, dobbiamo andare fino in fondo," gli rispose in modo acido il capo.

"Va bene. Assicurati solo di essere pronto per la lettura del testamento di mio padre, a ricerca finita. Voglio chiudere questa storia e andare avanti con sta cazzo di vita."

"Sì. Tu mantieni un profilo basso, non dire o fare nulla che possa insospettire qualcuno."

"Mi hai preso per scemo? Non ho intenzione di rischiare di perdere tutti quei soldi, a questo punto."

"Ok. Devo andare. Tienimi aggiornato."

"Sarà fatto. Ciao."

"Ciao."

Malcom spense il telefono e serrò le labbra; i piani erano tutti scombinati. Il volo del fratello sarebbe dovuto precipitare subito dopo aver lasciato Anchorage: Malcom avrebbe interpretato il ruolo del figlio e del fratello in lutto, tutti si sarebbero dispiaciuti per lui. Avrebbe ottenuto metà dei profitti della Heritage Plastics, sistemandosi a vita.

Invece doveva preoccuparsi del fatto che quella dannata pilota potesse spifferare tutto quello che aveva combinato.

Avevano in mente di uccidere anche *lei*, si erano inventati la folle storia di farle abbandonare Mark nel bel mezzo dell'Alaska. Era un piano ridicolo, perché se non avessero trovato il cadavere di Mark sarebbero potuti passare tanti anni prima di dichiararlo ufficialmente morto, ma Eva era troppo stupida per rendersene conto, aveva abboccato all'amo con una facilità al limite del ridicolo.

Quindi Malcom doveva sperare che il capo potesse assumere qualcuno di abbastanza abile da rintracciare Mark e quella stronza di Zoey, trovarli *e* ucciderli inscenando una morte dovuta alle lande selvagge dell'Alaska.

La faccenda si era seriamente complicata e Malcom si sentiva parecchio stressato.

Inspirò a fondo e si disse che doveva fidarsi del capo: si sarebbe risolto tutto il casino e finalmente avrebbe messo le mani su metà della Heritage Plastics.

"Questa volta non vincerai, fratello," borbottò Malcom. "Non questa volta."

CAPITOLO DIECI

Ormai Zoey aveva perso il conto dei giorni, erano diventati un tutt'uno confuso. Si svegliavano la mattina, si toglievano le scarpe per far prendere aria ai piedi, facevano colazione con delle bacche, camminavano per qualche ora, si fermavano per fare una pausa e uno spuntino, poi camminavano ancora un po', Mark trovava un posto dove accamparsi per la notte, lei tentava di accendere un fuoco (non era ancora riuscita nell'impresa) poi lo aiutava a creare un rifugio per ripararsi. Mark pescava o preparava trappole per catturare la loro cena, dopodiché si sedevano davanti al fuoco a chiacchierare, fin quando Zoey gli si addormentava tra le braccia.

Era stanca, sporca e sempre più preoccupata con il passare dei giorni.

Mark le aveva detto con convinzione che gli altri SEAL li avrebbero trovati; gli aveva voluto credere, ma stava cominciando a pensare che prima dell'arrivo dei compagni di squadra, lei e Mark sarebbero riusciti ad allontanarsi a piedi da ovunque fossero stati lasciati.

"Ehi, tutto bene? Come vanno i piedi?"

Zoey si voltò verso Mark. "Tutto bene, questa mattina le tue ascelle me li hanno tenuti ben caldi, ottimo lavoro."

Lui le sorrise, ma tornò subito serio. "So che non è il massimo."

Non era il massimo? La stava prendendo in giro? Mark stava per tornare a fare il solito inguaribile ottimista, atteggiamento che irritava Zoey, che infatti gli grugnì in tutta risposta.

Era sicura che non gliel'avrebbe fatta passare liscia, non aveva mai incontrato un uomo chiacchierone quanto Mark; in genere i SEAL non erano tutti dei musoni? Diamine, avrebbe dato di tutto per potersi crogiolare nel malumore in santa pace.

Mark si piazzò davanti a Zoey, in attesa che lei alzasse lo sguardo per guardarlo. "Che c'è?" gli chiese con un tono un po' più scontroso del voluto.

Lui la studiò per qualche istante prima di dirle: "So che è dura."

Zoey non riuscì a trattenere uno sbuffo. "Mark, è dura alzarsi per andare al lavoro dopo una notte di bagordi, in preda ai postumi della sbornia; è dura passare un test di matematica quando non hai studiato. L'uccello di un ragazzo dev'essere duro prima di scopare, ma questa situazione non è dura... è impossibile. Stiamo praticamente cercando di attraversare l'Alaska a piedi, muniti solo di un coltello, un'acciarino e qualche altra cianfrusaglia."

Zoey non aveva minimamente pensato prima di pronunciare quelle parole, le sputò e basta. Ovviamente, non appena chiuse la bocca, si rese conto di quanto detto e chiuse gli occhi, travolta da un'ondata di imbarazzo.

Mark ridacchiò e lei si rese conto di essere arrossita ancora di più; tenne gli occhi chiusi, non si sentiva in grado di sostenergli lo sguardo.

Zoey si aspettava il ritorno dell'inguaribile ottimista, ma Mark la sorprese quando le disse: "Hai ragione."

Lei aprì gli occhi e lo fissò. "Davvero?"

"Certo, Zoey. Siamo in una situazione di merda, preferirei essere altrove, a nessuno piacerebbe stare qui. Non ho idea di quanto dovremo proseguire prima di trovare un qualsiasi segno di civiltà. Che tu ci creda o no, muoio dalla voglia di mangiarmi una coppa gelato e anche dei bastoncini di pollo. In questo momento darei qualsiasi cosa per potermi lamentare di andare a fare la spesa o del traffico di Riverton."

Zoey rimase in attesa dell'inevitabile discorsetto d'incoraggiamento, ma quando Mark rimase in silenzio lei lo guardò a bocca aperta. "E?"

"E cosa?"

"Dai, vai avanti. Dimmi che presto i tuoi amici ci troveranno, che domani a quest'ora ci staremo strafogando di gelato. Fai il positivo come sempre," gli disse lei.

Mark sospirò. "La verità è che sto facendo fatica, proprio come te. Mi vergogno ad ammetterlo, ma quasi quasi preferirei essere coinvolto in qualche conflitto armato con degli stronzi in qualche paese lontano... così almeno saprei che potremmo finire in qualsiasi momento ciò che stiamo facendo."

Zoey si avvicinò al SEAL, gli strinse un braccio e gli disse : "No."

"Cosa no?"

"No, non puoi comportarti così: sei tu quello positivo e ottimista, tanto sicuro che i tuoi amici ci scoveranno. Mi dà fastidio quell'atteggiamento ma ho cambiato idea, anche se qualche giorno fa ti ho detto che ti voglio più concreto. In questo momento mi *serve* il tuo essere positivo, per quanto lo trovi irritante."

"Non sono perfetto," le disse Mark. "Tutto questo è una merda."

Si fissarono per un istante; sul viso di Zoey sbocciò un sorriso.

"Non so proprio perché tu stia sorridendo..." brontolò Mark.

Zoey fece un altro passo verso di lui e lo abbracciò, stringendolo forte. Si sentì sollevata quando lui ricambiò il gesto; rimasero abbracciati a lungo, Zoey non seppe determinare per quanto tempo. Entrambi erano sporchi, lei era consapevole di avere i capelli unti e disordinati dopo una settimana di mancata pulizia, dei vestiti lerci (lo stesso valeva per lui) e le brontolava lo stomaco.

Si tirò indietro per guardarlo negli occhi e gli disse: "Andrà tutto bene."

Lui accennò un piccolo sorriso. "Chi è che fa il positivo *adesso?*" le chiese.

"Ehi, non possiamo essere tutti e due a terra, tu stesso hai detto che per sopravvivere dobbiamo stare su."

"Vero."

Zoey decise di rischiare e gli accarezzò una guancia; la barbetta incolta era cresciuta quasi del tutto, con quel gesto notò lo sporco sotto le proprie unghie, ma proseguì: "Quando ero triste e giù di morale, tuo padre mi diceva sempre una cosa..." abbassò la voce, imitando quella profonda di Colin: "Zoey, ragazza mia... per quanto tutto sembri andare male, ricorda che potrebbe sempre andare peggio."

Le piacque il sorriso che illuminò il volto di Mark. "Sembra proprio una cosa che direbbe papà."

"Lo sappiamo bene... tutto *potrebbe* sempre andare molto peggio. Potrebbe essere dicembre, con un sacco di neve per terra. Durante l'atterraggio non siamo rimasti feriti, non abbiamo perso la vita. Ci sono alcuni elementi che potrebbero rendere la nostra situazione molto peggiore di adesso. Ammetto di non riuscire a essere sempre la persona più positiva del mondo, ma ho comunque cercato di fare sempre del mio meglio. Sono totalmente fuori dal mio elemento ma tu mi hai reso quest'esperienza mille volte più accettabile. Mi piaci, Mark, davvero tanto. Ti ammiro. Ti ammiravo anche prima di conoscerti sul serio, grazie alle storie di tuo padre, ma dopo essere stata a stretto contatto con te per una settimana vedo molto più di quanto avrei immaginato."

Lui non disse nulla, lei proseguì. "Vedo un uomo che adora gli amici a tal punto da essere sicuro che lo aiuteranno, ha dei rimpianti e non ha paura di dirlo, sa ammettere quando sbaglia e possiede un sapere immenso sull'arte di sopravvivere e tenersi al sicuro. Non ti sei mai lamentato del fatto che io non sia in grado di fare nulla di utile, sei stato paziente con me mentre mi disperavo in attività che tu avresti potuto risolvere facilmente in pochi secondi. Posso essere io quella positiva tra noi per un po', ma se tu ti lasci andare e io non riuscirò a tirarti su, moriremo qui."

Mark le regalò un altro piccolo sorriso. "Non moriremo," le disse con certezza.

"Bene, anche perché ad Anchorage c'è una gelateria favolosa dove voglio portarti, quando torniamo," gli disse.

Il sorriso di Mark si allargò ancora di più, illuminandogli il viso. "Affare fatto."

"Davvero?"

"Sì. A Riverton, in California, c'è un posto fantastico che serve le migliori alette di pollo del pianeta. Io voglio portarti *lì*."

La situazione si stava surriscaldando, ma a Zoey non importava. "Va bene."

"Ok. Anche se siamo stanchi, oggi dobbiamo spingerci un po' più lontano. Pensi di farcela?"

"E *tu*?" ribatté lei.

"Ah, sì. Il tuo discorso di incoraggiamento mi ha aiutato." Le sorrise. "Hai ragione, questa situazione non è dura. Sarò felice di mostrarti la parte *dura* dopo che ci saremo salvati e avremo fatto la doccia, mangiato e pure dormito."

Zoey chiuse gli occhi e scosse la testa. "Perché sapevo che non avresti lasciato perdere?"

Lui ridacchiò. "Perché mi conosci."

Lei si rese conto con sorpresa che Mark aveva ragione: lei lo *conosceva*. Avevano chiacchierato molto negli ultimi giorni e lei aveva imparato a conoscerlo meglio, scoprendogli diversi tratti della personalità e cosa lo facesse scattare, lo stesso valeva per lui con Zoey.

"Come vuoi, caro marinaio." Era una risposta un po' fiacca, ma lei non poteva rispondergli ciò che gli voleva dire: ovvero che lui avrebbe potuto mostrarle la parte "dura" in ogni momento.

"Andiamo," le disse lui con un piccolo sorriso. Le prese una mano e se la portò alla bocca, ne baciò il dorso prima di intrecciare le loro dita. "È giunta l'ora di riprendere la nostra strada."

"Strada?" gli chiese lei sarcasticamente.

"Strada, sentiero, boscaglia del sottobosco... stessa roba."

Zoey scoppiò a ridere, incapace di trattenersi.

* * *

Quattro ore dopo a Zoey era passata la voglia di ridere, era stanca e pronta a fermarsi per la giornata. Non stava prestando attenzione all'ambiente circostante, quindi quando Mark si fermò all'improvviso lei gli sbatté per la millesima volta contro la schiena.

Zoey alzò lo sguardo e le si bloccò il respiro in gola di fronte a ciò che vide: davanti a loro si estendeva un grande ruscello dal bacino largo, con l'acqua che scorreva molto rapidamente; si trattava di un affluente che sgorgava dallo stesso lago che avevano aggirato per giorni. Avrebbero dovuto attraversare l'acqua impetuosa in quel punto, oppure proseguire per chissà quanto tempo per trovare un percorso alternativo più semplice. L'altra possibilità era quella di voltarsi e tornare da dove erano venuti, opzione che lei non voleva nemmeno prendere in considerazione.

"Merda," borbottò Zoey.

Mark non disse nulla, le cinse le spalle con un braccio e rimasero alcuni istanti in silenzio a fissare l'ostacolo di fronte a loro.

"E adesso che facciamo?" gli chiese lei a voce bassa.

"Lo attraversiamo," le disse Mark con decisione.

Lei lo guardò sconvolta. "E come?"

"Faremo molta attenzione," le rispose Mark, in modo non proprio utile.

"Secchione," commentò lei. "Hai qualche idea?"

Mark esaminò l'ambiente circostante; Zoey lo lasciò pensare, non voleva dargli fastidio mentre cercava di risolvere il problema. Lui iniziò a camminare per l'area circostante, toccando di tanto in tanto alcuni dei tronchi caduti nelle vicinanze.

Zoey si limitò a osservarlo mentre valutava di cosa avrebbero avuto bisogno per attraversare il ruscello. Per fortuna quel giorno c'era il sole; non ne poteva proprio più della pioggia. Piovigginava quasi ogni notte, un paio di volte erano stati sorpresi da un acquazzone. Mark le aveva detto più volte che dovevano evitare di ritrovarsi bagnati fradici: erano già esposti al freddo, il materiale bagnato contro la pelle li avrebbe indeboliti, se non addirittura fatti morire.

Mark tornò finalmente accanto a lei e sospirò, Zoey prevedeva guai.

"Allora?" gli chiese. "Torniamo indietro, alla fine?"

"No, potremmo farcela ad attraversare, ma mi serve il tuo aiuto."

"Certo," gli rispose subito Zoey.

"A circa dieci metri c'è un tronco a terra, tra quegli alberi lì: penso che possa fare al caso nostro. Sembra che sia abbastanza lungo per permetterci di attraversare il ruscello. Se riusciamo a trascinarlo qui e a sollevarlo, possiamo spingerlo in acqua; dovrebbe reggere e permetterci di salirci sopra per andare dall'altra parte, con calma o di corsa."

Zoey lo guardò come se fosse impazzito. "Scherzi, vero?"

"No."

Lui la guardò privo di quell'umorismo sciocco che Zoey aveva imparato ad apprezzare nell'ultima settimana, così lei si voltò per vedere l'estremità del tronco di cui probabilmente le aveva appena parlato Mark: era enorme, sicuramente non sarebbe stata in grado trascinare quell'affare in acqua o sollevarlo per farlo cadere nel torrente.

"Sai che non sono un uomo, vero? Non sono forte come te..."

"Lo so bene, grazie al cielo. Ho un piano e mi occuperò io della maggior parte della fatica, ma con il tuo aiuto ce la faremo. Dato che il terreno è bagnato, penso che in questa circostanza il fango sarà una manna dal cielo. Il tronco scivolerà direttamente sul terreno."

Zoey sapeva che lui le stava in qualche modo indorando la pillola, ma non glielo fece notare. "Va bene, cosa devo fare?"

Invece di risponderle, Mark la colse di sorpresa prendendola per una mano e tirandola verso di sé in un grande abbraccio. Lei si lasciò trasportare con piacere, non perdeva mai l'occasione di stargli vicino: più stavano insieme, più lei si sentiva attratta da Mark. Non era perfetto, era palese dopo la conversazione che avevano avuto quella mattina, ma le sembrava perfetto per *lei*.

Quel pensiero la spaventava a morte.

Certo, sapeva che si trovavano in una situazione assurda che le aveva rinvigorito la cotta provata per Mark alle superiori. Era abbastanza sicura che il sentimento fosse ricambiato, anche se restava una grande domanda: a lui lei piaceva come una vecchia amica da riscoprire di nuovo o semplicemente come donna? Zoey non ne aveva idea.

Lui si tirò indietro e lei lo imitò; lo guardò negli occhi, incapace di decifrargli i pensieri.

"Ti ho già detto quanto sono felice che tu sia qui con me?"

Zoey annuì. "Sì."

"Bene, perché è proprio così.."

"Anch'io sono contenta. Voglio dire, ovviamente senza di te non ce l'avrei fatta."

Mark scosse la testa. "Non è vero, avresti trovato un modo per tirare avanti. Non ho dubbi in merito."

Zoey sapeva che lui si sbagliava, ma non gli disse nulla. Mark le guardò i capelli e lei trasalì, conscia della chioma disastrata. Lui sorrise e allungò la mano per rimuoverle un ago di pino dalle ciocche brune. In cambio, Zoey gliene spazzò via uno da una spalla e poi finse di estrarne uno dalla barba che gli si era infoltita in quei giorni.

Lui sorrise e le prese una mano, portandole in mezzo a loro. Le dita di lui le sfiorarono inavvertitamente un seno, Zoey sentì il capezzolo inturgidirsi all'istante. Maledì e benedì al tempo stesso tutti gli strati di vestiti che li dividevano e fissò Mark.

Sempre più lentamente, lui iniziò ad abbassare la testa verso quella di Zoey; lei chiuse gli occhi solo all'ultimo secondo. Lui la sfiorò leggermente con le labbra, come per verificare se fosse d'accordo, se non si fosse tirata indietro all'istante.

Zoey non si sarebbe mai tirata indietro, però: voleva baciarlo già dalla prima volta che lo aveva incrociato nei corridoi della scuola superiore di Juneau, tanti anni prima.

Naturalmente non si era mai immaginata che il loro primo bacio sarebbe stato nel bel mezzo dell'Alaska, ma non era importante.

Lei gli strinse le dita e con l'altra mano gli afferrò un fianco, prima di alzarsi in punta di piedi per avvicinarsi ancora di più. Percepì il sorriso di Mark contro le labbra, non le importava: stava baciando Mark Wright.

Diamine.

Così ebbe inizio il bacio. Dopo il primo timido sfioramento di labbra da parte di Mark, svanì ogni esitazione; inclinò la testa di lato, con la mano libera le afferrò i capelli per tenerla ferma e iniziò a divorarla.

Il bacio fu intenso e appassionato, persino con qualche sfumatura di disperazione. Zoey si lasciò sfuggire un mormorio dalla gola e lui la tirò ancora più a sé. Le loro lingue ingaggiarono un duello e i denti sbattevano tra loro nel vortice della passione, ma nessuno dei due sembrò accorgersene o preoccuparsene.

Zoey voleva solo avvicinarsi ancora di più a Mark, si premette contro di lui e avvertì l'erezione dura come il marmo, desiderava stargli più vicino possibile... quasi più di quanto volesse una doccia calda e dei vestiti puliti.

Zoey non riuscì a quantificare per quanto tempo durò quel bacio ma alla fine si tirò indietro, seppur con riluttanza, perché aveva bisogno di ossigeno; non le bastavano più i piccoli sorsi d'aria presi attraverso il naso. Mark la lasciò andare subito ma non lasciò la presa sulla nuca e sulla mano di lei. Erano praticamente incollati dai fianchi al petto, per guardarlo negli occhi Zoey dovette piegare la testa all'indietro.

Sperò vivamente che lui non dicesse nulla che avrebbe potuto rovinare quel momento: trattenne il respiro in attesa di sentire cosa le avrebbe detto.

Lui le guardò il viso, poi i capelli, per poi ritornare sulle labbra, che lei si leccò inconsciamente; lui le strinse la nuca e la mano. Zoey si sentiva totalmente avvolta da Mark, lo sentiva come il suo cavaliere pronto ad uccidere qualche dragone. Sperava solo che quel bacio non avrebbe reso la situazione tra loro tesa e impacciata, ma soprattutto che non si fosse pentito di averla baciata. Lo pregò silenziosamente di dirle qualcosa... qualsiasi cosa.

"Sono giorni che volevo farlo," ammise Mark dopo qualche minuto, Zoey si sciolse per il sollievo nel sentire quelle parole.

"Anch'io," sussurrò lei.

Lui le sorrise. "Mi intrighi, Zoey Knight. Voglio continuare a conoscerti, voglio portarti fuori a cena, dal ristorante più elegante alla peggiore delle bettole. Voglio farti conoscere i miei amici e sedermi sotto il portico di casa di Gumby, per guardarti mentre giochi sulla spiaggia con le figliolette di Ace e Piper. Voglio sapere quali cibi ti fanno impazzire e quali ti disgustano. Per la prima volta nella mia vita, sono sicuro che se non ti vedessi o sentissi anche solo per un giorno, sarebbe una giornata persa. Non mi sono mai sentito così per nessuna, prima d'ora. Davvero."

Parola dopo parola, Zoey si scioglieva sempre di più. "Probabilmente ti senti così per la situazione in cui ci troviamo," gli rispose con dolcezza. In realtà sperava che non fosse così, ma doveva essere onesta con se stessa e con lui.

Lui scosse la testa. "No, Zo, proprio no. Ho trascorso tutta la vita in situazioni come questa: sospeso tra la vita e la morte, tra emozioni intense e l'ignoto dietro l'angolo. Abbiamo salvato molte donne, nessuna mi ha mai colpito come te. Forse il nostro legame è così forte perché ci conoscevamo già o perché volevi tanto bene a mio padre, tanto quanto gliene volevo io... Non saprei dirti, ma quando ci saremo salvati, non me ne andrò. Tra un giorno, una settimana, un mese da adesso... Voglio vedere come si evolve il nostro rapporto, quando saremo tornati nel mondo reale. "

Zoey non riusciva a spiccicare parola, talmente era sconvolta e sopraffatta dai sentimenti di Mark. Le si era quasi chiusa la gola; desiderava quanto detto da lui, più del prossimo respiro. Le sembrava un sogno diventato realtà.

Mark si accigliò dopo qualche istante e iniziò a rilasciare la presa su di lei, pronto ad allontanarsi. "Se non provi lo stesso, va bene. Volevo solo fartelo sapere."

Zoey scosse la testa con vigore e si gettò contro di lui, sicura che non l'avrebbe lasciata cadere, infatti così fu. "Certo che lo provo anche io," gli disse rapidamente. "Ero solo sbalordita. Mi piacevi quando ero una ragazzina e ho imparato ad ammirarti ascoltando tuo padre, ma ora che ti ho conosciuto, intendo conosciuto per *davvero*, mi rendo conto che ciò che pensavo di sapere su di te non era ancora nulla. Tu sei molto di più: non sei solo l'eroe della marina o il figo del liceo dei miei sogni... Sei un uomo *vero*. Ti arrabbi e ti preoccupi, quando sei affamato lo stomaco ti brontola, proprio come il mio. Voglio tornare a casa, ma ho anche paura, perché ciò significa tornare alla mia vita noiosa. Ho paura di non vederti più tutti i giorni, quindi ovviamente anche io voglio vedere dove ci porterà questo rapporto."

Il cipiglio di Mark sfumò, lasciando il posto a un bel sorriso. "Bene. Che ne dici di un altro bacio per suggellare il nostro accordo, prima di affrontare questo tronco e continuare il nostro viaggio?"

Zoey ricambiò il sorriso e annuì con più entusiasmo di quanto volesse.

Lui si chinò di nuovo e scattò un altro bacio. Zoey percepì la barba che le graffiava il viso, ma lo notò a malapena, distratta com'era da lui che le mordicchiava con fare giocoso il labbro inferiore; non appena lei schiuse le labbra, lui le infilò la lingua in bocca.

Quel bacio fu meno intenso e duraturo del precedente, ma riuscì comunque a emozionare Zoey. Lui si tirò indietro, appoggiò la fronte su quella di lei e le disse a voce bassa: "Non abbiamo ancora parlato a fondo di quello che succederà quando ci saremo salvati, ma ascoltami bene: non ho intenzione di andarmene senza guardarmi indietro. Non sappiamo chi ci ha preso di mira, ma se ci fosse anche solo la minima possibilità che tu possa trovarti in pericolo, non ti abbandonerò a te stessa. A dirla tutta, non ti abbandonerei mai. Forse ti sembrerà assurdo, ma... penso di volerti con me, in California."

Zoey inspirò bruscamente, ma lui non le diede la possibilità di rispondere.

"Non dirmi niente adesso, inizia a pensarci su. So che hai costruito una vita a Juneau: hai un lavoro, degli amici... Chiunque ci desidera morti, però, ci riproverà sicuramente e se tu restassi a Juneau saresti un bersaglio fin troppo facile, non riuscirei a vivere in pace se ti dovesse succedere qualcosa."

"Mark," iniziò a protestare Zoey. "Non credo che abbiano preso di mira me: sono insignificante."

Mark si tirò indietro e le scostò alcuni capelli dal viso. "Ne abbiamo già parlato... non devi sottovalutarti, Zo. Non sappiamo cosa ti abbia lasciato papà, magari è più di quanto pensiamo. Comunque anche se così non fosse, non importa. Mio padre ti voleva un mondo di bene, e tu a lui."

Zoey rabbrividì al pensiero che qualcuno la volesse effettivamente morta. Era una ragazza come tante, *nessuno* di importante. Era folle pensare che qualcuno volesse farla fuori, no?

"Pensaci, va bene?"

Lei annuì.

Mark inspirò a fondo e poi le disse: "Bene, dai. Mettiamoci all'opera, sei pronta?"

Anche lei inspirò a fondo, poi annuì. "Guidami, o grande leader."

Una volta tanto fu lui ad alzare gli occhi al cielo, facendo sorridere Zoey.

"Un gioco da ragazzi, mettiamoci al lavoro e proseguiamo il nostro passeggio," scherzò lui. Quando si girò, continuò a tenere la mano di Zoey e lei ebbe la netta sensazione che non avrebbe mai dimenticato quel momento per il resto della vita. Il ragazzo di cui si era innamorata alla superiori l'aveva appena baciata, poi le aveva chiesto di uscire e le aveva offerto di andare in California con lui per poterla proteggere.

Oh, sì: quello era sicuramente uno dei giorni più belli della vita di Zoey.

———

Pensava forse che quello fosse stato il giorno più bello della sua vita? Zoey scosse la testa, aveva palesemente mentito. Quella giornata si era rivelata tremenda. Trascinare un semplice tronco per trenta metri non avrebbe dovuto essere un'impresa, ma quell'affare era *dannatamente* pesante. Ci avevano impiegato più di un'ora condita di imprecazioni, scivolate, spintoni e forza bruta per portare il tronco vicino al ruscello.

Poi ci avevano messo mezz'ora per farlo rotolare dove volevano, anche grazie all'aiuto di una corda che Mark teneva in tasca. Erano riusciti a sollevare completamente il tronco e spingerlo oltre il corso d'acqua, sorprendentemente era andato tutto bene. Il pezzo di legno non dava l'idea di essere molto stabile, ma almeno non era in acqua e teoricamente i due avrebbero potuto attraversarlo senza bagnarsi i piedi: era quello l'obiettivo principale.

Durante gli sforzi si erano tolti la parte superiore degli indumenti, dal momento che c'era il sole e avevano iniziato a sudare; Zoey era rimasta con la maglia a maniche lunghe e la canotta, Mark indossava la maglietta a maniche lunghe verde scuro.

In qualsiasi altro momento Zoey avrebbe perso tempo per ammirargli i bicipiti al lavoro, ma era totalmente concentrata sull'attraversare quel maledetto torrente. Lanciò un'occhiata al loro ponte improvvisato e realizzò che si trattava di una pessima mossa, anche perché non avevano la minima idea di cosa li aspettasse dall'altra parte del corso d'acqua. Magari dopo qualche passo avrebbero potuto imbattersi in un altro torrente ancora più ampio di quello che stavano per attraversare.

"Sai... magari è meglio tornare indietro," propose Zoey mentre lei e Mark stavano guardando il tronco e tutta l'acqua che vi scorreva rapidamente sotto.

"Ce la faremo," le disse Mark con il solito tono positivo. "Vado per primo per essere sicuro che sia fattibile, quando arrivo dall'altra parte fisso il tronco con alcune rocce, così non rotola e poi puoi salirci tu. Va bene?"

Zoey voleva dirgli di no e confessargli di avere paura, ma si sforzò di essere positiva e annuì, deglutendo a fatica.

Mark le portò un dito sotto il mento e la costrinse ad alzare lo sguardo. "Ehi, ce la faremo."

Lei cercò di sorridere, conscia di non esserci riuscita poi molto.

"Metti la mia maglia, so che tra poco inizierai a tremare e hai bisogno di calore extra."

"E tu no?"

"No, va tutto bene. Rispetto a te, sono più abituato al freddo; il che è ironico, visto che tu hai sempre vissuto qui in Alaska. Dovresti essere tu quella che potrebbe mettersi in costume da bagno, con questo sole."

Zoey rabbrividì, era impensabile mettersi in costume da bagno per prendere il sole in Alaska: anche se quel giorno splendeva il sole, non c'erano nemmeno quindici gradi. Tra l'altro, presto sarebbero arrivate le nuvole: era sempre così, nei primi mesi dell'autunno. Un attimo prima c'era il sole, poi arrivavano improvvisamente nuvole e nebbia.

"Un bacio portafortuna?" le chiese Mark.

Ecco, quello era meglio. Zoey si alzò subito in punta di piedi e lo baciò. Nonostante il bacio breve e dolce, come sempre il contatto tra le loro labbra le inviò scariche fino alla punta dei piedi. Era un metodo molto efficace sia per distrarla dal pensare a tutta la situazione, sia per riscaldarla.

Mark si tirò indietro e le stampò un bacio su una tempia prima di girarsi verso il tronco. Si legò intorno alla vita una corda che aveva creato intrecciando viti, corteccia e piante rinsecchite, Zoey ne afferrò l'altra estremità. Non era un granché come corda di sicurezza, ma lui le aveva assicurato che era solo una precauzione e non sarebbe successo nulla, avrebbe raggiunto l'altra sponda in un batter d'occhio.

Zoey lo guardò testare la stabilità del ponte improvvisato e trasalì quando traballò sotto il peso del SEAL. Mark vi si mise a cavalcioni, procedere in piedi sarebbe stato molto pericoloso. Portò indietro i piedi, per stabilizzarsi; da quella posizione avanzò lentamente, fermandosi spesso per bilanciarsi mentre il tronco si spostava sotto di lui.

Zoey stava praticamente trattenendo il respiro mentre stringeva la presa sulla corda, la lasciava allentata ogni volta che lui avanzava sull'albero caduto.

Ci fu un momento in cui lei si convinse che Mark ce l'avrebbe fatta, si stava muovendo abbastanza rapidamente ed era giunto a metà... ma poi accadde il disastro.

Mark si era appena mosso di qualche centimetro quando Zoey alzò casualmente lo sguardo, spalancò gli occhi e gridò: "Attento!"

Troppo tardi.

Un enorme tronco d'albero, caduto da chissà dove e

trascinato dalla corrente, stava precipitando proprio verso Mark e il loro ponte improvvisato.

Lui si aggrappò al tronco, allungò persino una mano per cercare di spingere via l'enorme ostacolo in avvicinamento, senza successo. I rami del tronco si schiantarono contro Mark e l'albero si incastrò sotto l'altro tronco, che fino a quel momento aveva funto da ponte. La forza del nuovo tronco, unita alla corrente travolgente, era troppo potente e spinse Mark giù dal loro ponte, trascinandolo in acqua in un turbinio di foglie e rami.

Zoey sentì la corda tendersi tra le mani e la strinse con tutta la forza che aveva, ignorò come le ferisse i palmi: tutto ciò che contava era salvare Mark. Cadde sul sedere vicino alla riva e grugnì mentre la corrente cercava di portarselo via. Per un folle attimo pensò che sarebbe stato meglio lasciarlo andare e fargli raggiungere il lago, dove tutto era più calmo, ma poi pensò a quanto dovesse essere fredda l'acqua. Il torrente proveniva quasi sicuramente dalle montagne, dove la neve e il ghiaccio si fondevano in continuazione. C'era una buona possibilità che Mark non sarebbe riuscito a raggiungere il lago; anche se l'avesse fatta, probabilmente il freddo gli avrebbe risucchiato ogni energia per raggiungere la riva.

Zoey si aggrappò alla presa con disperazione, trascinata a sua volta dall'impeto del corso d'acqua, tirata sempre più verso la riva. Mark era ormai lontano, ma lei si rifiutò categoricamente di mollare la presa.

Si avvicinava sempre più a riva, ma fortunatamente notò un'enorme roccia vicino a lei. Si voltò e puntò i piedi contro il sasso.

La mossa andò a buon fine: Zoey era riuscita a trovare un appoggio, non si muoveva più.

Avvolse la corda di fortuna intorno ai polsi, giurò di fare di tutto per portare Mark a riva. Di tanto in tanto, gli vedeva spuntare la testa dall'acqua agitata, avendo conferma che anche lui stesse lottando dall'altra parte della corda.

Mark riuscì a portarsi verso riva molto lentamente; riusciva a spostarsi più rapidamente dopo essersi tolto di mezzo l'albero canaglia che lo aveva travolto nel momento sbagliato. Dopo circa trenta secondi, Zoey sentì la corda allentarsi tra le mani.

Mark ce l'aveva fatta.

Lei lasciò cadere l'insieme secco, ignorando completamente i lividi sui polsi e corse verso il punto in cui Mark stava arrancando fuori dal corso d'acqua, strisciando su mani e ginocchia.

"Mark! Stai bene?"

"Non toccarmi," grugnì lui.

Zoey si bloccò, scioccata. "Come?"

"Sono zuppo, non voglio che ti avvicini. Dammi un attimo."

"Cosa posso fare?" gli chiese Zoey. Mark iniziò a tremare violentemente, l'adrenalina per la sopravvivenza fu presto sostituita dal freddo.

"Fai un passo indietro, tesoro. Sto bene, davvero."

Zoey odiava sentirsi inutile e impotente, incapace di aiutarlo, ma obbedì alla richiesta. Si portò di fianco a lui mentre Mark strisciava sempre più lontano dal torrente. Raggiunse uno sprazzo d'erba, cercò di alzarsi ma non ci riuscì, ricadde sul sedere.

"Mark!" esclamò Zoey.

"Sto bene," le ripeté Mark. "Ho so-solo freddo."

Lui la guardò, Zoey gli notò subito le labbra blu.

Merda, merda, merda!

Mark cominciò ad armeggiare con i lacci degli stivali, ma sembrava in difficoltà.

"Senti, io me ne frego, ti tocco e basta," borbottò Zoey mentre si inginocchiava accanto a lui, gli spostò le mani e gli slacciò gli stivali. Fece fatica a toglierli ma dopo qualche strattone, riuscì a liberarlo.

"Anche i c-calzini," le disse Mark.

Zoey sapeva che andava fatto, ma non le piaceva. Naturalmente, in quel momento critico, il sole aveva deciso di nascondersi dietro delle nuvole che si facevano sempre più grandi. Lei gli sfilò i calzini, ma nel momento in cui vide Mark che si portava le mani verso il bottone dei pantaloni, realizzò che lo avrebbe visto nudo.

Zoey si alzò e corse rapidamente verso il punto in cui avevano lasciato le loro maglie, dove avevano passato parte del pomeriggio per portare il tronco sopra il ruscello. Trovò subito gli indumenti appesi a un ramo, tornò di corsa da lui rallegrata dal pensiero che Mark avesse qualcosa di asciutto da indossare.

Nel frattempo lui era riuscito a sfilarsi i pantaloni e la maglia, rimanendo solo con i boxer fradici. In un momento privo di pericoli Zoey sarebbe stata entusiasta di dargli una sbirciatina, ma in quel preciso istante le stavano a cuore solo la salute e il benessere del SEAL.

Mark cercò di mettersi in ginocchio per togliersi i boxer, ma non riusciva a restare in equilibrio. Zoey lasciò cadere a terra le maglie asciutte e lo raggiunse. "Lascia, ti aiuto io," gli disse.

"C-ce la fa-faccio," protestò Mark.

"Cazzate, Mark. Stai tremando talmente tanto che non riesci nemmeno a prendere l'elastico dei boxer. Dai, sdraiati," gli disse lei, che avrebbe tanto voluto lasciargli su l'indumento, ma era fradicio: Mark non aveva proprio bisogno di avere qualcosa di bagnato sulle zone più delicate; doveva proprio fargli togliere tutto, farlo asciugare e riscaldare.

Zoey deglutì a fatica il panico che minacciava di travolgerla e si concentrò per compiere un'azione alla volta.

Mark si sdraiò con espressione imbronciata, Zoey gli fece

scivolare le dita sotto il cotone e sussultò quando lo sentì ridacchiare.

"Che diavolo hai da ridere?" borbottò.

"V-volevo che tu mi m-mettessi le m-mani addosso, m-ma non avrei m-mai immaginato che s-sarebbe successo ta-tanto in f-fretta."

"Piantala," gli rispose lei, in fondo contenta per il fatto che lui non avesse perso la voglia di scherzare.

"P-Per favore, t-tieni a mente c-come l'acqua f-fredda riduce il c-cazzo di un uomo, Z-Zo."

Lei sollevò lo sguardo per incontrare quello di lui e fu sorpresa di intravedere un lampo di preoccupazione che gli attraversò gli occhi, anche se lui stava tentando di nasconderlo a suon di battute.

Zoey scosse la testa e tornò a concentrarsi su quello che stava facendo. "Non hai niente da temere, mio caro SEAL. Ora sono più preoccupata per le palle blu, rispetto alle dimensioni del pacco."

Lui scoppiò a ridere, Zoey si sentì bene per averlo distratto: di certo non si trovavano in una situazione divertente.

Mentre lo aiutava a liberarsi dei boxer, sbirciò involontariamente per guardargli l'uccello, che trovò impressionante nonostante fosse raggrinzito dal freddo.

Si tolse rapidamente la maglia a maniche lunghe e rabbrividì all'istante per l'aria fredda del pomeriggio, ma si costrinse a ignorare quel disagio dal momento che Mark stava sicuramente mille volte peggio di lei, dopo essere caduto nell'acqua ghiacciata del torrente. Gli tese l'indumento. "Ecco qui, usala per asciugarti come riesci. Dopo puoi metterti la tua maglia asciutta e usare la mia camicia di pile per coprirti le gambe. Dopo che ti sarai asciugato, la mia camiciona potrà anche fungere da mutanda temporanea."

Zoey era consapevole che non fosse abbastanza, ma Mark

non le disse nulla; si asciugò il più possibile muovendosi in modo alquanto goffo, con movimenti rigidi e scoordinati. Zoey si sedette per terra e iniziò a trafficare con gli stivali.

"C-che f-fai?" le chiese Mark.

"Mi sto togliendo i calzini, tu ne hai più bisogno di me. Non puoi proprio perderti qualche dito del piede."

"N-non m-metto i tuoi c-calzini," le rispose Mark in modo burbero.

"Sì, invece," gli rispose Zoey senza nemmeno guardarlo.

"Zo, g-guardami," la chiamò lui.

Lei non gli diede retta; si tolse stivali e calzini, poi indossò di nuovo gli stivali allacciandoli con pazienza. Si alzò, prese le maglie a maniche lunghe asciutte e le portò nel punto in cui era seduto Mark. Gli sfilò la maglia dalle mani e finì di asciugargli rapidamente la schiena, poi i capelli, tentando di tamponarlo il più possibile. Per fortuna aveva i capelli corti, se avesse avuto una lunga chioma ci avrebbe messo una vita ad asciugarsi. Lo aiutò a indossare la maglia asciutta guidandogli ogni mano tremolante attraverso la manica; sospirò sollevata quando lui fu completamente avvolto dall'indumento asciutto.

"Sollevati un po'," gli ordinò lei, premendogli le mani sulle spalle. Mark si obbligò a sollevare una chiappa perfetta dal terreno ghiacciato. Lei gli infilò subito sotto il sedere la maglia umida con cui lo aveva asciugato, facendola passare dall'altra parte; con disinvoltura gli posizionò la camiciona di pile sul davanti e gliela annodò in vita, per coprirgli le parti intime. Dopodiché gli infilò i calzini ai piedi. Non gli calzavano perfettamente, ma gli stavano comunque.

"Non muoverti," gli ordinò, prima di alzarsi di nuovo.

"S-Sto bene, Z-Zo," le balbettò Mark in tutta risposta.

"Lo so, sei un SEAL grande e forte, per te questa è una passeggiata," gli rispose Zoey, parlando più per rassicurare se stessa che lui. In cuor suo, sapeva benissimo che quella non era come l'esperienza della Settimana Infernale; lui le aveva raccontato le peripezie che aveva affrontato durante quei giorni, ma nella *loro* situazione non c'era nessun campanello da suonare, non c'era un medico pronto a intervenire, nessun ospedale dietro dietro l'angolo in caso di infortunio. C'era solo lei, quindi non aveva intenzione di deluderlo.

Il punto fondamentale era che Zoey sapeva di non poter sopravvivere in quella situazione contando solo sulle proprie forze, quindi doveva mantenere Mark in salute e farlo riscaldare il prima possibile.

Senza proferire parola Zoey corse via da Mark, diretta verso gli alberi. Lui la chiamò a lungo ma lei lo ignorò, concentrata com'era su ciò che stava cercando: sufficiente legna per accendere un fuoco. Doveva far scaldare Mark, quindi non le importava correre in canotta e senza calzini: una volta tanto, non stava soffrendo il freddo, tutto ciò che sentiva era un'ardente determinazione.

Continuò a fare avanti e indietro tra gli alberi e il punto in cui era seduto Mark, almeno una dozzina di volte, sempre ignorando i richiami del SEAL che le intimava di rallentare e riposarsi un attimo. Zoey aveva trovato del muschio relativamente asciutto, nascosto nel tronco di un albero: un piccolo tesoro. Raccolse rametti di ogni dimensione, dai più piccoli ai più grandi. La maggior parte dei rami più grossi erano umidi, ma non aveva tempo di cercarne altri, avrebbe dovuto farseli andar bene.

Dopo aver scaricato l'ultimo carico di rami, annuì con soddisfazione guardando la catasta vicino a Mark.

"Zoey, f-fermati un attimo e g-guardami," la implorò Mark.

Lei inspirò a fondo e fece quanto richiesto. Lui era sempre seduto sulla maglia asciutta, ma si era portato le ginocchia sotto la camiciona di pile, quindi tutto ciò che lei gli vide furono i piedi (con i calzini di lana viola, gentilmente prestati) e la testa. Zoey avrebbe tanto voluto avere un cappello da dargli: era risaputo che le persone perdevano la maggior parte del calore corporeo dalla testa. Mark aveva ancora tracce di blu intorno alle labbra e balbettava, non era migliorato di molto.

"Sto bene," le disse.

Zoey scosse la testa. "No, non è vero. Stai congelando, diamine. Sapevo che quello stupido tronco era una pessima idea, cazzo!"

"Zo," la richiamò con voce decisa.

Zoey, però, non riuscì né a dargli retta, né a guardarlo, né tantomeno ad ascoltarlo. Lui insistette nel dirle che stava bene, ma non era vero. Si avvicinò ai pantaloni di Mark e iniziò a frugargli nella tasca dove sapeva di trovare l'acciarino; lo prese in mano e inviò una preghiera silenziosa al cielo. *Ti prego, fa' che funzioni. Non riesce ad accendere il fuoco, gli tremano troppo le mani. Dipende tutto da me.*

Voleva appiccare il fuoco il più vicino possibile a Mark; si trovavano in una piccola radura vicino al torrente, lei avrebbe preferito restare più al riparo tra gli alberi, ma per il momento avrebbero dovuto accontentarsi.

Mark sembrò aver capito di dover smettere di parlare, Zoey aveva un piano e non doveva distrarla. Lei si mise al lavoro con la pelle d'oca sulle braccia, anche se sentiva il sudore colarle ai lati del viso: era una sensazione stranissima, soffriva contemporaneamente il freddo e il caldo ma non si lasciò distrarre dallo scopo principale: avviare il fuoco.

Posizionò il muschio nel punto giusto tra i rametti, poi si sedette sui talloni e inspirò a fondo.

"V-vai, Z-Zo. P-Puoi f-farcela," la incoraggiò Mark, senza pretendere di farsi passare l'acciarino o di prendere in mano la situazione. Riponeva molta fiducia in lei.

Zoey annuì, più a se stessa che a lui, si chinò sul muschio e sfregò l'acciarino con la barretta di metallo. Il movimento produsse delle scintille ma, com'era già successo in precedenza, svolazzarono ovunque tranne che dove voleva lei, ovvero sul muschio lì in basso.

"P-prenditi il tuo t-tempo," la rassicurò Mark.

Zoey digrignò i denti e usò di nuovo l'acciarino, poi ancora; colpo dopo colpo, produceva sempre più scintille. Lentamente ci stava prendendo la mano, sempre più determinata: le serviva quel dannato fuoco e l'avrebbe ottenuto, in un modo o nell'altro.

Dopo numerosi colpi, Zoey riuscì finalmente a indirizzare una scintilla nel punto giusto, più per fortuna che per merito, ma non le interessava: dal muschio iniziò a sollevarsi un ricciolo di fumo, Zoey si esaltò e si chinò sulla preziosa scintilla per soffiarci sopra con delicatezza, come le aveva insegnato Mark.

Pochi secondi dopo, la scintilla era divampata in una fiamma.

Terrorizzata all'idea che il piccolo fuoco si estinguesse, Zoey posizionò altri rametti sul muschio; anche quelli presero fuoco, seppur lentamente.

Nel giro di cinque minuti, ardeva un bel fuoco scoppiettante.

Zoey si voltò a guardare Mark con espressione incredula. "Ce l'ho fatta!"

"C-certo, tesoro. Non a-avevo d-dubbi."

Sentire Mark balbettare riportò Zoey con i piedi per terra, esaltata com'era dal successo dell'impresa. "Vieni qui, devi stare vicino al fuoco."

Mark si alzò molto lentamente, stringendo i lembi dell'indumento che lo ricopriva. Zoey gli andò subito accanto e lo cinse con un braccio per sorreggerlo. Poco dopo lui riuscì a sedersi di nuovo, molto più vicino al fuoco. Zoey si godette il calore emanato dalle fiamme, per un istante provò il forte desiderio di sedersi accanto a Mark per riposarsi un attimo, ma aveva ben altro da fare.

Lasciò Mark a crogiolarsi davanti al fuoco, raccolse i vestiti sparsi e li strizzò il più possibile. Poi li stese su alcuni tronchi che aveva portato poco prima. Non ce l'avrebbero fatta a resistere senza i vestiti ma non potevano indossarli finché restavano fradici, quindi doveva fare in modo di farli asciugare il più possibile. Per fortuna, i pantaloni da combattimento non erano al cento per cento di cotone, avevano un materiale diverso rispetto a un normale paio di jeans, quindi si sarebbero asciugati rapidamente. La maglia a maniche lunghe e i boxer, invece, ci avrebbero impiegato molto più tempo del previsto per essere indossati.

A quel punto, Zoey decise di occuparsi del cibo, chissà cos'avrebbe trovato. Non era capace di progettare una trappola o uccidere qualche scoiattolo, ma fu comunque in grado di raccogliere alcune bacche, qualche fungo e persino un mucchio di tifa: era un'erba dal sapore pessimo, ma Colin le aveva insegnato che se ne poteva ingerire una quantità minima.

Il sole era ormai completamente sparito dietro le nuvole del pomeriggio e Zoey fu scossa da un brivido, ma si sforzò di ignorare il disagio: Mark era messo molto peggio di lei, poteva sopportare ancora un po' di freddo.

Ritornò da Mark con il bottino, per trovare il SEAL disteso su un fianco. Zoey buttò altri rami nel falò, ignorò la grande nube di fumo provocata che disegnava dei cerchi verso l'alto; finché il fuoco scoppiettava, non le importava del fumo.

Mark si svegliò al suono dello sfregamento dei rami, fece per rialzarsi.

"Ti ho portato qualcosa da sgranocchiare," gli disse Zoey con un piccolo sorriso; notò la scintilla di ammirazione nello sguardo del SEAL, ma decise di ignorarla, per il momento.

"Oltre al nostro solito banchetto di bacche e funghi, ho trovato anche della tifa."

"Tifa?" le chiese Mark.

Zoey si rallegrò per Mark, aveva smesso di tremare tanto e di balbettare. "Sì, tuo padre mi ha detto che si possono mangiare: voglio arrostire i germogli, al momento è l'operazione più semplice che possiamo fare. In realtà si possono mangiare anche le radici, ma non sono proprio buone."

"Questo te l'ha insegnato mio padre?" le chiese Mark.

Zoey annuì mentre usava il coltello di Mark per tagliare i germogli. "Proprio così. Un giorno stavamo parlando di tutto ciò che c'è di commestibile in natura, a quel punto mi ha parlato della tifa e non gli ho creduto, quindi ha dovuto farmi ricredere." Zoey ridacchiò. "Sarò onesta, il sapore non è buono, ma dato che non so ancora cacciare gli scoiattoli, per ora ti dovrai accontentare."

"Non sapevo della tifa," ammise Mark.

Zoey lo guardò preoccupata, non sembrava più il solito uomo sicuro di sé.

"Sei fantastica, Zo."

Lei arrossì al complimento e fece spallucce. "Se fossi stata veramente fantastica, ti avrei catturato un alce e ti avrei preparato degli hamburger." Non era abituata a ricevere complimenti, soprattutto se accompagnati da uno sguardo intenso come quello di Mark. "Devo andare a lavare i germogli, torno subito."

"Stai attenta a non cadere in acqua," la prese in giro Mark.

Zoey alzò gli occhi al cielo. "Penso che ci basti una sola nuotata fuori programma, anche se devo ammettere che ti *invidio* un pochino: almeno ti sei lavato via parte dello sporco accumulato in settimana." Non riusciva a credere di poter scherzare su quanto successo, ma immaginò che fosse un modo come un altro per sfogare un po' di nervosismo.

———

Bubba era furibondo con se stesso: certo, non era colpa sua il fatto che si fosse palesato quel maledetto albero nel momento sbagliato, ma almeno avrebbe potuto prevederlo. Avrebbe dovuto togliersi più strati di vestiti, nel caso in cui fosse caduto in acqua; se avesse agito in tal modo, non si sarebbe ritrovato con il culo (nudo) a terra a guardare Zoey che lo accudiva.

Aveva assistito a una strana inversione di ruoli che non gli era piaciuta. Non gli era piaciuto il modo in cui Zoey trotterellava in giro indossando solo una canottiera, le aveva visto visibilmente la pelle d'oca ogni volta che si era allontanata dal fuoco, per non parlare dei capezzoli turgidi sotto il reggiseno. Non gli era piaciuto il fatto che gli avesse letteralmente ceduto la camiciona che indossava, persino i calzini.

Se entrambi si fossero bagnati, sarebbero stati spacciati: Zoey si era comportata in modo esemplare.

In ogni istante della vita adulta, Bubba aveva sempre dato per scontato che i compagni di squadra gli avrebbero sempre coperto le spalle. Se si fosse ritrovato in quella situazione con uno di loro, avrebbe dato per scontato che si sarebbe comportato come aveva fatto Zoey, ma lei non era un SEAL della marina, né tantomeno una compagna di squadra, ma aveva agito immediatamente per impedirgli di soffrire inutilmente. Bubba non aveva ancora scampato del tutto il pericolo, ma il calore del fuoco lo stava rapidamente rimettendo in sesto.

Era incredibilmente orgoglioso di come Zoey fosse riuscita ad accendere il fuoco, a lui tremavano talmente tanto le mani che non ce l'avrebbe mai fatta... eppure, ci era riuscita, l'espressione di soddisfazione che le aveva attraversato il volto era stata magnifica.

Zoey aveva acceso il fuoco, procurato del cibo, gli aveva insegnato qualcosa di nuovo sulle piante selvatiche commestibili; era giunto il momento di farla fermare per rilassarsi due secondi. "Vieni qui," le disse mentre lei buttava un altro ramo in mezzo alle fiamme. Bubba tese un braccio, invitandola ad accoccolarsi contro di lui.

Lei andò subito da lui, portandolo al settimo cielo. A quanto pare, la grande stupidata commessa da Bubba non le aveva minato la voglia di stargli vicino. Quando Zoey si accoccolò contro di lui, percepì quanto fosse gelata.

La strinse a sé e spostò entrambi più vicini al fuoco.

"Sai cosa vorrei, in questo momento?" gli chiese lei una volta messi comodi.

"Una cena a base di un'enorme bistecca con patate?" le chiese Bubba.

Lei ridacchiò. "A parte questo."

"No, dimmi."

"A casa, quando facevo il bucato, adoravo prendere gli asciugamani e le lenzuola appena usciti dall'asciugatrice, metterli sul divano e raggomitolarmici dentro. Mi lasciavo avvolgere dal calore e dal profumo di fresco e pulito. So che può sembrare un vizio che molti riterrebbero atipico, ma era una mia abitudine. Non sai quanto vorrei un'asciugatrice, proprio qui, in modo da poter tirar fuori quegli asciugamani caldi, per poi avvolgerli intorno a noi."

Bubba riuscì a immaginare Zoey, mentre lei gli parlava: probabilmente in quel piccolo momento di gioia casalinga lei avrebbe avuto gli occhi chiusi e un sorriso soddisfatto. Bubba voleva farle rivivere quel momento; avrebbe voluto darle tutto.

"Tesoro... faremo sì che accada, quando arriveremo ad Anchorage."

La sentì scrollargli le spalle contro il petto. "Va bene. Mark?"

"Sì?"

"Mi hai fatto cagare sotto."

Bubba chiuse gli occhi, a dirla tutta anche lui si era spaventato. L'attimo in cui era rimasto intrappolato sotto il tronco travolto dall'acqua che scrosciava impetuosa, si era sentito prossimo alla morte. Quando si era liberato, l'unica ancora di salvezza che gli aveva impedito di venire spazzato via dalla corrente era stata la corda che si era legato in vita, stretta tra le mani di Zoey.

Le prese una mano tra le proprie: era sporca per aver armeggiato con l'ultimo ramo da mettere nel fuoco, con dei rimasugli sotto le unghie. Le girò la mano e notò un segno di bruciatura rosso scuro, tracciato dalla stessa corda che lei aveva tirato per salvargli la vita, poi vide un livido che le si stava formando intorno al polso, dove quasi sicuramente si era avvolta la corda. Bubba baciò con delicatezza entrambi i segni.

"Grazie per essere stata al mio fianco, tesoro. Hai fatto tutto ciò che dovevi."

Lei non gli rispose ma gli si fece ancora più vicina.

"Mi dispiace tanto di averti spaventata, non posso escludere che in futuro accada ancora qualcosa di simile, ma ti prometto che starò più attento, eviterò di correre rischi. Oggi saremmo dovuti tornare indietro, quantomeno avrei dovuto pensare anche ad altre opzioni per aggirare quel dannato torrente. Mi dispiace."

Zoey annuì contro di lui, Mark apprezzò che lei non gli disse qualcosa come 'tutto a posto', né provò a consolarlo sul fatto di non aver combinato un guaio, perché entrambi sapevano che era proprio così. Gli piacque ancora di più il fatto che lei non lo rimproverò dicendogli qualcosa che lo avrebbe fatto sentire peggio di quanto si sentisse.

"Però sai una cosa?"

"Cosa?" borbottò lei.

"Ritengo che oggi tu abbia raggiunto un bel dieci, sulla nostra scala di resistenza all'aria aperta."

Lei sollevò la testa per guardarlo. "Davvero?"

Bubba ridacchiò. "Sì. Mi hai salvato trascinandomi fuori dal torrente, mi hai riscaldato, hai acceso il fuoco, poi hai messo subito ad asciugare i miei vestiti e ci hai procurato del cibo. Sono sicuro che se ce ne fosse davvero bisogno, saresti persino in grado di costruirci un rifugio. Per me ormai sei salita al livello dieci."

"Beh, evviva," gli rispose con sarcasmo. "Quando avrò la mia targhetta?"

Rispetto alle due ore precedenti, Bubba si sentiva decisamente meglio. Non si era mai sentito tanto a suo agio nonostante indossasse solo la maglia verde scuro, calzini da donna e una camiciona di pile viola e rosa annodata intorno alla vita.

Rimasero in silenzio per un po', concedendosi di godere del calore reciproco e del tepore del fuoco. Bubba si accorse che Zoey aveva smesso di tremare, si sentì molto sollevato.

Stava per porle qualche domanda... quando improvvisamente gli parve di udire un rumore anomalo.

Durante l'ultima settimana, gli unici suoni che avevano sentito erano il vento che soffiava tra le foglie, il canto degli uccelli, le loro voci, il vento e la pioggia... ma il rumore sentito da Bubba era qualcosa di ben diverso.

"Zoey! Presto, butta altri rami sul fuoco!"

"Cosa?" gli chiese lei mentre si metteva a sedere.

Bubba la spinse con più irruenza del previsto. "*Adesso,* Zo! Forza! Buttane uno umido, se lo trovi: dobbiamo fare un sacco di fumo!"

A quel punto, Zoey si alzò; senza fare domande, si precipitò verso la catasta di rami raccolta poco prima e alimentò con rapidità il loro fuocherello.

Bubba si alzò con andatura barcollante, ma recuperò rapidamente l'equilibrio; era lì, con i calzini viola di Zoey ai piedi, si strinse la camiciona di pile legata in vita, con il sedere rivolto alle fiamme mentre scrutava il cielo.

Le nuvole erano basse: ciò avrebbe potuto ostacolarli, ma Bubba sperava di no.

Zoey gli andò vicino e gli cinse la vita con un braccio, lui le portò un braccio intorno alle spalle ed entrambi continuarono a guardare verso l'alto.

"È quello che penso che sia?" gli chiese lei, con tono traboccante di speranza.

"Sì, è un elicottero, ma non è detto che si fermi: non so neanche dirti quanto sia vicino, il suono qui viaggia molto lontano, potrebbe anche essere a chilometri di distanza," la avvertì.

"Ci vedrà," sussurrò Zoey. "Deve vederci."

Bubba lanciò un'occhiata al fuoco e si compiacque per l'ottimo lavoro svolto da Zoey per alimentarlo, non avevano nemmeno le fronde degli alberi a bloccare il fumo. Se l'elicottero si fosse abbassato abbastanza, li avrebbe visti sicuramente, anche se doveva ammettere che quello era un grande 'se'. Le nuvole erano spesse, c'era la possibilità che l'elicottero in volo non notasse il fumo del fuoco, oppure avrebbe potuto trovarsi davvero a chilometri di distanza.

Zoey si voltò verso lui e lo abbracciò, gli seppellì la testa nel petto e lo strinse forte. Bubba sapeva che lei stava pregando con tutto il cuore, così anche lui si unì a quelle richieste silenziose.

"Coraggio," sussurrò. "Siamo proprio qui, dovete *vederci*."

CAPITOLO UNDICI

Rex si sentiva parecchio frustrato per aver passato l'intera giornata a bordo di un elicottero della polizia. Avevano sorvolato l'intera zona assegnata sulla mappa di ricerca, ovvero a ovest di Anchorage. Inizialmente il clima era stato sereno e soleggiato, ma con il passare del tempo si era fatto sempre più nuvoloso. Il pilota annunciò che presto sarebbero dovuti rientrare all'aeroporto a causa della visibilità, che era diminuita talmente tanto da rendere la ricerca addirittura pericolosa.

Nessuna traccia di Bubba o dell'idrovolante, sembrava che si fosse *davvero* volatilizzato nell'aria: il tutto era frustrante e demoralizzante. Il pilota si era tenuto in contatto con i colleghi, nessun avvistamento del SEAL. L'elicottero con a bordo Rex aveva sorvolato la zona soprastante il lago Whitefish, abbastanza popolato sia dagli amanti della natura che dai cacciatori, ma non avevano rilevato nulla di anomalo.

Il poliziotto seduto accanto a Rex non si era mai lamentato per la lunga ricerca infruttuosa, comprendeva bene il bisogno di trovare e salvare un compagno di squadra. In passato avevano perso un paio di agenti: l'elicottero su cui viaggiavano si era schiantato dopo aver salvato un motociclista in difficoltà. Purtroppo nessun superstite, ma tutti si erano impegnati a lavorare per ore anche solo per raggiungere il luogo del disastro e recuperare i corpi dei loro fratelli d'armi.

A causa delle nuvole, il pilota aveva iniziato a volare molto più in basso rispetto alla normale altezza. Durante la loro ricerca, all'inizio della giornata, avevano attraversato la catena montuosa che ospitava il Denali, il grande monte alto circa seimila metri; con quel tempo tremendo avrebbero fatto molta più fatica a sorvolare di nuovo le montagne. Non c'erano altri monti della stazza del Denali, ma anche una montagna alta circa tremila metri poteva rappresentare un ostacolo non indifferente.

Il rientro ad Anchorage era previsto per qualche ora prima, ma i poliziotti avevano ricevuto una chiamata da un Agente di Pubblica Sicurezza per una richiesta di aiuto e dunque si erano fermati in quella cittadella per dare una mano, fermandosi lì per qualche ora.

Rex aveva apprezzato quella pausa, dal momento che scrutare attentamente il territorio era un'impresa ardua, scandagliando ogni scenario alla costante ricerca di un elemento che risultasse fuori posto. Si sentiva di nuovo stanco, desiderava solo coricarsi per qualche ora prima di ricominciare le ricerche il giorno successivo, con un nuovo piano. Il giorno seguente avrebbero setacciato la costa per vedere se avrebbero trovato qualcosa.

Proprio nel momento in cui Rex stava pensando all'enorme tazza di caffè che si sarebbe trangugiato appena tornato alla base, qualcosa gli catturò l'attenzione. Si voltò e fissò intensamente un punto, chiedendosi se stesse guardando solo delle banali nuvole... o qualcosa di diverso.

Pochi secondi dopo, ne era sicuro: quelle non erano nuvole.

"Ore quattro," sbraitò nel microfono vicino alle labbra. "Fumo. Dove ci troviamo? Potrebbe provenire da una casa?"

"Impossibile," gli rispose subito il pilota, girando l'elicottero nella direzione appena indicata da Rex. "Siamo direttamente sopra il Parco nazionale e riserva di Lake Clark; non c'è un bel niente qui, non sono ammessi cacciatori e di sicuro non ci sono abitazioni."

Il cuore di Rex iniziò a martellargli in petto.

"Credo che laggiù ci sia qualcuno, a meno che si tratti di un incendio fuori controllo, anche se lo escludo, visto quanto ha piovuto di recente," commentò l'altro poliziotto.

Rex si sforzò di non illudersi troppo: forse si trattava di un cacciatore che infrangeva la legge o di qualche campeggiatore sprovveduto. Il fumo non indicava per forza che si trattasse di Bubba, anche se per Rex quella visione costituiva un piccolo miracolo, tra il tempaccio e l'aver speso ore a non vedere un bel niente.

Il fumo continuava ad arricciarsi verso l'alto; man mano che si avvicinarono, Rex notò che proveniva da una sorta di falò. Il pilota rallentò l'elicottero il più possibile e cominciò a volare in cerchio sopra il fumo. Scesero lentamente, Rex pregò con un ardore mai sperimentato prima di quel momento.

Quando l'elicottero si inclinò ed effettuò una sorta di retromarcia per trovarsi di fronte al fuoco, Rex vide finalmente ciò che stava cercando... ciò che *tutti* stavano cercando da una settimana.

Bubba era in piedi nel bel mezzo di una radura, dietro di lui c'era una donna. Alle loro spalle scoppiettava un bel fuoco che produceva molto fumo, come se chi lo avesse alimentato non sapesse che l'uso della legna umida avrebbe prodotto tutto quel fumo.

Rex si sporse il più possibile, si sentiva sicuro grazie alla corda di sicurezza legata stretta all'imbracatura intorno al petto. Comunicò con Bubba usando alcuni segnali, gli chiese se fosse ferito.

Quella fu la visione più bella della giornata, per Rex: Bubba sollevò un braccio, fece un pugno e se lo portò alla testa una sola volta.

Stava bene.

Cazzo, evviva! Bubba stava bene e finalmente l'avevano trovato!

Rex sentì molto distrattamente il pilota che comunicava via radio a qualcuno che gli obiettivi erano stati localizzati e sembravano essere sani e salvi; non riusciva a distogliere lo sguardo dall'amico, mentre si libravano sopra di loro. Non c'era posto adatto per atterrare, quindi avrebbero dovuto tirare su Bubba e la donna, Zoey, tramite una barella speciale. Rex non vedeva l'ora di farli salire a bordo: non avevano ancora scoperto dove fossero finiti l'idrovolante e la pilota, ma al momento era sollevato di aver trovato l'amico.

Rex notò che Bubba era praticamente nudo: indossava una maglia a maniche lunghe, ma non portava i pantaloni. Aveva legate in vita quelle che sembravano essere due camicione di flanella, una davanti e una dietro, come a formare un bizzarro perizoma; per completare lo strano abbigliamento, Bubba indossava dei calzini viola. Rex vide quelli che supponeva essere i vestiti di Bubba appoggiati su un tronco vicino al fuoco; la donna indossava pantaloni, scarpe e una misera canottiera.

Di sicuro quei due non avevano avuto belle esperienze, Rex moriva dalla voglia di far salire l'amico sull'elicottero e portarlo via da quelle lande selvagge. La preoccupazione era mitigata dall'entusiasmo e dal sollievo. Aveva iniziato a credere seriamente che non avrebbe parlato mai più con Bubba, era al settimo cielo per essersi sbagliato.

———

Zoey non avrebbe mai voluto ripetere l'esperienza del salvataggio in elicottero. Mark aveva insistito per farla andare per prima: lei si era rifiutata di allontanarsi da lui, anche solo per un istante. I pochi minuti in cui avevano calato di nuovo la barella per far salire Mark le erano sembrati infiniti.

Quell'ansia l'aveva infastidita: di solito lei non aveva bisogno di nessuno, non aveva mai contato su un uomo per sentirsi completa.

Una volta tanto, però, decise di darsi tregua: dopo quello che avevano condiviso nell'ultima settimana, era più che normale sentirsi in quel modo; lei e Mark erano stati insieme ogni minuto (letteralmente) per sette lunghi giorni, avevano dovuto contare l'uno sull'altra per tutto e dunque era naturale che lei si sentisse a disagio senza avere Mark accanto.

Tuttavia, sapeva che doveva sbarazzarsi di quel tipo di sentimento... e in fretta. Si concentrò su un uomo in particolare a bordo dell'elicottero, che teneva gli occhi fissi su Mark: probabilmente era uno dei suoi compagni SEAL. Non avrebbe saputo dire quale, ma quell'uomo era palesemente preoccupato.

Zoey tirò un sospiro di sollievo quando finalmente Mark spuntò dal bordo dell'elicottero; si era legato meglio gli indumenti che gli coprivano le parti intime facendoli passare sotto le gambe, in modo da mantenere tutto coperto. Osservandogli le gambe scoperte, Zoey sperò vivamente che qualcuno avesse un paio di pantaloni in più da dargli.

Mark teneva su un braccio i vestiti e prima di salire a bordo dell'elicottero si era occupato di spegnere il fuoco.

Zoey rimase sbigottita quando Mark andò subito da lei, una volta entrato nell'abitacolo; si aspettava che salutasse l'amico e gli altri membri dell'equipaggio.

Mark era totalmente concentrato su di lei, Zoey non riusciva a ricordare l'ultima volta in cui si era sentita tanto amata e protetta; le si sedette subito accanto e prese la copertina isotermica d'emergenza offerta dal compagno di squadra. Invece di usarla per lui, Mark la aprì sventolandola un paio di volte e poi vi avvolse dentro Zoey, facendogliela passare prima sul petto e poi dietro le spalle.

Zoey scosse il capo per farla prendere a lui; non provò nemmeno a parlare, con il forte rumore dell'elicottero sapeva che lui non l'avrebbe sentita. Mark si limitò a ignorarla e prese un'altra copertina passata dall'altro SEAL, le avvolse anche quella intorno al corpo. Finalmente poi si occupò di se stesso, avvolgendosi a sua volta in quella copertina tanto sottile ma piacevolmente calda. Una volta terminato, l'altro uomo presente a bordo dell'elicottero (era un poliziotto, Zoey lo riconobbe dalla divisa) si alzò e li coprì entrambi con una spessa coperta di lana.

Mark prese una cuffia dalle mani del compagno e la posizionò delicatamente sulla testa di lei, attento a non farle male e portandole il microfono in modo che si trovasse proprio contro le labbra di Zoey. Dopodiché, anche lui indossò un paio di cuffie.

"Stai bene, Zo?" le chiese.

Zoey sussultò sentendo quella voce: attraverso le cuffie, la conversazione sembrava ancora più intima. Si limitò ad annuire.

"Bubba, che cazzo! Amico mio, sono contento di vederti!" esclamò l'uomo che secondo Zoey era il compagno di squadra.

"Ehi, dovrei dirtelo io," gli rispose Mark.

Zoey seguì gli scambi di battute tra i due, sospirò soddisfatta quando Mark le strinse una mano sotto le coperte.

"Posso dedurre cosa sia successo, ma come mai non hai i pantaloni?"

Mark gli raccontò tutto su come fosse caduto nel ruscello e di come Zoey lo avesse aiutato a uscirne, a quel punto si era dovuto togliere i vestiti perché si erano bagnati. Il compagno annuì in modo comprensivo, secondo Zoey quell'uomo poteva capire la situazione meglio di chiunque altro.

"Rex, ti presento Zoey Knight. Zoey, lui è uno dei miei migliori amici e compagni di squadra, Rex, alias Cole Kingston."

"Vorrei stringerti la mano, ma sono convinto che preferisci tenerla al caldo sotto quella bella copertona. È un vero piacere conoscerti, Zoey."

"Anche per me," gli rispose lei con dolcezza. "Mark mi ha parlato molto di te, nell'ultima settimana."

"Tutte bugie," le rispose il SEAL con un sorriso.

Zoey non si trattenne dal ricambiare.

"Smettila di flirtare con la mia donna," grugnì Mark.

Zoey si voltò a fissarlo, l'aveva appena chiamata la sua donna e... beh, suonava proprio bene. Purtroppo sapeva che ben presto il mondo reale si sarebbe intromesso, spezzando qualsiasi legame avessero formato nell'ultima settimana. Ovviamente legarsi a qualcuno senza avere altra scelta era un paio di maniche; nel caso di Zoey, si era completamente affidata a Mark per sopravvivere.

"Allora è così?" gli chiese Rex.

"Sì," confermò Mark.

Lui le strinse la mano per rassicurarla, ma non si voltò a guardarla. Zoey pensò che probabilmente avrebbe dovuto irritarsi per quella rivendicazione tanto sciovinista, ma in realtà non percepì alcun fastidio.

"Allora, che ne dici di riassumermi un po' cosa vi è capitato?" chiese Rex a Mark. "Che fine hanno fatto l'idrovolante e la pilota?"

"Non l'avete rintracciata?" gli chiese Mark con espressione sorpresa.

Zoey era altrettanto scioccata: era convinta che li avessero rintracciati dopo aver parlato con Eve.

"No."

"Allora come ci avete trovati? A ogni modo, dove eravamo finiti?" gli chiese Mark.

Toccò a Rex apparire sorpreso. "Non lo sai?"

"Non ne ho la più pallida idea. Dormivo, poi la pilota ci ha avvisato di avere dei problemi al motore; ha effettuato un atterraggio di emergenza in mezzo a un lago, appena siamo scesi per raggiungere la riva ha rimesso in moto ed è decollata."

"Cazzo!" imprecò Rex.

"Già," concordò Mark.

"Vi trovavate nel mezzo del Parco nazionale e riserva di Lake Clark," li informò Rex.

Mark rimase impassibile ma Zoey inspirò bruscamente, facendolo allarmare.

"Cosa c'è? Dove sarebbe?" le chiese.

"Si trova a ovest di Anchorage. Da queste parti non ci sono nè città, nè paesi; Eve dev'essersi diretta fin da subito in questa direzione... come sono stata stupida! Non mi sono nemmeno accorta che stavamo procedendo verso la meta sbagliata."

"Non è colpa tua," le disse Rex, bruciando Mark sul tempo. "Per quanto ne sappiamo, Eve Dane non esiste: abbiamo cercato in tutti i database che siamo riusciti a trovare e non abbiamo trovato nulla sotto quel nome, nessuna licenza di pilota in Alaska o altrove."

"Ma che cazzo," imprecò a sua volta Mark. "Allora come ci avete trovati?"

"Prima abbiamo setacciato ogni centimetro di terra e mare tra Anchorage e Juneau, poi abbiamo deciso di dividerci: Rocco e Phantom si sono diretti a nord, io ed Ace a ovest, per finire Gumby è rimasto nella parte orientale, per constatare se si fosse perso un qualsiasi velivolo abbattuto. In realtà oggi non ci saremmo dovuti spingere tanto in là, ma i poliziotti hanno ricevuto una richiesta di aiuto da uno dei loro Agenti di Pubblica Sicurezza. A causa del maltempo abbiamo iniziato a volare più in basso, stavamo per tornare ad Anchorage quando abbiamo visto il fumo provocato dal vostro fuoco."

"Porca miseria," sussurrò Zoey.

"Cosa?" le chiese subito Mark. "Stai bene, hai ancora tanto freddo? Rex, dammi subito un'altra coperta."

"No, cioè... sì, patirò il freddo ancora per un mese, ma non intendevo questo." Zoey si rese conto che tutti gli uomini presenti all'interno dell'elicottero la stavano fissando; persino il pilota le lanciava occhiate dal posto di guida. "È solo che... oggi è stata la prima volta che abbiamo appiccato un fuoco all'aperto, tutte le altre sere siamo stati al riparo tra gli alberi. Se oggi ci fossimo girati e fossimo tornati indietro, o se avessimo proseguito lungo quel ruscello per cercare di aggirarlo, se tu non avessi cercato di attraversarlo, se fossimo stati più veloci o più lenti ad attraversarlo con quel tronco... se non fossi riuscita ad accendere il fuoco, se la legna non fosse stata tanto bagnata... non ci avrebbero visto."

Nel campo visivo di Zoey, gli altri uomini si fusero con lo sfondo: stava fissando Mark, incapace di guardare altrove. Lui la stava guardando a sua volta con uno sguardo penetrante, le stava stringendo la mano con molta forza ma lei non la ritrasse dalla presa. In quel momento, si sentiva vicina a Mark come non mai, il che era tutto un dire: la realizzazione della scampata sciagura li colpì all'improvviso.

"Ho preso una decisione che in fondo ritenevo sciocca," ammise Mark.

Zoey era consapevole del fatto che tutti i presenti potessero sentire la loro conversazione, ma le sembrava comunque di essere rimasta l'unica al mondo, insieme a Mark.

"A quanto pare, però, si è rivelata la scelta giusta nel momento giusto. Spesso ho avuto a che fare con strani incontri con il destino, ma in questo momento mi sento di dire che non abbiamo avuto solo fortuna."

"Colin," sussurrò Zoey.

Mark annuì. "Papà," confermò.

All'improvvisa realizzazione di quanto fossero stati fortunati, Zoey faticò a prendere fiato. Se avessero preso anche una sola decisione diversa, l'elicottero con a bordo Rex li avrebbe sorvolati senza vederli e senza trovarli. C'era molto su cui riflettere.

Per tutto il resto del volo, Zoey ascoltò distrattamente Mark e Rex che parlavano di tutti gli ultimi avvenimenti: nessuna traccia di Eve Dane o dell'idrovolante, la lettura del testamento di Colin rimandata, l'agonia della squadra SEAL che aveva dormito il minimo indispensabile per cercare il più possibile l'amico disperso.

Quando finalmente atterrarono ad Anchorage, Zoey si era praticamente assopita. Appena scesi dall'elicottero, tutto riprese ad accadere a velocità raddoppiata: Mark si rifiutò di lasciarla da sola, facendole tirare un gran sospiro di sollievo, così entrambi furono portati in ospedale su un'ambulanza per un controllo.

Sorprendentemente, i due apparvero in perfetta salute; dopo la sosta all'ospedale, Rex si fermò per comprare degli enormi hamburger, patatine fritte, insalatone e due fette di torta con noci pecan. Li portò all'hotel dove avevano alloggiato lui e gli altri SEAL, Mark accettò volentieri di occupare la stanza precedentemente condivisa da Ace e Rex.

Zoey entrò nella stanza d'albergo, felice di non dover già salutare Mark. Lui indossava un paio di pantaloni gentilmente offerti dall'ospedale mentre Zoey portava ancora i vestiti sporchi, vestendo anche la camiciona di pile che aveva dato a Mark dopo essere caduto nel torrente.

"La doccia è tutta tua," le disse Mark con fermezza, una

volta in stanza. "Rex è andato a comprarti dei vestiti e dovrebbe tornare, per quando avrai finito."

Zoey scosse la testa. "No, tu ti sei fatto quella bella nuotatina... dovresti andare per primo."

Mark le appoggiò le mani sulle spalle e la girò verso di lui, lei sollevò il mento per farsi guardare. "Vai a farti la doccia, tesoro. Puoi stare sotto l'acqua tutto il tempo che vuoi, quella calda non dovrebbe finire. Rex ha detto che in bagno ci sono shampoo e balsamo extra, usali pure tutti. Rocco ha comprato anche spazzolini da denti e dentifricio dal negozietto qui in basso. Puoi farti una doccia lunga un'ora, non mi interessa, basta che esci da lì pulita, calda e contenta. Vado a farmi la doccia nella camera accanto." Le indicò con un cenno la porta comunicante. "Quella è la camera di Rocco, Phantom e Gumby. Se hai bisogno di qualcosa, chiamami e arrivo subito. Va bene?"

Zoey riuscì solo ad annuire, si sentiva intorpidita: non tanto dalla temperatura, ma da emozioni e pensieri. Negli ultimi giorni era successo praticamente di tutto e aveva oscillato tra disperazione, preoccupazione, terrore puro per poi tornare di nuovo a preoccupazione ed entusiasmo.

Mark l'abbracciò, come se avesse intuito il tumulto dentro di lei. Rimasero abbracciati a lungo, Zoey non riuscì a quantificare un tempo ma quando lui si tirò indietro, non era minimamente pronta a lasciarlo andare. "Fai la doccia, Zo. Dopo ti sentirai mille volte meglio, garantito."

Lei annuì e si diresse verso il bagno.

Dopo un'ora, Zoey uscì finalmente dalla stanza piena di vapore. Era rimasta immobile sotto il getto d'acqua calda per almeno i primi dieci minuti, poi era scoppiata a piangere. Dopo aver prosciugato ogni lacrima in corpo, si era lavata i capelli tre volte prima di cospargerli di balsamo. Si era pulita tutto il corpo strofinando con vigore, fino a rendersi la pelle rosa e formicolante, poi si era lavata di nuovo. Non si era mai goduta tanto la sensazione di essere pulita.

Finalmente fuori dalla doccia, gioì nel vedere lo specchio totalmente coperto di vapore. Aveva provato a pettinarsi i capelli con le dita, in modo da non vederseli tanto disastrati, ma non aveva avuto tanto successo. Avrebbe dovuto chiedere a Mark se potesse rimediarle un pettine o una spazzola. Non aveva ancora nessun vestito da indossare, così si avvolse in uno degli enormi e soffici asciugamani in bagno, poi aprì la porta con cautela.

Uscì, rabbrividendo a causa della differenza di temperatura tra il bagno e la camera da letto. Come Mark la vide, si alzò, raccolse una pila di vestiti adagiati sul letto e le andò incontro, dandole gli indumenti.

"Rex ha trovato questi, ma puoi scegliere: il mio amico può portare a lavare i tuoi vestiti, così puoi indossarli domani, oppure può comprartene altri. Non sapevo cosa avresti pensato, nell'indossare ancora la vecchia roba dell'ultima settimana."

Zoey arrossì anche se sapeva che non avrebbe dovuto sorprendersi per le premure di Mark. "Va benissimo indossare i miei abiti, in realtà lo preferisco."

Lui annuì e le rispose: "Ok, dammeli così li passo a Rex mentre ti cambi. Ho una sorpresa per te."

Lei alzò le sopracciglia per lo stupore. "Una sorpresa?"

Mark sorrise, Zoey sentì immediatamente uno sciame di farfalle svolazzarle nello stomaco. "Sì, tesoro. Una sorpresa."

Zoey tornò in bagno con i nuovi vestiti, era passato molto tempo da quando qualcuno si era preso la briga di provare a sorprenderla. Si rifiutò di arrossire quando gli consegnò i vestiti sporchi, comprese le mutandine. Mark non era più un ragazzino liceale, si era fatto uomo e non aveva battuto ciglio nello spogliarsi davanti a lei quando si era trovato in pericolo.

Lui e i suoi amici avevano sicuramente visto qualcosa di più intenso di un paio di mutandine bianche.

Ritornò in camera qualche minuto dopo, Mark era in piedi accanto alla porta aperta sul corridoio. "Sdraiati sul letto," le intimò con un sorriso.

"Perché mai?" gli chiese Zoey.

"Per favore! Ti prometto che ti piacerà," la rassicurò Mark.

Zoey fece spallucce, in fondo poteva accontentarlo: fece quanto richiesto, si sdraiò su uno dei due letti matrimoniali.

"Chiudi gli occhi," le chiese Mark dalla porta.

Zoey chiuse gli occhi con un sospiro.

Sentì dei passi e dei sussurri, ma vista la stanchezza li registrò a malapena.

Dopo pochi istanti, si trovò avvolta da un calore a dir poco delizioso.

Aprì gli occhi e fissò Mark con aria sorpresa: lui era in piedi sopra di lei, con un gran sorriso in volto mentre la ricopriva con asciugamani caldi.

Si era ricordato la storia degli asciugamani, quelli ovviamente provenivano dalla lavanderia dell'hotel. Zoey non sapeva proprio come lui avesse potuto convincere il personale a farsi dare quegli asciugamani caldi, ma non poté negare di sentire anche il cuore pervaso da fiducia e calore.

"Mark," lo chiamò lei con gli occhi lucidi, nonostante la convinzione di aver pianto tutte le lacrime in doccia.

"Chiudi gli occhi e rilassati," le disse. "Ho promesso al personale che li avrei piegati tutti, se me li avessero prestati per venti minuti."

Santo cielo, nessuno aveva mai fatto nulla del genere per lei: non riusciva nemmeno a parlare, era incapace persino di protestare per proporsi di aiutarlo; dunque si arrese alla splendida sensazione di calore che le penetrava fin nelle ossa.

Rex fece capolino nella stanza e chiese: "Possiamo entrare?"

"Sì," gli rispose Mark.

In un baleno Zoey si ritrovò circondata da cinque uomini splendidi, tutti con barbe folte e muscoli guizzanti. Se in quel preciso momento non si fosse trovata sepolta da caldi asciugamani, si sarebbe spaventata per l'aria tosta emanata da quei tizi e se la sarebbe data a gambe levate.

"Ciao!" la salutò allegramente uno degli uomini. "Sono Rocco, ti siamo debitori per aver tenuto in vita questo stronzetto qui."

Zoey aprì la bocca per protestare, era *Mark* quello che l'aveva tenuta in vita, ma uno degli altri uomini s'intromise.

"Sono Ace, Bubba ci ha raccontato tutto di come l'hai salvato da quel torrente e l'hai praticamente vestito. Grazie."

"Sono Gumby. Sei stata brava a usare i rami umidi per alimentare quel fuoco, con tutto quel fumo siete stati avvisati."

Zoey guardò l'ultimo uomo nella stanza; aveva un'espressione arrabbiata che la fece rabbrividire. Deglutì a fatica, quasi spaventata di sentire ciò che aveva da dirle.

"Andando per esclusione, sono Phantom. Bubba ci ha detto che non sei stata una seccatura durante la settimana: sappi che detto da lui, è davvero un grande complimento. Grazie."

Zoey sbatté le palpebre per la sorpresa, ci impiegò qualche attimo a rispondere ma finalmente disse: "Piacere di conoscervi. Mark continuava a dire che ci avreste trovati, devo confessarvi che non ero proprio convinta... ma sono felice di essermi sbagliata. Mi ha parlato molto di voi, sono felicissima di conoscervi."

I ragazzi le risposero sollevando il mento, poi si misero al lavoro per piegare gli asciugamani sopra di lei, facendo molta attenzione a non sfiorarla in modo inappropriato e scambiandosi un sacco di battute, Zoey si divertì a vederli interagire. Si capiva quanto fossero uniti, era contenta per Mark: iniziava a capire come mai non fosse più tornato a casa, aveva trovato una nuova famiglia.

Si spaventò quando squillò il telefono accanto a lei, Ace rispose alla chiamata.

"Pronto? Sì, questa è la sua stanza. Posso sapere con chi sto parlando? Un attimo, prego." Poi si portò la cornetta contro il petto e si rivolse a Zoey: "Dice di essere tua madre."

Zoey spostò rapidamente una mano da sotto gli asciugamani e Ace le passò la cornetta.

"Mamma?"

"Sì, sono io! Stai bene? Mi sono preoccupata da morire quando la polizia mi ha chiamata per dirmi della tua scomparsa!"

"Sto bene, per un po' ho vagato nel nulla ma alla fine la polizia di stato e il compagno di squadra di Mark ci hanno trovati. Passi a trovarmi in hotel?"

"Oh, tesoro, vorrei tanto poterlo fare, ma sto facendo i bagagli."

Zoey sentì una fitta allo stomaco. "Bagagli?"

"Sì!" le rispose la madre, traboccante di emozione. "Ti ricordi di Liam, in realtà vive a Fairbanks... era qui solo per un lavoro temporaneo. Mi ha chiesto di andare a vivere con lui e quindi partiamo domani! Per ora ho fatto solo metà degli scatoloni, so già che passerò il resto della notte a impacchettare tutto quanto."

"Magnifico, mamma," le disse Zoey sforzandosi di suonare contenta.

"Sì! È diverso da chiunque abbia mai incontrato prima, bello come un dio pagano e ha anche un buon lavoro."

"Sei sicura che sia quello che vuoi?" le chiese Zoey, anche se conosceva già la risposta.

"Sì! Lui è quello giusto, Zoey. Ne sono sicurissima."

"Allora sono felice per te."

"Grazie, tesoro. Quando mi sarò sistemata ti chiamerò e ti darò il mio nuovo indirizzo."

"Va bene."

"Sono felice che tu stia bene!"

"Anch'io. Guida con prudenza."

"Certo. Ti voglio bene."

"Anch'io ti voglio bene, mamma. Ciao."

"Ciao."

Zoey restituì il telefono ad Ace e si alzò per mettersi seduta. La maggior parte degli asciugamani erano stati piegati, tutti i SEAL la stavano fissando.

Lei si sforzò di mantenere il volto inespressivo, sollevò lo sguardo e disse: "Mia madre."

"Non viene a trovarti?" le chiese Rex con espressione corrucciata.

Zoey scrollò le spalle. "No, a quanto pare si sta trasferendo a Fairbanks con il nuovo compagno."

Nessuno dei ragazzi commentò: che momento imbarazzante. Zoey tentò di spiegarsi meglio: "È che lei... è fatta così. Non siamo mai rimaste a lungo nello stesso posto, quando ero piccola. Ci spostavamo di città in città, quando mamma incontrava qualcuno. Pensava sempre che fossero 'quelli giusti', ma... ormai mi sono abituata. Va bene così."

"Dovrebbe essere *qui*," commentò Phantom con durezza.

Zoey trasalì, ma poi scrollò di nuovo le spalle. "Ce la mette tutta... in fin dei conti, non ha avuto una vita facile. Per un periodo, ad Anchorage, siamo rimaste anche senza casa. Andavo alle medie e abbiamo vissuto in macchina per circa tre mesi, poi lei ha trovato lavoro e siamo riuscite a trasferisci in una stanza di motel con affitto settimanale. Desidera solo un uomo che finalmente possa prendersi cura di lei."

Parola dopo parola, Zoey si rese conto che la madre era proprio patetica, si irritò a quel pensiero. "Non è cattiva," aggiunse frettolosamente. "Però, ecco... cerca solo stabilità, non l'ha ancora trovata e così la cerca spostandosi di città in città, di uomo in uomo."

"È per questo che ti sei trasferita a Juneau, in seconda superiore?" le chiese Mark.

Zoey annuì. "Sì. L'ultimo compagno viveva lì e l'ha convinta a trasferirsi per stare con lui. Si sono lasciati quando ero in quinta, ma lei è rimasta con me per farmi diplomare. Appena terminata la cerimonia, è corsa a Kodiak con un nuovo compagno."

"Che cazzo," mormorò Gumby.

"Tu sei rimasta," le disse Mark, fissandola senza sosta.

"Sì, mi trovavo bene e mi ero stancata di spostarmi. Inoltre, ho reso la vita più facile a mia madre; non doveva più preoccuparsi di me."

"Intendi dire che gli stronzi con cui andava a letto avevano una persona in meno di cui preoccuparsi," commentò Rex sottovoce.

"Sì, anche," concordò Zoey. Sapeva di essere il terzo incomodo nelle relazioni della madre, alcuni uomini lo avevano manifestato apertamente, lasciandola perché aveva già una figlia o ignorando Zoey. "Ma lei mi vuole davvero bene, anche io a lei. Spero che questo nuovo compagno sia davvero quello giusto." Omise di esprimere i dubbi che nutriva in merito, non era tenuta a esporli.

"Porto questi asciugamani alle signore delle pulizie," annunciò Rocco.

"Ti do una mano," aggiunse Ace.

"Ti aiutiamo tutti," disse Gumby.

In un battibaleno Zoey passò da essere circondata da sei meravigliosi uomini barbuti a restare da sola con Mark. "Grazie," gli disse. "Non mi sentivo tanto viziata da quando avevo dieci anni e un giorno la mamma mi ha fatto fare colazione da McDonald's, pranzare da Burger King e cenare da Kentucky

Fried Chicken."

Mark sorrise, ma lei percepì quanto fosse forzato. "Mi dispiace che tua madre non venga."

Zoey fece spallucce. "Sarò onesta, ci sono abituata. Almeno sono stata un po' con lei, prima di salire su quel maledetto idrovolante. Va tutto bene."

Percepì che Mark si stava sforzando di non commentare il comportamento della madre, ma si rilassò quando intuì che avrebbe lasciato perdere. "Ho un'altra sorpresa per te," le disse.

Lei scosse la testa. "Direi che hai già fatto abbastanza; dovrei essere io a viziare *te*, non sono io quella che è caduta in un torrente alimentato dai ghiacciai."

Mark la ignorò e le disse: "Vieni qui, siediti ai piedi del letto." Prese un cuscino e lo appoggiò a terra, accanto al letto.

Zoey inarcò un sopracciglio e andò a sedersi dove indicato. Lui prese un sacchetto da sopra il comò, poi si sedette sul letto dietro di lei, circondandola con le gambe; Zoey si godette il calore che irradiava.

"Ho detto a Rex di passare in farmacia, ha comprato uno spray districante (sempre che si chiami così, credo) e diversi tipi di pettini e spazzole. Non so cosa avrebbe funzionato meglio sui tuoi capelli, non volevo causare alcun danno alle radici."

Zoey rimase immobile per qualche istante, poi si voltò a fissarlo. "Davvero?"

"Sì. Ti ho detto che ti avrei aiutata a spazzolarti i capelli una volta in salvo, è quello che sto facendo... a meno che tu non preferisca fare da sola."

Lei scosse la testa. "No, mi piacerebbe. Ma io..." le morì la voce in gola.

"Ma tu cosa?" la incalzò Mark.

"Pensavo che volessi stare con i tuoi amici, sono ovviamente felici di vederti. Sono solo un po' confusa."

"Non ti lascio da sola, Zo. Forse sono l'unico che si sente un po' perso, ma non voglio starti lontano."

"Secondo te siamo ancora in pericolo?" gli chiese Zoey.

"Forse, ma non è questa l'unica ragione per cui non voglio perderti di vista. Durante la nostra avventura... è scattato qualcosa. Mi sei sempre piaciuta, Zoey: pensavo che fossi speciale anche quando eravamo dei ragazzini, ma trascorrere un'intera settimana accanto a te ha trasformato quella semplice cotta in qualcosa di più; rispetto e ammirazione. Voglio vedere come si può evolvere la nostra relazione. Forse tornare nel mondo normale mi farà realizzare che quello che provavo non era quello che credevo, ma... se invece cementasse ancora di più i miei sentimenti? Se parlo a sproposito, fammelo sapere."

Zoey deglutì rumorosamente, si trovava di fronte a un bivio: poteva scegliere il percorso più semplice, ovvero tornare alla solita vita noiosa e solitaria di Juneau (senza più Colin), oppure poteva imboccare la strada tortuosa e accidentata a braccetto con Mark. Non aveva idea di dove l'avrebbe condotta quel sentiero ignoto e spaventoso, ma almeno si sarebbe sentita viva.

Per un secondo, pensò alla madre e si chiese se si sentisse come lei in quel momento: forse il percorso accidentato le avrebbe potuto provocare delle ferite al cuore, ma avrebbe anche potuto portarla verso la vita che aveva sempre sognato. Comprese di più la madre e si sentì vagamente in colpa per averla sempre giudicata tanto duramente.

"Non stai parlando a sproposito," rassicurò Mark. "Grazie a tuo padre, che mi parlava sempre di te, nutrivo già rispetto e ammirazione nei tuoi confronti ancora prima di ritrovarti. Sinceramente mi sei sempre piaciuto, ma ora che ti ho *davvero* conosciuto, beh..." Scosse la testa. "Sei molto di più di ciò che mi ha raccontato tuo padre, anch'io vorrei vedere come andrà tra noi, ma mi spaventa l'idea di diventare come mia madre, cioè di trasferirmi in una nuova città ogni volta che me lo chiede qualcuno."

Mark sorrise, poi le mise una mano sulla spalla, girandola in modo che lei gli desse di nuovo le spalle. Le spruzzò i capelli arruffati con lo spray districante e iniziò a spazzolarli con estrema delicatezza.

"Quanti uomini hai seguito?" le chiese.

"Beh, nessuno," gli rispose Zoey.

"Ecco. Da quando ci hanno recuperati, non sono più riuscito a smettere di pensare a una cosa... ti ho già detto che vorrei averti con me a Riverton, sia per tenerti al sicuro da chiunque ci abbia presi di mira, ma anche per vederti in ogni momento. Tuttavia, non voglio che tu dipenda completamente da me, so che vuoi essere indipendente e mi va benissimo."

"Ho una vicina di casa, di ottantatré anni, che vive da sola. Non ha figli e il marito è morto circa cinque anni fa. Da sola se la cava abbastanza bene, ma ho notato che ultimamente mi sembra più affaticata; le taglio l'erba e cerco di parlarle almeno una volta alla settimana, casa sua non splende più come prima e sospetto che non mangi propriamente bene."

"Si sente molto sola. Una sera sono andato a trovarla e sono rimasto per ore, durante le quali abbiamo giocato a carte e chiacchierato. Mi ha confidato che le piacerebbe avere qualcuno che possa farle compagnia, ma non ha più una famiglia. Quando mi hai detto di come ti piacesse aiutare mio padre, ho iniziato a pensare... Cosa ne diresti di andare a *vivere* con lei? È un tesoro di signora e non ha bisogno di tante cure, a dire il vero; ciò di cui ha davvero bisogno è qualcuno che le faccia compagnia e sia reperibile in caso di bisogno."

"Per quanto mi piacerebbe invitarti a vivere con me, non credo sia la scelta migliore, per nessuno dei due. Quindi questo piano potrebbe funzionare: potrei comunque vederti tutti i giorni, dato che vivresti dall'altra parte della strada, potresti essere indipendente e fare ciò che penso ti piaccia davvero... ovvero prenderti cura degli altri."

Zoey chiuse gli occhi. Tra lui che le spazzolava con cura i capelli e quelle belle parole, si sentiva praticamente in un brodo di giuggiole. Voleva girarsi e abbracciarlo con impeto, ma la parte insicura di lei la trattenne, non voleva rischiare di avere frainteso.

"Quindi vuoi che venga in California con te perché potrei essere ancora in pericolo e perché cerchi qualcuno che si occupi della tua vicina di casa?"

Lui smise di spazzolare e si chinò, le portò una mano sul mento e le girò il viso in modo da farsi guardàre. "No. Voglio che tu venga in California con me perché il solo pensiero di partire senza di te mi provoca del male fisico; voglio che tu ti prenda cura di Jess perché penso che possa piacerti, a dirla tutta. Ho notato come ti brillavano gli occhi quando mi parlavi della vita con mio padre. Inoltre, tutta quest'esperienza ti darà un po' di indipendenza e saremo vicini, così potrò vederti tutti i giorni."

Zoey lo fissò senza proferire parola, incapace di mettere ordine nei pensieri, così lui continuò a parlare.

"So che la mia è una richiesta improvvisa e hai una vita qui in Alaska: un lavoro, tutta una vita... ma possiamo rimediare a tutto. Riguardo a quello che hai detto prima su tua madre... beh, *non* è così. Sei una donna formidabile e indipendente, non hai bisogno né di me, né di qualsiasi altro uomo per avere successo nella vita. Eppure eccomi qui, ti sto quasi supplicando di farmi entrare nella tua vita. Hai in pugno tutto quanto, Zoey. Jess può pagarti per aiutarla, così facendo non dipenderai da me. Il fatto è che... non posso lasciarti andare. Ti prego, di' di sì. Almeno provaci."

"Sì," squittì Zoey non appena lui riprese fiato, probabilmente per continuare a convincerla e farla innamorare sempre di più.

"Davvero?" le chiese.

Zoey annuì.

Mark emise un gridolino di gioia che fece ridacchiare Zoey, poi si alzò, la prese in braccio e roteò in circolo, con una risatina deliziosa.

"Tutto bene qui?" chiese Rocco spuntando dalla porta comunicante.

"Va tutto alla grande," gli rispose Mark. "Zoey ha accettato di tornare a Riverton con noi."

"Fantastico. Oh, Bubba! Mi sono messo in contatto con l'avvocato di tuo padre. Domani pomeriggio procederà con la lettura ufficiale del testamento di Colin." Poi sparì e si chiuse la porta comunicante alle spalle.

L'entusiasmo di Zoey si smorzò dopo quella notizia, Mark la teneva ancora tra le braccia. "Mi dispiace tanto per tuo padre," gli disse. "Dopo tutto il casino che abbiamo passato, non sono sicura di avertelo detto."

"So che ti dispiace, ma sinceramente sono contento di levarci subito questa seccatura. Prima scopriamo cosa ci ha lasciato papà e perché ci volevano morti, prima scopriremo chi si nasconde dietro a tutto questo casino."

"Pensi davvero che ci saranno grandi rivelazioni nel testamento?" gli chiese Zoey. "Cioè... tuo padre era uno degli uomini più schietti che abbia mai conosciuto, non riesco a immaginare che tenesse milioni di dollari nascosti in qualche conto estero, o che sia membro di qualche sorta di organizzazione segreta i cui 'soci' vogliono mettere le mani sui suoi soldi."

Mark le sorrise. "No, non credo che ci sarà nulla di scioccante. Immagino che i suoi averi verranno equamente divisi tra me e Malcom. Ovviamente ha lasciato qualcosa anche a te. Visto che mio padre era co-proprietario di una fabbrica, ci sarà da risolvere anche quello. Non riesco a pensare a nessun motivo per cui qualcuno vorrebbe ucciderci."

"Oh... a proposito del testamento, hai visto tuo fratello?"

"Sì, l'ho visto un attimo mentre ti facevi la doccia."

"E?"

"E cosa? Siamo stati contenti di vederci, ha raggiunto i miei amici ad Anchorage per aiutare nella ricerca."

"È andato tutto bene?"

Mark la fissò a lungo. "Sì, certo. Sembrava molto contento di vedermi vivo e vegeto, il che mi ha sorpreso, in realtà: o è diventato un bravissimo attore, o era sinceramente contento di vedermi."

"Interessante. Ti ha detto qualcosa su di me?"

"C'è qualcosa che non mi stai dicendo?" le chiese Mark, sembrava preoccupato.

"No, è solo che... non andiamo molto d'accordo, Mark. Non credo sia grave, ma prima che lasciassi Juneau, Malcom era molto arrabbiato con me: nella casa dove vivevo c'era una perdita dal tetto, Malcom sarebbe dovuto venire per dare un'occhiata e poi mandare qualcuno a riparare il danno, ma non è mai venuto. Gli ho chiesto tre volte quando sarebbe passato da me, poi sono andata da Colin, a quel punto Malcom si è infuriato. Mi è dispiaciuto interpellare tuo padre, ma quello stupido tetto non si sarebbe aggiustato da solo. Comunque... è una questione stupida. Ovvio che non ti abbia detto niente, sarebbe stato stupido preoccuparsi di ciò quando eri scomparso e poi sei tornato come per miracolo."

"Non nego che, da quando ho lasciato Juneau, Malcom e io ci siamo allontanati, ma se devo essere sincero, il nostro legame si era guastato già durante la crescita. Eravamo semplicemente troppo diversi, punto. È sempre mio fratello e gli voglio bene, ma se domani ti dà fastidio o si azzarda a guardarti male, avvisami: ci penserò io a lui."

Zoey sospirò. "Grazie. Sono sicura che andrà tutto bene."

Mark sembrò scettico, ma non aggiunse altro. "Che ne

dici di accomodarti di nuovo, così finisco ti pettinarti?" le suggerì.

Zoey annuì, si accomodò nuovamente sul cuscino e non riuscì a trattenere la pelle d'oca quando Mark iniziò a passarle la spazzola tra i capelli. Era una sensazione divina, in quel momento percepì una vera connessione con il SEAL. Rischiò addirittura di addormentarsi seguendo il movimento ipnotico della spazzola con cui lui la pettinò molto più a lungo del dovuto. Quando lui ripose la spazzola, i capelli erano praticamente asciutti. "Vieni, tesoro. Ti rimbocco le coperte."

La aiutò ad alzarsi e la condusse al letto; quando lui accennò un passo all'indietro, lei allungò una mano e gli afferrò un braccio. "Rimani a dormire con me?"

"Sei sicura?" le chiese Mark. "Dormirei nell'altro letto."

Zoey scosse la testa. "Per favore."

Mark si tolse i pantaloni senza dire una parola e si infilò sotto le coperte. La tirò verso di sé finché lei non gli usò una spalla come cuscino, poi intrecciarono le gambe, lui la cinse con un braccio e strinse la presa. "Accidenti, molto meglio della terra dura e fredda," mormorò lei.

"Vero. Ora dormi, Zo. Siamo al sicuro."

"Mi sento al sicuro solo tra le tue braccia," confessò Zoey mezza assonnata.

Era talmente stanca che non avvertì il rilassamento di Mark, nemmeno il bacio che le scoccò su una tempia. Dopo aver pronunciato quelle parole, Zoey crollò subito in un sonno profondo causato da una settimana di inquietudine, freddo e incertezza sull'essere salvati.

CAPITOLO DODICI

Dopo un volo teso per Juneau, il pomeriggio successivo Bubba si sedette intorno a un grande tavolo per ascoltare ciò che Kenneth Eklund, l'avvocato di suo padre, aveva da leggere circa le ultime volontà e il testamento di Colin Wright. La stanza era piena: c'erano Malcom, Zoey, Tracy Eklund, la moglie e assistente dell'avvocato, Sean Kassamali, il socio d'affari del padre con la moglie Vivian. Erano presenti anche Rocco e Phantom: Bubba aveva richiesto la loro presenza per tenere d'occhio tutti i presenti e per poter riferire al loro amico genio del computer, Tex, eventuali nomi particolari, nel caso in cui fosse servito fare qualche ulteriore ricerca per scoprire il motivo per cui qualcuno avrebbe voluto lui (e forse anche Zoey) fuori dai piedi.

Più pensava a quanto avessero rischiato di non essere avvistati dall'elicottero di ricerca, più Bubba si convinceva che il padre doveva aver contribuito in qualche modo al loro salvataggio. In genere non si comportava in modo sbadato, come aveva fatto al ruscello; nulla era andato come previsto, ma vista la strana piega degli eventi, in realtà era andato tutto esattamente come doveva andare.

Era contento di essere vivo, di aver recuperato il rapporto con Zoey, di aver rivisto Malcom e persino di aver rivisto Sean. Quell'uomo era sempre stato un po' burbero, ma sembrava che la morte di Colin lo avesse leggermente addolcito. Non era più lo stesso stronzo che si ricordava Bubba; Sean raccontò tanti begli aneddoti su Colin, era chiaro che volesse molto bene all'amico e fosse devastato dalla sua scomparsa.

"Se siete tutti d'accordo, parafraserò ciò che Colin ha detto nel testamento invece di leggervi tutto in legalese, parola per parola," esordì l'avvocato quando tutti furono seduti e pronti per cominciare.

Kenneth era un signore sulla cinquantina, indossava un abito grigio con una cravatta rossa che non sembrava intonarsi all'occasione solenne. Era alto circa un metro e ottanta, con una pronunciata pancia alcolica. Portava i capelli chiari pettinati all'indietro, Bubba poteva vedere le linee tracciate dal pettine di quando si era sistemato i capelli l'ultima volta.

La moglie e assistente, Tracy, sedeva composta sulla sedia e sembrava terribilmente annoiata. Poco prima aveva rivolto le frasi giuste ai fratelli Wright, dicendosi dispiaciuta per la loro perdita, ma il tono non corrispondeva alle parole. Era un po' più giovane del marito ed era alta come lui, grazie anche alle scarpe con tacco cinque. Indossava un elegante vestito nero che le fasciava il corpo snello, anche se sembrava voler apparire troppo alla moda e ben più giovane dei suoi anni.

Tutti annuirono, l'avvocato continuò. "Bene, allora: Colin aveva circa centomila dollari in contanti, nei suoi conti. Questi soldi saranno divisi equamente tra Mark, Malcom Wright e Zoey Knight. La casa in cui viveva andrà a Malcom; la casa dove viveva Zoey andrà a lei, perché ne faccia tutto ciò che vuole. Per quanto riguarda gli investimenti, ha disposto che vadano a quattro diversi enti di beneficenza a Juneau: The Glory Hall, un rifugio d'emergenza e banco alimentare; Best

Friends Animal Society, un rifugio contro l'uccisione degli animali; Big Brothers, Big Sisters; questa deve averla aggiunta all'ultimo, da malato... l'Hospice and Home Care of Juneau."

Bubba non fu sorpreso nel sentire che il padre avesse deciso di donare soldi agli enti di beneficenza che tanto stimava. Colin aveva sempre avuto un debole per gli animali e i bambini, gli dispiaceva che ci fossero tanti senzatetto e persone in difficoltà nella loro città natale. L'Alaska non era un posto facile dove stare senza un tetto sulla testa o del cibo. L'ultimo ente lo aveva sorpreso un pochino, ma supponeva che negli ultimi tempi di malessere, il padre avesse necessitato di cure.

"Per quanto concerne la Heritage Plastics," continuò l'avvocato, "Colin è sempre stato grato che il suo caro amico, Sean, abbia deciso di entrare in affari con lui e di rischiare, tanti anni fa. Sean, tu sei già proprietario del cinquanta per cento, ma Colin ti lascia un altro cinque per cento delle sue azioni. Malcom, tu avrai il ventitré per cento; Mark, tu avrai il diciassette; Zoey, tu riceverai l'ultimo cinque per cento."

La suddivisione della fabbrica *sì* che sorprese Bubba: con quell'ulteriore cinque per cento, Colin aveva dato a Sean la quota di maggioranza, anche se aveva conferito tutto il resto delle azioni a Malcom.

"Ma che stronzata," sbottò Malcom. "Davvero, cazzo. Sono stato accanto a papà per oltre un decennio, ho assunto e licenziato dipendenti; fondamentalmente ho portato avanti il lavoro giorno per giorno. Mi dite che cazzo ha fatto *questa* qua? *Niente*! Un cazzo di niente," sbraitò, fissando Zoey con odio.

Bubba si irrigidì, era sorpreso quanto il fratello ma non avendo mai lavorato in fabbrica, non aveva proprio idea di come se ne gestisse una grossa come quella del padre. In ogni caso, non avrebbe permesso a Malcom di sminuire e aggredire Zoey.

"Stai esagerando, fratello," gli disse con tono letale.

Malcom scosse la testa e si appoggiò allo schienale della sedia con le braccia incrociate. "Tu dici?" gli chiese. "Dimmi, come fai a *saperlo*? A te non frega un cazzo di niente, non ti sei nemmeno preoccupato di mettere piede a casa da quando sei partito: ci hai mollati, te ne sei fregato. Eri in giro a salvare il mondo, ma non te n'è mai fregato un cazzo della tua famiglia. Papà ti ha detto di quando ha quasi perso la casa? Beh, vista la tua faccia deduco di no. Abbiamo affrontato tempi difficili, era rimasto indietro con il mutuo. Ma non sei *tu* quello che l'ha salvato, sono stato *io*. Poi gli affari si sono ripresi e tutto è tornato alla normalità, ma comunque tu non ne sapevi niente e te ne sei fregato."

"Potrei portarti mille esempi di situazioni in cui io c'ero ma *tu* no. In tutti questi anni, però, papà continuava incessantemente a tessere le tue cazzo di lodi! Il buon vecchio Mark, l'eroe dei SEAL della marina! Cazzo, che inculata."

Bubba rimase scioccato di fronte allo sfogo di Malcom, non aveva idea che il fratello nutrisse tanta ostilità nei suoi confronti. "Non sapevo che voi aveste bisogno di aiuto perché nessuno me l'ha mai *detto*," ribatté.

"Sì, vabbè," sbuffò Malcom.

Bubba strinse un pugno in grembo, non sapeva come rimediare. Si era già pentito di essere rimasto lontano, ma più passava il tempo, più gli risultava difficile chiamare il padre per annunciare una visita. Gli aveva mandato qualche e-mail e l'aveva chiamato di tanto in tanto, ma non era stato sufficiente.

La verità era che temeva di lasciarsi convincere dal padre per restare a gestire la Heritage Plastics con lui e Malcom. Era un pensiero sciocco, Bubba non avrebbe di certo potuto lasciare la marina di punto in bianco.

Era consapevole di aver sbagliato, il rimpianto gli schiacciò di nuovo il petto, più forte di prima.

Chiuse gli occhi e inspirò a fondo quando Zoey gli strinse con delicatezza una coscia.

Ne aveva bisogno, aveva bisogno che lei lo tenesse ancorato al presente.

Del resto, Bubba non se l'era spassata. Non aveva raccontato al padre o al fratello gli orrori che aveva visto o passato, come la cattura da parte dei talebani. Non aveva vissuto nel paese dei balocchi, voleva tanto bene alla famiglia da non raccontare dettagli troppo scabrosi per non spaventarli. Capì che forse suo padre si era comportato nello stesso modo con lui.

"Ehm... possiamo proseguire?" domandò Kenneth.

Bubba lanciò un'occhiata a Zoey, che fissava l'avvocato. Non stava guardando né lui né Malcom, ma continuava a tenergli la mano sulla coscia.

Muovendosi lentamente per non attirare l'attenzione su di loro, Bubba le coprì la mano con la propria e non si stupì di trovarla fredda; intrecciò le loro dita, nel tentativo di trasmetterle un po' di calore.

Mezz'ora dopo, l'avvocato aveva terminato la lettura del testamento. Dopo tutte le firme necessarie, i presenti iniziarono a disperdersi. Mark aveva lasciato Zoey con Rocco e Phantom nel piccolo atrio, sicuro che l'avrebbero protetta da qualsiasi eventuale battuta fuori luogo.

Mark fece uno scatto per raggiungere Sean e la moglie. "Sean?"

L'anziano amico del padre si voltò verso di lui. "Mi dispiace per Colin."

"Anche a me," gli disse Bubba. "So che non abbiamo parlato molto in questi anni, ma vorrei ringraziarti." Trovandosi faccia a faccia con Sean, notò che l'uomo gli sembrava stanco. Aveva qualche anno in più del padre, ma i capelli castani non avevano ancora iniziato a ingrigirsi e gli occhi chiari erano luminosi come sempre. Evidentemente vivere in

Alaska gli faceva bene, perché sembrava godere di ottima salute.

"*Ringraziarmi*? Per cosa?" gli chiese Sean.

"Per essere stato amico di papà e avergli permesso di fare un lavoro che amava. So che non siete sempre andati d'amore e d'accordo, ma so che lui ti rispettava moltissimo. "

Sean annuì, poi serrò le labbra e sospirò vistosamente.

"Che c'è?"

Sean guardò Bubba dritto negli occhi e gli chiese: "Posso dirti la verità?"

"Non vorrei altrimenti."

"Non sono tanto contento delle decisioni prese da Colin, riguardo agli affari."

Bubba si irrigidì mentre il signore continuò a parlare.

"Malcom è stato di grande aiuto, ma sai bene quanto sia una testa calda. Non pensa mai prima di agire, di conseguenza abbiamo perso dei bravi dipendenti. Tu, invece, non hai mai messo piede nella fabbrica e non sai nulla, né di quello che facciamo, né del lato economico. Voglio dire, sei suo figlio e quindi hai sicuramente diritto ad accedere a una parte del patrimonio, ma ho pensato che ti avrebbe lasciato dei soldi invece di vere e proprie azioni della Heritage Plastics. Il fatto che abbia lasciato anche *qualcosa* a Zoey mi lascia davvero perplesso."

"Ma si è assicurato che tu avessi la percentuale maggiore," gli disse Bubba.

"Sì, ma ciò non implica il fatto che io possa sedermi e prendere tutte le decisioni. C'è molto da fare in una grande fabbrica come la nostra, non posso fare tutto da solo: io e Colin parlavamo sempre di profitti, spese, dipendenti, facevamo anche brainstorming sui nuovi prodotti. Quando è venuto a mancare stavamo parlando di espanderci all'estero, sento che dovremmo farlo. Ma ora, anziché esserci due persone a decidere, ce ne saranno quattro. Pensi di tornare a Juneau?"

"Sai che non lo farò," gli rispose Bubba.

"Me lo immaginavo." Il signore sospirò di nuovo. "Anche se hai solo il diciassette per cento degli interessi, avrò bisogno del tuo contributo e dovrai firmare un po' di scartoffie. Aspettati molte chiamate ed e-mail, mentre risolviamo la questione."

Bubba guardò negli occhi di Sean, era serio. "Potrei venderti la mia parte," gli offrì.

Per la prima volta, Bubba scorse un lampo di umanità negli occhi del signore, ma poi lui scosse la testa. "È gentile da parte tua, figliolo, ma questo non risolverà il problema di dover dipendere da altre persone per prendere tutte le decisioni."

"Potrei vendere la mia parte a Malcom," offrì di nuovo Bubba. Pensava che Sean avrebbe colto l'occasione al volo, invece questi scosse di nuovo la testa.

"No. Questo peggiorerebbe i miei problemi. Penseremo a qualcosa, promettimi solo che risponderai alle mie chiamate."

"Ma certo," accettò immediatamente Bubba.

Poi Sean allungò la mano e il SEAL gliela strinse.

"Mi dispiace davvero per tuo padre. Colin era un brav'uomo e ti voleva molto bene."

Prima che Bubba lasciasse andare l'amico del padre, gli chiese: "Sai dirmi com'è successo? Credevo che papà stesse bene."

"Anch'io, ma sai com'era fatto... detestava andare dal dottore. Un giorno si è beccato una brutta influenza intestinale e non si è più ripreso del tutto. Un giorno era venuto in fabbrica, il giorno dopo Malcom mi ha chiamato per dirmi che era morto nel sonno."

Quella versione coincideva con quella di Zoey; Bubba si accigliò. "Diamine."

"Sì. Comunque, sono contento che i tuoi amici ti abbiano trovato. Abbi cura di te e guardati sempre le spalle. La vita è breve, ognuno di noi potrebbe trovarsi nelle stesse condizioni di tuo padre."

"Lo farò," gli rispose Bubba, anche se non gli erano piaciute quelle parole. Sean lo aveva forse minacciato, o aveva detto tanto per dire? Non lo sapeva.

I due uomini si rivolsero un cenno, poi Sean si voltò con la moglie e si allontanò.

Solo allora Bubba considerò strano il fatto che Vivian non avesse detto praticamente nulla: si era limitata a stare accanto al marito, seguendo il loro scambio di battute. Nonostante avesse cinque anni in meno rispetto al marito, l'Alaska non era stata tanto indulgente con lei: il viso era segnato da rughe profonde e i capelli biondi erano chiaramente tinti. Mentre ascoltava parlare i due uomini, Vivian aveva manifestato evidenti segni di impazienza. Inoltre, Bubba si era sentito trafitto dallo sguardo intenso della donna; tuttavia, non perse tempo a riflettere su quei dettagli, doveva parlare anche con l'avvocato, prima di andarsene.

Raggiunse Kenneth e la moglie prima che lasciassero la sala conferenze. "Posso parlarti un attimo?" gli chiese.

L'avvocato annuì.

Bubba guardò Tracy Eklund e inarcò un sopracciglio.

"Sono la sua assistente," commentò lei con tono acido. "Puoi dirgli tutto quello che vuoi in mia presenza."

Bubba sapeva che non funzionava esattamente in quel modo, ma dato che non doveva nascondere nulla lasciò perdere. "Domani torno in California, non sarò in giro a firmare altri documenti, quindi volevo solo assicurarmi che fosse tutto a posto."

"Sì, dovrebbe essere così," gli rispose Kenneth. "Presumo che il tuo indirizzo in California sia sempre lo stesso dell'ultima volta, no?"

"Già." Bubba sentì l'impulso di rispondere in modo piccato, dato che non aveva avuto modo di trasferirsi ultimamente, vista la gita fuori porta nella natura selvaggia dell'Alaska, ma riuscì a trattenersi. "Avrei bisogno di un favore."

L'avvocato inarcò un sopracciglio.

"Zoey viene in California con me."

"Davvero?" gli chiese Tracy.

Quando Bubba la fulminò, conscio di avere in viso uno sguardo protettivo, portando la donna a spiegarsi in fretta e furia.

"Dico, sono solo sorpresa, ha vissuto gran parte della sua vita qui a Juneau. Si vede che tra i boschi è sbocciato l'amore."

Bubba sentì la rabbia montargli in petto ma si sforzò di domarla. Sapeva che la gente avrebbe subito spettegolato su loro due, ma non gli importava: quando succedeva qualcosa di davvero serio, era facile distinguere i veri problemi da questioni di poco conto.

Aveva anche la netta impressione che non sarebbe servito a niente dire altro a quei due, dunque si limitò a rispondere: "Ci metteremo in contatto con il nuovo indirizzo di Zoey, ma vorrei chiederti se puoi consigliarmi un servizio che si occupi della casa. Non abbiamo ancora parlato di ciò che intende farne, ma se dovesse decidere di rimanere in California in pianta stabile, dovrà affittarla o venderla. Nel frattempo, a prescindere dalla decisione di dove vivrà, le servirà qualcuno che si occupi della casa in sua assenza, per evitare perdite o altri problemi."

"Posso occuparmene io," si offrì subito Tracy. "Ho un ottimo agente immobiliare e sono disposta ad aiutarla a impacchettare tutto e a vedere casa, se vuole."

"Grazie. Ci terremo in contatto," le disse Bubba, desideroso di lasciare quell'edificio e quello stato. Si sentiva addosso una strana sensazione di allarme, senza capirne il motivo. Si voltò e vide che il fratello si trovava ancora nell'atrio.

Lanciò un'occhiata a Rocco e Phantom, ancora accanto a Zoey; rivolse loro un piccolo cenno con il mento, comunicando che si sarebbero incontrati fuori.

Phantom annuì, si chinò per dire qualcosa a Zoey, poi le prese il gomito e la condusse verso la porta. Lei si voltò a guardarlo e Bubba si sforzò di sorriderle. A giudicare dall'espressione preoccupata di lei, accompagnata fuori dagli amici, sapeva di non esserci riuscito.

Bubba inspirò a fondo e si avvicinò al gemello. "Stai bene?" gli chiese.

Malcom si limitò a scuotere la testa. "Fammi indovinare, tra poco te ne vai."

Bubba sentì una fitta per una frazione di secondo, ma annuì. "Sono stato via troppo tempo. Avevo qualche giorno di permesso per la lettura del testamento e la cerimonia commemorativa di papà, ma ovviamente mi sono preso più giorni. Devo tornare." Bubba era rimasto sconvolto quando aveva scoperto che la commemorazione del padre si era svolta in sua assenza, ma non ne era rimasto particolarmente sorpreso. Aveva detto a Zoey che se l'aspettava, ma si era comunque rattristato. Avrebbero dovuto fare una loro cerimonia privata, una volta tornati in California.

"Certo, non mi aspetto niente di diverso," mormorò Malcom.

Bubba si infuriò e grugnì: "Vuoi chiarire ora? Bene. Perché sei incazzato, fratello? Perché papà mi ha dato un po' dei suoi soldi, per la beneficenza o perché non sei capo indiscusso della fabbrica?"

"Vuoi sapere la verità?" gli chiese Malcom.

"Ovvio."

"Bene! Sono incazzato perché anche se papà venerava la terra su cui camminavi, non sei riuscito a venire qui a trovarlo nemmeno *una volta*. Sono incazzato perché ti ha dato una parte della fabbrica, anche se non ne sei stato coinvolto nemmeno un giorno in tutta la tua vita e hai fatto capire che la detestavi dal primo istante. Sono ancora più incazzato che ne abbia dato una parte a quella stronza che lo ha munto dal primo momento in cui l'ha incontrato!"

Bubba poteva capire la rabbia di Malcom per non essere tornato a Juneau, se lo rimproverava lui stesso, ma non poteva fargli passare quella frecciata contro Zoey. "Mi spieghi perché la odi tanto?" gli chiese a denti stretti.

Malcom sospirò, parlò con voce meno dura. "Senti, capisco che abbiate condiviso un'esperienza tremenda e sono felice che vada tutto bene... Ma Zoey non è quella che pensi, non la conosci tanto bene."

Bubba non credeva a una sola parola del fratello, ma gli chiese: "Oh, immagino che tu la conosca meglio di me?"

"Sì, Mark. Davvero. Lo frequenta da quando ci siamo diplomati, sempre con qualche storia strappalacrime per rimbambirlo. L'ha convinto ad affittarle quella casa per la metà di quanto papà avrebbe potuto ottenere da qualcun altro. Poi gli ha invaso anche la vita privata, stava sempre a casa sua a fare giochi da tavolo o a guardare la TV, mentre nel frattempo gli teneva d'occhio i soldi e i conti. Non sarei sorpreso se l'avesse fatto fuori per ottenere quella casa. Probabilmente stava collaborando con Ashley, quell'infermiera incompetente che aveva assunto lui... Che cazzo, magari lo ha avvelenato!"

Bubba era sinceramente sbalordito dal risentimento che il fratello nutriva nei confronti di Zoey. Lui non la conosceva da tanto come Malcom, ma non riusciva proprio a immaginarla compiere tutte le azioni di cui l'aveva appena accusata il fratello.

"Prima di tutto, sei stato *tu* ad assumere Ashley, non papà. Secondo, Zoey era ad Anchorage a trovare la madre quando è morto papà," gli ricordò Bubba.

Malcom sbuffò. "Sì, ok. Credevo che fossi un uomo di

mondo, fratello. Zoey potrebbe aver assunto qualcuno per ucciderlo. In fondo basterebbe una dose di arsenico, cianuro o qualcosa del genere. Se fosse stata in combutta con l'infermiera, sarebbe stato facile."

"Cristo Malcom, ma sei serio? Che problemi hai? Non posso credere che tu stia davvero accusando Zoey di aver *ucciso* papà! Le persone normali non pensano immediatamente all'omicidio, di fronte alla morte di un loro caro. Mi dispiace che tu non abbia ottenuto più soldi di papà di quelli che volevi, ma questo non giustifica la tua stronzaggine!"

Bubba era giunto al limite, voleva solo concludere quella conversazione. "Tornerò a Riverton domani mattina, mi sforzerò di impegnarmi di più per farmi coinvolgere. Se hai bisogno di qualcosa, chiamami: se non sarò in missione, sarò sempre disponibile. Posso darti una mano con le decisioni che riguardano il lavoro. Mi dispiace di non esserci stato per papà, ma ci sono per *te*. Ti voglio bene, Malcom. Sei mio fratello gemello. Magari ogni tanto ci stiamo sulle palle, ma ciò non significa che non siamo una famiglia."

Per un momento, Bubba si accorse che Malcom stava lottando con qualche demone interiore prima di annuire. Gli tese una mano, Bubba la strinse.

"Grazie, fratello. Lo terrò a mente. Non sorprenderti se ti chiederò di tornare qui, prossimamente. La morte di papà porterà tanti cambiamenti: visto che ora siamo diventati il secondo e il terzo proprietario della fabbrica, verremo coinvolti in tante decisioni."

"Certo," lo rassicurò Bubba. "Stai attento, Mal. Qualcuno voleva sbarazzarsi di me e Zoey, quindi il prossimo obiettivo potresti essere tu."

"Pensi che Sean sia arrabbiato per non aver ottenuto le azioni di papà?"

Prima delle accuse verso Zoey, Bubba si sarebbe sorpreso dalla rapidità con cui Malcom era saltato a quella conclusione, ma in quel momento non si sentì particolarmente stupito. "Non lo so, ti consiglio solo di fare attenzione. Sei l'unica famiglia che mi è rimasta, non voglio perdere anche te."

Bubba sorprese entrambi quando afferrò Malcom per stringerlo in un rapido abbraccio; risultò un po' impacciato, ma Bubba gradì la bella sensazione, era... giusta. "Mi sei mancato," gli disse dopo aver fatto un passo indietro.

Malcom annuì e gli disse: "Mi terrò in contatto." Poi si voltò e se ne andò.

Bubba inspirò a fondo e guardò il soffitto per un breve momento. "Ci sto provando, papà," sussurrò, prima di uscire dalla stanza per andare a cercare Zoey e i compagni di squadra.

———

Il giorno dopo, in tarda mattinata, Zoey si trovava seduta a bordo di un volo di linea accanto a Mark. Avevano trascorso la notte a casa di lei, insieme agli altri SEAL; lei si era dispiaciuta molto di aver fatto dormire i ragazzi per terra, ma loro l'avevano rassicurata di aver dormito in posti decisamente peggiori. Era andata a letto presto, incapace di tenere gli occhi aperti, non aveva nemmeno sentito Mark quando era rientrato qualche ora dopo. Si era svegliata trovandosi incuneata nella spalla di lui, godendosi la comodità e il calore.

La mattina non erano rimasti troppo tempo a oziare perché dovevano andare all'aeroporto e prendere il volo per la California. Dopo aver riempito due valigie con tutti i vestiti che era riuscita a stipare, Zoey era salita su un aereo molto più grande rispetto al piccolo idrovolante che le aveva cambiato la vita.

I compagni di squadra di Mark erano seduti intorno a loro, ma lei non si sentì meglio: era il suo secondo volo dall'incidente, non era più rilassata di quanto lo fosse stata sul volo da Anchorage a Juneau che avevano preso la mattina prima. Stringeva i braccioli con forza, come se quel gesto potesse impedire all'aereo di precipitare.

"Rilassati, Zo," le sussurrò Mark all'orecchio con dolcezza. Le staccò la mano che stringeva il bracciolo posto tra loro e se la portò sulle cosce, stringendogliela con le sue.

"Non ci riesco," sussurrò lei di rimando. "Questo aereo non ha nulla a che vedere con l'idrovolante, non ci siamo schiantati, ma non posso fare a meno di ricordare come mi sono sentita quando ci siamo rannicchiati nella posizione di sicurezza, pensando che saremmo morti."

"Non siamo morti, però," le ricordò Mark con calma. "Siamo sani e salvi, ci siamo fatti anche una bella avventura."

Zoey alzò gli occhi al cielo e Mark ridacchiò. "Ora riconosco la Zoey di cui mi sono innamorato."

Il cuore di Zoey smise di battere per un istante: lui non cercò di rimangiarsi quanto detto, la fissò con intensità.

Era serio? No, dai, sicuramente l'aveva detto tanto per dire. Zoey si scervellò per replicare qualcosa di sensato. "Sai, forse dovrei restare qui. Ora che tutti sanno cosa mi ha lasciato Colin, andrà tutto bene."

"Calma, Zoey," le disse Mark. "Proprio perché ora tutti sanno con *esattezza* cosa ti ha lasciato, potresti essere davvero in pericolo."

Lei lo fulminò con lo sguardo. "Cosa te lo fa pensare? Voglio dire...una casa non è come il denaro contante. Per quanto io la adori, ha bisogno di parecchie ristrutturazioni. Inoltre, il cinque per cento degli affari della Heritage Plastics non è tanto, alla fine."

"Zo, il cinque per cento equivale a circa duecentocinquanta mila dollari, senza dimenticare gli altri trentatremila dollari in contanti che riceverai. Non segui mai il telegiornale o i programmi sui criminali, in televisione?"

"Sì, ma quella è finzione, questa invece è la vita vera," replicò lei.

"Sai bene che quei programmi sono basati su fatti reali, la gente è capace di uccidere per molto meno rispetto alla cifra che hai ereditato da mio padre."

Lei fissò Mark per qualche istante. "Però... tu e Malcom avete ottenuto molto di più, rispetto a me."

"Infatti ho messo in guardia anche lui."

Zoey non riconosceva più la svolta che aveva preso la sua vita, qualcuno la voleva davvero morta? In realtà, lei continuava a pensare che l'obiettivo principale dell'attacco fosse stato Mark. "Non riesco ancora a credere che Colin mi abbia lasciato qualcosa, se proprio devo essere onesta," gli disse lei, cercando di ignorare l'imminente decollo.

"Perché? Stando a tutto quello che mi hai detto, eri una parte fondamentale della vita di papà."

"Credo di sì." Lei lo guardò dritto in faccia. "Malcom era davvero tanto furioso per la mia parte di eredità?"

Indovinò la riluttanza di Mark nel risponderle.

"Non fa niente," borbottò lei. "So che era incazzato."

"Che è successo davvero tra voi?" le chiese Mark.

Zoey sospirò. "Credo che tutto abbia avuto inizio quando ho rotto con lui alle superiori. Da quel momento in poi non gli sono più stata simpatica, detestava che passassi tanto tempo con tuo padre, però mi sono rifiutata di farmi spaventare da lui."

"Ti ha spaventata?" le chiese Mark con impeto.

Zoey scosse la testa. "Per modo di dire, sai. Mi ha sempre fatto capire di non essere la benvenuta, con occhiate gelide e frecciatine sprezzanti. So che ha anche provato a dissuadere tuo padre dall'affittarmi la casa, ma non appena Colin è venuto a sapere che stavo pensando di andare a vivere con mia madre ad Anchorage, mi ha offerto la casa a un prezzo incredibilmente basso. Mi stava facendo un grosso favore e mi vergognavo di dover accettare, ma in realtà non volevo andarmene."

Arrossì, poi voltò la testa per guardare fuori dal finestrino, concentrata su come l'aereo iniziasse ad accelerare lungo la pista.

Mark le portò le dita sotto il mento e la costrinse a voltarsi per guardarlo negli occhi. "Poi?"

"Poi cosa?" gli chiese Zoey.

"Mio padre ha aumentato l'affitto, dopo?"

"No, anche se gli ho detto di farlo; ho iniziato a passargli assegni con una cifra superiore rispetto al dovuto, ma lui mi rimetteva sempre quei soldi extra nella borsa, quando andavo a trovarlo. Così ho smesso con quella mossa, ma sono diventata più subdola." Sorrise.

"Cioè?" le chiese Mark.

"Ho iniziato a seminargli soldi in giro per casa: nascondevo venti dollari in un punto, dieci in un altro... cercavo tutti i posti dove non credevo se ne sarebbe accorto." Senza pensarci, Zoey scrollò le spalle, sotto lo sguardo intenerito di Mark. "Credo che Colin si sia reso conto del mio trucco, ma poi era diventato una sorta di gioco: lui faceva finta di non accorgersi dei miei lasciti, io continuavo a fingere di fare la benefattrice segreta."

"Mi sembra proprio un comportamento tipico di mio padre. Malcom non ne sapeva niente?"

Zoey arricciò il naso. "No, non avevo proprio intenzione di parlare di soldi con lui; non andavamo d'accordo e lui non approvava il fatto che avessi accesso libero a casa di Colin, soprattutto quando ci viveva anche lui. In casa non faceva quasi nulla per dare una mano. Il nostro rapporto è peggiorato due anni fa, quando involontariamente l'ho beccato con una tizia. Non so chi fosse lei, ma Malcom è andato su *tutte* le furie. Stavo cercando Colin perché mi serviva un consiglio su un investimento, ho chiamato in fabbrica e Sean mi ha detto che era andato a casa; sono andata lì e invece ho beccato Malcom. Avevo aperto la porta con la chiave che mi aveva dato Colin, una volta entrata ho visto una donna che è corsa in camera di Malcom; si è incazzato per il mio ingresso."

"Ero imbarazzata perché l'avevo quasi sorpreso a pomiciare sul divano; per me non era un problema, eravamo adulti, ma a lui non è andata giù. Mi ha urlato di andarmene, stavo sconfinando e non avevo il diritto di stare lì... anche se sapeva benissimo che non era proprio così, ne *avevo* tutto il diritto dato che stavo dando una grande mano a Colin, anche in faccende che avrebbe dovuto sbrigare Malcom. Me ne sono andata e da allora il nostro rapporto si è inasprito ancora di più."

"Mi dispiace, Zo. Sembra tutto molto stressante."

Lei fece spallucce "Sai, ti confesso che nonostante tutte le meraviglie raccontate da tuo padre su di te, ero nervosa all'idea di rivederti."

"Perché?"

"Perché avevo paura che tu fossi come Malcom, mi squadrassi dall'alto in basso giudicandomi una cacciatrice di dote, o cagate simili. Volevo molto bene a tuo padre, Mark, davvero. Non ho mai desiderato altro che la sua amicizia."

"Ti credo, lo so bene. Invece tu cos'hai pensato, quando mi hai visto?" le chiese Mark con un sorriso.

Zoey sapeva di arrossire, ma si sforzò di mantenere lo sguardo saldo in quello di Mark. "Ti ho riconosciuto subito, ho sempre notato la differenza tra te e tuo fratello. Ti comporti in modo diverso. Sei più, come dire, sicuro di te... più aperto? Comunque, non pensavo che mi avresti riconosciuta."

"Dai, mi sono ricordato di te quasi subito," le disse Mark. "Probabilmente non dovrei ammetterlo, ma ho fantasticato molte notti su di te, ai tempi delle superiori."

Zoey rimase a bocca aperta. "Davvero?"

"Sì."

"Beh, diamine! Se l'avessi saputo, avrei potuto davvero avere il coraggio di rivolgerti la parola."

Lui sorrise. "Allora è andata così? Sapevi che non ero Malcom e hai pensato che fossi sicuro di me?"

"Beh, all'inizio ero molto nervosa, mi sono rilassata quando non hai detto niente di spregevole e non mi hai fissata come se fossi il demonio. Ammetto di averti lanciato qualche occhiata mentre dormivi sull'idrovolante, prima che... sai... facessimo quel finto atterraggio di fortuna."

Mark trasalì. "Ho proprio toppato, non mi sarei dovuto addormentare."

Zoey alzò gli occhi al cielo. "Oh, dai. Non potevi prevedere che Eve, o come diavolo si chiama realmente quella lì, si sarebbe comportata in quel modo."

Lui scrollò le spalle, Zoey sapeva che il SEAL non si sarebbe mai perdonato di aver abbassato la guardia in quel momento. "Allora, cos'hai pensato mentre mi guardavi dormire?"

Zoey distolse lo sguardo, si rese conto che erano in volo; lui l'aveva distratta durante il decollo per aiutarla a rilassarsi. Ancora una volta, sentì una scintilla farle battere forte il cuore; la premura di Mark le faceva venire voglia di sciogliersi come neve al sole. Quel singolo atteggiamento segnava un'enorme differenza tra lui e Malcom; il gemello avrebbe sicuramente fatto di tutto per farla sentire totalmente a disagio.

Abbassò lo sguardo per guardarsi la mano, stretta tra quelle di lui; quel semplice gesto la faceva sentire al sicuro. Ciò era assurdo, dato che lui non avrebbe potuto far niente per impedire qualche disastro aereo.

Mark stava ancora aspettando una risposta, dunque decise di essere onesta. "Ho pensato che fossi migliorato molto, rispetto al liceo. Sei più maturo, se capisci cosa intendo."

Lui non aveva mai smesso di fissarla, Zoey si sentì incapace di interrompere il contatto visivo. Mark non le rispose per qualche istante, lei si sentì stupida e così aprì bocca per aggiungere qualcosa di più decente, ma lui la interruppe.

"Vuoi sapere cosa ho pensato di *te*, non appena ti ho vista?"

No, Zoey non avrebbe voluto saperlo, ma annuì lo stesso.

"Mi sono pentito ancora di più di non essere tornato a trovare mio padre... il che è tutto un dire, era già il mio più grande rimpianto. Ti ho detto che mi piacevi già alle superiori, non ti ho mentito. Ma in aeroporto ho visto una donna splendida, mille volte meglio rispetto alla ragazzina di un tempo; come hai detto tu... più matura. Mi sei piaciuta... davvero tanto."

Zoey non si sentiva in grado di formulare neanche una risposta sensata: si sentì incredibilmente eccitata, sbalordita e scioccata. In merito alla bellezza, si era sempre considerata una ragazza normale. Sapeva di avere delle belle curve (magari anche un po' troppo abbondanti, talvolta) e le piacevano i capelli folti. Tuttavia, per quanto riguardava il resto non si riteneva molto soddisfatta, anche perché aveva trascorso tanti anni tutta imbacuccata per resistere al freddo. Nonostante ciò, non si era mai sentita tanto speciale prima di quel momento, grazie alle parole di Mark.

Lui sembrò rendersi conto di averla sconvolta in senso buono, sollevò il bracciolo tra loro e abbracciò Zoey, tirandola verso di sé. Lei gli si avvicinò volentieri e gli appoggiò una guancia sul petto, ben contenta di non dover dire nulla per forza.

Inalò il buon profumo di Mark, le piaceva molto. Dopo l'esperienza nelle lande selvagge si era abituata al profumo naturale dell'uomo (aveva un che di muschiato), ma l'aggiunta degli aromi di fresco, pulito e collutorio le fecero perdere letteralmente la testa.

"Perché non schiacci un pisolino?" le disse dolcemente

Mark; Zoey sentì la voce vibrarle sulla guancia, poi annuì. Ormai si era abituata a dormire contro il petto di lui, il pensiero di andare a letto senza la infastidiva ma doveva adattarsi e andare avanti con la propria vita, come Mark.

Zoey non sapeva come sarebbe andata con la vicina di Mark, la signora Jessica Martens, ma sperava di poterci fare amicizia. Le faceva paura la prospettiva di trasferirsi in una nuova città per iniziare una nuova vita, come diavolo ci riusciva sua madre ogni volta?

Decise di riposare gli occhi giusto per un paio di minuti, si rilassò.

———

"Si è addormentata?" chiese Rex a Bubba, dal sedile accanto a lui.

Bubba annuì, era rimasto sorpreso dalla rapidità con cui Zoey si era addormentata. Gli era sembrata stressata e nervosa per il volo, così lui aveva fatto l'unica cosa che gli era venuta in mente per farla rilassare un po'... ovvero chiacchierare.

"Sono contento che venga con noi," gli disse Rex.

Bubba inarcò un sopracciglio verso l'amico.

"Beh, innanzitutto è ovvio che vi piacciate: avete legato durante la vostra esperienza, sareste due sciocchi a non provarci fino in fondo."

Bubba guardò l'amico con espressione sorpresa: in genere Rex non parlava molto di donne, anche perché non usciva con qualcuna da un bel pezzo. Gli altri SEAL sapevano che aveva messo gli occhi su una delle infermiere dell'ospedale della base, ma per qualche strano motivo non le aveva ancora chiesto di uscire.

"E poi, chi vi ha preso di mira è ancora a piede libero."

Bubba annuì, *quello* era un buon argomento. "Immagino che abbiate già chiamato Tex."

"Puoi scommetterci, Rocco si è messo in contatto con lui fin da subito."

"E?"

"E niente, non è ancora riuscito a rintracciare la pilota o l'idrovolante."

Bubba si accigliò. "Caspita, ma davvero? Non può essere semplicemente svanita nel nulla."

"*Tu* ci sei quasi riuscito, eh," ribatté Rex.

"Quella pilota è riuscita a simulare lo spegnimento del motore per avaria," gli disse Bubba. "Era in grado di spegnere entrambi i motori ed effettuare un atterraggio senza problemi: si tratta di una pilota esperta, non è una novellina."

"Qual è la tua teoria?" gli chiese Rex.

Bubba scrollò la spalla libera, sull'altra c'era appoggiata Zoey. "Qualcuno voleva impedire a me (e Zoey) di ereditare: ha assunto Eve per piantarci nel bel mezzo del nulla, senza preoccuparsi di ucciderci, dando per scontato che ci avrebbero pensato le lande selvagge dell'Alaska. Ora... questo mi porta a pensare che o quel qualcuno è un gran codardo, o è semplicemente un cretino. Suppongo anche che la pilota avesse un disperato bisogno di soldi, per farsi coinvolgere in un piano tanto folle."

"*Dobbiamo* trovare questa pilota," sospirò Rex.

"Sì, una volta a casa chiamerò Tex per dirgli tutto quello che riesco a ricordare su di lei... forse si rivelerà utile."

"Direi che non può essere un male," concordò Rex. "E Zoey? Che ne sarà di lei?"

"In che *senso*?" gli chiese Bubba.

"Se te la vuoi scopare e basta, non penso sia una buona idea."

Bubba si accigliò di nuovo. "Stai attento, Rex."

L'amico alzò una mano. "Lasciami finire." Bubba gli rivolse

un cenno brusco, così Rex continuò. "Siete entrambi sottoposti a un miliardo di emozioni, avete sperimentato qualcosa di tremendo, specie quando lei ti ha salvato dopo che sei caduto in acqua. Credo che vi sentiate estremamente vulnerabili e dipendenti, vi piacete molto: portarla a casa con te sembra una buona idea, certo. Però, amico mio... Ogni volta che la guardo, glielo leggo negli occhi: per lei tu non sei una scopata occasionale, le piaci davvero tanto. Quindi ti dico solo di pensarci bene, prima di spingerti in situazioni dove l'unico modo per tirarti indietro le spezzerebbe il cuore."

In un primo momento Bubba avrebbe voluto picchiare l'amico, ma in fondo sapeva che era solo preoccupato per Zoey e non poteva di certo arrabbiarsi per quel motivo. Inoltre, anche Bubba si era accorto di quanto stessero procedendo a passo spedito. "Parli come se avessi già sperimentato qualcosa di simile."

Rex fece spallucce. "Ho fatto la mia bella dose di cazzate in passato, sono determinato a non ripeterle."

"È per questo che non hai ancora chiesto di uscire a quell'infermiera che ti piace tanto?"

"Non sono materiale da relazione," gli rispose Rex. "Posso essere un cazzone, non voglio farle sperare che possa succedere qualcosa tra noi due. Lei mi piace molto: è divertente, graziosa e una bravissima infermiera, ma negli ultimi cinque anni non sono riuscito ad avere una sola buona relazione. Detesto far piangere le donne. Insomma... non far rimpiangere a Zoey di essere venuta in California con te."

Bubba lanciò un'occhiata alla donna che gli dormiva accanto e lo stava usando come cuscino; era raggomitolata in una posizione scomoda, tutta piegata di lato, ma dormiva profondamente. Poi si voltò verso l'amico. "Secondo me non è vero che non sei materiale da relazione: se tu fossi davvero il cazzone che pensi di essere, non te ne sarebbe fregato niente dei sentimenti di quella ragazza: sareste usciti, te la saresti scopata e poi te ne saresti andato senza pensarci due volte."

"Comunque hai ragione: io e Zoey ci piacciamo. Abbiamo attraversato un periodo difficilissimo, ma l'ho sempre voluta al mio fianco. Mi piaceva già ai tempi del liceo, crescendo è diventata sempre più sorprendente. Sono sinceramente sconvolto dal fatto che sia ancora single... la porto a Riverton perché spero che ci rimanga, per un po' può vivere con la mia vicina, finché non riuscirò a farla venire da me."

"Sei innamorato di lei?" gli chiese Rex.

Bubba non percepì dispetto o sarcasmo nel tono dell'amico: era serio.

"La amo, mi chiedi... non saprei dirti. Voglio dire, ho amato qualcuna in passato, ma non ho mai provato nulla di simile a quello che provo per Zoey. Mi confonde e mi eccita; quando mi sveglio ho voglia di vederla e vado a dormire con il pensiero di quanto mi piaccia stringerla tra le braccia. Sono sempre preoccupato che stia bene, spero sempre che sia al caldo e che mangi a sufficienza. Di certo non voglio che qualcuno la uccida per i soldi che le ha lasciato mio padre. Posso chiamare tutto ciò... amore? Non saprei, ma di certo voglio vedere cosa combiniamo... ciò sarebbe stato impossibile se lei fosse rimasta in Alaska, mentre io me ne ritornavo in California."

"Stai attento," lo ammonì Rex. "Zoey ha sempre vissuto in Alaska, per lei sarà tutto nuovo, quindi vacci piano. Se ci tieni davvero a lei, dalle sempre quello di cui ha bisogno, non quello che ti chiede... perché non ti chiederà niente."

"Ho capito, ti ringrazio per il consiglio. Davvero, però... credo che dovresti chiedere di uscire a quell'infermiera. Sono anni che non ti vedo tanto intrigato da una donna."

"Ci penserò," gli concesse Rex. "A quanto pare, però, si dirigerà in Afghanistan in una missione speciale, per educare le infermiere locali sulla salute prenatale e altri problemi riguardanti le donne."

"Per quanto tempo?"

"Intendi dire quanto dura la missione?" gli chiese Rex.

"Sì."

"Non saprei, credo si tratti di una missione a breve termine... magari un paio di mesi."

"Allora prima che parta, dille che sei interessato; poi, quando tornerà, la potrai invitare fuori a cena," gli consigliò Bubba.

"Eh, non è mica tanto semplice," si lamentò Rex.

"Senti... se c'è qualcosa che ho imparato nell'ultima settimana, è che tutto ciò che vale la pena non è semplice da ottenere. Ho molti rimpianti, Rex, non lo augurerei mai a nessuno. Se lei va all'estero e le succede qualcosa, ti pentirai di non averle almeno fatto sapere che ti piace e che vuoi uscire con lei."

"Stronzo," si lamentò Rex. "Se le dovesse succedere qualcosa, sappi che ti darò la colpa."

Bubba sorrise. "Chiedile di uscire," gli suggerì.

"Ci penserò," ripeté Rex. Poi decise di cambiare argomento e gli chiese: "Presenterai Zoey alle ragazze?"

"Sì, ovvio, il prima possibile."

Rex sorrise. "Sono sicuro che andrà tutto bene. Sanno già di lei, visto che anche loro erano tanto preoccupate per te. Rocco ha chiamato Caite quando ti abbiamo trovato, le ha detto che eri al sicuro e che ti porti dietro Zoey."

"Pensi che ci verranno a prendere all'aeroporto?" gli chiese Bubba con un sorriso.

"Non sarei di certo sorpreso," gli rispose Rex.

"Probabilmente dovrei svegliarla e avvertirla," mormorò Bubba, mentre si girava verso Zoey.

"Lasciala dormire," gli suggerì Rex. "Per quel che ho visto, non avrà problemi ad adattarsi."

Bubba annuì. Sì, la sua Zoey si adattava facilmente, nessun dubbio in merito.

La sua Zoey... sì, suonava proprio bene.

Bubba chiuse gli occhi e rilassò la testa contro lo schienale, strinse il braccio con cui cingeva la donna accanto a lui e si lasciò andare in un sospiro soddisfatto quando lei borbottò qualcosa sottovoce e gli si accoccolò ancora più vicina.

CAPITOLO TREDICI

L'aereo atterrò nella California del Sud a pomeriggio inoltrato; nonostante il riposino, Zoey si sentiva più esausta che mai per via degli eventi degli ultimi giorni. Raccolse lo zaino che le aveva comprato Rex ad Anchorage, sperò che il processo di impacchettamento e spedizione di tutti i suoi averi non richiedesse tanto tempo. Aveva due valigie piene di vestiti, ma era stata costretta a lasciarsi indietro molti oggetti.

Si era sentita con Tracy Eklund, la moglie dell'avvocato si sarebbe occupata personalmente di mandarle altri vestiti e alcuni effetti personali. In un secondo momento avrebbe recuperato tutto il resto... sempre ammesso che fosse rimasta in California.

Le sembrava ancora strano l'aver preso su due piedi una decisione tanto importante, ma sinceramente non si era mai sentita tanto a casa e sicura come quando era con Mark. Il fatto che lui avesse colto subito quanto lei avesse bisogno di uno scopo (e che non potesse trasferirsi in California senza un piano e un lavoro) la diceva lunga su quanto ormai lui la conoscesse bene.

Zoey non vedeva l'ora di incontrare la signora Jess e sperava di andare d'accordo con lei almeno la metà di quanto si fosse trovata bene con Colin.

Il pensiero del padre di Mark la rese triste, ma respinse quel sentimento camminando mano nella mano con il SEAL mentre si dirigevano verso il ritiro bagagli. Nessuno degli altri ragazzi aveva imbarcato alcuna borsa quando si erano precipitati ad Anchorage, si erano portati solo lo stretto necessario per restare qualche giorno: si erano lavati i vestiti in albergo durante i giorni di ricerca ed era più che ovvio che non vedessero l'ora di tornare a casa.

Recuperarono le valigie di Zoey e si diressero tutti verso la scala mobile che conduceva verso l'uscita. Zoey e Mark erano dietro ai ragazzi e lei notò subito un gruppetto composto da tre donne e tre ragazzine che sembrava aspettare l'arrivo di qualcuno. Zoey capì al volo che erano lì per i SEAL.

Non appena misero piede giù dalla scala mobile, tutti quei volti si illuminarono di grande emozione, erano felicissimi di rivedere la squadra. Le ragazzine iniziarono a sbracciarsi e le donne si avvicinarono il più possibile, impazienti di salutare i loro uomini.

Dal momento che non conosceva nessuno, Zoey si sentì a disagio, ma per fortuna Mark non si allontanò di un passo. Le aveva appoggiato la mano sulla parte bassa della schiena e la stava aiutando a rilassarsi, tuttavia non appena raggiunsero l'uscita, Mark fu travolto dalle donne e dalle ragazzine. Zoey fece qualche passo indietro per fare spazio; tutte circondarono Mark e lo abbracciarono a turno.

"Sono così felice che tu stia bene!"

"Faceva tanto freddo?"

"Ci hanno detto che hai provato a imitare Aquaman!"

"Bubba, salvo?"

L'ultima domanda fu posta da una bimbetta, Zoey guardò Mark chinarsi e prendere in braccio la piccola, stringendola al petto. Lei gli accarezzò le guance, la testa e il petto, come se volesse controllare da sé che lui fosse effettivamente al sicuro e tutto intero.

"Sto bene, Rani," disse Mark alla bimba. "Eri preoccupata per me?"

La bimba annuì con vigore. "La mamma ha detto tu perso, ma poi ritrovato."

Lui ridacchiò. "Sì, diciamo di sì."

La piccola si contorse e Mark la riappoggiò a terra, Zoey la guardò correre verso quella che doveva essere la madre.

Ormai si era abituata a passare in secondo piano, quindi si sentì a disagio quando Mark si voltò verso di lei e le tese una mano... ma la prese comunque, Mark la tirò a sé e le cinse la vita con un braccio.

"Ragazze, lei è Zoey Knight. In Alaska si è presa cura di mio padre e mi ha salvato la vita, durante la nostra gita fuori porta."

Zoey scosse la testa, sapeva che stesse esagerando riguardo come si era comportata quando lui era caduto nel torrente, ma le donne non le diedero la possibilità di spiegare cosa fosse successo realmente; in un istante, si trovò tirata via da Mark e avvolta in un grande abbraccio di gruppo.

"Sono Caite," le disse una donna con i capelli castano chiaro, alta più o meno quanto Zoey. "Sono la fidanzata di Blake."

"Blake?" le chiese confusa Zoey.

Lei si mise a ridere. "Scusa, Rocco."

Zoey annuì. Spostò lo sguardo verso il SEAL dai capelli neri, intento a fissare la fidanzata.

"Io sono Piper, la mamma di queste tre scimmiette. Io e Ace le abbiamo adottate da pochi mesi, ma è come se fossero con noi da sempre." Si portò una mano sulla pancia mentre parlava, Zoey intuì che fosse incinta. "Ho trascorso qualche notte nella giungla di Timor Est, ma ho la sensazione che la mia esperienza non sia affatto paragonabile alla tua." Rabbrividì. "Odio il freddo."

Zoey sorrise. "Anche io, sai.... poco importa se arrivo dall'Alaska, non mi piace proprio."

Le due donne si sorrisero con aria complice.

"E io sono Sidney," le disse una donna minuta dai lunghi capelli neri. Rivolse un ampio sorriso a Zoey; a differenza degli innumerevoli sorrisi falsi con cui era entrata in contatto, visti dai turisti o dalle persone della vecchia vita di Juneau, Zoey capì subito che Sidney era sinceramente felice di conoscerla. "Siamo proprio felici che tu stia bene, chissà quanta paura hai avuto."

Gumby arrivò dietro Sidney e le gettò un braccio intorno al petto; lei alzò immediatamente le braccia e gli afferrò l'avambraccio. "Penso che stia facendo del suo meglio per dimenticarlo," la rimproverò dolcemente.

Sidney inclinò la testa all'indietro e gli sorrise, poi tornò a guardare Zoey. "Se vuole parlare con noi, troverà tutto il supporto necessario," rispose a Gumby.

Zoey lesse qualcosa di particolare nello sguardo di quella donna: si sentì *davvero* al sicuro. Era certa che Sidney non l'avrebbe giudicata male se avesse ammesso di essere stata spaventata durante tutta la settimana in cui lei e Mark erano stati dispersi.

Si ricordò che Mark le aveva detto qualcosa circa Sidney e un'esperienza traumatica, percepì dallo sguardo dell'altra donna che l'avrebbe ascoltata, avrebbe capito il significato del terrore.

Quando si voltò a guardare le altre due donne, realizzò che anche loro l'avrebbero compresa. Zoey non si era mai sentita tanto ben accolta e a proprio agio in un gruppo di sole donne. Era stata la "ragazza nuova" fin troppe volte, sperava con tutto il cuore di aver finalmente trovato un gruppo di amiche in cui inserirsi, dove non si sarebbe sentita un'estranea.

"Ammetto che non è stata una passeggiata," disse Zoey dopo un momento. Non era di certo il momento di scendere in dettagli, aggiunse: "Se fossi stata da sola, non credo che sarei sopravvissuta... ma stare con Mark mi ha reso tutto molto più facile."

Il SEAL le strinse la mano che le teneva su un fianco, ma lei mantenne lo sguardo in quello di Sidney.

"Sì, i nostri uomini tendono a migliorare qualsiasi situazione. Non vedo l'ora di conoscerti, Zoey."

"Anche io," le rispose.

"Ehi, sentite un po'! Cosa fate questo fine settimana? Che ne dite di andare tutti alla casa sulla spiaggia di Gumby per fare una festa tipo 'grazie al cielo Bubba è più forte di quello che pensa qualche stronzo'?" propose Piper.

"Ah, quindi adesso ti stai auto invitando?" le chiese Gumby ridendo.

Zoey lo guardò, sperando che non si fosse offeso, ma si rilassò quando Rocco gli disse: "Come se ti dispiacesse, amico mio. Penso che tu sia molto contento quando casa tua trabocca di ospiti che si godono il tuo piccolo paradiso vista mare."

"Vero," concordò Gumby. "Allora... barbecue a casa nostra, sabato, verso le due?"

Furono tutti d'accordo e Zoey si accontentò di appoggiarsi a Mark per osservare le dinamiche di quel gruppo; anche se Phantom e Rex erano da soli, non erano esclusi. La ragazzina più grande stava accanto a Phantom e lo teneva per mano, Rex ne teneva un'altra accanto a sé.

Sembravano tutti davvero contenti di stare insieme: quella visione rallegrò Zoey.

"Non so voi, ragazzi, ma io sono più che pronto a portare mia moglie a casa e a viziarla un po'," annunciò Ace. Le portò una mano sul lieve pancione, tracciandole delicati cerchi con un dito. "Ho anche voglia di stare con tre ragazzine di mia conoscenza, devo fare loro un sacco di coccole."

Zoey avrebbe riso di fronte a un tosto SEAL che faceva tanto lo sdolcinato, ma in realtà trovò quella scena di una tenerezza indescrivibile. Ace non si vergognava di annunciare di voler stare con Piper e ammetteva liberamente di voler passare del tempo di qualità con le figlie.

Ecco cosa desiderava Zoey: un uomo che potesse spaccare il culo a tutti, ma che non avesse paura di mostrarle il lato tenero anche in presenza degli amici.

Poco dopo, il gruppo si mosse verso l'uscita. Quando Zoey fece per seguirli, Mark la tenne ferma, così lei si voltò a guardarlo. "C'è qualche problema?"

"No, volevo solo controllare che stessi bene e assicurarmi che vuoi ancora stare qui."

"È un po' tardi per vedere se voglio venire in California con te," lo prese in giro lei, ma quando lui rimase serio, lei iniziò ad accigliarsi. "Aspetta, perché? Stai avendo dei ripensamenti?"

"No, assolutamente no," le rispose subito, facendola rilassare leggermente.

"Ok, quindi? Non sto capendo."

Mark indicò con un cenno del capo uno dei compagni di squadra, che si trovava vicino alla porta con i bagagli di Zoey. "Rex ci accompagnerà a casa, visto che ha qui la macchina, a differenza mia. Domani ti presenterò Jess; se l'idea di stare a casa mia stanotte ti mette a disagio, posso chiedere a Rex di portarti in un hotel. Pagherei io, quindi non devi preoccuparti, ma non voglio proprio che tu ti senta fuori posto stando da me."

Per la milionesima volta, Zoey minacciò di sciogliersi di fronte a lui. Gli appoggiò una mano sul petto e gli si avvicinò, portando leggermente indietro la testa per poterlo guardare negli occhi mentre gli rispondeva.

"Mark, se mi lasciassi in hotel, probabilmente cambierei idea sul fatto di stare qui e tornerei in Alaska domattina. Non sono venuta in California per iniziare una nuova vita: sono venuta qui perché ci sei *tu*. Inoltre, ho passato l'ultima settimana con te, perché dovrei sentirmi in imbarazzo proprio adesso?"

Lui le accarezzò il lato del collo con una grande mano callosa, provocandole la pelle d'oca sulle braccia. "Non voglio che tu ti senta bloccata qui, senza opzioni; ammetto che non ti ho dato tanto tempo per riflettere, non voglio che tu ti senta in trappola. Stare a casa con me è molto diverso dal vivere insieme nel bel mezzo dell'Alaska, sai cosa intendo. Non dipendiamo più l'uno dall'altra, sei libera di andartene quando vuoi. Ma se decidi di restare... per me ha un significato."

"Anche per me," confermò Zoey. "Significa che voglio esplorare la connessione che abbiamo creato tra i boschi. Non mi sento intrappolata e anzi, a dirla tutta, stare lontana da te stasera mi farebbe perdere la testa. Non siamo più in mezzo all'Alaska selvaggia, non devo accendere un fuoco ma per me qui è tutto nuovo; non ci sono mai stata."

Mark la guardò con occhi colmi di soddisfazione. "Ok, ma guarda che dicevo sul serio. Se qui non va e vuoi tornare a casa, ti darò una mano."

"Ora che Colin non c'è più, Juneau mi sembra sempre meno casa mia. Penso che per me sia giunta l'ora di staccarmi da lì, per iniziare a vivere davvero. Ho passato trentun anni in Alaska; la adoro, ma mi entusiasma l'idea di scoprire nuove città, nuove attività... sai che non ho mai nuotato nell'oceano?"

Mark non le rispose, Zoey si preoccupò. "Mark?"

Lui inspirò a fondo prima di risponderle: "Scusami, stavo

solo pensando a quanto sono fortunato." Le fece l'occhiolino. "Andiamo, credo che Rex stia per mandarci al diavolo e mollarci qui."

Zoey voleva dire a Mark che era *lei* quella fortunata, ma lui si stava già girando per prenderle lo zaino e guidarla verso la porta, sempre tenendole una mano sulla parte bassa della schiena. Una volta giunti alla macchina lasciata nel parcheggio a lungo termine, Mark le propose di sedersi davanti, ma lei protestò e si sedette dietro; ascoltò Mark e Rex parlare del loro comandante, dell'allenamento e di altre faccende di lavoro.

Quando Rex arrivò a casa di Mark, lei si era quasi addormentata. Scese dall'auto e lanciò una prima occhiata al posto dove viveva il suo bello.

La casa era piccola, ma ben tenuta; si estendeva su due piani, la facciata era di mattoni e sfoggiava un bel portico. Non era elegante, il quartiere apparteneva chiaramente alla classe medio-bassa, ma Zoey ne fu segretamente sollevata; non aveva mai avuto molti soldi in vita sua, quindi se Mark avesse vissuto in qualche villa stratosferica, non si sarebbe sentita molto a suo agio.

Invece no, la casa era modesta, proprio come Mark.

"Grazie per il passaggio, Rex. Domani farò tardi, devo presentare Zoey a Jess e aiutarla a trasferirsi, ma ci vediamo dopo l'allenamento."

"Va bene, informerò il comandante, anche se sono sicuro che non si aspetterà proprio di vederti domani."

"Ci sarò," affermò Mark.

Ecco un altro dettaglio che Zoey apprezzava molto di Mark: la dedizione al lavoro. La pensavano uguale; lei detestava restare con le mani in mano, si sarebbe annoiata presto in tal caso. Era contenta di poter conoscere la vicina di casa il giorno seguente, non vedeva l'ora di mettersi all'opera e fare qualcosa di produttivo.

"Sono contento che tu stia bene," disse Rex a Zoey. "Grazie ancora per esserti presa cura di questo bestione. Non so cosa faremmo senza di lui."

"Non lo saprai mai," disse Mark all'amico. "Ora vai."

Rex rise e salutò entrambi con un'alzata di mento prima di voltarsi per guardare la strada mentre faceva manovra per uscire dal vialetto.

"Cosa ne pensi?" le chiese Mark

Zoey si voltò a guardarlo. "Di cosa?"

"Della casa, del quartiere...?"

"Mi piacciono, sono modesti. Proprio come te."

Lui sospirò sollevato. "Quando mi sono arruolato ho vissuto alla base per un po', ma mi sono stufato presto. Non avevo tanti soldi, ma ne avevo abbastanza per un anticipo. Volevo una casa piccola, facile da tenere pulita, preferivo una casa più vecchia e con più carattere rispetto a quelle moderne. Prima questo quartiere non era un granché, ma il mio agente immobiliare mi ha assicurato che fosse in ascesa. In effetti, non aveva torto: Jess ha vissuto qui tantissimi anni e racconta un sacco di storie strampalate avvenute negli anni Settanta e Ottanta che riguardano questo quartiere."

"Non vedo l'ora di conoscerla," ammise Zoey.

"Domani," le disse Mark con un cenno. "Vieni, ti faccio fare un giro."

Zoey lo seguì fino alla porta d'ingresso e inspirò profondamente quando entrarono in casa: percepì subito l'odore del SEAL. Aveva imparato a riconoscerlo mentre lottavano per la vita in Alaska, ma da quando avevano passato la notte in albergo insieme, era come se a ogni movimento di Mark, lei ne percepisse il profumo: freschezza di pulito, miscelato con la naturale fragranza muschiata.

Trovandosi immersa nello spazio di Mark e circondata da tutti i suoi averi, Zoey capì quanto adorasse quell'odore, quanto per lei significasse sicurezza. Il solo aver messo piede in quella casa, con quel profumo tanto persistente, le fece desiderare di non andarsene mai più.

"Tutto ok?" le chiese Mark, come sempre attento e consapevole nei confronti di Zoey.

"Alla grande," gli rispose lei.

"Bene. Vieni, ti faccio fare un bel tour."

Il 'tour' fu breve, ma Zoey si innamorò subito della casetta composta da tre camere da letto e due bagni: le sembrava molto accogliente e vissuta. I pavimenti in legno sembravano originali, completi di graffi e scalfitture. La cucina non era delle più moderne, ma lei aveva già adocchiato tutto ciò che poteva servirle per preparare pranzi veloci e cene più elaborate. Le camere da letto erano un po' piccole, lei riuscì a non arrossire quando lui le mostrò la stanza principale con il letto matrimoniale.

A giro ultimato, Mark le mostrò tramite la finestra principale una casa scura, situata dall'altra parte della strada. "Ecco, quella è la casa di Jess. Devo tagliarle il prato, me ne occuperò domani dopo il lavoro. Assicurati che non le venga in mente di farlo da sola."

Zoey sollevò le sopracciglia. "Ne sarebbe in grado?"

"Sì," le rispose Mark con un sospiro. "Non solo lo farebbe, ma lo ha già fatto in passato. Che seccatura."

Dal momento che lui aveva detto quella frase sorridendo, Zoey capì che non era realmente infastidito.

"Hai fame?"

Zoey scosse la testa. Avevano pranzato prima di lasciare l'Alaska. Magari dopo aver trascorso l'ultima settimana a nutrirsi solo di bacche, foglie, funghi e rari pesci o scoiattoli, le si era ridotto l'appetito. "Sono a posto, grazie."

"Sei stanca?"

Zoey voleva dirgli di no e che avrebbe voluto continuare a chiacchierare, ma sbadigliò al solo udire quella domanda.

Mark ridacchiò. "Andiamo a letto, Zo, anch'io sono cotto.

Immagino che tutto il tempo trascorso nelle terre selvagge dell'Alaska mi abbia stancato più di quanto potessi pensare."

Lei lo precedette su per le scale e si diresse direttamente verso la camera da letto principale, ma in quel momento Mark la prese per mano, costringendola a fermarsi; lei si voltò a guardarlo stupefatta.

"Se ti fa sentire meglio, posso dormire nella stanza degli ospiti."

Oh, accidenti, forse Zoey aveva supposto qualcosa di errato? Mark non voleva dormire con lei? Nelle ultime due notti avevano condiviso un letto, lei dava per scontato che avrebbero continuato a dormire in quel modo anche a casa. Si contorse lievemente, insicura su cosa dire o come reagire.

Preoccupazione inutile, dato che come sempre Mark la rassicurò. "Non *voglio* andare a dormire di là, ma lo farò se è quello che vuoi... o che ti serve."

Zoey scosse la testa ancora prima di pensare. "Mi è piaciuto svegliarmi con te nelle ultime mattine. So che qui siamo al sicuro, non credo proprio che qualcuno oserebbe attaccarci in casa tua, ma mi sentirei comunque più protetta nell'averti accanto a me."

Mark avanzò di un passo, invadendo lo spazio personale di Zoey; lei non si tirò indietro, gli afferrò la maglia sui fianchi mentre lui le prendeva il viso con entrambe le mani. "Ora ascoltami attentamente: non ti succederà nulla."

"Non puoi scommetterci."

"Non abbiamo ancora parlato di tutto quello che è successo, in parte perché sto aspettando di parlare con Tex, il mio amico genio dell'informatica, ma farò tutto il necessario per tenerti al sicuro, Zo."

"Pensi che siamo ancora in pericolo?"

Mark fece spallucce, Zoey si sarebbe sentita più sicura se lui avesse scosso la testa; si sforzò comunque di non agitarsi.

"Non lo so, la situazione è questa: se qualcuno ci ha presi

di mira a causa dell'eredità di papà, allora non è cambiato nulla. L'unica differenza è che ora sappiamo cosa ci ha lasciato, fine. Resta sempre il fatto che abbiamo comunque ottenuto un'eredità; se il nemico non voleva che la ottenessimo, allora potrebbe ancora volerci fuori dai piedi. La buona notizia è che secondo me siamo fuori dalla sua portata, dato che siamo in California, e lui (o loro, non lo sappiamo) è rimasto in Alaska. Detto tra noi, la lista dei sospettati è corta, quindi questo mi infonde ancora più fiducia."

Zoey annuì. Provava un fastidio immenso, *detestava* quell'ultimo particolare: la breve lista di possibili nemici era composta da persone che erano state vicine a Colin. C'era anche l'opzione che Colin non avesse incluso qualcuno nel testamento, anche se lei non riusciva proprio a immaginare chi potesse essere, ma ciò non avrebbe comunque cambiato la situazione. Era molto probabile che ci fosse un assassino in agguato; che merda, dannazione.

Mark la fissò tanto intensamente che Zoey iniziò ad agitarsi. "Che c'è?"

"Più sto con te, più diventi bella. Com'è possibile?"

Zoey si sentì a disagio, sapeva di non essere bella. Non si riteneva poco attraente, più nella media. Capelli castani per lo più indomabili, comuni occhi nocciola, un corpo con qualche chilo di troppo dovuto all'amore per i carboidrati.

"Tu non mi credi." Non era una domanda.

Zoey fece spallucce. "Sono... sempre io," gli rispose incerta.

"Sì, lo so," le disse misteriosamente Mark, poi si chinò in avanti e le stampò un bacio sulla fronte. Zoey chiuse gli occhi e inspirò profondamente, accogliendo quella fragranza nel cuore.

Mark ridacchiò. "Mi annusi?"

Zoey annuì senza pensare, poi trasalì.

"Anche a me piace il tuo odore," le disse senza la minima

esitazione mentre si chinava ancora di più e le annusò la pelle tra il collo e la spalla. Zoey spostò la testa di lato per dargli più spazio e gli si aggrappò alla camicia con foga; si sentiva prossima allo sciogliersi, ma qualche secondo dopo Mark si tirò indietro.

Lui le sorrise. "Non so come fai."

"A fare cosa?"

"Mi fai dimenticare tutto... che voglio farti sistemare, che sei stanca, proprio come *me*. Eppure, penso che potrei stare qui con te tutta la notte ed essere al settimo cielo."

"Anch'io," ammise Zoey con dolcezza.

"Coraggio. So che ti sei portata dei vestiti, ma posso darti una delle mie magliette per stanotte, se non ti va di disfare i bagagli... se ti va, ovvio."

Zoey rabbrividì al pensiero di dormire con una maglietta di Mark, annuì.

"Bene. Hai bisogno di una tuta o di calzini? Non voglio che tu patisca il freddo."

"Penso che starò bene. Dormi con me, vero?"

"Sì, Zo. Dormiremo insieme."

"Ok, allora sì, sarò a posto. Sei abbastanza caldo."

Lui sorrise, Zoey realizzò che non si sarebbe mai stancata di vedere quel sorriso. "Sì, tendo a bollire. Ti terrò sicuramente al caldo." Andò verso un cassettone e tirò fuori una maglietta grigia con il logo della marina prima che lui si girasse e si dirigesse verso il bagno. Scomparve all'interno e tornò in pochi secondi. "Vado giù a prenderti lo zaino, così potrai lavarti i denti e finire di prepararti per andare a letto, dopo esserti cambiata. Ti serve altro, già che scendo?"

Zoey scosse la testa.

"Torno subito." Se ne andò.

Zoey espirò bruscamente e si diresse verso il bagno, aveva la sensazione che Mark non avrebbe tergiversato e sarebbe tornato nel giro di due minuti.

Rifletté sull'incredibile cambio di vita che le era capitato: aveva lasciato Juneau per visitare la madre. Colin, il suo migliore amico, era morto. L'avevano abbandonata nel mezzo del nulla, aveva riallacciato i rapporti con la vecchia cotta del liceo, gli aveva salvato la vita, aveva lasciato lo stato natale per la prima volta e si era innamorata.

Si bloccò su quell'ultimo pensiero, mentre si fissava nello specchio del bagno di Mark.

Si guardò con i soliti occhi castani, Zoey non riusciva a notare alcun cambiamento in sé; aveva le guance un po' più colorite, dopo essersi scottata al sole vagabondando per l'Alaska, ma per il resto non era cambiato proprio nulla.

Il che era pazzesco, perché dentro di sé si sentiva completamente cambiata. Per la prima volta, dopo molto tempo, non vedeva l'ora di sapere cosa le avrebbe riservato il futuro: stava per vivere qualcosa di nuovo ed emozionante, dopo aver trascorso la solita vita noiosa a Juneau.

Per quanto riguardava l'amore, invece... le sembrava una follia: si sentiva al pari di una vecchia zitella che perdeva la testa per il primo che si era accorto di lei. Non voleva proprio finire come la madre, sempre pronta a sciogliersi di fronte alle belle parole del primo che passava. C'era da dire che Mark non le sembrava il tipo di uomo che l'avrebbe illusa o usata per raggiungere qualche scopo, a differenza degli uomini che aveva frequentato la madre. Inoltre, da quando li avevano salvati lui aveva sempre voglia di toccarla. Se non fosse stato interessato a lei non le avrebbe detto determinate frasi... giusto?

Non poteva esserne certa, vista la scarsa esperienza in fatto di uomini e relazioni. Se si fosse trovata lì con Malcom, lui l'avrebbe sicuramente illusa, anche solo per scopare. Era sicura che Mark fosse diverso, si era sempre assicurato che lei stesse bene e che fosse a proprio agio, non le aveva mai fatto alcuna pressione.

"Eccomi," le disse Mark, spaventandola.

Lei saltò e quasi si fece lo sgambetto da sola nel tentativo di allontanarsi dalla porta, dove era appena apparso Mark.

Lui allungò una mano e l'afferrò per un braccio, impedendole di cadere. Non appena lei ristabilì l'equilibrio, lui la lasciò andare e fece un passo indietro per darle spazio. "Scusami, non volevo spaventarti."

Zoey scosse la testa. "No, è tutto a posto, ero distratta."

"Hai avuto dei ripensamenti?" le chiese Mark a bassa voce.

"No," gli disse lei immediatamente, con un accenno di disperazione nel tono. "Assolutamente no. Ripensavo solo all'ultima folle settimana."

Mark si rilassò in viso. "Sì, hai ragione. Fai con comodo, io vado nell'altro bagno." Poi se ne andò di nuovo.

Zoey non rimase più imbambolata davanti allo specchio; si cambiò rapidamente, indossò la maglietta di Mark e si godette la sensazione di nudità, nient'altro oltre alla magliettona che le arrivava fino alle cosce e le mutandine. Si lavò i denti e si diresse in camera da letto.

Mark non era ancora arrivato, lei si infilò sotto le coperte, poi inspirò a fondo. Diamine, non era sicura che sarebbe riuscita a dormire sotto quelle lenzuola, in quel letto; sperava con tutta se stessa che la fragranza di Mark le penetrasse nella pelle, durante la notte, così lei avrebbe avuto un po' di lui sempre con sé.

Zoey scacciò quel pensiero, non era per niente romantico; chiuse gli occhi e cercò di pensare a qualcos'altro, oltre a quanto le piacesse stare nel letto di Mark. Era una sorta di miracolo.

Poco dopo lui entrò nella stanza e scivolò accanto a lei senza proferire parola. Le loro gambe nude si sfiorarono, Zoey si sentì avvolta da un calore incredibile. Lui la spostò leggermente, alla fine lei gli appoggiò la testa su una spalla, un braccio sul ventre piatto e si lasciò andare in un sospiro soddisfatto.

"Sei comoda?" le chiese con dolcezza.

"Sì."

"Dormi bene, tesoro."

"Anche tu."

Lui le baciò una tempia, lei si voltò leggermente per baciargli la spalla. Lui la strinse lievemente, poi si rilassò di nuovo. Zoey desiderava restare sveglia per godersi quel momento delizioso, ma lui era troppo comodo e profumato per resistergli.

Chiuse gli occhi e si addormentò in pochi minuti.

CAPITOLO QUATTORDICI

Bubba raggiunse la porta di casa di Jessica Martens e bussò; erano le otto e non riusciva a ricordarsi di una mattinata più bella. Gli sarebbe bastato svegliarsi con Zoey tra le braccia, ma senza nemmeno pensare l'aveva baciata e lei aveva ricambiato il gesto con vigore. Le aveva preparato una colazione a base di uova strapazzate e pancetta, gli era piaciuto molto iniziare la giornata con una persona accanto.

Si eccitò come non mai quando sentì Zoey aprire la valvola dell'acqua calda, al piano di sopra; il pensiero di lei, completamente nuda nel suo bagno, lo mandò in estasi. Quando toccò a lui farsi la doccia, l'aria era gremita di quel bagnoschiuma dolciastro che le aveva comprato ad Anchorage; era stato costretto a masturbarsi solo per riuscire a camminare senza intralci.

Dopo essersi rilassato un po', si eccitò di nuovo non appena vide Zoey che lo aspettava al piano di sotto, sul divano, tutta infagottata in una copertina. Bubba non desiderava altro che accoccolarsi con lei sotto quella coperta e mostrarle esattamente quanto fosse contento di averla in giro per casa.

Tuttavia, Jess e il lavoro chiamavano. Normalmente non avrebbe desiderato allontanarsi da Zoey per andare al lavoro, ma quel giorno fremeva poiché avrebbe parlato con Tex per tentare di scoprire cosa diavolo fosse successo; aveva la sensazione che il primo passo verso la verità sarebbe stato quello di trovare Eve Dane, dunque l'aiuto di Tex sarebbe stato fondamentale.

"Sei pronta?" chiese Bubba a Zoey mentre aspettavano che Jess aprisse la porta.

"Sì. Sicuro che sono presentabile?"

Bubba guardò Zoey dalla testa ai piedi: indossava un paio di jeans e una maglietta verde a maniche corte che arrivava dall'aeroporto di Anchorage, con l'immagine di un orso ritto sulle zampe posteriori e le parole "Benvenuti a Juneau".

Bubba l'aveva trovata spiritosa e gliel'aveva regalata per farle una sorpresa; quando l'aveva vista lei aveva ridacchiato, contento che lei avesse apprezzato un regalo tanto semplice. Zoey stava benissimo, era bella come sempre; si era detta sorpresa di non dover indossare una giacca, gli aveva detto che ci avrebbe messo qualche tempo per abituarsi all'idea di non doversi più infagottare ogni volta che usciva.

La porta di casa di Jess si aprì lentamente, con uno scricchiolio; Bubba sorrise alla signora e l'abbracciò, per nulla sorpreso della forza con cui Jess ricambiò il gesto, apparentemente incompatibile con la statura minuta della signora.

"Ciao, Jess," le mormorò tra i capelli.

La signora si tirò indietro e lo fissò; era minuscola in confronto a lui, che era più alto di almeno quaranta centimetri, ma la scoppiettante personalità della donna compensava ampiamente la bassa statura. "Finalmente sei tornato a casa," lo rimproverò bonariamente "Guarda il mio giardino, l'erba è troppo alta. Secondo me ci abita una famiglia di marmotte."

"Me ne occuperò stasera." Bubba si voltò, tenne un braccio attorno a Jess per assicurarsi che non perdesse l'equilibrio. "Ti presento Zoey, ieri ti ho parlato di lei quanto ti ho chiamata."

Bubba osservò le due e sorrise quando Jess si voltò verso Zoey e l'abbracciò senza esitare. "È un piacere conoscerti, Zoey. Se sei riuscita a sopportare questo qui per una settimana, in mezzo al nulla, devi essere una santa. Entra, rilassati un po'. Voglio sapere *tutto*."

Bubba cercò di seguirle dentro casa, ma Jess gli mise una mano sul petto e lo fermò. "Solo ragazze, mi dispiace. Inoltre, è tardi. Devi andare al lavoro e fare il super-soldato."

Vide Zoey mascherare una risata dietro una mano, poi rivolse un gran sorriso a Jess. "Ok, ho recepito il messaggio... ora vado. Zoey, chiamami se hai bisogno, ok?" Prima di tornare in California, Rocco aveva comprato a Bubba e Zoey un paio di telefoni.

"Certo, ma credo che andrà tutto bene."

"Ovvio che andrà tutto bene," disse Jess. "Tra le chiamate rapide ho il negozio di alimentari e quel bocconcino con le chiappe tanto sode che potrei farci rimbalzare sopra delle monetine mi porterà tutto ciò di cui ho bisogno. Quindi sciò, voglio spettegolare un po' con la tua giovinetta."

Bubba non la corresse, Zoey gli *sembrava* la sua giovinetta. Chinandosi oltre Jess, afferrò delicatamente Zoey per la nuca e la tirò verso di sé per baciarla in bocca; si scambiarono un bacio veloce ma tanto intenso da provocargli comunque scintille d'eccitazione al contatto delle loro labbra. "Dopo ti mando un messaggio," le disse.

Zoey si leccò le labbra, lui fu sicuro di vederle le pupille vagamente dilatate.

"Ok," gli disse lei.

"Divertiti. Jess, non corrompere troppo Zoey, ok?"

"Sciocchino," lo rimproverò la signora sorridendo.

"Ciao, Mark," lo salutò Zoey.

Bubba le rivolse un'alzata di mento e si girò per tornare dall'altra parte della strada, verso la macchina. Durante tutto il tragitto, non riuscì a smettere di sorridere.

Jess aveva trovato subito simpatica Zoey, era ovvio; Bubba si sentì meglio. Quella signora era una che non le mandava a dire: se avesse percepito di non gradire Zoey, non avrebbe esitato a dirgli che aveva cambiato idea e che in fin dei conti non le serviva alcun aiuto.

La sua Zoey era in buone mani: era giunto il momento di scoprire finalmente chi diavolo avesse provato a farli fuori.

* * *

Quattro ore dopo aver recuperato il lavoro perso durante l'ultima settimana, aver rassicurato il comandante di stare bene, aver raccontato ad altri SEAL tutta la disavventura dell'Alaska innumerevoli volte, aver risposto alle chiamate di Malcom *e* Sean riguardo gli affari di Juneau e aver chiamato Zoey per assicurarsi che si trovasse bene con Jess e che fosse tutto a posto, finalmente Bubba compose il numero di Tex e mise il telefono in vivavoce per poi appoggiarlo al centro del tavolo di fronte a lui.

C'erano anche Rocco, Gumby, Ace, Rex e Phantom; smaniavano dalla voglia di sentire cosa avesse da dire il loro amico esperto di informatica.

"Sono Tex."

"Ehi, Tex. Sono Bubba."

"Santo cielo! Che bello sentirti, amico mio," lo salutò Tex. "Non sai quanto sia frustrante non poter far nulla per rintracciare un disperso in mezzo al nulla, senza poter contare sull'aiuto tecnologico o testimoni oculari da interrogare."

Bubba non riuscì a trattenere una risatina. "Immagino."

"Vorrei che riconsideraste l'idea di portare con voi uno dei miei cazzo di localizzatori: con quello, avrei potuto individuarvi nel raggio di tre metri e mandarvi un elicottero già la prima notte" si lamentò Tex.

Bubba e il resto della squadra avevano sempre rifiutato Tex e i suoi maledetti localizzatori, ma dopo la spiacevole esperienza vissuta non se la sentì di scartare l'idea a priori. "Ti farò sapere."

"Finalmente, diamine," mormorò Tex.

"Allora, cosa hai scoperto su Eve Dane o il suo idrovolante?" gli chiese Rocco. "L'ultima volta che ne abbiamo parlato, li stavi ancora cercando."

"Per essere una dilettante, mi ha stupito: ha fatto un ottimo lavoro nel nascondersi in piena vista," commentò Tex.

"L'hai trovata?" gli chiese Rex con una nota di emozione nella voce.

"Sì, cazzo. Purtroppo, però, è ancora difficile da rintracciare."

"Cazzo," mormorò Bubba.

"Già, ma è solo una questione di tempo, perché non è nel mezzo della natura selvaggia dell'Alaska; userà una carta di credito, guiderà un'auto o userà un telefono. A quel punto, la troverò."

"Bene. Dobbiamo sapere chi l'ha assunta e perché," disse Phantom.

"Siete curiosi di sentire cosa sono riuscito a *scoprire*?" chiese loro Tex.

"Sì," risposero all'unisono i sei SEAL.

Tex ridacchiò, poi tornò subito serio. "Ok, allora: prima di tutto, non si chiama Eve Dane, ma Eva Dawkins. Ho avuto fortuna nel trovarla: quando la gente usa un nome falso, spesso cerca di non allontanarsi troppo da quello vero. A quel punto, ho cercato tutti i nomi delle pilote in Alaska, fascia di età compresa tra i venti e trent'anni, con il nome che inizia per E. Duecentocinquanta risultati; ho ristretto il campo a una decina di ragazze, ma quando ho scoperto che nell'ultima settimana Eva Dawkins risultava essere l'unica completamente sparita nel nulla, senza carta di credito o cellulare, ho dedotto che fosse lei. Ha ventiquattro anni e due figli."

"Gesù!" esclamò Ace. "Perché cazzo dovrebbe combinare una cagata simile? Verrà accusata di tentato omicidio e avrà rovinato la sua vita, quella dei figli e anche della famiglia."

"Beh, è scappata di casa a quindici anni, non ha mai finito gli studi e poi si è messa con un pezzo di merda. Uno dei figli è suo, l'altro l'ha avuto prima di iniziare a frequentarlo. Eva ha preso il brevetto di pilota quando viveva ad Anchorage perché aveva bisogno di soldi per sfamare i figli, il suo ragazzo non l'aiutava di certo. Magari Eva ha seguito uno di quei corsi gratis dove insegnano come pilotare un idrovolante, dal momento che in Alaska è un mezzo di trasporto molto comune. Si guida spesso, come se fosse una macchina. Comunque, quello stronzo del tipo era impegnato a vendere metanfetamine, fregandosene di lei o dei figli. "

"Porca troia," commentò Gumby.

"Sì, non ci ha raccontato nulla di simile," disse Bubba.

"Ovvio. Comunque, è diventata brava a pilotare," continuò Tex. "Così è stata assunta da una compagnia privata, sembrava andare tutto bene... finché il tipo non ha deciso di farsi aiutare per vendere la droga, per espandere le operazioni, sapete. Per qualche stupida ragione, lei ha accettato."

"Fammi indovinare," intervenne Bubba. "L'hanno beccata."

"Sì, è stata licenziata. Eva si è stufata e ha mollato il tipo, ma quello non l'ha presa molto bene; non c'erano prove che la droga trasportata da lei fosse del coglione, quindi lui ha sfruttato l'arresto di Eva contro di lei e ha ottenuto la custodia temporanea dei figli."

"Ma che cazzo di casino," commentò Phantom.

"Eh, già. Allora Eva è rimasta sola, senza lavoro, senza figli, furiosa con il mondo… sospetto che l'ex la stia ricattando, in qualche modo."

"Bene, poi arriva qualcuno che ha bisogno di ingaggiare un pilota, Eva ha bisogno di soldi," intuì Rex.

"Probabilmente farebbe qualsiasi cosa per salvare i figli, vista la disperazione," aggiunse Ace.

"Come ottenere denaro per pagare l'ex o per assumere un avvocato e ingaggiare una lotta per ottenere la custodia dei figli," commentò Phantom.

"Sì, penso sia andata così," concordò Tex.

"Beh, ma cazzo… dovrei forse sentirmi dispiaciuto?" chiese loro Bubba con tono indignato. "Vi ricordo che ha mollato me e Zoey nel bel mezzo del nulla a lasciarci *morire*, fanculo. Se ha fatto delle pessime scelte di vita, non merita comunque di passarla liscia."

"Non ho mai detto niente del genere," gli rispose Tex con tono piatto.

"Allora perché ci hai raccontato la sua merdosa storia strappalacrime?" gli chiese Bubba.

"Ho semplicemente condiviso con voi quello che ho scoperto. Vuoi sempre scoprire chi ti voleva morto, vero?"

"Sai che è così."

"Ci sto lavorando. Non credo che Eva Dawkins ti volesse morto: non ho trovato ancora alcun legame con Juneau, credo che non conoscesse nemmeno Colin. Stava obbedendo agli ordini di qualcuno. Ora, ecco la mia vera domanda: perché portare te e Zoey nel bel mezzo del nulla e lasciarvi morire? Non ha senso. Cioè… se qualcuno avesse voluto i soldi che hai ereditato da Colin, farti sparire in quel modo lo avrebbe impedito. Quindi l'operazione portata a termine da Eva non ha senso, a meno che tu o Zoey non abbiate qualcuno che vi odi a tal punto da desiderare la vostra sofferenza."

Bubba aveva già ragionato sull'insensatezza di quell'abbandono: anche se non era esattamente un campione di simpatia, non credeva di aver mai provocato talmente tanto odio da parte di qualcuno da giustificare un'azione talmente punitiva. Lo stesso valeva per Zoey: Bubba non riusciva a pensare a qualcuno che potesse odiarla fino a quel punto.

"Quindi ecco cosa vorrei chiederti, Bubba," continuò Tex. "Quando troverò Eva Dawkins, vuoi che chiami le autorità, che la faccia arrestare, ammorbidire un po' l'avvocato e poi lasciarla in prigione mentre il suo caso passa attraverso il sistema giudiziario... oppure mi lasci il via libera di fare tutto il necessario per trovare le informazioni che ci servono, che ti permetteranno di voltare pagina e vivere di nuovo sereno?"

Bubba sospirò. Non poteva sapere cosa avesse in mente Tex, ma era stufo di guardarsi sempre le spalle. C'era qualcuno che aveva cercato di uccidere sia lui che Zoey: il fallimento del piano, oltre alla loro presenza durante la lettura del testamento del padre, avrebbe sicuramente mandato su tutte le furie chiunque fosse dietro a tutto ciò.

"Voglio concludere questa storia di merda," gli rispose Bubba dopo qualche istante.

"Bene. Hai optato per la scelta più intelligente," disse Tex all'amico. "Non voglio proprio che chiunque sia lo stronzo abbia una seconda possibilità di portare a termine il piano precedente, così come immagino tu voglia tornare a vivere in pace, insieme a Zoey."

"Esatto," confermò Bubba.

"Ho rintracciato Eva a Seattle," disse Tex. "È solo questione di tempo prima che io scopra dove si è diretta, immagino che non voglia allontanarsi troppo dai figli."

"Tex?" intervenne Ace.

"Sì?"

"Come stanno i bambini, tra le grinfie dell'ex? Voglio dire, tra il lavoro tutt'altro che tranquillo di quel coglione e il fatto che li abbia separati dalla madre con tanta facilità, sono al sicuro?"

Bubba non fu sorpreso dal pensiero dell'amico; Ace adorava i bambini, era nato per fare il padre: tra le tre ragazzine adottate a Timor Est e la moglie incinta, era particolarmente attento ai bambini.

Tex esitò un attimo prima di rispondergli: "Se tutto andrà come previsto, i bambini staranno bene."

"Che intendi dire?" gli chiese Ace.

"*Farò in modo* che stiano bene," ripeté Tex. "Sentite, sapete che lavoro con ogni tipo di squadra. Militari, sicurezza privata e anche alcuni che lavorano al confine con la legge. Conosco un tizio che lavora a Colorado Springs, *lui* conosce una squadra di uomini che non esiteranno a fare tutto il possibile quando si tratta di estirpare il peggio dell'umanità. Vi sto già dicendo troppo, soprattutto considerando il vostro posto di lavoro, ma a volte il male nel mondo è troppo forte e il bene ha bisogno di qualche aiuto extra."

"Che intendi dire, scusa?" si intromise Rocco, sporgendosi in avanti e abbassando la voce. "Conosci un gruppo di vigilanti che se va in giro a uccidere persone, senza seguire la legge? Tu li sostieni *e* li aiuti?!"

"Andiamo, Rocco, mi *conosci*," gli rispose Tex con fermezza. "Sai che quando si tratta di proteggere le persone che amo o il mio paese, faccio sempre tutto il necessario. Questi ragazzi sono stati fregati dallo stesso paese e dalle stesse leggi che avrebbero dovuto tutelarli. Si sono presi la responsabilità di svolgere le loro operazioni in modo da poter dormire con la coscienza pulita."

"Non parlo direttamente con loro, ma *discuto* delle ingiustizie del mondo con chi è in contatto con loro. Ciò che il mio contatto sceglie di dirgli (o non dirgli) non dipende proprio da me. Per tornare a noi; so che il mio uomo proteggerà i bambini, oppure contatterà i suoi vigilanti e lascerà il compito a *loro*."

"Vi dirò una cosa: dormo senza problemi, la notte. Se uno stronzo non solo vende droga, ma coinvolge persino la sua donna lasciandola nella merda se la prendono, in più è in grado di manipolare il sistema giudiziario per rubarle i figli, beh... se dovesse morire, non ne sarei affatto dispiaciuto. Ci siamo intesi?"

Bubba stava scoprendo un lato inedito di Tex: avrebbe dovuto sentirsi sconvolto, ma in realtà non lo era. Tex aveva visto molto di più rispetto a tutti loro, era stato nel giro per molto più tempo, testimone di chissà quali orrori. Quindi anche se aiutava una squadra di vigilanti che lavorava per spazzare via il male dalla terra, non gli interessava.

Gli importava di Zoey e dei suoi amici, voleva essere sicuro che nessuno potesse far loro del male. Forse stava già perdendo la testa, ma considerava Zoey come *sua*, diamine. Era scattato qualcosa tra loro, nelle lande selvagge dell'Alaska: avevano legato in un modo sorprendente, quindi guai se qualcuno si fosse azzardato a farle del male. Se Tex avesse compiuto qualsiasi azione per proteggerla, Bubba l'avrebbe perdonato mille volte.

"Non mi interessa cosa fai o come ottieni le informazioni, Tex; fallo e basta."

"Certo," lo rassicurò Tex. "Mi terrò in contatto."

Bubba riagganciò e si rimise il telefono in tasca. Resistette al fortissimo impulso di mandare un messaggio a Zoey per controllare che stesse bene.

"Uhm... c'è qualcun altro preoccupato per Tex, o pensa che abbia superato un limite dal quale non potrà più tornare indietro?" chiese Gumby a voce bassa.

Bubba aprì la bocca per rispondere, ma Phantom lo bruciò sul tempo.

"No, che cazzo. Tex è la persona più leale e onesta che

abbia mai incontrato. Sì, magari a volte per ottenere informazioni infrange qualche cazzo di legge, ma lo fa per salvare delle vite. Sappiamo tutti che più di una volta abbiamo desiderato di poter semplicemente far fuori chi merita di morire, ma abbiamo avuto le mani legate. Immaginate se non fosse così... Immaginate se potessimo semplicemente uccidere le merde che abusano delle donne, o torturano gli animali solo per divertimento, o che stuprano dei poveri bambini."

Bubba percepì un accenno di dolore nelle parole dell'amico, voleva aiutarlo ma non sapeva come. Phantom, duro come sempre, si riprese e la voce tornò più forte e determinata di prima.

"Il nostro scopo è cercare di capire chi ha cercato di uccidere Bubba: se dobbiamo farci aiutare da un gruppo di sconosciuti, così sia. Se ci chiedono qualcosa su di loro, non possiamo dire nulla. Basta. Salterei nel fuoco per ognuno di voi e *anche* per Tex. Se a lui sta bene ciò che sta facendo per ottenere informazioni vitali, lo sosterrò al cento per cento."

"Anch'io," disse Rex.

"Lo stesso vale per me," concordò Ace.

Alla fine si trovarono tutti d'accordo, Bubba sospirò. "Non posso credere che stia succedendo, davvero. Voglio dire, sì, papà mi ha lasciato un po' di soldi, ma la maggior parte è legata ai suoi affari."

"Allora, secondo te chi è stato?" gli chiese Rocco.

"Direi che ci sono solo due persone davvero stizzite per il testamento di papà," gli rispose Bubba. "Ovvero Sean e Malcom."

"Pensi davvero che tuo fratello cercherebbe di ucciderti per soldi?" gli domandò Gumby.

"Se me lo avessi chiesto una settimana fa, ti avrei detto di no, ma... dopo la lettura del testamento non era contento."

"E le altre persone con cui ha lavorato tuo padre?" gli chiese Rex.

"Sì, potrebbe anche essere," ammise Bubba. "Malcom mi ha mostrato uno scenario sorprendente... ma più ci penso e più mi preoccupa."

"Cioè?" volle sapere Rocco.

"Veleno. Sia Zoey che Mal mi hanno detto che papà era malato da un po', ma non voleva andare da un dottore. Dopo che Zoey è partita per andare a trovare la madre ad Anchorage, papà è peggiorato e poi è morto. Malcom ha effettivamente suggerito che *Zoey* fosse in combutta con Ashley, l'infermiera che aiutava papà quando lei non c'era."

"Non è una brutta pensata," rifletté Phantom.

Bubba fu sul punto di esplodere, Phantom continuò a parlare:

"Lo scenario del veleno, non che Zoey sia coinvolta. C'è un'autopsia, giusto?"

"No," gli disse Gumby. "Non si sospettava un delitto, Malcom ha fatto cremare Colin quasi subito. La causa ufficiale della morte è un attacco di cuore."

"Magari hanno prelevato qualche campione di tessuto, prima della cremazione?" chiese Rocco.

"Non lo so, possiamo chiedere a Tex," suggerì Gumby.

"Merda," mormorò Bubba, tormentato da quel pensiero. Gli sembrava del tutto irreale discutere non solo della morte del padre, ma anche della possibilità che fosse stato *assassinato*. "Sembra la trama di un brutto telefilm poliziesco, non della mia vita," mormorò.

"Sembra sicuramente premeditato," intervenne Ace. "Ma non abbiamo prove che tuo padre sia stato ucciso. Magari qualcuno ha solo tentato di ottenere qualcosa, grazie alla morte di Colin."

"Magari sì," concesse Bubba scuotendo la testa.

"Allora, chi altro potrebbe aver ordito questo piano?" domandò Gumby.

"Non so molto dei dipendenti di papà," ammise Bubba.

"Voglio dire... quelli con cui aveva a che fare regolarmente... come i fornitori o i dirigenti della fabbrica."

"Mi sembra che Sean Kassamali sia il primo sospettato, qui," commentò Rex. "È stato il socio in affari di tuo padre fin dall'inizio, giusto? Se avesse dato una sbirciata al testamento e avesse scoperto che non avrebbe ottenuto la parte di soldi che pensava di meritare? Avrebbe potuto incazzarsi seriamente: *a me* non avrebbe rallegrato spaccarmi la schiena di lavoro per poi sentirmi preso per il culo, senza avere ciò che penso mi sia dovuto."

"Sì, però tutto quello che hai detto si potrebbe applicare anche a Malcom," gli disse Rocco in modo secco.

"Cazzo, hai ragione," concordò Rex.

"Aspetta, non è l'avvocato quello che ha organizzato l'aereo privato?" chiese Rocco a Bubba. "O l'ha fatto fare all'assistente? Magari è coinvolto anche lui: forse si è arrabbiato perché Colin non gli ha lasciato *nulla*. In genere gli avvocati non vengono inclusi nei testamenti, ma lui è stato l'avvocato di tuo padre per tutti gli anni in cui ha lavorato con Sean."

Bubba sapeva che la squadra si comportava così ogni volta che cercavano di capirci qualcosa in situazioni spinose, ma il fatto di essere al centro di tali domande (parlavano della *sua* vita, in fondo) lo stava annientando.

"Ho chiesto informazioni sulla pilota, la moglie di Kenneth ha detto che Eva era stata altamente raccomandata da uno dei clienti del marito."

"Kenneth potrebbe aver pensato che se l'idrovolante si fosse schiantato, provocando la morte di tutti quanti, i sospetti non sarebbero ricaduti su di lui," propose Rocco.

Bubba iniziò a percepire fitte di mal di testa. Il pensiero che alcune persone che conosceva da anni avessero complottato per ucciderlo non gli piaceva per niente.

"Magari non era Bubba l'obiettivo principale..." intervenne Phantom. "...ma Zoey. Cosa sappiamo di lei? Sappiamo di qualche ex fidanzato? Sua madre non si è mai comportata troppo bene, forse qualcuno ha organizzato tutto questo per vendicarsi?"

"Basta," sentenziò Bubba e si alzò in piedi, provocando un acuto stridio con il movimento della sedia. Un punto in più al mal di testa. "Potremmo stare qui tutto il giorno ad analizzare la mia vita, quella di Zoey o di ogni cazzo di persona che ho incontrato, ma senza prove concrete non andremo molto lontano. Dobbiamo aspettare che siano Tex e la polizia dell'Alaska a districare la matassa."

"Non puoi far finta di niente," insistette Phantom. "Non sempre va come vorremmo."

"Credi che io non lo sappia?" sbottò Bubba mentre appoggiò le mani aperte sul tavolo di fronte a lui, poi spostò lo sguardo verso il basso. "So benissimo che qualcuno ha cercato di uccidermi; anche se l'obiettivo non era Zoey, è stata coinvolta in questo casino. Sono incazzato, soprattutto perché quasi sicuramente c'è dietro qualcuno che conosco... Ma ciò che mi brucia *più* di tutto è aver perso l'opportunità di rendere l'ultimo omaggio a mio padre, nel modo in cui avrei voluto farlo. Mi odio per non essere tornato a Juneau a salutarlo, prima che morisse. Ora devo anche chiedermi se la stessa persona che ha cercato di uccidermi non sia riuscita a uccidere anche lui. Quindi sì, so bene che non tutto va come vorremmo, ma apprezzerei se tu non lo sbandierassi apertamente."

Bubba ansimò dopo lo sfogo, era fin troppo stanco sia dei rimpianti sia di pensare a chi lo odiasse tanto da volerlo morto.

"Scusami, amico," gli disse Phantom. "Ho esagerato."

Bubba sospirò e si passò una mano sul viso. "No, non hai esagerato... a differenza mia. *Scusami*."

"Tex troverà una soluzione. Troverà la pilota grazie alle

sue conoscenze e otterrà tutte le informazioni che gli servono. Finirà tutto in un battibaleno, tu e Zoey potrete smettere di guardarvi sempre le spalle e tornerete a vivere," lo rassicurò Phantom.

Bubba sapeva che l'amico si stava sforzando per mostrargli supporto, lo apprezzava. "Grazie, lo spero proprio. Abbiamo finito qui?" chiese girandosi verso Rocco.

L'amico annuì. "Sì. Sembri esausto, torna pure a casa."

"Grazie," gli rispose Bubba. Non riusciva a ricordare l'ultima volta che era uscito presto dal lavoro, ma si sentiva al limite e non si era reso veramente conto di quanto sarebbe stato difficile stare lontano da Zoey tutto il giorno. Dopo aver passato praticamente ogni istante tra i boschi con lei ed essere stato il diretto responsabile della salvezza della donna, stava soffrendo la loro separazione. Si chiese se anche lei provasse lo stesso, o se fosse completamente impazzito.

Decise di non chiamarla per avvisarla del rientro anticipato, si controllò per non sfrecciare verso casa. Entrò nel vialetto, parcheggiò e controllò se Zoey fosse in casa; non la trovò, dunque si diresse subito dall'altra parte della strada.

Bussò alla porta e aspettò con impazienza che Jess gli aprisse; si sentì sollevato nel vedere Zoey, quando finalmente si aprì la porta.

"Mark! È presto, cosa ci fai già a casa? Va tutto be-*mmmph*!"

Bubba non sapeva cosa gli fosse preso: tra l'impegnativa conversazione con Tex, lo stress di avere qualcuno che lo voleva morto, la mancanza di Zoey e il vederla sorridente, felice e al sicuro... tutte quelle emozioni si fusero in un impellente bisogno di toccarla.

La baciò a metà frase e sospirò di sollievo quando lei gli afferrò saldamente i bicipiti e lo tirò a sé, invece di cacciarlo via.

Bubba si sentì al settimo cielo.

Durante il bacio appassionato, la connessione tra loro crebbe di intensità e sembrò addirittura solidificarsi. Lei inclinò la testa di lato e salì in punta di piedi, per avvicinarsi ancora di più. Bubba le avvolse un braccio intorno alla vita e la tirò verso di sé in modo che si toccassero dai fianchi al petto. Lei gli portò una mano sulla schiena possente, gli conficcò le unghie nella pelle mentre si fondevano.

Zoey sapeva di tè e menta piperita, Bubba si perse in quell'aroma.

Non aveva intenzione di allontanarsi da lei, ma la voce di Jess diradò la foschia di lussuria e bisogno che lo aveva colto di sorpresa.

"A me non dà fastidio se iniziate a fare l'amore sui gradini, ma immagino che gli altri vicini non siano tanto aperti e accomodanti come me, miei cari."

Bubba sentì Zoey sussultargli tra le braccia e si tirò indietro a malincuore. La fissò negli occhi e si esaltò nel leggerne lo stesso bisogno che montava dentro di lui. Le sistemò con delicatezza una ciocca di capelli dietro un orecchio, si chinò e la baciò con delicatezza, un lieve tocco di labbra che non servì a nulla per sopire il bisogno dirompente di Bubba.

Almeno la realizzazione che anche lei provasse gli stessi sentimenti d'urgenza lo aiutò a rilassarsi un minimo. Zoey era accanto a lui e al sicuro; Bubba si voleva impegnare al massimo per mantenere la situazione stabile. Se Zoey pensava che lui l'avrebbe lasciata tornare in Alaska dopo le rivelazioni di Tex, beh... era proprio fuori strada. Bubba si ricordò delle parole di Rex, non l'avrebbe lasciata andare via per portarsi un altro gran rimpianto nel cuore.

Si girò verso Jess, mantenendo un braccio intorno a Zoey, poi la salutò: "Ciao, Jess. Oggi ho pensato di uscire prima per vedere se andasse tutto bene."

La signora iniziò a ridacchiare come se il SEAL avesse

fatto la battuta del secolo. "Santo cielo, ragazzo mio, non abbiamo passato la giornata a lucidare i nostri fucili e a costruire bombe, sai. Io e Zoey ci siamo solo conosciute meglio."

"Allora? Tutto ok?"

Zoey non disse nulla, Bubba era totalmente concentrato su Jess. Aveva avuto il presentimento che le due sarebbero andate d'accordo, ma non poteva darlo per scontato fino alla conferma di Jess.

La signora alzò gli occhi al cielo, ricordandogli Zoey; sì, si erano piaciute di sicuro.

"La tua Zoey mi ha ripulito la cucina da cima a fondo, sono rimasta a guardarla. Poi ha preparato il pranzo, mi ha fatta accomodare in salotto e ha riordinato tutto mentre schiacciavo un pisolino. Quando mi sono svegliata e ho insistito per farla riposare, abbiamo chiacchierato sull'esperienza in Alaska, di sua madre e di te. Abbiamo discusso di politica e non ci siamo accapigliate; le ho detto quanto mi mancava Frank, poi mi ha preparato la lista della spesa. Ha promesso di portarmi al supermercato domani, sono contentissima, ma le ho detto che non mi sarei *mossa* da qui prima di aver sistemato i capelli, sono chiusa in casa da troppo tempo; al diavolo tutti, nessuno vedrà i miei capelli da vecchietta."

Bubba si sentì contento. "Quindi è andato tutto alla grande."

"Certo, Zoey è un tesoro... c'è solo un problema."

Bubba si acciglò, Zoey gli si irrigidì tra le braccia. "Ovvero?"

"Ho vissuto da sola per quasi sei anni, quindi non ho bisogno di una babysitter: mi *serve* compagnia di giorno, qualcuno che mi accompagni dove devo andare e che mi aiuti a tenere pulita la casa... ma mi deludi se ti fai andare bene il fatto che Zoey viva con me, specialmente dopo quel bacio rovente che vi siete scambiati."

"Jess," iniziò a richiamarla Zoey, partecipando per la prima volta alla conversazione. "Ne abbiamo parlato."

"Lo so, ma non sono d'accordo. Le tue motivazioni erano sciocche e sbagliate."

"Quali motivazioni?" le chiese Bubba.

"Lascia stare," mormorò Zoey, ma ovviamente Jess rispose per lei.

"Mi ha detto che ti sentivi responsabile per lei e non voleva che tu l'aiutassi solo per pietà. Le ho detto di aprire gli occhi, diamine! Mark Wright non ha mai fatto *nulla* controvoglia; se dopo una settimana tra i boschi voleva ancora riportarla a Riverton e si è dato da fare per farla assumere, non era decisamente mosso dalla pietà."

Zoey chiuse gli occhi e sussurrò: "Voglio morire."

Jess non aveva ancora finito. "Mi hai detto una bugia, quando mi hai detto che Mark ti piaceva già dai tempi delle superiori? Se eri sincera, non capisco proprio perché non hai colto al volo l'occasione di andare a vivere con lui. Ho più di ottant'anni, ma che diavolo, non sono morta! Prima di sposarci, io e Frank ne abbiamo combinate di tutti i colori. Se avessi avuto la possibilità di vivere con lui prima del matrimonio, l'avrei colta al volo. Il sesso era *strabiliante*. Volete sapere qual è il segreto di un buon matrimonio?"

"Seriamente, voglio morire," ripeté Zoey.

"Sì, Jess, dicci un po' questo segreto." Bubba si era girato in modo da stare dietro a Zoey, la cinse con un braccio, tenendole una mano sul ventre per stringerla a sé. Era consapevole del fatto che lei potesse sentire l'erezione contro la parte bassa della schiena, ma non gli importava: il solo averla tra le braccia lo rilassava.

"Cunnilingus," annunciò Jess con faccia seria.

Bubba soffocò una risata mentre Zoey si lasciò sfuggire un lamento.

"Davvero?" le chiese Bubba una volta ripreso controllo.

Jess sorrise. "Ridi pure, ma sai che ho ragione. Frank era bravissimo; ogni volta che mi arrabbiavo con lui, gli bastava andare laggiù e poco dopo mi ero già dimenticata il motivo del nostro litigio."

"Jess!" si lamentò Zoey.

"Dai, bambina, non arrossire, sai che ho ragione." Passò a guardare Bubba. "E per quanto riguarda te, giovanotto, ti conviene dirmi che ti piace fare andare la lingua perché se così non fosse, sei libero di voltarti e sparire da casa mia."

Bubba si sforzò di non ridere dal momento che la povera Zoey era davvero imbarazzata: le notò le guance rosa e l'atteggiamento insofferente. "Sinceramente lo adoro," disse a Jess con onestà, "ma gradirei se potessimo cambiare argomento, perché Zoey è proprio a disagio. So che non hai peli sulla lingua, Jess, ma finché non vi conoscete meglio magari potresti trattenerti un po', che dici?"

Il sorriso sul volto di Jess si allargò ancora di più. "Difendi la tua donna... mi piace."

"Jess," la richiamò Bubba.

"Va bene, va bene. Tornando a noi... non mi serve che Zoey passi qui la notte, non mi serve la babysitter. Vi piacete, siete dall'altra parte della strada: se mi dovesse servire qualcosa (e non mi servirà, ve lo dico già) vi chiamo, così Zoey può venire subito qui. Considerando che qualcuno vi ha preso di mira, Mark... non sarebbe meglio se Zoey stesse con te? Sai, non è il massimo della sicurezza lasciare sole due donne, di cui una ottantenne."

Diamine, Jess aveva ragione su quel punto, ma Bubba non aveva ancora intenzione di prendere la decisione al posto di Zoey. Lui voleva vivere con lei, ovviamente, ma non aveva mai costretto una donna a fare qualcosa di sgradito; non avrebbe iniziato di certo in quel momento.

Fissò Jess. "E se ti dicessi che non può vivere a casa con me, la lasceresti in mezzo alla strada? Le faresti spendere i pochi soldi che le sono rimasti per cercarsi un appartamento da qualche parte? Le faresti spendere ancora più soldi per comprarsi una macchina e per fare benzina? Jess, ti conosco: non lo faresti."

"Piantala, Mark. Se Jess non mi vuole, mi troverò un altro posto dove andare," gli disse Zoey.

Bubba la ignorò, si aspettava un commento simile, ma conosceva Jess: sapeva che la signora non avrebbe mai lasciato Zoey in mezzo ai guai.

Jess assottigliò lo sguardo. "*Touché*, giovanotto. Mi conosci, sai che non lo farei. Bene, se non la vuoi, può vivere qui con me."

"Non ho mai detto che non la voglio," replicò Bubba. "Ma non è carino cercare di manipolarci."

Jess sorrise di nuovo. "Già, come se tu ti lasciassi manipolare. Allora... si trasferirà da te?"

"Ti serve ancora Zoey?" le chiese Bubba, ignorando la domanda.

Il sorriso di Jess rimase saldo. "No. Zoey mi ha preparato una zuppa, ne ho ancora un bel po'." Si rivolse a Zoey. "Ci vediamo domani mattina, va bene?"

"Sì, signora."

"Ti ho già detto di non chiamarmi così, se lo fai di nuovo le prendi! Divertitevi stasera, ragazzi!"

"Hai preso tutto?" chiese Bubba a Zoey.

Lei annuì. "Sì. Non mi sono portata la borsa, ho pensato che se avessi avuto bisogno sarei potuta correre un attimo da te. In tasca ho solo le chiavi di casa tua e il telefono."

"Ottimo. Buona serata, Jess," le disse Bubba mentre conduceva Zoey fuori dalla porta e verso casa sua.

"Altrettanto!" li salutò Jess prima di chiudere la porta.

Durante il breve tragitto verso casa di Bubba Zoey non disse nulla, ma non appena lui chiuse la porta, lei gli disse: "Non sono sicura che funzionerà."

Bubba la tenne per mano e la fece accomodare in salotto, sul divano. Avvicinò il tavolino e vi si sedette sopra, ingabbiando le gambe di Zoey tra le proprie. Non le aveva mai lasciato la mano di lei e le accarezzò delicatamente il dorso, poi si chinò verso di lei. "Non ti sta simpatica Jess?" le chiese.

Lei lo guardò con aria sorpresa. "Cosa? No no, la adoro e la conosco solo da un giorno. Quando avrò la sua età, voglio essere come lei: simpatica, schietta e fuori di testa. La rispetto molto."

Bubba sorrise. "Allora qual è il problema?"

"Mark, hai sentito quello che ha detto."

"Sì."

"Non puoi... non sono... Cazzo."

"Non farti imbarazzare da Jess. Sì, è schietta, ma ha ragione: non ti ho chiesto di venire qui per compassione, se non avessi voluto vederti di continuo e conoscerti meglio non ti avrei presentato Jess. Ci ha presi in giro, è ovvio che puoi vivere con lei, ne sarebbe contenta... ma non voglio che tu ti senta costretta a fare nulla."

Zoey lo fissò, Mark lesse dell'incertezza in quello sguardo.

"Sai, aveva ragione anche su un'altra questione," le disse con dolcezza.

"Cioè?"

"Ti voglio," le disse senza mezzi termini. "Oggi sono tornato a casa presto perché smaniavo per vederti, per controllare che stessi bene e fosse tutto a posto. Non vorrei altro che averti qui con me ogni sera. Se vuoi andarci piano, possiamo provarci: dormirò nella camera degli ospiti e tu starai nel mio letto. Mangeremo insieme, impareremo a conoscerci, scopriremo tutto ciò che ci piace e che detestiamo. Guarderemo la TV e leggeremo libri vicini, seguiremo il tuo ritmo. Mi sento quasi sempre a mio agio con te, Zoey, voglio che continui così."

"Quasi sempre?" gli chiese lei.

"Sì."

"Quando non lo sei?"

"Diciamo che 'a mio agio' non rende l'idea," le disse seriamente. "Mi sento agitato, ansioso, emozionato, elettrizzato, confuso su cosa diavolo tu ci trovi in me e dannatamente eccitato."

Zoey si leccò le labbra, Bubba non riuscì a guardarle altro. Zoey iniziò a respirare più rapidamente e gli strinse la mano. "Non l'ho mai fatto."

Bubba si corrucciò, in confusione. "Cosa?"

"Uhm... il cunnilingus."

Bubba si trattenne dal ridere nel sentire la parola tecnica pronunciata da quelle labbra, ma dato che era una conversazione molto seria temeva che ridendo lei si sarebbe sentita presa in giro. "No? Perché non pensi che ti piacerà, o perché gli uomini con cui sei stata non l'hanno mai fatto?"

"Uhm... entrambi."

"Prima non stavo mentendo, tesoro. Adoro darmi da fare per una donna; prima che tu me lo chieda, sappi che è passato molto tempo dalla mia ultima volta, è un gesto speciale che richiede molta fiducia... ultimamente nessuna mi ha ispirato fiducia, ma dato che ci stiamo confidando, sai... ho fantasticato di farlo con te."

"Dici sul serio?"

"Sì, Zo. Forse è per quello che abbiamo passato tra i boschi, ma mi fido molto di te. Non riesco a pensare a *niente* di più sexy che leccarti, sentirti urlare il mio nome mentre mi vieni in bocca."

Lei arrossì furiosamente, Bubba ebbe la sensazione di essersi spinto troppo oltre, però era stata lei a tirar fuori l'argomento. Si sforzò di controllare la libido scatenata e di riportare la loro conversazione al punto di partenza. "Voglio che tu venga a vivere con me, Zoey. Non ti manipolerò in alcun modo. Dimmi cosa vuoi e smuoverò mari e monti per te. Vuoi stare con Jess? Affittare un appartamento? Stare qui?"

Lei lo guardò intensamente e gli rispose con voce dolce: "Voglio stare qui. Se davvero non ti dispiace condividere con me i tuoi spazi, mi sentirei molto a mio agio vivendo con te."

"Perché?" Bubba voleva essere certo che lei non volesse stare con lui solo per una questione di sicurezza.

"Perché ho una *cotta* per te, dalla seconda superiore; sei incredibilmente premuroso e generoso. Da quando mi hai baciata, non sono riuscita a smettere di pensarti. Anche se forse ci renderemo conto di aver sbagliato e scoprirai che sono solo una provincialotta che ha il terrore di vivere a Riverton, voglio comunque provarci."

"Tesoro mio, abbiamo affrontato l'Alaska più selvaggia: la città te la mangi a colazione."

Lei gli sorrise.

"Mi sto ancora rimproverando di non essere tornato prima in Alaska, perché se lo avessi fatto avremmo avuto più tempo insieme."

"Santo cielo. Questa è una delle cose più belle che mi abbiano mai detto," sussurrò lei.

"Sono serio," le disse Bubba. Poi si chinò lentamente in avanti, sollevò il mento e aspettò che lei lo raggiungesse a metà strada.

Quando lei lo baciò immediatamente, Bubba percepì del sollievo nell'animo. Si scambiarono un bacio lento e dolce, senza usare la lingua.

"Allora vivrai qui con me?" le chiese dopo essersi tirato indietro.

"Sì."

"Dormirai nel mio letto?"

"Sì."

"Con me?"

Lei arrossì, ma gli rispose: "Sì."

"Bene," le disse con grande soddisfazione. "Voglio fare tutto con calma, non vorrei mai approfittarmi di te o dei tuoi sentimenti. Non fraintendermi: ti desidero, Zoey. Voglio farti mia in ogni modo possibile, voglio che tu faccia lo stesso con me ma non dobbiamo correre. Ci siamo ritrovati da poco più di una settimana, oggi ho passato una giornataccia. Starti lontano dopo tutto quello che abbiamo passato è stato un colpo, più di quanto mi aspettassi."

"Sono felice di non essere l'unica che si è sentita così," ammise Zoey. "Mi sento un po' smarrita da questa mattina."

"Anch'io. Ecco perché ti sto proponendo di viverci tutto alla giornata, pian piano ci conosceremo. So che sai accendere un fuoco e come ti comporti sotto estrema pressione, ma non so cosa ti piace mettere sulla pizza e qual è il tuo film preferito."

"Mi va bene tutto tranne le acciughe e l'ananas, non posso scegliere un solo film," gli rispose lei con un sorriso.

Bubba voleva alzarsi e gettarsi Zoey sulle spalle, come una specie di cavernicolo, ma le aveva appena detto che voleva procedere con calma: caricarsela in spalla non sarebbe stato un gesto esattamente cauto. "Cosa ti va di mangiare?"

"Tutto tranne pesce o scoiattolo," gli disse lei.

Bubba scoppiò a ridere e si alzò, portandosela dietro. "Va benissimo. Ti vanno gli spaghetti? Non sono uno chef, ma penso che l'idea di mangiarti un bel piatto di carboidrati non ti dispiaccia."

"Oh, sì, assolutamente," concordò lei.

Dopo cena, si misero a guardare i due film di *Die Hard* e poi andarono a letto. Bubba teneva stretta Zoey mentre dormiva; l'erezione non voleva saperne di sgonfiarsi e lo scroto gli faceva quasi male per non potersi svuotare, ma non si era mai sentito tanto a suo agio.

Sinceramente non aveva mai pensato di potersi eccitare con una donna inesperta come sembrava essere Zoey. Ripensò al consiglio di Jess, scosse la testa internamente ma non poté che concordare: non vedeva l'ora di mettere le mani *e* la bocca su Zoey. Tuttavia, per qualche arcana ragione, stringere Zoey in quell'abbraccio era quasi soddisfacente come qualsiasi altro rapporto sessuale avuto in passato. Non sapeva perché, ma in fondo si trattava di Zoey. Forse era semplicemente quello il motivo.

Avevano condiviso un'esperienza intensa, lui aveva visto una parte di lei che probabilmente non aveva mostrato a molti: era una donna forte e determinata.

Bubba si voltò per stamparle un bacio su una tempia e fu ricompensato da un dolce borbottio della donna che gli si accoccolò ancora di più in petto.

Qualcuno aveva tentato di ucciderla e l'avrebbe pagata cara. Bubba sperava che Tex riuscisse a trovare Eva Dawkins e portare alla luce la verità il prima possibile. Nel frattempo, si sarebbe impegnato a proteggere Zoey. Lei si trovava final- mente nel posto giusto, ovvero proprio lì, accanto a lui.

———

Eva Dawkins non era per niente contenta: era sia furiosa che spaventata, dal momento che non aveva ancora ricevuto i soldi che le spettavano. I figli erano ancora tra le grinfie dell'ex psicopatico, Eva non sapeva proprio come compor- tarsi. Si era rifugiata a Seattle perché non era saggio restare per troppo tempo ferma nello stesso punto, aveva fatto l'auto- stop per tornare in Alaska. Non era intelligente tornare nel luogo dove l'avevano ingaggiata, ma non aveva altra scelta: lì c'erano i suoi figli, per riaverli avrebbe dovuto affrontare l'ex... con o senza i soldi richiesti.

Per la prima volta dopo giorni squillò il telefono usa e getta che aveva usato per comunicare con la donna che l'aveva arruolata: Eva cliccò rapidamente sul pulsante verde per rispondere.

"Dove sono i miei soldi?" sbraitò a mo' di saluto.

"Non ci sono soldi," le rispose la donna con tono secco.

"Che cazzo dici? È una stronzata bella e buona!"

"No. Non hai mantenuto la tua parte dell'accordo."

"Ma come," le disse Eva. "Ho fatto *esattamente* quello che mi hai ordinato: li ho mollati nel bel mezzo del nulla."

"Sì, ok, ma non era abbastanza. Li hanno salvati e la lettura del testamento è avvenuta normalmente."

Eva fu invasa da una piccola fitta di sollievo: non aveva ucciso nessuno. Aveva comunque compiuto un gesto molto sbagliato, nessuna giuria gliel'avrebbe fatta passare liscia; contando anche i precedenti per trasporto di droga, l'avrebbero rinchiusa senza pensarci due volte.

Che cazzo, era spacciata.

Eva si sforzò di convincere di nuovo la donna per ottenere i soldi promessi. "Senti... Non è colpa mia, ho fatto quello che mi hai chiesto: sei in *debito* con me."

La donna sospirò. "Hai ragione, hai eseguito gli ordini ma la situazione è questa: *non ci sono soldi*. Ho dato quello che ti avevo promesso ai tizi che dovevano sabotare il tuo aereo, così sareste morti tutti e *tre*, dovevate precipitare poco dopo il decollo."

Eva trasalì. "Come, scusa?" sussurrò.

"Hai capito bene. Se ci avessi pensato un attimo, ti saresti accorta che dichiarare la scomparsa di Mark e Zoey non aveva il minimo senso. Fino alla prova della loro *morte* non si sarebbe sbloccato un centesimo, quindi come avremmo potuto ottenere qualcosa con due dispersi? No, ci serviva la *conferma* della loro morte, non poteva certo avvenire per rapina o cazzate simili. Quell'idrovolante di merda doveva saltare in mille pezzi."

"Non riesco a crederci," disse Eva, stordita da tale rivelazione: era sopravvissuta per pura fortuna.

"Faresti meglio a crederci," commentò con tono sardonico l'altra donna. "Sei viva solo perché quei coglioni dell'aereo devono aver fatto il doppio gioco."

"Come hai fatto con me!" protestò Eva.

"Sì, beh... mi dispiace."

Suonava tutto tranne che dispiaciuta.

"Brutta stronza!" esclamò Eva. "Sei in debito con me e voglio i miei soldi."

"Non ti devo proprio un cazzo!" sbraitò l'altra donna. "Ti ho chiamata per farti sapere che qualsiasi rapporto tra noi si conclude qui. Se ti azzardi a fiatare, ti farò arrestare tanto rapidamente da farti girare la testa. A chi pensi che crederanno i poliziotti, a te o a me? Te lo dico io, puttanella... crederanno a *me*."

"Che ne sarà dei miei figli?" le chiese Eva con tono disperato.

"Non lo so e non mi importa. Forse avresti dovuto pensarci prima di allargare le gambe di fronte al primo stronzo sfigato. Così come ti sei cacciata in questa situazione, troverai il modo di uscirne."

"Lo avevo trovato, ho fatto quello che mi hai chiesto," continuò Eva, sull'orlo della disperazione.

"Sei solo spazzatura," le disse con tono gelido l'altra donna. "I tuoi figli sono spacciati, saranno *davvero* spazzatura proprio come te. Cogli l'occasione per ricominciare tutto da capo: trasferisciti nel Maine o dove cazzo vuoi, fatti una nuova vita. Probabilmente è l'unico modo in cui puoi salvare quei dannati bambini."

Dopo quel getto di veleno, la perfida donna riagganciò.

Eva fissò il telefono che stringeva ancora in mano e fece quello che avrebbe fatto qualsiasi altra madre.

Scoppiò in lacrime.

Poi si riprese e giurò solennemente che avrebbe fatto di tutto per salvare i suoi bambini.

Non erano spazzatura, erano bimbi dolci e innocenti: Eva avrebbe fatto di tutto per mantenere viva la luce che splendeva dentro di loro.

Quella stronza pensava di cavarsela senza darle i soldi che le spettavano? Bene, Eva l'avrebbe *rovinata*. Non sapeva come, ma lo avrebbe fatto... in un modo o nell'altro.

CAPITOLO QUINDICI

Una settimana dopo, Zoey si trovava a casa di Jess e nascondeva un sorriso dietro la tazza da tè. La signora aveva l'abitudine di dire sempre quello che le passava per la testa, non importava se fosse appropriato o meno: Zoey la adorava.

"Non sto scherzando, Frank ha detto proprio al vice ammiraglio: 'Signore, mi perdoni ma sono stato a questo ballo della marina per quattro ore e non sono riuscito a pensare ad altro che a prendere mia moglie e portarmela a letto'. Poi ha salutato il vice, mi ha presa sottobraccio, mi ha portata a casa e mi ha ribaltata."

Zoey scoppiò a ridere, incapace di trattenersi. "Stai scherzando, vero? So che ti piace prendermi in giro."

Jess sollevò una mano. "Ti giuro che non sto scherzando, in quel momento ero imbarazzatissima ma a quanto pare il vice ammiraglio ci ha invidiati per il fatto che ce ne stessimo andando, gli ha detto a malapena 'Divertiti, marinaio,' prima di filarcela."

Zoey scosse la testa e si alzò, prese la tazza di Jess per riempirla di nuovo. Faticava a credere di aver conosciuto quella signora solo una settimana prima, erano talmente in sintonia che le sembrava di conoscerla da tutta una vita. Lavorare con lei non era per nulla faticoso, anzi; erano rare le volte in cui Jess aveva effettivamente bisogno di lei, la casa era pulita e la signora si poteva muovere in tutta autonomia. Zoey si era resa conto che Jess desiderava solo una buona compagnia, si sentiva sola; non aveva più una famiglia e passava la maggior parte del tempo rinchiusa tra le mura di casa.

Per quel motivo, ogni giorno Zoey la portava da qualche parte: erano andate a fare la spesa, a passeggiare nel parco, in spiaggia a guardare chi faceva surf e addirittura allo zoo. In quel modo, entrambe potevano scoprire e godersi la città.

"Sei sicura di non volerti unire al nostro barbecue, questo pomeriggio?" le chiese Zoey mentre tornava di nuovo a sedersi accanto a Jess sul divano. Il ritrovo a casa di Gumby era stato rimandato, ma finalmente si sarebbe svolto quel giorno, di pomeriggio.

"Sicurissima, ho invitato qui Gretel per giocare a carte."

Gretel era una signora che avevano trovato in biblioteca qualche giorno prima: lei e Jess si erano frequentate anni prima, ma poi si erano perse di vista. Entrambe si erano rallegrate di essersi ritrovate, si erano promesse di recuperare gli anni persi con tanti programmi.

"Può venire anche lei," le disse Zoey, non voleva che la signora si sentisse esclusa.

Jess scosse la testa. "No, bambina, tranquilla. Vai a divertirti: devi farti altre amiche, oltre a una vecchia signora."

"Posso avere più di un'amica," puntualizzò Zoey.

"Certo cara, ma queste donne saranno speciali: diventeranno le tue migliori amiche, le zie dei tuoi figli, le babysitter di cui avrete bisogno tu e Mark quando vorrete stare da soli. Saranno la tua spalla su cui piangere quando Mark sarà in missione, così come tu sosterrai loro. Devi coltivare la loro amicizia, il prima possibile."

"Jess," la richiamò Zoey con dolcezza mentre appoggiava

le loro tazze da tè sul tavolino. "Credo che tu abbia mal interpretato il mio rapporto con Mark."

Jess le rispose inarcando un sopracciglio.

"Davvero, ascolta... non abbiamo... non siamo... siamo solo amici, per adesso." Sapeva che non era proprio corretto, ma non voleva parlare della sua (mancata) vita sessuale con la signora.

"Credimi, quell'uomo *non* ti è solo amico," le disse Jess con convinzione. "Mi fa tenerezza che quando si tratta di lui fai sempre finta di nulla, ma ad un certo punto dovrai deciderti a prendere atto di quello che ti succede intorno. Quando vi siete baciati settimana scorsa... quello non era proprio un bacio tra amici."

"Oh... beh, la penso come te, ma da allora non c'è più stato nulla, nemmeno un bacio sulla guancia. Mi ha detto che voleva andarci piano, ma sinceramente non credevo intendesse così *tanto* piano."

"Non dormite insieme?"

Zoey si rese conto di essere arrossita, ma non aveva nessun altro con cui sfogarsi. "Sì, ma... dormiamo e basta. Credevo ci stessimo orientando verso una relazione seria, ora mi sto chiedendo se forse ho visto solo quello che volevo vedere, non la realtà dei fatti."

Jess annuì, si chinò in avanti e la prese per mano.

Zoey si sentì sul punto di piangere per la tenerezza di quel gesto: era passato molto tempo dall'ultima volta che qualcuno l'aveva guardata con la stessa dolcezza di Jess. Non si ricordava nemmeno l'ultima volta in cui si era seduta con la madre per parlarle a cuore aperto; l'aveva solo sentita in una breve telefonata qualche giorno prima. Almeno stava bene con Liam, a Fairbank.

"Il mio Frank era un maschio alfa, proprio come Mark. Era protettivo e scontroso quando gli altri mi guardavano, dopo il pensionamento ci ha messo un attimo per riabituarsi a stare in casa... ma non ho mai dubitato del suo amore, nemmeno nei giorni in cui brontolava di più. Cucinava, lavava i piatti, passava l'aspirapolvere e faceva il bucato. Quando poteva mi portava al lavoro e mi veniva a prendere. Quando uscivo con le amiche, aspettava sveglio fino al mio rientro o si offriva volontario come autista designato per restare sobrio e riportarci tutte a casa sane e salve. Mi teneva la mano per strada *e* in casa. Tutti lo consideravano un musone, ma per me era solo il mio Frank. Un uomo come Mark non ti metterà mai fretta, anzi; probabilmente aspetta un segno da parte *tua* per spingersi oltre."

Zoey ascoltò Jess e pensò che alla fine aveva ragione: Mark era stato gentile e premuroso con lei, aveva compiuto tutte le azioni elencate dalla signora (tranne il tenersi per mano).

"E se avesse cambiato idea? In Alaska ci siamo riavvicinati parecchio, ma forse ora che stiamo vivendo nella normalità ha capito che era stato tutto dettato dalle emozioni di quei giorni intensi."

"Gli piaci," ribatté Jess. "Ho visto come ti guarda quando non te ne accorgi, ma ciò non significa che ti aspetterà in eterno. Dovrai fargli capire che *tu* non hai cambiato idea. Al giorno d'oggi, gli uomini devono stare molto attenti a non fare avance che potrebbero risultare sgradite e sorpassare alcuni limiti."

Qualcuno bussò alla porta e interruppe quel discorso importante. Prima che Zoey potesse alzarsi per andare ad aprire, Jess le strinse la mano. "Accetta un consiglio da una vecchia signora, Zoey: credo che dovrai essere tu a compiere il primo passo, e anche presto. Quell'uomo è *la crème de la crème*, se fossi in te mi lancerei subito."

Zoey ridacchiò. "Crème de la crème?"

Jess sorrise. "Ai miei tempi era un bel complimento."

"Valido ancora oggi," commentò Zoey.

Mark bussò di nuovo e chiamò a gran voce Jess.

"Fammi aprire, così non lo facciamo preoccupare," le disse Zoey.

Jess annuì e picchiettò dolcemente il dorso della mano di Zoey. "Ricorda quello che ci siamo dette. Sta cercando di essere un gentiluomo e di non metterti fretta. Prendi in mano la situazione, bambina."

Zoey annuì e si alzò per aprire la porta.

Quando lo fece, non appena vide Mark provò un piccolo brivido. Dopo il lavoro era passato prima da casa e si era cambiato, indossava un paio di pantaloncini color kaki e una maglietta bianca; tra la pelle abbronzata e la barba folta (non se l'era ancora rasata dall'avventura in Alaska) era uno schianto.

"Ciao," la salutò, poi si sporse in avanti.

Zoey inclinò la testa per facilitargli l'accesso alla guancia, ma lui le sfiorò le labbra.

"Hai passato una buona giornata?" le chiese.

"Sì," gli rispose Zoey, con la bocca asciutta. Sentì le parole di Jess ronzarle nelle orecchie, ma quello non era proprio il momento di dirgli che se lui voleva continuare ad andarci piano perché si aspettava che lei volesse *così,* si stava sbagliando.

Salutarono Jess, Zoey ignorò il sorrisetto allusivo della signora, unito al suo muovere ripetutamente le sopracciglia.

Quando tornarono a casa, Mark attese pazientemente che lei si cambiasse in un paio di pantaloncini e una maglietta e poi preparasse una borsa con un asciugamano, un costume da bagno e un vestito di ricambio da indossare dopo la giornata passata al mare. Zoey notò che Mark le aveva infilato una felpa nel borsone: capì che l'aveva presa per lei, probabilmente lui aveva pensato che una volta calato il sole lei avrebbe potuto avere un po' di freschino.

Zoey non stava più nella pelle per quel barbecue, non

vedeva l'ora di conoscere meglio tutti i compagni di squadra di Mark e soprattutto chiacchierare con Caite, Sidney e Piper.

Una volta a casa di Gumby, tutto si svolse in una sorta di caos sotto controllo: le tre ragazzine di Piper e Ace scorrazzavano in giro con l'energia inesauribile tipica dei bambini, Rocco si occupava della griglia mentre Phantom e Rex giocavano con le piccole e sorvegliavano su di loro.

Gli altri giocavano a pallone sulla spiaggia e tornavano a turno per controllare che nessuno avesse bisogno di qualcosa in casa. Dopo un ricco pranzo a base di hamburger e hotdog, tutti quanti andarono a farsi una nuotata nell'oceano, per Zoey quella fu una nuova esperienza: scoprì con piacere che nonostante l'acqua fosse fredda, non era nulla in confronto a quella dell'Alaska.

Dopo aver giocato tutti insieme per più di un'ora tra l'acqua e la spiaggia, il gruppo ritornò in casa per farsi una doccia e cambiarsi; dopodiché le piccole andarono in camera da letto a guardare i cartoni animati e i ragazzi si riunirono intorno all'enorme TV del soggiorno per seguire una partita di calcio.

Caite, Piper, Sidney e Zoey avevano deciso di salutare il tramonto sorseggiando un bel bicchiere di vino, appollaiate sul portico nel retro. Ovviamente Piper aveva optato per una bottiglia d'acqua, dal momento che era incinta. Quello era il primo momento di vero relax per tutte loro, Zoey era contenta di aver finalmente un momento per parlare con le nuove amiche con tutta calma.

"Allora, come va con Jess?" le chiese Caite.

"Direi bene, benissimo," le rispose Zoey. "Mi fa divertire un mondo, è una donnina con un'enorme personalità. Vi giuro che stando con lei ho arrossito come non mai."

"La polizia ha scoperto qualcosa di più su chi potrebbe

aver assunto quella pilota che vi ha lasciati in mezzo al nulla?" le chiese Sidney.

Zoey scosse la testa. "Non credo. So che c'è un tizio di nome Tex che sta indagando, Mark sostiene che presto scoprirà qualcosa."

Piper annuì con entusiasmo. "Tex è incredibile; se esiste qualcuno in grado di scoprire chi ha organizzato tutto, è proprio lui." Raccontò a Zoey di come Tex l'avesse aiutata ad adottare rapidamente le ragazzine da Timor Est e di un giorno in cui lui era andato a trovarli, sempre a casa di Gumby. "Anche lui era un SEAL, ha perso una gamba in battaglia. Lo considerano al pari di una divinità e ne capisco il motivo. Volevo fare qualcosa per ringraziarlo, ma Beckett mi ha detto che se ci avessi provato Tex mi avrebbe risposto con un dispetto."

"Tipo?"

"Gliel'ho chiesto, Beckett ha riferito che una volta Tex ha spedito a un tizio che lo aveva ringraziato troppe volte un regalo che si rivelò essere una bomba di glitter."

"Diamine! Sono tremendi quegli affari, sono difficilissimi da togliere!" esclamò Zoey.

"Lo so," concordò Piper. "Sinta mi ha chiesto di prenderle una sorta di colla glitterata per un progetto di scuola, ho ceduto e so che non riuscirò mai a levare quella schifezza dal tappeto."

Scoppiarono tutte a ridere.

"Comunque," continuò Piper. "Per me Tex non poteva cavarsela con un semplice ringraziamento. Ho chiesto alle bimbe di mandargli un biglietto a testa e non è successo nulla."

"Quindi non avete ancora idea di chi vi ha preso di mira?" chiese di nuovo Caite a Zoey.

Zoey scosse la testa e scrollò le spalle.

"Mannaggia, che palle. Ti capisco benissimo," la consolò

Caite. "Ma almeno hai Bubba con te. A proposito, come va *tra voi*?"

Zoey percepì una sensazione di déjà vu, dal momento che Jess le aveva da poco chiesto la stessa cosa, quindi cercò di spiegare un'altra volta la situazione tra lei e Mark: lei voleva un'accelerata, ma aveva *paura* di fare passi azzardati perché non voleva rischiare di rovinare il bel rapporto tra loro.

Le altre si limitarono a fissarla, Zoey iniziò a sentirsi a disagio. Si era trovata bene con loro, si chiese se non avesse parlato a sproposito, rendendosi antipatica. In fondo loro conoscevano Mark da più tempo di lei...anche se tecnicamente non era vero, lei lo conosceva dai tempi delle superiori.

"Allora, lascia che ti spieghi la situazione," le disse Caite dopo alcuni istanti di silenzio. "Nessuna di noi ti ha assalita di consigli perché sappiamo esattamente come ti senti: ci siamo passate *tutte*. Magari non esattamente, ma ci siamo capite. Qualcuno stava pianificando di uccidermi da molto tempo e io non me n'ero mai accorta, quando l'abbiamo scoperto e Blake è diventato iper protettivo, mi sono chiesta se stesse con me solo per proteggermi o perché gli piacessi sul serio."

"Anche a me è successo lo stesso," intervenne Piper. "La nostra priorità era quella di far star bene le ragazzine e farle acclimatare qui, negli Stati Uniti; a quel punto ero certa che Ace mi avesse sposata solo per permettere alle piccole di fuggire da Timor Est."

"Come avete fatto a... uhm... portare la vostra relazione al livello successivo?" chiese loro Zoey, orgogliosa di aver osato porre quella domanda.

"È successo e basta," le rispose Caite.

Piper annuì, pienamente d'accordo.

Ok, quella non era la risposta che si aspettava Zoey; non le era stata molto utile.

Sidney si chinò verso di lei. "Ammetto senza problemi che ho fatto un bel casino con Decker; ho fatto scelte idiote e sono grata che lui non mi abbia scaricata immediatamente. Ora sto seguendo una terapia con uno specialista per risolvere i casini che mi affliggono, ma comunque... ritengo che la chiave di svolta, con i nostri uomini, sia la comunicazione. Non avere paura di dirgli cosa vuoi e come lo vuoi, che si tratti di sesso o qualsiasi altra cosa. Non sono stata chiara con Decker e ho rischiato di perderlo."

Zoey si morse un labbro. "Mark è uno dei ragazzi più gentili che abbia mai conosciuto, mi ha assunta per aiutare *la vicina.*"

"Dove stai dormendo?" le chiese Caite.

Zoey arrossì, ma le rispose comunque: "Nel suo letto."

"E lui dove dorme?" le domandò Piper.

"Nel suo letto," ripeté Zoey.

"Capisco," concluse Caite, si stese all'indietro per allungare le gambe e appoggiare i piedi sulla ringhiera del portico. "Non si tratta di pietà... gli piaci proprio."

"Sì, vero," concordò Sidney. "Se non volesse una relazione, col piffero che ti farebbe dormire nel suo letto con lui. I nostri uomini non sono fatti così."

"Concordo," disse Piper. "Avrebbe potuto farti accomodare nella stanza degli ospiti."

"Si è offerto di dormire lì, ma mi ha detto molto chiaramente che spettava a me scegliere," ammise Zoey.

Le altre sorrisero e annuirono. Caite si chinò in avanti e sollevò il bicchiere di vino, Zoey brindò con lei. "Benvenuta nel club, Zoey. Siamo felicissime di averti con noi."

"A cosa state brindando?" domandò una voce profonda dietro di loro.

Zoey trasalì e quasi rischiò di rovesciare il contenuto del bicchiere; si voltò e vide Mark con la felpa in mano.

"Alle amiche," gli rispose Caite con un sorriso.

"Ottimo. Zoey, ho pensato che magari sentissi un po' freddo," le disse Mark.

"Oh, ti ringrazio. In effetti fa un po' freschino."

Lui sorrise e le porse la felpa, le resse il bicchiere mentre lei si infilava l'indumento che le calzava larghissimo, ma non le importava: profumava di Mark e si sentiva sempre al sicuro quando si immergeva in quella fragranza. L'unico altro momento in cui si sentiva ugualmente sicura e rilassata era tra le braccia del SEAL. "Grazie," gli disse mentre si riprendeva il bicchiere.

Lui glielo lasciò prendere e poi si chinò, sorprendendola con un bacio sulla tempia. Si voltò verso le altre e disse: "Non ubriacatevi troppo, signore. Piper, ti nomino responsabile: spero che tra un'ora non camminino barcollando."

Piper alzò gli occhi al cielo. "Massì, dai. Non si stanno facendo bicchierini di Jägermeister, tranquillo. Fino adesso si sono bevute solo un bicchiere di vino."

Mark lanciò un'occhiata verso la bottiglia vuota appoggiata sulla ringhiera e quella accanto, appena stappata. "Uhm... sì, certo."

"Oh, piantala," lo prese in giro Caite. "Ora sciò, ok? Stiamo parlando di cose da ragazze!"

"Vado, vado," le disse Mark. Accarezzò i capelli di Zoey con una mossa fugace prima di girarsi e tornare dentro.

"Oh, sì. Direi che non hai nulla da temere, ragazza mia," le disse Sidney quando Mark se n'era ormai andato.

"Sai... per la maggior parte del tempo sono anche tranquilla, poi passano giorni senza che lui mi tocchi nemmeno una volta, tranne quando andiamo a dormire... ed ecco che divento paranoica," ammise Zoey.

"Bubba è un ragazzo d'oro," la rassicurò Caite. "Si sta comportando nel modo più corretto e onorevole possibile. Dammi retta... presto cederà e quel giorno sarà epico."

Chiacchierarono per circa un'altra ora, poi arrivarono le bimbe; i cartoni erano finiti, quindi erano annoiate e capricciose. Poco dopo, la festa si esaurì naturalmente. Tutti si salutarono e Zoey si rallegrò quando scambiò i numeri di telefono con le altre ragazze, che le dissero di chiamarla in qualsiasi momento, si sarebbero mantenute in contatto.

Ancora prima di andar via, Caite le aveva mandato un messaggio in cui le diceva di portare pazienza e di chiamarla, se avesse voluto sfogarsi.

Una sensazione magnifica.

Zoey sentiva che tutto stava finalmente andando per il verso giusto... quel pensiero la spaventò a morte. In passato, ogni volta che tutto andava bene, arrivava sempre qualche disastro a spezzare gli equilibri. Era comunque determinata a rimanere positiva e a credere che, una volta tanto, tutto si sarebbe risolto per il meglio.

———

Bubba lanciò una sguardo verso Zoey e sorrise quando vide che si era addormentata mentre tornavano a casa. Aveva le guance lievemente arrossate per il vino e respirava profondamente, con la bocca socchiusa.

Bubba aveva parlato con i ragazzi circa la situazione con Zoey: la voleva tantissimo, ma aveva paura di muoversi troppo in fretta. Gli avevano consigliato di continuare a muoversi con calma, avrebbe capito da solo quando sarebbe giunto il momento per fare un passo avanti.

Quel consiglio non era stato il massimo: Bubba avrebbe voluto che uno degli amici gli dicesse semplicemente di farsi coraggio e andare oltre. Tuttavia, doveva ammettere che non voleva rovinare l'amicizia con lei, per lui era importante e fondamentale... quasi quanto la voglia di vederla nuda che si contorceva in estasi, sotto di lui, tra le lenzuola.

Quando arrivarono a casa, lanciò un'occhiata alla dimora di Jess e sospirò di sollievo. La signora aveva lasciato la luce del portico accesa, come al solito: la spegneva solo prima di andare a letto, per fargli sapere che andava tutto bene.

Bubba si avvicinò al lato passeggero della macchina e scosse delicatamente Zoey per svegliarla. La condusse in casa sotto braccio, dato che era ancora stanca dalla giornata. La aiutò a salire le scale e lei crollò sul letto, girandosi immediatamente su un lato e tirandosi le coperte fino al viso.

"Qui tutto ha il tuo odore," mormorò lei. "Troppo buono..."

Bubba rimase immobile ai piedi del letto per almeno cinque minuti, guardò Zoey dormire. La voleva come non mai, aveva l'uccello in tiro e sapeva che sarebbero bastati solo un paio di colpi per sgonfiarlo.

Gli piaceva tutto di Zoey: era gentile con tutti, un tratto molto piacevole. Non parlava male di nessuno, non importava chi fossero o cosa facessero.

Sentiva il desiderio irrefrenabile di chinarsi, svegliarla con un bacio, spogliarla e fare l'amore con lei fino a restare entrambi senza fiato.

Però... era troppo presto.

A dire il vero, a lui non sembrava troppo presto: anche se non era passato molto tempo da quando erano rimasti bloccati in Alaska, tra l'esperienza traumatica e i tempi delle superiori gli sembrava di conoscerla da sempre.

Tuttavia avrebbe dovuto aspettare.

In genere, era risaputo che andare a letto con qualcuno troppo presto non giovava alle relazioni a lungo termine.

Anche i compagni di squadra gli avevano consigliato di aspettare.

Bubba non voleva, ma...

Lo avrebbe fatto.

L'unico modo in cui sarebbe stato in grado di controllarsi era quello di instaurare una certa distanza tra loro: sarebbe stato tremendo, ma era disposto a farlo per cementare il legame con Zoey.

Si costrinse a girarsi, uscire dalla camera e scendere al piano di sotto. Voleva solo cambiarsi e infilarsi sotto le lenzuola con Zoey, ma non poteva in quel momento, non quando si stava comportando da bravo ragazzo.

Prese una birra dal frigo e accese la televisione: dopo aver fatto un po' di zapping si soffermò su un programma che aveva già visto. Era mortalmente noioso, ma aveva bisogno di distrarsi. Decise che si sarebbe allontanato un pochino, il giusto per dare a Zoey la possibilità di acclimatarsi a Riverton e alla nuova vita. Non era in grado di rinunciare alle loro notti, però: aveva bisogno di abbracciarla per accertarsi che lei fosse al sicuro, oltre che gustarsi un assaggio di ciò che gli riservava il futuro.

Doveva rinunciare a un po' di vicinanza con lei. Tutte le sere sarebbe rimasto sveglio più a lungo, permettendosi di andare a letto solo quando lei si fosse addormentata. A quel punto, avrebbe potuto starle vicino senza che lei avvertisse la benché minima pressione di spingere oltre il loro rapporto, se non si sentiva sicura. Bubba avrebbe sofferto, ma per Zoey era disposto a farlo.

CAPITOLO SEDICI

Due settimane dopo, Zoey era nella più completa confusione. Andava tutto bene con Mark, lei si sentiva pronta ad andare oltre; voleva dirgli con delicatezza che si sentiva pronta anche dal punto di vista fisico. Dal barbecue a casa di Gumby, però, Mark le era sembrato sempre più distante.

Usciva la mattina presto per l'allenamento e non tornava più a casa per fare colazione, aveva deciso di restare alla base per farsi la doccia, invece di tornare da lei. Quando tornava la sera cenavano, si piazzavano davanti alla televisione e chiacchieravano. Era piacevole, certo, ma lui la incoraggiava sempre ad andare a letto presto, così lei si addormentava prima che lui la raggiungesse.

Zoey sapeva che dormivano insieme perché quando suonava la sveglia apriva gli occhi sempre tra le braccia del SEAL, ma non appena lui spegneva l'allarme si girava e iniziava la giornata.

Era tutto incredibilmente triste.

Zoey si era accorta dello stress di Mark: le aveva detto che Sean o Malcom lo chiamavano almeno una volta al giorno per risolvere questioni legate alla Heritage Plastics. Avevano sempre bisogno di una firma, un parere o una riunione via Skype per decidere qualche cambiamento.

Quando il padre era in vita Mark non si era mai interessato alla fabbrica, dopo essere stato coinvolto se ne preoccupava ancora meno, ma si trovava con le spalle al muro: il gemello e il socio d'affari del padre avevano bisogno di lui, a loro dire.

A peggiorare il tutto c'era Tex che non era ancora riuscito a rintracciare Eva Dawkins. La sera prima, Mark le aveva detto che l'amico l'aveva quasi beccata e che doveva trattarsi di pochi attimi, ma aveva percepito quanto fosse frustrato per il protrarsi dell'operazione. Mark aveva bisogno di scoprire chi l'avesse preso di mira per poter tornare a vivere in santa pace.

Zoey era convinta che lui stesse aspettando di risolvere quel mistero per poterle dire di essere al sicuro, poi tanti cari saluti. Forse era quello il motivo della loro distanza? Il pensiero la feriva quasi fisicamente, ma com'era solita fare di fronte alle avversità, Zoey alzò il mento e continuò ad affrontare la vita. Faceva di tutto per non stressarsi su questioni che non poteva controllare; in quel momento non aveva alcun controllo sull'indagine sul loro tentato omicidio, sugli affari di Colin, sulla pressione che schiacciava Mark o il suo lavoro come SEAL della marina.

Tuttavia, *aveva* il controllo sulla relazione con Mark; ne aveva abbastanza, non poteva continuare in quel modo. Zoey aveva bisogno di risposte; sentiva ancora il legame profondo tra loro, ma se Mark aveva deciso altro, lei doveva saperlo. Avrebbe potuto chiedere a Jess di trasferirsi da lei fino a trovare un appartamento tutto per sé.

Il denaro non le mancava di certo; tra l'eredità di Colin e i soldi guadagnati da Jess, Zoey aveva i fondi necessari per ricominciare da qualche parte, anche se le piaceva Riverton. Il clima era perfetto e aveva sempre mille attività da svolgere, non si sentiva soffocata come a Juneau. Era contenta di non imbattersi ogni volta in un volto conosciuto, quando andava a fare la spesa.

L'anonimato aveva un che di affascinante, davvero.

Era tardi e, come al solito, Mark era rimasto al piano di sotto mentre lei era andata a letto. Invece di infilarsi sotto le lenzuola e prendere sonno, Zoey era determinata a ottenere delle risposte: se Mark aveva deciso di chiudere con lei, doveva saperlo. Quella sera stessa.

Lasciò le luci spente e si posizionò comodamente sulla poltrona presente in un angolo della stanza. Si avvolse in una coperta con le gambe rannicchiate sotto di sé e poi accese il tablet per giocare a solitario, ingannando così l'attesa dell'arrivo di Mark. Probabilmente avrebbe dovuto aspettare un bel po' ma le stava anche bene, non era stanca dal momento che il cuore le batteva rapidamente, pompandole in circolo parecchia adrenalina. Di solito non era una che si confrontava con gli altri, dunque era spaventata.

Avrebbe potuto semplicemente scendere al piano di sotto e chiedere direttamente a Mark quale fosse il problema, ma voleva vedere quanto tempo ci avrebbe impiegato per raggiungerla a letto.

Dopo due lunghe, interminabili ore Zoey sentì dei passi sulle scale. Mise da parte il tablet e restò in attesa, osservando il modo in cui Mark entrò in stanza in punta di piedi per non far rumore. In circostanze normali avrebbe apprezzato tanta premura, ma vista la situazione si irritò ulteriormente.

Mark andò in bagno, accese la luce solo un attimo prima di chiudersi la porta alle spalle; altro gesto premuroso. Quando lui riapparve, Zoey non riuscì più a trattenersi.

"È tardi," gli disse a bassa voce.

Lui sussultò per la sorpresa, poi si voltò verso la poltrona dove stava seduta lei.

"Zoey?"

"Sì, chi altro potrebbe essere?"

"Stai bene? Ci sono problemi?"

"Sì, sto bene, ma dobbiamo parlare." Lei stessa trasalì udendo quelle parole risolute, detestate da qualsiasi uomo; troppo tardi per i ripensamenti, le era uscita così.

Mark accese la lampada del comodino e si avvicinò a lei, indossando solo un paio di boxer. Aveva un corpo meraviglioso, Zoey lo occhieggiò avidamente. Era slanciato, tonico e le linee marcate degli addominali bassi, tanto simili a frecce che puntavano verso il basso, la indussero a deglutire rumorosamente. Zoey voleva solo mettergli le mani addosso e sentirlo ovunque mentre facevano l'amore.

Scosse la testa internamente, doveva concentrarsi: lo guardò in faccia.

Mark la stava già guardando con espressione preoccupata, incurante dell'essere praticamente nudo. "Qual è il problema?"

"Noi," sbottò lei. "Questa relazione non può continuare così."

Lui si inginocchiò davanti alla poltrona e le prese i polpacci tra le mani. "Vuoi andartene?" le chiese con dolcezza.

Zoey scosse la testa. "No, anzi, ma mi sembra che nelle ultime due settimane sia tu quello che non mi vuole qui intorno."

Lui si accigliò. "Cosa?"

"Non negarlo, Mark: hai trascorso molto meno tempo a casa, penso sia per causa mia. Ti alzi all'alba e torni solo poco prima di cena; chiacchieriamo, poi vado a letto e tu mi raggiungi dopo *di proposito*, solo quando mi sono addormentata. Quindi se vuoi che me ne vada, dimmelo e basta: posso reggere il colpo."

Mark sospirò e guardò il pavimento, Zoey si sentì sprofondare.

"So che Tex non ha ancora capito chi ha architettato il colpo in Alaska, ma ti prometto che andrà tutto bene. Non è successo niente dalla lettura del testamento di Colin, quindi immagino che chiunque ci sia dietro si sia rassegnato al fatto che tuo padre ci abbia lasciato parte dei soldi. Ho abbastanza fondi per affittare un appartamento, però continuerò ad aiutare Jess, perché mi piace farlo e la *adoro*. Ho fatto delle ricerche online: posso prendere un certificato in gerontologia, mi hai aiutato a capire che posso fare carriera con un lavoro che amo: te ne sarò sempre grata."

Mark sollevò la testa e la inchiodò con uno sguardo incredibilmente intenso.

"Ho mandato tutto a puttane," le disse.

Lui non aggiunse altro, Zoey non sapeva se doveva essere d'accordo o negare quelle parole; rimase in silenzio, in attesa.

"Hai ragione, ti ho evitata, ma non per le ragioni che credi tu."

Zoey non riusciva quasi a respirare, le faceva male il cuore; detestava ricevere conferma alle proprie paure.

"Zo, non volevo proprio metterti fretta e spingerti verso una relazione senza che ti sentissi pronta: tra noi è accaduto tutto molto in fretta, con molta intensità. Non volevo che ti sentissi in debito con me o costretta ad avviare una relazione fisica solo per mostrarmi la tua gratitudine."

"Sono contenta di averti avuto al mio fianco in quella brutta avventura, ma né uscirei né farei sesso con te solo per quello," gli disse lei con dolcezza.

Mark trasalì. "Ho provato a starti il più lontano possibile perché per me è l'*unico* modo per non farti mia."

Zoey sgranò gli occhi per la sorpresa, lui continuò a parlare.

"Sapevo che dovevo darti tempo, volevo farti stringere nuove amicizie e abituarti alla nuova vita qui senza subire pressioni da parte mia; così ho deciso di lasciare casa la mattina presto, perché se fossi rimasto per colazione a guardarti sorridere mentre mi raccontavi di tutti i tuoi piani divertenti con Jess, non sarei riuscito a trattenermi e ti avrei posseduta direttamente sul bancone della cucina. La sera aspettavo di farti addormentare per venire a letto perché se ti avessi trovata sveglia avrei voluto approfittare della situazione e ti avrei sedotta prima che tu fossi pronta. Non ho avuto abbastanza forza di dormire nella stanza degli ospiti, altrimenti lo avrei fatto."

"La parte migliore della mia giornata è quando posso venire a letto e stendermi sotto le coperte con te, stringerti a me e ascoltare il battito del tuo cuore, sentire i tuoi respiri caldi sul petto. Quindi Zo, per rispondere alla tua domanda... pensi che *non* ti voglia qui? Casomai non ho mai voluto niente di più in tutta la mia vita."

Zoey lasciò che le parole le arrivassero al cuore e si rilassò lentamente. Era tutto chiaro, Mark non l'aveva allontanata per mandarla via, ma solo perché non voleva metterle fretta.

Jess aveva avuto ragione, Zoey avrebbe dovuto fargli intendere di voler passare alla fase successiva; nelle ultime due settimane, entrambi avevano sofferto per nulla.

Il cuore le batteva fortissimo, allungò le gambe e si portò sul bordo della poltrona. Appoggiò entrambe le mani sui lati del collo di Mark e si chinò verso di lui. "Sono pronta, Mark. Prendimi. Fammi tua. Lo desidero e ne ho bisogno; ho bisogno di *te*."

Mark si sollevò in un istante, la prese in braccio ed entrambi caddero sul letto.

L'urgenza riecheggiava nelle loro azioni; si baciarono con passione, lei arrivò addirittura a gemere quando lui le infilò la lingua in bocca e iniziò a divorarla, baciandola come se quello fosse allo stesso tempo il primo e ultimo bacio dei suoi giorni. Mentre le lingue duellavano, le portò le mani sulla maglietta, si staccò da lei giusto il tempo di toglierle l'indumento e poi ritornò a baciarla quasi con ferocia. Entrambi erano persi in un vortice di desiderio.

Zoey gli fece scivolare le mani lungo la schiena muscolosa, poi gliele infilò sotto i boxer e gli strinse con forza le natiche.

Mark si lasciò sfuggire un gemito e sollevò la testa per guardarla negli occhi, con le pupille dilatate dal desiderio e caldi respiri contro il viso di lei.

Invece di chinarsi per baciarla di nuovo, Mark iniziò a scendere lungo il corpo di Zoey.

Lei cercò di afferrargli le spalle per farlo restare dov'era, ma lui era troppo forte e ignorò quelle suppliche non verbali. Si fermò all'altezza del seno e si attaccò a un capezzolo con tanta foga da farle scappare un gridolino e inarcare la schiena, si spinse in alto e ancora di più contro di lui.

Mark aveva una bocca fenomenale; la leccava e succhiava come se non volesse mai fermarsi, aiutandosi anche con le mani mentre banchettava di lei. Le continuava a palpare i seni e li spinse addirittura tra loro mentre continuava a succhiarle alternativamente i capezzoli.

Zoey non riuscì a quantificare per quanto tempo Mark giocò con il seno, ma a un certo punto aveva un disperato bisogno di qualcosa di più.

"Mark," gemette, ancora insicura se implorarlo di fermarsi o di continuare.

Mark proseguì la discesa, invece di tornare su da lei.

Zoey si contorse leggermente, sentendosi improvvisamente insicura: era stata sincera quando gli aveva detto che nessuno l'aveva mai leccata laggiù, si sentiva un po' imbarazzata all'idea.

Mark le sfilò con delicatezza le mutandine lungo le gambe e quando la guardò, finalmente nuda, si leccò le labbra.

"Rilassati," mormorò Mark. "Lo amerai, così come lo amerò anch'io. Sogno questo momento da una vita... Non vedo l'ora di assaggiarti, di farti venire copiosamente sulle dita e in bocca." Le posizionò le mani sulle cosce e le spinse il più lontano possibile... poi si limitò a fissarle le labbra inferiori umide.

"Oh, accidenti," mormorò Zoey mentre chiudeva gli occhi. Non si era mai sentita tanto in imbarazzo: prima di Mark, l'unica altra persona che l'aveva guardata in quel punto tanto da vicino era stata la ginecologa, ma l'esperienza era stata completamente diversa.

"Cazzo, sei splendida," le disse Mark con sincera ammirazione. Zoey sentì che le faceva scivolare un dito lungo le pieghe, spalmando il bagnato della zona. Quando lei fece per chiudere le gambe, lui si spostò leggermente in avanti, in modo da bloccarla con una spalla e un gomito.

"Non ritrarti," grugnì. "Mi fa impazzire questo ciuffo di peli." Accarezzò i peletti che si era rasata il giorno prima sull'osso pubico. "E qui sei tutta liscia..." Mark le fece scivolare di nuovo il dito tra le pieghe lisce della passera, "...mi fa perdere la testa."

Zoey non gli rispose nulla, anche perché probabilmente Mark non si aspettava una replica. Lei non sapeva dove mettere le mani o cosa aspettarsi: funzionava sempre in quel modo? In genere gli uomini fissavano le vagine delle partner, prima di iniziare a leccarle? Zoey non sapeva cosa rispondersi e si sentì sempre più nervosa.

Prima che potesse chiedergli cosa avrebbe dovuto fare, Mark abbassò la testa.

Zoey sentì quando lui iniziò a leccarle le pieghe, con la lingua calda e morbida; una sensazione piacevole, ma nulla di sconvolgente.

Poi iniziò a succhiarle il clitoride... con forza.

Zoey sollevò istintivamente i fianchi ed esplose in un grido di piacere, Mark non si mosse di un centimetro; continuava a succhiare come se avesse trovato il nettare della vita stessa e nulla l'avrebbe fatto staccare da lì; si era avventato su di lei con una passione implacabile e a Zoey non restava che lasciarsi andare. Gli afferrò la nuca e con l'altra mano gli conficcò le unghie in una spalla, continuando a ondeggiare i fianchi mentre lui seguitava a divorarla avidamente. Zoey non riusciva a stare ferma, si chiese vagamente se dovesse contenersi in qualche modo, ma tanto non sarebbe riuscita a restare immobile sotto quelle sapienti leccate e succhiate al clitoride.

Le cadde l'occhio verso il basso e notò che Mark era a occhi chiusi, con un'espressione di beatitudine sul volto; mentre la divorava continuava a muovere la mascella avanti e indietro, era di una sensualità travolgente.

"Mark," lo chiamò mentre si sentiva sull'orlo di un orgasmo travolgente, si era eccitata molte volte ma non si era mai sentita come in quel modo; di solito, quando sentiva l'arrivo dell'orgasmo, allontanava un po' il vibratore dal clitoride o rallentava il ritmo delle dita.

Come se Mark avesse colto l'importanza del momento, anziché rallentare aumentò ancora di più il ritmo: succhiò ancora più forte e le schioccò dei colpi secchi con la lingua contro il bocciolo sensibile.

Ciò le provocò una sensazione particolare, una sorta di piacere con una punta di dolore indefinito. Zoey non fece nemmeno in tempo ad avvisarlo, esplose con il corpo teso e il sedere sollevato a pochi centimetri dal letto. Iniziò a tremare e percepì vagamente la penetrazione del dito di Mark, che continuò a occuparsi di lei in quel modo.

Lui non mollò la presa con la bocca: rimase attaccato al clitoride come se fosse un cowboy che cavalca un toro scatenato, deciso a restare in sella. Infine, quando lei sentì l'orgasmo scemare, Mark alzò la testa e la fissò dritto negli occhi: si leccò le labbra, non le disse nulla ma era palesemente soddisfatto. Anziché disgustarsi, Zoey si eccitò oltre ogni limite vedendogli la barba impregnata del proprio succo.

Mark continuò a penetrarla con un dito, provocandole sempre più brividi per l'intensità delle sensazioni che le stava provocando.

"Sei stretta," mormorò. "Mi stai stritolando il dito, non vedo l'ora di metterci il cazzo."

Zoey deglutì a fatica e annuì, quando aveva sentito l'erezione di lui ne aveva indovinato le dimensioni, di sicuro sarebbe stato il più grosso tra quelli che aveva visto. Ciò la innervosiva, ma lo desiderava come una dannata.

"Ti prego," sussurrò lei.

"Cosa?" le chiese.

"Dentro," gli disse, ben conscia di essere ormai paonazza in volto. In genere non chiedeva mai quello che voleva.

Lui non si mosse, continuò a giocare con il dito; lei era ancora spalancata sotto di lui, si sforzò per mantenere lo sguardo alto, nonostante si vergognasse dell'umidità, dell'orgasmo e del piacere che le provocava quel dito. Strinse i muscoli interni per cercare di trattenerlo, ma lui continuò a stuzzicarla.

"Ti voglio in un modo che non ti so nemmeno spiegare," le disse Mark. "Ma se vuoi, posso fermarmi tranquillamente qui."

Zoey rimase a bocca aperta. "Cosa?"

"Non voglio costringerti a fare qualcosa che non vuoi, è tardi. Ti ho stressata tanto nelle ultime due settimane e se hai bisogno di dormire, possiamo aspettare."

"Mi prendi per il culo?" gli chiese lei quasi con rabbia. "Se non mi penetri entro un minuto, ti picchio."

Lui la guardò con una scintilla di divertimento nello sguardo, serio fino al momento prima. "Davvero?"

"Sì."

"Sono sano," le disse.

Zoey lo guardò un attimo in confusione, poi capì cosa volesse dirle. "Oh, sì. Anch'io, ho fatto l'iniezione di Depo."

"La cosa?"

"Scusa, Depo Provera. È un'iniezione anticoncezionale. Ne faccio una ogni tre mesi, mi aiuta anche a regolare il ciclo mestruale. Sono coperta per un altro mese, prima del prossimo richiamo."

Gli occhi di Mark iniziarono a scintillare. "Se vuoi posso indossare un preservativo, ma il fatto che io possa scoparti senza niente è fottutamente eccitante."

Zoey parlò immediatamente, senza la minima esitazione. "Scopami, Mark. Ti prego."

Lui scattò non appena udì quelle parole; tirò fuori il dito e si posizionò sopra di lei, si era sfilato i boxer in un lampo; Zoey non riuscì a staccargli gli occhi dall'uccello, con una gocciolina di liquido pre-eiaculatorio e le vene pulsanti su tutta la lunghezza. Non ebbe molto tempo per esaminarlo perché lui si chinò su di lei, puntandosi sui gomiti, poi si posizionò sulla fessura.

"Farò piano," le promise Mark. Non le diede il tempo di concordare, la penetrò subito.

Il movimento iniziò in modo lento e costante, Zoey si sforzò di non irrigidirsi per la grande dimensione. Sollevò i fianchi per cercare di facilitare la penetrazione, ma proprio quando stava per dirgli di darle un momento per abituarsi, lui era già entrato del tutto. Zoey sentì i loro peli pubici sfregarsi, inspirò a fondo.

Guardando Mark, notò che aveva la mascella contratta, come se fosse arrabbiato.

"Mark?" lo chiamò, un po' incerta.

"Dammi un attimo," le disse con delicatezza.

Zoey si rese conto che non era arrabbiato, ma al limite; ciò la fece sentire molto meglio. Tanto per vedere come avrebbe reagito, strinse i muscoli interni intorno all'uccello di Mark e lo sentì effettivamente contrarsi dentro di lei. Lei ridacchiò, lo sentì ancora di più dentro di sé.

"Merda, Zoey. Ti sento fottutamente bene. Non posso... sto per... cazzo! Aspetta."

Mark le posizionò una mano sotto il sedere e le strinse una natica mentre la tirava verso di lui; tirò indietro i fianchi, poi la penetrò con lentezza tre o quattro volte. Dopodiché, Mark perse il rigido autocontrollo e iniziò a martellarla con forza.

Che sensazione *magnifica*. Zoey non aveva mai fatto l'amore con tanta foga e passione, Mark la stava scopando come se la stesse divorando, senza limiti e imbarazzo: in una parola, fu *glorioso*.

Zoey gettò indietro la testa e si abbandonò al piacere che le scorreva in corpo, con il clitoride ancora sensibile per le sferzate della lingua di Mark. Sentiva lo scroto che le colpiva il sedere, la base dell'uccello le sfregava il clitoride a ogni spinta, montandole un altro orgasmo in corpo.

"Sì, piccola," le sussurrò Mark. "Vieni di nuovo per me."

Zoey voleva accontentarlo a tutti i costi e si portò una mano tra loro, stimolandosi in fretta e furia il clitoride per darsi la stimolazione extra di cui aveva bisogno per volare oltre il limite.

Zoey passò rapidamente dal sentire l'uccello duro di Mark dentro di lei all'esplodere in una nuvola di beatitudine.

Sentì anche Mark gridare con lei, come se la voce arrivasse dal fondo di un tunnel lontano.

Una volta venuto rotolò subito di lato, trascinandosi dietro Zoey e sistemandola sopra di lui, completamente esausta.

"Se dovessi avere ancora dei dubbi... ti voglio qui con me," le disse Mark quando fu di nuovo in grado di parlare.

Zoey non riuscì a trattenere una risata, talmente forte da espellere l'uccello di Mark da lei. Le dispiacque, ma non riusciva a smettere di ridacchiare.

"Ehi, non è *tanto* divertente," le disse Mark imbronciato.

Zoey si riprese e annuì. "Sì certo, è solo che... sono proprio sollevata. Non ho mai provato nulla di simile."

"Nemmeno io," ammise Mark con serietà. "È stato un dono... *Tu* sei un dono. Grazie, Zoey. So che ho incasinato tutto, nelle ultime due settimane."

Lei scosse la testa e la sollevò per poterlo guardare negli occhi. "No, avrei dovuto essere più chiara e parlarti apertamente, per dirti quello che volevo."

"Che ne dici di un bel compromesso? Abbiamo sbagliato entrambi, ma d'ora in poi ci impegneremo di più a parlare e dirci sempre quello che vogliamo. Che ne dici?"

"Siamo d'accordo," gli disse Zoey, poi si lasciò andare a un sospiro soddisfatto.

"Vuoi andare a darti una rinfrescata?" le chiese Mark.

"Ti farebbe schifo se ti dicessi di no?" gli domandò lei.

"Direi proprio di no," la rassicurò lui. Poi sollevò una mano e le posizionò delicatamente la testa verso la spalla. "Ora dormi."

"Probabilmente dovremmo parlare di Tex, degli affari e delle mille chiamate che stai ricevendo," gli disse Zoey con voce impastata.

"Domani."

"Va bene." Zoey si arrese senza problema, era proprio stanca per tutto lo stress e la preoccupazione che si era portata dentro a capire dove fossero diretti lei e Mark.

CAPITOLO DICIASSETTE

Per la prima volta in due settimane, Bubba non aveva puntato la sveglia all'alba e non era sgattaiolato fuori di casa per andare all'allenamento. Si svegliò e mandò un messaggio a Rocco per avvisarlo del fatto che sarebbe arrivato un po' più tardi, poi si riaddormentò con Zoey tra le braccia.

Quando si svegliò la seconda volta, trovò Zoey inginocchiata accanto a lui con una mano stretta intorno all'uccello, lo stava masturbando fino a provocargli un'erezione durissima; a quel punto Zoey si issò su di lui e iniziò a cavalcarlo con forza, fino a venire; poi lui la fece scendere, la girò e la prese da dietro con foga, fino all'orgasmo.

Adorava quel nuovo lato sexy e sicuro di sé di Zoey.

Aveva rischiato di mandare tutto all'aria con la storia dell'andarci piano, desideroso che l'attrazione tra loro fosse reciproca, ma aveva sbagliato a non parlarle della loro situazione.

Dopo le dolci fatiche del sesso mattutino erano entrambi rilassati e intrecciati tra loro quando squillò il cellulare di Bubba: era Malcom. Ignorò la chiamata.

Mezz'ora dopo, il telefono squillò di nuovo; chiamata in arrivo da parte di Sean.

Bubba sospirò, ormai aveva deciso il da farsi. Si era dannato su quella decisione fin dalla lettura del testamento del padre, ma ormai era giunta l'ora.

"Devo andare a Juneau," disse a Zoey a bassa voce.

Lei non esitò un istante nel rispondergli: "Quando partiamo?"

"Voglio che tu rimanga qui, sarai al sicuro."

Zoey si voltò verso di lui e si puntellò su un gomito. "Beh, sai... se vai in Alaska da solo e chiunque ci ha preso di mira lo scoprisse, potrebbe venire qui e farmi fuori in un secondo."

Bubba trasalì. "Ti dispiace non parlare con tanta disinvoltura di come qualcuno potrebbe ucciderti?"

Zoey annuì. "Non so perché vuoi andare là, ma se non avvisi nessuno, il nemico non potrà organizzare alcun attacco, inoltre è complicato giocare brutti scherzi in casa mia, in mia assenza; apprezzo che Tracy Eklund mi abbia mandato un po' della mia roba, ma vorrei fare un giro della casa da sola e decidere concretamente cosa voglio tenere, cosa dare via e cosa spedire qui."

Bubba si voltò per guardarla in faccia. "Hai deciso cosa farai con la casa?"

"Sì, penso di venderla. Non mi interessa fare la padrona di casa per metterla in affitto, e poi..." lasciò la frase in sospeso.

"E poi?" la incalzò Bubba.

"Mi piacerebbe trasferirmi qui definitivamente. Anche se tra di noi non dovesse funzionare, qui mi trovo bene. Caite, Sidney e Piper mi stanno simpatiche e posso ottenere la mia certificazione andando all'università pubblica."

"Tra noi funzionerà," le disse Bubba deciso.

Zoey gli sorrise e gli portò una mano dietro al collo, per fargli qualche carezza. Bubba adorava quel lato fisico di lei, nelle ultime due settimane erano stati troppo distanti; non avrebbe mai più permesso una situazione simile.

"Allora," riprese lei. "Potrei venire con te e mentre sbrighi quello che devi fare, intanto mi occupo di casa mia."

"Voglio vendere la mia parte dell'attività a mio fratello."

Zoey non apparve minimamente sorpresa. "Ottimo," gli disse annuendo.

"Ottimo?"

"Sì, quell'attività non ti renderà mai felice, lo capisco dal fatto che ogni volta che ti chiamano Malcom o Sean per porti una domanda o farti firmare qualcosa, ti stressi subito. La tua vocazione è aiutare le persone, essere un SEAL della marina. Volevo molto bene a tuo padre e credo che nel profondo avesse capito che non saresti mai tornato a casa per metterti in affari con lui. Gli andava bene così, ti voleva bene per quello che sei."

"Grazie," le disse Bubba con dolcezza. "Non sono ancora sicuro che portarti con me sia una buona idea, perché non posso occuparmi della faccenda e proteggerti nello stesso tempo. Mi sembra di portarti tra le grinfie del nemico... sarebbe stupido."

Zoey fece spallucce. "Potresti chiedere a uno dei tuoi amici se può accompagnarci, così resta con me mentre tu risolvi la questione. Secondo te quanto dovremo stare lì? Uno dei tuoi compagni di squadra può rinunciare a qualche giorno per stare con noi?"

Diamine, ovvio. Bubba avrebbe dovuto pensarci subito. "Penso che potremmo partire giovedì e tornare domenica sera. Magari più avanti dovrò fare altri viaggi più rapidi per velocizzare qualche pratica, ma Kenneth potrebbe mandarmi i documenti che mi servono per posta, potrei farli autenticare qui e rispedirli indietro. Con quale dei ragazzi ti sentiresti più a tuo agio?"

"Phantom," gli rispose immediatamente Zoey.

Bubba si stupì. "Davvero?"

"Sì! Ace, Gumby e Rocco hanno le loro famiglie di cui preoccuparsi, mi piace e rispetto Rex, Phantom mi mette un po' a disagio per quanto è intenso... però è *proprio* per questo che mi sentirei più sicura con lui. Mi sentirei ancora un po' nervosa, ma sicura. Phantom si accorge di tutto, il suo aspetto scontroso scoraggerà chiunque si sentirà in vena di darmi fastidio con mille domande."

Bubba annuì, gli dispiaceva che Zoey non si sentisse totalmente a suo agio con l'amico ma sapeva che Phantom provocava quell'effetto a tutti quanti. Magari in quel breve viaggio lui e Zoey ne avrebbero approfittato per conoscersi meglio, magari diventando addirittura amici.

"Gli chiederò se è libero questo fine settimana, per accompagnarci," le disse Bubba.

"Davvero?"

"Sì."

"Mark?"

"Sì, Zo?"

"Sono fiera di te."

"Perché?"

"Perché stai facendo la scelta giusta: Malcom lavora con tuo padre da quando si è diplomato. Non mi sta simpatico, ma si merita un riconoscimento. Se non terrai la tua parte, neanche io voglio la mia. Forse posso venderla a Sean o qualcosa del genere."

"Sei sicura? Rinunceresti a un sacco di soldi," l'avvertì Bubba.

"Sono sicura," confermò Zoey. "Ho tutto quello che mi serve proprio qui." Poi abbassò la testa e si rannicchiò di nuovo contro di lui.

Sì, Bubba era il bastardo più fortunato del mondo. "Oggi preparerò tutto quanto. Ricordati di avvertire Jess della tua assenza."

"Certo, sono sicura che in caso di bisogno Caite e le altre possano venire a controllare la situazione. Che ore sono?" gli chiese Zoey.

Bubba ormai stava imparando a riconoscerle la luce maliziosa negli occhi. "Sono le otto e un quarto... perché?"

"Oh, tanto per sapere," gli rispose mentre si faceva strada lungo il corpo di lui. "È solo che non ho mai fatto questa cosa e mi chiedo se hai un po' di tempo per insegnarmela, prima di andare a lavoro..."

Bubba inspirò bruscamente quando lei gli strinse la mano intorno all'uccello, che si stava già gonfiando. "Posso fare un po' tardi," le rispose con voce strozzata.

Zoey si mise a ridere. "Bene. Dimmi come vado."

Per i successivi venti minuti, Bubba non poté pensare ad altro che a quanto gli piacesse sentire la bocca e le mani di Zoey su di lui. Una volta che si fu conclusa la sessione di sesso orale, Bubba la rassicurò sull'aver fatto tutto in modo assolutamente corretto.

———

"Rilassati," ordinò Zoey a Mark dal momento che le stava praticamente stritolando la mano, mentre camminavano all'interno dell'aeroporto di Juneau qualche giorno dopo. Phantom[1] li seguiva in silenzio, fedele al suo soprannome. Zoey sapeva che Mark era agitato, ma erano arrivati senza problemi e non avevano avvisato nessuno del loro soggiorno.

Tuttavia, era ben consapevole del fatto che la voce si sarebbe sparsa rapidamente in città. Aveva già riconosciuto due persone in aeroporto e aveva la sensazione che Malcom e Sean sarebbero stati informati del loro arrivo ancora prima di arrivare alla Heritage Plastics.

Dopo la lettura del testamento, Malcom aveva lasciato l'appartamento che stava affittando e si era trasferito nella casa del padre. Inizialmente Zoey e Mark non sarebbero dovuti andare a casa di lei, ma dopo la visita alla fabbrica ed essere riusciti (forse) a organizzare un incontro con Malcom, Sean e Kenneth, sarebbero andati a dormire in quella che ormai era diventata casa di Zoey a tutti gli effetti.

"Forse non ho avuto una grande idea," mormorò Mark mentre osservava Zoey che salutava l'ennesimo conoscente mentre erano in coda per noleggiare una macchina.

"Va tutto bene," lo rassicurò Zoey.

"Mark Wright? Sei proprio tu?" lo chiamò una voce femminile.

Zoey si voltò e riconobbe Heidi Reynolds, una loro compagna di liceo.

"Sì... ehm... scusami, non ricordo il tuo nome" le disse Mark, stringendo la mano di Zoey come se fosse una sorta di salvagente emotivo.

"Dici davvero? Dai, siamo stati nella stessa classe per dodici anni!" esclamò l'altra donna. "Mi chiamo Heidi. Heidi Reynolds. Non riesco a credere che non ti ricordi di me, ci siamo frequentati l'ultimo anno... scommetto che *quello* te lo ricordi." Gli fece un occhiolino ammiccante.

Mark mantenne un tono piatto. "No, scusa, non mi ricordo."

Heidi sembrò vacillare. "Oh, beh... non importa. Mi dispiace per tuo padre."

Zoey era abituata a essere ignorata per via del suo non essere una "locale," ovvero una che non era nata a Juneau; per quel motivo molte persone, soprattutto i compagni delle superiori, l'avevano sempre ignorata. Era un atteggiamento ridicolo perché Zoey aveva vissuto in quella cittadina per ben quindici anni, pensava fosse abbastanza tempo affinché potesse abbandonare il titolo di "nuova arrivata", ma a quanto pare non era così.

"Grazie," le rispose Mark, poi voltò le spalle all'ex

compagna di classe e avvolse un braccio intorno alla vita di
Zoey, tirandola a sé. Lei non poté fare a meno di sorridere, era
più che sicura che Heidi fosse diventata verde d'invidia: non
le era mai piaciuto essere ignorata, soprattutto da un
bell'uomo come Mark.

"Sarà sempre così finché resteremo qui, vero?" le chiese
Mark quando Heidi se ne andò dopo aver recepito il
messaggio.

"Più o meno," ammise Zoey, facendo spallucce. "Colin si è
impegnato per far sapere a tutti quanto fossi fantastico,
raccontava le tue prodezze a chiunque avesse voglia di ascoltarlo. Sei un eroe qui, Mark. Ti ci devi abituare."

Lui sospirò e serrò le labbra. "Ecco parte del motivo per
cui non sono mai tornato a casa. Sapevo che sarebbe sempre
andata così; non mi dà fastidio essere salutato, ma flirtare con
me o trattarmi da eroe... è troppo."

"Non resteremo qui a lungo," gli disse Zoey, nel tentativo
di calmarlo.

"Per fortuna."

La persona che li precedeva in fila prese le chiavi dell'auto
noleggiata e Mark si avvicinò al bancone; Zoey gli lasciò
compilare tutte le scartoffie e finalizzare il pagamento in
pace. Si voltò per dire qualcosa a Phantom, ma il SEAL non
stava prestando attenzione a lei o a Mark; era sempre vigile e
all'erta, come se si stesse aspettando un'imboscata o un
attacco improvviso.

Probabilmente era già capitato qualcosa di simile, in
passato.

Zoey sospirò, purtroppo quello non sarebbe stato un
viaggio piacevole e rilassante, con Mark e Phantom in
costante allerta. Si voltò di nuovo verso Mark.

Lui prese le chiavi del SUV di media grandezza appena
noleggiato dalle mani dell'impiegato, poi prese di nuovo Zoey
per la vita e il trio si diresse verso l'uscita del piccolo aero-

porto. Il clima era più freddo rispetto al mese precedente (quando avevano vagato tra i boschi), ma non aveva ancora iniziato a nevicare; Zoey se ne rallegrò perché in quel modo si sarebbero spostati abbastanza facilmente.

Salirono in macchina; con Mark al volante, lasciarono il parcheggio.

"Prima tappa, fabbrica?" gli chiese Zoey.

"Sì," le rispose Mark. "Mi piacerebbe vederla, presumo che lì troveremo Sean e Malcom. Voglio fissare un incontro con loro il prima possibile; prima risolvo questa faccenda, prima ce ne possiamo tornare in California."

"Hai davvero talmente tanta paura che possa capitare qualcosa?" gli chiese Zoey.

"Non so spiegarti bene, ma ora che siamo di nuovo qui sento una sorta di allarme, una brutta sensazione," le rispose Mark. "Aggiungiamo anche che non appena siamo atterrati e ho riacceso il telefono, c'era un messaggio di Tex: dice che ha finalmente rintracciato Eva Dawkins, ho aspettato di lasciare l'aeroporto prima di dirtelo."

"Davvero?" gli chiese Zoey a occhi spalancati. "Diamine! Cosa gli ha detto? Chi l'ha ingaggiata? Perché ci ha mollato nel bel mezzo del nulla?"

Mark le strinse una mano. "Calma, Zo. Non lo so ancora, mi ha detto che l'ha trovata, ma non ha ancora avuto modo di parlarle. Ha mandato qualcuno a prenderla, poi le farà tutte le domande del caso."

"A prenderla? In che senso?"

Mark ridacchiò. "Lascia che ti spieghi: Tex ha agganci ovunque, quindi ora c'è un militare in pensione di sua cono-scenza che vive ad Anchorage e si sta recando verso le coordi-nate che gli ha fornito Tex. Questo signore la convincerà che non le succederà nulla di male, né a lei né ai figli. Poi la metterà in contatto con Tex e solo *a quel punto* lui riuscirà a farsi dire tutto, scoprirà l'artefice del complotto e mi farà rapporto. Fino a quel momento, però, dobbiamo stare molto attenti."

"Non pensi che andare in fabbrica sia un passo falso, allora?" gli domandò Phantom dal sedile posteriore. "Se qualcuno è incazzato perché non ha avuto quello che si aspettava da tuo padre, se ti vede potrebbe decidere di agire in qualche modo. Non vogliamo dare inizio una sparatoria in fabbrica, vero?"

"Siamo appena atterrati; anche se le voci si spargono in fretta, per ora dovremmo essere al sicuro. Domani, invece, potrebbe essere un'altra storia. Appena troverò Malcom e Sean, fisserò un incontro rapido per domani, probabilmente avverrà nell'ufficio di Kenneth Eklund; firmerò tutte le carte necessarie e poi ce la fileremo da qui."

Mark suonava cauto ma calmo, Zoey si rilassò un pochino.

"Mi serve che tu tenga d'occhio Zoey; se dovesse succedere qualcosa, portala in salvo."

"Certo," gli disse Phantom mentre agitava una mano nell'aria come se volesse scacciare le preoccupazioni dell'amico. "Stai attento anche *tu*, mi raccomando."

Zoey rabbrividì per la serietà della conversazione, non voleva che succedesse niente a nessuno e così provò a non pensarci. Mark si chinò verso i comandi per alzare un po' il riscaldamento dell'auto, quel piccolo gesto rallegrò Zoey; le premure di Mark l'addolcivano sempre. Stentava ancora a credere che quell'uomo le appartenesse.

Parcheggiarono accanto alla grande fabbrica, collocata nella parte periferica della città, poi entrarono nell'edificio. Dopo essersi annunciati all'addetto della sicurezza all'ingresso, Zoey e Phantom furono condotti in una piccola stanza accanto, Mark si inoltrò nell'edificio.

"Andrà tutto bene?" chiese Zoey a Phantom, una volta rimasti soli.

"Certo," le rispose Phantom, nonostante le apparisse un po' preoccupato.

Zoey iniziò a camminare avanti e indietro, incapace di rilassarsi nell'attesa di rivedere il suo Mark.

"Che piacere vederti," disse Sean mentre stringeva la mano a Bubba. "E che sorpresa."

"Sì, sai, dopo aver tanto parlato sia con te che con Malcom nelle ultime settimane, ho deciso che avevo bisogno di venire qui e vedervi di persona."

"Magari avresti potuto avvisarci, prima del tuo arrivo," gli disse il gemello.

Bubba scrollò le spalle. "Sì, ma è stata una scelta improvvisa. Zoey voleva prendersi altra roba e mettere la casa in vendita."

"Tra voi allora va tutto bene?" gli chiese Malcom.

"Alla grande," gli rispose Bubba con un sorriso.

"Sembra che l'avventura nelle terre selvagge dell'Alaska abbia giovato alla tua vita amorosa," lo prese in giro Sean.

Bubba fissò incredulo l'amico del padre. "Non riesco a credere che tu l'abbia detto."

Sean arrossì nel momento in cui si rese conto di aver fatto una battuta tremenda. "Scusami, mi sono espresso male. Sono solo sollevato che tutto sia andato per il meglio e voi stiate bene."

Bubba gli lanciò un'occhiata colma di sospetto. Sapeva che Sean era furioso perché il padre aveva lasciato la maggior parte delle azioni ad altri e non a lui; Sean aveva messo tutto il cuore, il sudore e le lacrime nella Heritage Plastics, di certo non era stato contento quando aveva scoperto che Colin non aveva lasciato *a lui* la gestione di tutti gli affari.

"A ogni modo... presumo che tu non sia venuto fin qui per

parlare dell'inventario e dei turni, come abbiamo fatto l'ultima volta per telefono," gli disse Malcom.

"Esatto. Sarò felice di firmare tutto quello che avete per me, mentre sono qui, ma vorrei anche fissare un appuntamento con voi e con Kenneth, per domani."

"L'avvocato?" gli chiese Sean. "Va tutto bene?"

"Sì. Allora, facciamo domani, magari in mattinata? Così posso aiutare Zoey con la casa."

"Certo," gli disse Sean, annuendo. "Può andare per le dieci?"

"Alle dieci è perfetto," concordò Bubba. "Mal?"

"Immagino di sì. Stai facendo il misterioso, perché non ci dici subito di cosa si tratta invece di fare il melodrammatico?"

Bubba fece spallucce. "Voglio vendervi la mia parte, anche Zoey. Voi due sapete come muovervi e il dovermi contattare di continuo per ogni questione vi sta ovviamente rallentando. Mi pare giusto agire in questo modo."

Entrambi gli uomini si limitarono a fissarlo per un lungo momento, Bubba non riuscì a decifrare i loro pensieri. "Vorrei organizzare il tutto con Kenneth, pensavo ne sareste stati felici ma... a giudicare dalle vostre espressioni, direi di no."

Sean scosse la testa e parlò per primo. "Scusa, Mark, è che... questa è proprio una sorpresa."

"Lo so, mi dispiace. Non ho il tempo o l'energia per dedicarmi agli affari come dovrei. Papà me ne ha lasciata una parte, ma voi due lavorerete mille volte meglio di come potrei fare io. Non lo sento nelle mie corde, mentre per voi è diverso." Bubba guardò il fratello, in attesa che gli dicesse qualcosa.

Dopo un lungo momento, Malcom assunse un'espressione corrucciata. "Mi cogli alla sprovvista, fratello. Non sono bene cosa dire."

"Pensaci e basta," gli disse Bubba. "Domani possiamo buttar giù tutti i dettagli."

"Va bene."

"Allora ci vediamo alle dieci," disse Bubba e si voltò per andarsene. Stava quasi per condividere con loro i risultati della ricerca di Tex, ma l'istinto gli aveva intimato di tacere. Ne avrebbero parlato il giorno dopo, con l'avvocato.

Procedé spedito verso il punto in cui lo stavano aspettando Zoey e Phantom, per la prima volta a cuor leggero dopo quasi un mese. Aveva apprezzato l'eredità del padre, ma non la desiderava né gli serviva. Si sentiva addirittura un po' in difetto per aver ottenuto qualcosa dal padre, stava ancora lottando contro i sensi di colpa per non essere mai tornato a casa a trovare la famiglia.

Il semplice fatto di vedere Zoey lo aiutò a rilassarsi, si stupì di quanto lei fosse diventata importante per lui in talmente poco tempo.

"Com'è andata?" gli chiese Zoey, andandogli incontro.

"Tutto bene. Devo chiamare Kenneth e organizzare un incontro, ma ho detto loro che avrei voluto parlargli nell'ufficio dell'avvocato, intorno alle dieci di domattina."

"Io guido, tu chiami," gli disse Phantom con una mano aperta verso di lui.

Bubba gli consegnò immediatamente le chiavi della macchina a noleggio. "Forza, andiamo via," disse mentre conduceva Zoey verso l'uscita con una mano sulla parte bassa della schiena.

Dopo aver salutato altre persone all'uscita e aver ricevuto altre condoglianze, Bubba era più che pronto ad arrivare a casa di Zoey.

Lungo la strada chiamò Kenneth, gli comunicò lo scopo della telefonata e l'avvocato lo rassicurò che avrebbe preparato i documenti necessari, si sarebbero visti la mattina seguente.

Phantom guidò lungo una ripida collina che conduceva verso la casa che Zoey aveva affittato da Colin; negli anni non era cambiata di molto, Bubba dovette mordersi la lingua per non lasciarsi sfuggire qualche commento malevolo. Quella casa non era in grande condizioni: dalle grondaie spuntavano dei veri e propri alberelli (non era tanto sorprendente, visto che l'umidità la faceva da padrona per quasi tutto l'anno); Bubba avrebbe preferito che Zoey avesse vissuto in una casa migliore. Le persiane delle finestre erano del tutto cedute e l'erba sembrava trascurata da almeno un mese.

Sul portico c'erano ammucchiati diversi giornali, era più che ovvio che la casa fosse disabitata.

"Ma che diamine," commentò Zoey mentre si avvicinavano con la macchina. Non c'era alcun vialetto, Phantom parcheggiò sul lato della strada, di fronte alla casa. "Di solito si presenta molto meglio," disse loro con espressione corrucciata.

"Pensavo che avessi pagato qualcuno per tenere d'occhio la casa," le disse Bubba.

"L'ho fatto!" Zoey sospirò, poi scesero dal SUV noleggiato. Lei tirò fuori le chiavi di casa e si diresse verso l'ingresso. "Pensavo fosse già tutto organizzato. Dovrò chiamare l'agente immobiliare che ha assunto Tracy per occuparsi della casa e vedere che diavolo ha combinato. Forse si tratta solo di mancata comunicazione tra loro. Spero che vada ancora l'elettricità."

Aprì la porta e fece per entrare, ma Bubba la bloccò con gentilezza. "Aspetta, fai controllare a me e Phantom che sia tutto a posto."

Zoey si accigliò, ma Bubba si sentì sollevato quando lei annuì e indietreggiò di un passo.

"Ci mettiamo solo un attimo."

Zoey tirò fuori il telefono e smanettò rapidamente con i tasti prima di guardare i due SEAL. "Sono pronta a chiamare il pronto intervento, devo solo schiacciare un tasto per far partire la chiamata."

Bubba fu sul punto di ridacchiare, ma vista la serietà di

Zoey non se la sentiva proprio. Non riuscì a trattenersi dal baciarla, però; era passato troppo tempo dal loro ultimo bacio e lei in quel momento gli sembrava fin troppo adorabile. Si chinò, le afferrò con delicatezza il lato del collo e le inclinò la testa verso di lui.

La baciò a lungo e con foga, si esaltò per come lei ricambiò il gesto. Bubba si tirò indietro solo quando furono interrotti da Phantom, che si schiarì la gola con fare impaziente.

"Hai il tuo coltello?" gli chiese Zoey dopo essersi leccata le labbra in modo sensuale.

Bubba non voleva altro che spingerla contro il lato della casa e divorarla di nuovo, ma si costrinse a indietreggiare di un passo. "Ovvio, non appena è arrivata la valigia l'ho tirato subito fuori."

"Bene, vi aspetto qui."

Bubba annuì e si rivolse a Phantom. "Pronto?"

L'altro uomo aveva già il coltello tattico in mano e sembrava più che pronto a prendere a calci qualche malintenzionato. "Pronto."

Un antico detto sentenziava che non bisognava mai portare un coltello in una sparatoria, dal momento che la persona con il coltello si sarebbe trovata in svantaggio, ma sia Bubba che Phantom erano micidiali con i coltelli; in più di un'occasione avevano disarmato un nemico armato di pistole o lo avevano ferito a tal punto da non doversi più preoccupare di beccarsi qualche pallottola.

Bubba entrò in casa facendo molta attenzione a notare ogni dettaglio, alla ricerca di nemici in agguato.

Dopo aver esplorato la minuscola abitazione, i due SEAL riposero i coltelli nei foderi posizionati sulle spalle. A quel punto, Phantom disse: "Ma scusa, Zoey non aveva detto di aver pagato qualcuno anche per iniziare a impacchettare tutta la roba?"

Bubba annuì con espressione corrucciata. "Già, qua non hanno impacchettato molto, hai ragione. Cazzo."

Phantom pigiò uno degli interruttori, la stanza si illuminò. "Almeno c'è ancora corrente elettrica," commentò facendo spallucce.

"Probabilmente perché Zoey pagava direttamente la compagnia elettrica," brontolò Bubba. Si diresse verso il portico anteriore e tirò un piccolo sospiro di sollievo quando ritrovò Zoey esattamente dove l'aveva lasciata.

"Tutto bene?" gli chiese lei con agitazione.

"Sì, Zo. Via libera," la rassicurò Bubba.

Lei annuì e si mise in tasca il telefono. "Dici così, ma il tuo tono di voce suggerisce il contrario."

"Vedi, il fatto è che... temo che chiunque tu abbia pagato per impacchettare la tua roba si è preso i soldi per non fare un cazzo."

Zoey si limitò a sospirare. "Lo temevo, domani chiamo l'agente immobiliare e mi faccio dire cosa succede. Tracy ha organizzato tutto, avrebbe dovuto mettersi in contatto con l'agente immobiliare e ci avrebbero pensato loro."

"Tracy?" le chiese Bubba.

"La moglie dell'avvocato."

"Oh, già, vero."

"Sean mi ha offerto l'aiuto di *sua* moglie. Uffa, avrei dovuto accettare," commentò Zoey accigliata.

"Domani, quando sarò da Kenneth, posso chiedergli qualche spiegazione," le disse Bubba.

"Grazie. Lo apprezzerei molto."

Zoey entrò in casa, posò la borsa su un tavolo spinto contro il muro e si diresse in cucina. "Immagino che non ci sia molto da mangiare. Chi vuole andare a prendere qualcosa?"

Bubba guardò Phantom con intensità.

L'amico sorrise e le disse: "Mi propongo io."

"Ti piacciono i frutti di mare?" chiese lei a Phantom.

"Sì, li adoro," le rispose.

"Ottimo! Qui vicino c'è un posto che si chiama The Salmon Spot, è uno dei miei preferiti qui a Juneau. Ora li chiamo, ordino un po' di tutto e poi condividiamo. Che ne dite?"

"Certo," le rispose Bubba. Si ficcò una mano in tasca e tirò fuori il portafoglio, prese la carta di credito e gliela porse. "Tieni, usa questa."

Zoey non la prese. "Posso pagare, tranquillo," gli disse con fermezza.

"Lo so, ma non te lo lascio fare," le rispose lui con tono duro.

Si fissarono per un lungo momento, c'era in corso una sfida; Bubba si sentiva la vittoria in tasca. Alla fine, Zoey sospirò e gli strappò la carta di mano. "E va bene, ma la prossima volta offro io."

Bubba non le rispose nulla.

Non l'avrebbe lasciata pagare, era fuori discussione. Sapeva di essere un po' sciovinista in quel senso, ma in fin dei conti lui era l'uomo, sarebbe stato lui a pagare i pasti. Punto.

Ascoltò distrattamente Zoey che ordinava al telefono e poi forniva a Phantom indicazioni dettagliate su come arrivare al ristorante, temeva che lui potesse perdersi o dovesse guidare fino a Seattle; quelle preoccupazioni erano infondate, dal momento che non c'erano strade in entrata o in uscita dalla capitale. Bubba si intenerì per come Zoey tendeva a dimenticarsi che loro erano SEAL della marina: si erano orientati in città sperdute e nelle giungle armati solo di una bussola, a volte anche senza.

Bubba aveva la sensazione che Phantom ci avrebbe messo più tempo del previsto a tornare solo per lasciarlo un po' tranquillo con Zoey.

Non appena Phantom si chiuse la porta alle spalle, Bubba

prese Zoey in braccio e tornò in soggiorno; si abbandonò sul divano, sempre tenendola tra le braccia, felice di sentirla ridere per quel gesto.

"Mark! Lasciami andare, devo sistemare questa casa che è un disastro."

"Tra un minuto," le disse, annusandole a fondo la pelle dietro l'orecchio.

Zoey girò la testa in modo da lasciargli più spazio e gli disse: "Non abbiamo tempo per giocare, il ristorante non è tanto lontano. Phantom tornerà tra poco."

"Non ci spingeremo troppo oltre," le disse. "Sono stato con te tutto il giorno, ma mi manchi già."

Zoey gli si sciolse tra le braccia. "Quanto sei dolce," sussurrò lei.

"Beh, è la verità. Adesso baciami, donna," le disse, modulando di proposito la voce per suonare più burbero.

Lei rise ancora e gli si sedette in grembo, a cavalcioni. "Con molto piacere," gli disse prima di scendere verso di lui e baciarlo.

Pomiciarono sul divano per diversi minuti, Bubba sapeva già che non si sarebbe mai saziato di lei, delle curve sexy, dei mugolii che si lasciava sfuggire dal fondo della gola e del modo in cui si contorceva quando le stuzzicava i capezzoli.

Bubba si bloccò di fronte a quei pensieri.

"Qualcosa non va?" gli chiese Zoey, con aria preoccupata.

"Oh, nulla," la rassicurò immediatamente, odiandosi per averla spaventata anche un solo istante. "È solo che... ti amo, Zo."

Lei sbatté le palpebre e sgranò gli occhi dall'incredulità, come se non sapesse come reagire di fronte a quelle parole. "Davvero?"

"Sì."

"Perché?"

"Come, perché?" Bubba scoppiò a ridere. "Vuoi che ti elenchi tutte le ragioni?"

Lei scosse la testa. "No, scusa, volevo dire... sei sicuro?"

Zoey era veramente adorabile e per la prima volta, dopo tanti anni, Bubba si sentiva il cuore più libero e leggero che mai. "Sono sicuro, tesoro."

"Beh, è un sollievo. Credo di averti amato da quando siamo rimasti bloccati tra i boschi: so che è assurdo, ma tra i racconti di tuo padre e l'uomo stupendo che sei diventato, come facevo a *non* innamorarmi di te? Colin teneva una tua foto sul caminetto; ogni volta che ci passavo accanto mi chiedevo che effetto mi avrebbe fatto vederti di nuovo, anche se sapevo che non saresti tornato a Juneau tanto presto. Poi tuo padre si è ammalato, sono andata a trovare mia madre e... eccoti. Non sapevo bene cosa dirti all'aeroporto, sapevo con certezza che mi sarei resa ridicola." Fece una pausa e sobbalzò. "Proprio come sto facendo adesso."

"Non ti stai rendendo ridicola, tesoro," la rassicurò Bubba.

Lei alzò gli occhi al cielo e scosse la testa, Bubba non riuscì a trattenere una risata.

"Adoro quando alzi gli occhi al cielo. L'hai fatto anche quando eravamo dispersi, sai. Mi piaceva allora e mi piace anche adesso."

"Voglio che tu sappia che non ti merito, ma giuro che farò di tutto per renderti felice. La maggior parte del tempo mi sento come se tu fossi fuori dalla mia portata, mi sento una sorta di ragazzina sperduta in compagnia di un grande eroe... però sappi che mi sto sforzando di diventare più tosta, più donna di mondo."

"Non cambiare, mai Zoey. Ti amo così come sei."

Lei lo fissò per un secondo, poi le si inumidirono gli occhi.

Bubba l'abbracciò e non si preoccupò di dirle di non piangere; anche lui era sopraffatto dall'emozione. Zoey lo amava, avrebbero passato il resto della vita insieme, nella buona e nella cattiva sorte; nessuno gliel'avrebbe mai portata via, lui non avrebbe fatto nulla per spingerla ad allontanarsi.

La lasciò andare un attimo per guardarla negli occhi e le disse: "Stare con un SEAL non è facile, Zo. Quando mi chiamano per andare in missione, devo andare. Non posso dirti dove sarò o per quanto tempo starò via. Pensi di riuscire a sopportarlo?"

"Sì."

Zoey gli aveva risposto immediatamente, con ardore.

"Lo apprezzo, ma voglio assicurarmi che tu sappia a cosa vai incontro con me prima di dichiararci ufficialmente insieme."

Lei spalancò gli occhi. "Ufficialmente?"

"Sì. Se dopo qualche missione mi amerai ancora e non sarai infastidita dalla mia professione, allora ti chiederò di sposarmi. Il nostro rapporto si è evoluto in modo molto veloce; se fosse per me ti sposerei anche domani, ma voglio che anche tu sia sicura."

"Sono sicura," gli disse lei senza la minima esitazione. "Mark, ho una cotta per te da più di tredici anni, mi hai appena detto che mi ami e che vuoi sposarmi. Non lascerò che un qualcosa di banale come il lavoro ci ostacoli."

"Avrai sempre Caite e le altre, quando andremo in missione," le ricordò. "In caso di bisogno, puoi rivolgerti a loro."

"Lo so, le adoro. Dal giorno del barbecue mi hanno scritto di continuo, non ho mai avuto amiche come loro. Mi hanno accettata del tutto, a differenza di chiunque altro abbia conosciuto in vita mia... a parte tuo padre, ovviamente. Gli altri mi hanno sempre trattata come l'ultima arrivata, come un'estranea. Per queste donne, invece, faccio già parte della loro cerchia ristretta. È pazzesco, sono talmente contenta che non riesco nemmeno a descrivertelo."

"Sono contento. Zo?"

"Sì?"

"Secondo te quanto ci mette Phantom a tornare?"

Lei sorrise. "Almeno altri dieci minuti, credo."

"Bene. Il tempo necessario per farti venire almeno una volta."

"Mark! No, io..."

Zoey finì la frase con un gemito, Bubba le slacciò rapidamente il bottone dei jeans. La fece cadere sul divano, posizionandola a schiena dritta contro lo schienale mentre le infilava una mano nelle mutandine; si esaltò per quanto lei fosse già bagnata.

Tredici minuti dopo, Phantom tornò a casa ma a quel punto Zoey era di nuovo seduta sul divano accanto a Bubba. Aveva le guance un po' accaldate, ma tolto quel dettaglio nessuno avrebbe mai potuto indovinare che fino a poco prima si era contorta sul divano, urlando il nome di Bubba mentre gli veniva sulle dita.

Lui si leccò le dita con fare furtivo e fece l'occhiolino a Zoey, facendola arrossire ancora una volta. Gli piaceva stare con lei, era divertente ed eccitante. Non riusciva a ricordare l'ultima volta in cui si era divertito tanto stando con una donna. Non riusciva a starle lontano, non vedeva l'ora di stringerla a letto quella notte; voleva possederla più di quanto potesse esprimere.

Doveva avere pazienza. Andò a lavarsi le mani e poi tornò in cucina per aiutare a preparare la cena.

I frutti di mare avevano un odore delizioso, Bubba si rese conto di avere una gran fame. Fino a quel momento, il viaggio a Juneau non si era rivelato tanto male. Il giorno dopo si sarebbe occupato dell'eredità, poi lui e la sua bella sarebbero potuti tornare in California e andare avanti con le loro vite.

———————

Cinque ore dopo, Bubba era esausto. Aveva dato una mano a Zoey a impacchettare tutto quanto, lei sprizzava ancora di energia. Avevano diviso tutto tra cosa tenere, donare e buttare; Zoey si era segnata tutti i lavori di ristrutturazione da fare prima di mettere la casa in vendita.

"Zo, basta, sono distrutto," la implorò Bubba quando lei sembrava in procinto di sistemare la cucina.

Lei lo guardò con aria sorpresa. "Oh, che ore sono?"

"È tardi."

Zoey guardò l'orologio e trasalì. "Cazzo, non me ne sono resa conto, scusami! Vai a letto, ti raggiungerò non appena avrò finito questo armadietto."

Bubba scosse la testa, la prese per mano e di fatto la trascinò verso il retro della casa, dove si trovava la camera da letto principale. Phantom si era arreso ed era andato a dormire circa due ore prima, probabilmente era crollato nella stanza degli ospiti al piano di sopra. Bubba sapeva che se avesse lasciato Zoey da sola sarebbe andata avanti a sistemare tutta la notte: era una ragazza concreta, quando si metteva in testa qualcosa doveva per forza portarlo a termine. Bubba era sia affascinato che frustrato da quel tratto caratteriale.

"Mark! Dai, davvero, devo finire di sistemare quell'armadietto. Perdo la testa se lo lascio a metà!"

"No. Ora ti porto a letto e basta."

Zoey non gli rispose, quando lui si voltò a guardarla mentre entravano in camera da letto lei stava sorridendo con un luccichio di lussuria negli occhi.

"Prendimi ora o perdimi per sempre," gli disse con fare drammatico.

Bubba si accigliò. "Cosa?"

"Oh, cielo, non hai riconosciuto la citazione?"

"Direi proprio di no," le rispose Bubba mentre le afferrava i bordi della maglia e iniziava a tirarla verso l'alto.

"*Top Gun*," gli disse Zoey, con la voce attutita dall'indumento che le scivolava sopra la testa.

"Hmmm," mormorò Bubba, totalmente concentrato sul seno di Zoey, ancora prigioniero nel reggiseno.

La fissò intensamente mentre lei si sbottonava i jeans e se li toglieva. "Dimmi un po', sarò l'unica nuda qui?" gli chiese mentre saliva sul letto.

Bubba si tolse i vestiti a tempo di record e si lanciò su di lei, già duro e pronto all'attacco ma come al solito voleva essere sicuro che lei fosse pronta. Aveva già l'acquolina in bocca, non vedeva l'ora di assaggiarla. Si abbassò lentamente su di lei, sempre fissandola negli occhi.

Lei smise di sorridere e iniziò a leccarsi le labbra, in attesa del tocco di Bubba.

"Ti amo, Zoey," le disse Bubba dolcemente, prima di seppellirle il viso tra le gambe.

"Ti amo anch'io," gli rispose lei.

Bubba si beò di quelle parole e si concentrò sul premio che aveva di fronte: non si sarebbe mai stancato di lei. Si leccò le labbra e si mise all'opera per mostrare a Zoey quanto l'amasse.

Un'ora dopo, Bubba cingeva una Zoey dormiente tra le braccia, incapace di arrestare i pensieri per dormire un po'. Stava filando tutto a meraviglia: Zoey si stava trasferendo definitivamente in California, stava vendendo quella casa, stava impacchettando tutto quanto. Si amavano e dal giorno seguente Bubba si sarebbe finalmente liberato dagli impicci lavorativi derivati dalla gestione della fabbrica del padre.

Tuttavia, Tex non gli aveva detto più nulla e non era sicuro della reazione che avrebbe provocato al nemico, con la sua decisione di vendere la parte di proprietà. Detestava non avere le informazioni necessarie per prendere decisioni. Spesso la gente moriva proprio per mancanza di informazioni.

Bubba si sentiva come se la sua vita fosse appena iniziata,

da quando aveva ritrovato Zoey. Non avrebbe di certo voluto una sorpresa letale dietro l'angolo.

Decise che dopo la riunione con Malcom, Sean e Kenneth avrebbe chiamato Tex per vedere cosa fosse riuscito a scoprire. Aveva bisogno di chiudere quella dannata situazione una volta per tutte, solo a quel punto si sarebbe davvero rilassato.

Dopo circa mezz'ora, Bubba riuscì finalmente ad addormentarsi, confortato dalla presenza di Zoey.

CAPITOLO DICIOTTO

"Quindi questo posto si chiama GonZo Café?" chiese Phantom la mattina dopo.

Zoey annuì. "Sì, ha un nome bizzarro ma il cibo è buonissimo. Le loro colazioni sono mitiche. Più tardi andrò a fare la spesa e prenderò qualcosa per il resto del weekend, ma fidati, ti piacerà cos'hanno da offrire."

"Va bene. Bubba, resti qui?"

"Sì."

"Sta facendo il bravo, ma io sto morendo di fame," disse Zoey a Phantom con tono scherzoso. "Più movimento e meno chiacchiere, per favore."

Sentì Mark ridere dietro di lei, ma non si voltò a guardarlo; Zoey aveva l'umore alle stelle quella mattina. Anche se il giorno prima non era riuscita a finire di sistemare la cucina e a capire cosa volesse tenere e donare alla Glory Hall e agli altri rifugi per senzatetto della città, non poteva dirsi dispiaciuta per come fosse finita la serata.

Mark la amava.

Quasi non riusciva a crederci.

Non era mai stata tanto felice.

Mark stava per andare a parlare con Kenneth, ma Zoey voleva comunque chiamare Tracy per scoprire cosa fosse successo con l'agente immobiliare che avrebbe dovuto sistemare la casa e organizzarne la vendita, ma nemmeno quel pensiero riuscì a intaccarle il buonumore.

Ripensare al modo in cui l'aveva presa Mark la notte prima le provocava quasi imbarazzo, ma era stato tutto incredibilmente sensuale. Ogni volta che le praticava sesso orale, Mark le dava l'impressione di non essere mai sazio. Lei non poteva fare paragoni, ma pensava che la maggior parte degli uomini non fosse tanto entusiasta di compiere azioni simili: era una donna molto fortunata.

Sentiva ancora una sorta di dolore tra le gambe per il modo rude e possente in cui lui l'aveva presa dopo averla fatta venire in bocca e sulle dita. Mark era un uomo estremamente sensuale, Zoey stentava a credere che quella fosse proprio la sua vita.

Nulla poteva scalfirle il buonumore, quella mattina; nemmeno Phantom che brontolava perché avrebbe dovuto affrontare il gelo e recuperare la colazione.

"Mi devi un favore," le disse Phantom, sul punto di uscire di casa.

"Certo. Questo pomeriggio ti preparo una torta con noci pecan, ti piacerà un sacco."

"Quella è la *mia* torta," le bisbigliò Mark mentre Phantom si voltava per uscire.

Zoey stava per rispondere in modo saccente alla citazione di Mark, tratta dal film *La rivincita dei nerds*, ma Phantom parlò prima di lei.

"Stai attento, oggi c'è aria pesante."

Zoey si accigliò, cosa diavolo significava? Mark a quanto pare aveva colto il messaggio, dato che gli rispose: "Lo farò, stai attento anche tu."

Phantom annuì, uscì dalla porta e se la chiuse alle spalle.

"Che succede?"

Mark fece spallucce. "A volte abbiamo delle sensazioni. Phantom avverte una minaccia nell'aria."

"Pensi che dovresti rimandare l'incontro di oggi?" gli chiese Zoey con preoccupazione.

"Oh, assolutamente no. Prima mi tolgo questa rottura di palle, prima finiamo di sistemare qui e prima possiamo tornarcene a casa nostra per iniziare la nostra nuova vita... insieme."

Zoey sorrise e abbracciò Mark, percepì subito l'erezione del suo uomo. "Sono d'accordo," gli disse lei con tono seducente. "Pensi di avere il tempo di darmi un'altra lezione sul sesso orale, prima che torni Phantom?"

Mark gemette, sentì l'uccello contrarsi di nuovo. "Non credo che tu abbia bisogno di altre lezioni, ragazzetta. Sei già bravissima e lo sai."

Zoey aveva capito che Mark stava essendo gentile, ma non gli disse nulla. Salì in punta di piedi e lo baciò mentre lui chinava la testa per raggiungerla.

Il bacio li distrasse a tal punto che quando sentirono la porta sul retro aprirsi, fu troppo tardi. Mark si girò e spinse Zoey dietro di sé talmente tanto velocemente che lei non si rese neanche conto di cosa stesse succedendo.

"Accidenti, Malcom! Mi hai spaventato!" esclamò Mark, sollevato.

Zoey sgranò gli occhi terrorizzata quando Malcom sollevò una pistola e la puntò contro Mark.

"Bene. Direi che *dovresti* avere paura," gli disse con tono piatto.

Mark si irrigidì e Zoey ebbe la netta sensazione che Phantom avesse percepito correttamente il pericolo. Dannazione.

———

Bubba fissò il fratello, gli si spezzò il cuore nel realizzare che la persona che lo voleva morto era proprio suo fratello, il suo *gemello*. Credeva che il nemico fosse Sean, non Malcom.

Sollevò entrambe le mani. "Calma, fratello. Risolviamo la faccenda."

"È troppo tardi, ormai. Se tu fossi rimasto in California, ora non ci troveremmo qui."

"Come fai a saperlo?" gli chiese Bubba, aveva bisogno di tempo: più parlava con Malcom, più dava tempo a Phantom di tornare. In due avrebbero neutralizzato Malcom senza problemi, nessuno si sarebbe fatto male. In quel momento Bubba non poteva muoversi, altrimenti avrebbe esposto Zoey al pericolo e non ne aveva alcuna intenzione.

"Se tu e quella puttana foste morti, avrei ereditato tutti i soldi e le azioni che ti ha lasciato papà, *lei* non avrebbe messo le mani su tutto ciò che era mio di diritto."

Quel ragionamento non era corretto: era vero che se Mark fosse morto il testamento avrebbe previsto il lascito all'unico parente rimasto in vita, ovvero Malcom. Forse non si erano parlati molto, ma avevano lo stesso sangue. Se Zoey fosse morta, però, la casa, i soldi e la parte lasciata da Colin sarebbero andati ai parenti *di lei*.

Forse Malcom sperava che la stessa Zoey non pensasse a quell'opzione.

Bubba doveva temporeggiare ancora un po'. "Volevi questa casa?" chiese al fratello.

"Fanculo questa casa," sogghignò Malcom. "Non me ne frega un cazzo di questa catapecchia, però avrei potuto venderla e intascarmi i soldi, come vuole fare lei. Quei soldi dovrebbero essere *miei*."

"Ti ho detto perché sono venuto qui," gli disse Bubba. "Oggi, alle dieci, puoi avere quello che vuoi."

"No che non posso!" urlò Malcom, la pistola tremò leggermente.

Bubba spinse Zoey ancora più lontano, dietro di lui. Se fosse partito un colpo accidentale, non voleva che Zoey rischiasse di essere ferita.

"Vuoi vendere le tue azioni a me e a Sean? Ma mi prendi per il culo? Non ho i soldi per comprare quello che offri e anche se li avessi, non dovrei *farlo*. Chi era il figlio che sosteneva papà quando aveva bisogno di aiuto per licenziare un dipendente? Io! Chi era il figlio che era qui per coprire un turno quando qualcuno non si presentava? Io! Chi era il figlio che ascoltava per ore e ore mentre papà parlava del suo prezioso piano d'affari e gli dava consigli su come fare più soldi? *Io,* cazzo! Ecco chi. Non *tu*, non l'uomo meraviglia che se ne andava a zonzo per il mondo a fare il cazzo di eroe. Mi prenderò la tua parte di ciò che sarebbe dovuto essere mio e senza darti un soldo!"

Man mano che parlava Malcom aveva alzato la voce, le ultime frasi le aveva praticamente gridate.

"Se la finissi di parlare e gli sparassi, potremmo sbrigarci," sentenziò una voce femminile dietro Bubba.

Merda. La situazione era peggiorata in un attimo; Bubba si girò di lato, tenendo sempre Zoey dietro di sé.

Tracy Eklund apparve in soggiorno. Quando Phantom era uscito non avevano chiuso la porta a chiave, quindi lei era entrata senza problemi.

Bubba aveva detto a Zoey che la maggior parte delle persone uccideva per soldi o per sesso, in quel caso c'erano entrambi gli elementi.

"Fammi indovinare... tu e mio fratello avete una tresca."

Tracy sembrava compiaciuta, ma non rispose.

Quando Malcom parlò, Bubba riportò l'attenzione sul gemello. Che situazione drammatica: erano finalmente viso a viso con le persone che avevano cercato di ucciderli, ma Mark non poteva proteggere Zoey sia da Malcom che da Tracy. *Merda!*

"La amo, è la mia metà," gli rispose Malcom.

"È molto più grande di te," osservò Bubba, nel tentativo di far ragionare il fratello. "Immagino che ti abbia approcciato *lei*, vero?"

"Taci!" urlò Tracy. "Non sono *tanto* più grande di Mal, ho solo quarant'anni!"

"Con quei capelli grigi, non si direbbe," commentò Zoey. "Kenneth avrà tipo... cinquant'anni, come Colin? Che succede, hai per caso esaurito la miniera d'oro?"

Tracy afferrò rapidamente un grosso coltello da cucina dal bancone che Zoey avrebbe dovuto finire di sistemare la sera prima. "Zitta, troia! Non sei altro che una *sanguisuga*, ti sei incollata a Colin per succhiargli i soldi che avrebbe dovuto dare ad altri... ovvero a Malcom!"

"Restiamo calmi," disse Bubba, poi sollevò una mano verso Tracy.

"Ti sviscero, brutta cagna," sibilò Tracy con lo sguardo assottigliato su Zoey.

Bubba portò le mani dietro la schiena e afferrò gli avambracci di Zoey; i due folli davanti a lui avrebbero potuto pensare che Bubba stesse dando la mano a Zoey, ma in realtà Bubba si stava assicurando di avere una buona presa sulla donna che amava, in caso di immediato bisogno avrebbe potuto scagliarla via in una frazione di secondo.

Il telefono di Bubba iniziò a vibrare sul bancone della cucina, chiamata in arrivo; il suono era parecchio fastidioso, ma nessuno si mosse.

"Sì, è stata *lei* a venire da *me* quando abbiamo iniziato a uscire," disse Malcom, con la presa sulla pistola sempre più tremante. "Andava tutto bene, ma poi tu hai mandato un'e-mail a papà, dicendogli che forse saresti tornato a trovarlo.

Era al settimo cielo, porca troia! Era felice da far schifo! Quel giorno stesso ha cambiato il testamento, continuava a dire che se tu fossi tornato e avessi visto da te come andava bene la fabbrica, te ne saresti innamorato e saresti tornato a Juneau! Delirava, davvero. Sapevamo tutti che non saresti mai tornato, a quel punto ho capito che dovevo intervenire."

A Bubba si gelò il sangue. "Cos'hai combinato, Mal?"

"Zitto, Malcom," lo avvertì Tracy.

Malcom la ignorò, fissò Mark dritto negli occhi. "Tracy mi ha detto che era l'unica soluzione, che tanto papà avrebbe sempre preferito te, l'uomo speciale. Non sarei mai stato alla tua altezza. *Dovevo* farlo!"

"Fare cosa?" gli chiese Bubba.

"All'inizio solo un pizzico, per vedere la reazione, che è stata positiva. È stato male quasi subito..."

Zoey inspirò bruscamente ma non disse nulla, Bubba iniziò a sentirsi davvero male. "*Hai ucciso papà?*"

"Ho dovuto farlo!" gridò Malcom. "Tracy ha detto che sarebbe stato semplice e non avrebbe sofferto!"

"Non è andata così, vero?" gli chiese Zoey a bassa voce. "Colin ha sofferto... deve aver sofferto tanto."

"Sì, ho sbagliato le dosi e non gliene ho dato abbastanza. Quando sei andata a trovare tua madre, ne ho approfittato. Gli ho somministrato abbastanza arsenico da fargli fermare il cuore."

Bubba strinse i denti con talmente tanta forza da farsi male.

"Ed è stato del tutto *inutile* perché voi non siete schiattati, merda!" sbraitò Tracy. "Tu *e* quella pilota di merda dovevate morire dopo il decollo; ho ingaggiato dei tizi per sabotare il motore dell'idrovolante, ma si sono presi i soldi e sono scappati. Abbiamo architettato il ridicolo piano di lasciarvi in mezzo ai boschi solo per far abboccare quella cretina di Eva, non sapeva che quel volo per lei sarebbe stato l'ultimo... in teoria."

Bubba rimase allibito dalla perfidia della donna che gli stava di fronte: non solo aveva architettato l'omicidio suo e di Zoey per ottenere i loro soldi, ma non si era fermata nemmeno davanti all'idea di uccidere una donna innocente. Certo, Eva non era del tutto innocente, dal momento che aveva accettato l'incarico, ma non era al corrente del vero piano per uccidere lui e Zoey.

Sentì Zoey che si muoveva dietro di lui; per un attimo Bubba fu preso dal panico, ma poi capì che lei gli si stava semplicemente avvicinando ancora di più. A lui andava bene, in quel modo l'avrebbe protetta ancora meglio.

Gli sembrava assurdo doversi proteggere dal suo stesso fratello, ma la pistola di Malcom era più minacciosa del coltello che impugnava Tracy. "Immagino che sia stata tu a rivelare a Malcom le volontà del testamento di papà, vero?" le chiese.

"Chiaro. Sono l'assistente di mio marito, dopo tutto. Secondo te chi prepara tutti i documenti?"

Il telefono di Bubba vibrò di nuovo, avrebbe risposto molto volentieri; era chiaro che chiunque lo stesse chiamando avesse urgenza di parlargli.

"Uccidili," ordinò Tracy a Malcom. "Questa pagliacciata deve finire *ora*."

"Cosa pensi che succederà, Mal?" gli chiese Bubba. Sentì Zoey spostarsi dietro di lui ancora una volta... poi si rese conto che gli stava estraendo con molta lentezza il coltello tattico dal fodero che portava sulla schiena.

Diamine, che donna sveglia; ne era affascinato, quasi intimorito.

"Se ci uccidi, cosa farai con i nostri corpi? Come spiegherai le nostre morti? Sean e Kenneth mi aspettano in ufficio tra un'ora e mezza; potresti ottenere comunque le *mie* quote degli affari, ma questo non ti darà abbastanza campo per scavalcare Sean. Quella di Zoey andrà a sua madre. Cosa farai a quel punto, Mal? Ucciderai anche Sean? Poi anche sua moglie, visto che le quote andranno probabilmente a *lei*? Quando finirà questa scia di sangue? Quando smetterai di uccidere?”

“Basta, fratello. Metti giù la pistola e risolviamo insieme questo casino.”

“No. Sistemerò tutto, andrà tutto bene. Per forza!”

“Non ascoltarlo, Malcom. Sta solo cercando di confonderti” disse Tracy al giovane amante.

“Come cazzo faccio a confonderlo?” le chiese Bubba. “Gli sto solo dicendo la *verità*: lui vuole gestire la fabbrica ma se ci uccide, non la gestirà *mai*.”

“Non vogliamo quella fabbrica di merda!” strillò Tracy con fare isterico. “C’è già qualcuno che vuole comprare la nostra metà della Heritage Plastics, è pronto a pagare in contanti. Potremo lasciare questo schifo di città e ricominciare da qualche altra parte.”

Bubba si voltò per guardare il fratello. “Non ci posso credere, cazzo. Se volevi andartene, perché non l’hai *fatto* e basta?”

“Non era così semplice,” argomentò Malcom, con la voce spezzata da disperazione e frustrazione. “Non sono come *te*, non sono forte. Non avevo altra scelta che restare e lavorare per papà.”

“C’è sempre una scelta,” gli disse Bubba con voce triste. “Non riesco a credere che per te uccidere la tua stessa carne e il tuo stesso sangue fosse la scelta migliore.”

“Tracy ha detto...”

“Ascolta te stesso, fratello,” gli intimò Bubba con fermezza. “Dimenticati di *questa* per un secondo: è una donna disperata, stufa della vita, con un marito noioso e desiderosa di emozioni forti. Ha scelto te e tu ci sei cascato con tutte le scarpe, ti ha convinto a uccidere *papà* e anche *me*. Guardami negli occhi e dimmi che vuoi veramente uccidermi."

Bubba fissò Malcom e lo pregò di risvegliarsi da qualsiasi incantesimo malevolo lanciato da Tracy.

Nel frattempo, sentì Zoey che gli infilava il manico del coltello tattico in mano.

Tutto iniziò a svolgersi a rallentatore. Con il coltello in pugno, Bubba si sentì mille volte più sicuro; avrebbe potuto mettere fuori gioco Malcom con un solo colpo di polso e poi neutralizzare Tracy.

Il solo pensiero di ferire o addirittura uccidere il gemello, però, era devastante. Non importava quali decisioni avesse preso in passato (anche se aveva ammesso di aver ucciso il padre e aver avuto intenzione di uccidere anche Bubba) Malcom era sempre suo fratello. Il suo gemello.

"È finita, fratello," gli disse Bubba a bassa voce. "Questa follia deve terminare qui. Ti aiuterò, ti darò tutto il supporto legale di cui hai bisogno. Eri fuori di te, lo sappiamo entrambi. Probabilmente andrai in prigione, ma farò tutto il possibile per patteggiare un accordo, magari ti farai solo qualche anno. Tutto qui. Metti giù la pistola, Mal."

"Non ascoltarlo, Malcom," sbraitò Tracy. "*Tu* hai ucciso Colin, non ci sarà nessun accordo. Sei stato sempre *tu* ad assumere quella pilota. Mark ti sta mentendo e quello che colerà a picco sarai sempre e solo tu, non *io*. Uccidilo ora e stanotte ce ne andremo per sempre! Prenderemo i soldi nella cassaforte di Kenneth e spariremo nel nulla."

Bubba sentì il suono di un motore provenire dall'esterno, era tornato Phantom. Da quando era arrivato Malcom gli sembrava che fossero passate delle ore, mentre in realtà si era trattato solo di pochi minuti.

"Spara!" gridò Tracy. "Non fare il rammollito e sparagli, cazzo! Se non lo fai, marcirai in prigione per il resto dei tuoi giorni!"

Quando Malcom sollevò di nuovo la pistola, Bubba scattò.

Lanciò il coltello che teneva in mano e colpì in pieno il bersaglio.

Mentre Malcom cadeva a terra, Bubba si voltò e fece un passo verso Tracy.

Troppo lento: Zoey lo aveva preceduto.

Bubba si spaventò a morte quando vide Zoey diretta verso la mano di Tracy, quella che impugnava il coltello da cucina.

Lui fece un passo avanti ma Zoey stava già eseguendo in modo impeccabile una tecnica di autodifesa.

Mentre Tracy cercava di portare la mano con il coltello verso il basso per pugnalarla, Zoey le sferrò una potentissima ginocchiata all'inguine: quella mossa era dolorosa anche per le donne, ovviamente. Tracy si piegò in due dal dolore, si dimenticò del coltello e a quel punto Zoey le tirò una ginocchiata in pieno volto.

Tracy cadde a terra svenuta, con il sangue che le colava dal naso.

Zoey strappò il coltello dalla mano della donna più anziana e scattò come se fosse pronta per unirsi al combattimento tra Bubba e Malcom.

Bubba non ebbe il tempo di meravigliarsi perché si voltò non appena udì Zoey sussultare, pronto a difenderli da Malcom.

Tuttavia, non era necessario.

Bubba aveva mirato alla coscia di Malcom, il gemello era caduto a terra; avrebbe potuto iniziare a sparare a raffica, ma non lo aveva fatto.

Invece di puntare la pistola su Bubba, Malcom se la stava puntando alla tempia.

La porta d'ingresso si spalancò, Bubba sapeva che Phantom gli avrebbe coperto le spalle. Non doveva più preoccuparsi di Zoey, l'amico si sarebbe assicurato che Tracy non fosse più una minaccia.

"Metti giù la pistola, Mal. Possiamo risolvere la questione."

"No, non si può risolvere. Tracy ha ragione. Farò quello che è giusto, per tutto quanto. Com'è giusto che sia."

"Tracy era la burattinaia," gli disse Bubba. "Troveremo un buon avvocato che dimostrerà alla giuria che sei stato traviato da lei, testimonierò a tuo favore."

"Anch'io," disse Zoey, dietro Bubba.

Lui sentì il cuore colmo di amore per lei, ma non riusciva a pensare ad altro che al fratello con la pistola puntata alla testa.

"Non me lo merito, ho ucciso papà!" Si lasciò sfuggire un singhiozzo. "Tracy ha ragione... Avrei potuto dire di no, avrei potuto fermarla quando se n'è uscita con il piano di uccidere te e Zoey ma sono debole... e stanco. Troppo stanco."

"Stanco?"

"Stanco di essere sempre il numero due, in questa città di merda. Sono stanco della gente che mi guarda come se non valessi niente."

"Ma non è vero, nessuno lo fa," gli disse Zoey.

"Sì invece, lo fanno *tutti*," ribatté Malcom. "Anche tu lo hai fatto. Sapevo che ti piaceva Mark al liceo, ma non mi importava, ti volevo e basta. Alla fine però hai scelto lui, come hanno sempre fatto tutti quanti. Per quello che vale... mi dispiace. Mi dispiace di essere stato uno stronzo con te, Zoey. Mi dispiace per quello che ho fatto a papà, non se lo meritava. Mi dispiace di aver assunto quella pilota per cacciarvi in quel guaio."

"Ti perdono," gli disse Bubba, era serissimo: voleva bene a Malcom. Non era stato il miglior fratello, ma d'altronde neanche Bubba si era sforzato molto per essere un buon gemello. Se fosse tornato a casa più spesso, magari tutto sarebbe stato diverso, si sarebbe accorto in tempo di come Tracy avesse avvelenato Malcom.

"Grazie," gli disse Malcom. Premette il grilletto.

Prima che Bubba potesse urlare un secco "no!" lo stallo era giunto al termine.

Zoey urlò al suono dello sparo che riecheggiò nella stanza, Bubba si voltò subito per proteggerla dall'orrore che si era appena svolto davanti ai loro occhi.

"Merda, merda, merda!" gridò Zoey. "Chiama il pronto intervento, un'ambulanza!"

"È troppo tardi," le disse Bubba. Non aveva bisogno di girarsi per sapere che effetto provocasse una pallottola in testa. Aveva già assistito a scene del genere.

Bubba scortò Zoey fuori dalla porta, voleva solo allontanarla e non farle vedere ciò che restava di Malcom.

"Mi occuperò della spazzatura," gli disse Phantom sottovoce, indicando con un cenno Tracy mentre Bubba gli passava accanto.

Lui annuì e si fermò solo il tempo necessario per prendere il telefono dal bancone della cucina, c'era di nuovo una chiamata in arrivo.

Tex lo stava chiamando per la terza volta. Probabilmente il SEAL in pensione aveva finalmente fatto la sua chiacchierata con Eva Dawkins, ma ormai era troppo tardi.

Esausto e svuotato di tutto, Bubba scortò Zoey fuori dalla casa; se fosse stato per lui, non ci avrebbero mai più messo piede. Fanculo Juneau, fanculo l'Alaska. Gli avevano regalato Zoey, va bene, ma gli avevano provocato anche il più grande dolore della sua vita.

Registrò a malapena Phantom che parlava al telefono con un'operatore del pronto intervento, Bubba non poteva fare altro che abbracciare Zoey e ringraziare il cielo che stesse bene. Malcom avrebbe potuto spararle o Tracy avrebbe potuto pugnalarla, se Zoey non avesse avuto riflessi tanto rapidi.

Bubba le nascose il viso tra i capelli e si sforzò di resistere.

Quando iniziò a tremare, Zoey lo strinse ancora più forte; quando Bubba iniziò a piangere, la donna che amava più di ogni altra cosa al mondo non lo lasciò andare, si limitò a stringerlo ancora più forte per dargli il supporto necessario per impedirgli di frantumarsi in mille pezzi.

CAPITOLO DICIANNOVE

Per Bubba, quella fu una lunga giornata... la più lunga della sua vita. Quando erano arrivati i poliziotti, avevano pensato subito che fosse stato *Bubba* ad uccidere Malcom; lo avevano ammanettato e lo avevano spinto a entrare nel retro della loro volante. A quel punto, Zoey aveva completamente perso la testa.

Conosceva la maggior parte degli agenti e gli aveva urlato contro che se non avessero liberato Bubba immediatamente avrebbe fatto causa a loro, al dipartimento e all'intera città. Bubba si era sentito il cuore gonfio d'orgoglio, ma al tempo stesso era come intorpidito. Non era nemmeno riuscito a sentirsi grato agli agenti quando avevano capito che Malcom si era sparato, si erano scusati per il malinteso, gli avevano tolto le manette e lo avevano lasciato andare.

In seguito Bubba, Zoey e Phantom furono costretti a raccontare le loro versioni della storia per almeno altre quattro volte. In quel frangente Bubba era rimasto da solo, senza Zoey; aveva iniziato a spazientirsi, gli veniva sempre più voglia di urlare ogni volta che i detective gli ponevano sempre le stesse domande.

Alla fine era intervenuto Tex, aveva fatto qualche telefonata per liberare finalmente Bubba e Zoey da quella situazione. Al momento si trovavano in una stanza d'albergo nel centro di Juneau, dato che non volevano assolutamente tornare né a casa di lei, né in quella di Colin.

Phantom era stato scontroso e riservato come sempre, ma al tempo stesso era stato un importante supporto sia per Mark che per Zoey, Bubba gliene sarebbe stato grato per sempre. Phantom li aveva obbligati a mettersi qualcosa sotto i denti, dal momento che non erano riusciti a consumare la colazione; dopodiché aveva chiamato la squadra per aggiornarli sugli ultimi sviluppi. Rocco si era subito offerto di precipitarsi in Alaska, ma Phantom gli aveva detto che non sarebbe stato necessario, tanto sarebbero tornati a casa il prima possibile.

Phantom si era messo in contatto anche con Sean Kassamali per informarlo sull'accaduto. Il socio di Colin si era fiondato in stazione di polizia per rassicurare Bubba del fatto che si sarebbe occupato lui degli affari. Ironia della sorte, dal momento che Malcom si era tolto la vita, tutte le quote sarebbero andate a Bubba. Era quasi ridicola come situazione, ma Malcom era sicuro che il piano si sarebbe svolto senza intoppi. Non aveva ragionato in modo lucido.

Bubba non voleva avere più niente a che fare con gli affari, quindi prima o poi Sean sarebbe riuscito a gestire la fabbrica del tutto.

Il SEAL aveva intenzione di vendere le quote a Sean per un dollaro... come gesto simbolico, per rendere la vendita legale. Zoey voleva fare lo stesso; se quella mattina l'incontro si fosse svolto nell'ufficio di Kenneth come da programma, Malcom avrebbe scoperto che il gemello gli avrebbe venduto tutto per un misero dollaro, non per la cifra esorbitante che si era aspettato.

Bubba avrebbe dovuto sentirsi sollevato per essere finalmente riuscito a togliersi di dosso gli affari del padre, ma non riusciva a provare altro che tristezza.

"Niente di tutto questo sarebbe dovuto accadere," mormorò Bubba.

Era seduto sul divano nella suite che Phantom aveva prenotato per loro, con Zoey accoccolata contro di lui. Si sentiva in grado di affrontare il mondo e non crollare in mille frammenti solo quando stringeva la sua donna tra le braccia. Non avrebbe mai dimenticato gli occhi disperati di Malcom mentre si puntava la pistola alla tempia.

Phantom fece capolino con la testa. "C'è Tex al telefono. Te la senti di parlargli?"

Bubba annuì. "Sì, mettiamo fine a questa storia."

Zoey lo strinse ancora di più, Bubba si sentì un pochino meglio. Non bene, ma meglio.

"Ci sei, Bubba?" chiese Tex in viva voce.

"Sì."

"Mi dispiace tantissimo di non essere riuscito a rintracciare Eva per tempo."

Bubba scosse la testa, nonostante fosse consapevole che l'amico non potesse vederlo. "Non dire così... Non hai nessuna colpa, gli unici ad avere colpa qui sono Tracy e mio fratello. Tu non devi scusarti di niente."

"Anche se lo dici, non mi sento meno in colpa," gli disse Tex. "Comunque, in qualche modo Tracy conosceva l'ex di Eva: non ho chiaro il collegamento tra i due. Malcom l'ha contattata per la prima volta e le ha offerto dei soldi per fare un lavoro; Eva ha accettato perché aveva disperato bisogno di soldi, a quel punto Tracy si è occupata degli accordi. A quanto pare, l'ex di Eva ha detto che le avrebbe restituito i figli solo se lei gli avesse dato trecentomila dollari. Ovviamente Eva non disponeva di quella somma, così Tracy e Malcom l'hanno convinta ad accettare il loro incarico con molta facilità."

"Dopo avervi scaricato in mezzo al niente, Eva ha mollato

l'idrovolante in una piccola cittadina; lo hanno trovato da poco, confermando la storia. Poi è andata a Seattle come le avevano ordinato, per far calmare la situazione e aspettare il pagamento, come pattuito."

"Fammi indovinare... non l'hanno mai pagata," commentò Phantom in modo sprezzante.

"Esatto. Tracy e Malcom non avevano intenzione di darle un centesimo perché nel piano originale sarebbe dovuta morire insieme a voi due; di fatto *non avevano* proprio soldi da darle. Eva ha passato due settimane a fare autostop per tornare ad Anchorage, insicura sul da farsi, ma si è diretta lì perché sapeva che c'erano i suoi bambini. L'hanno assunta in uno strip club e da allora vive in macchina."

Nonostante tutto, Bubba non riuscì a non provare una fitta di compassione per quella sciagurata. Certo, Eva aveva fatto delle pessime scelte di vita, ma lui era convinto che se qualcuno gli avesse rapito i figli anche lui avrebbe fatto di tutto per salvarli.

"Che ne è dei bambini?" chiese a Tex.

"Se ne stanno occupando."

Bubba ripensò alla precedente conversazione con Tex a proposito di quella squadra di vigilanti di Colorado Springs che non si faceva scrupoli nel togliere di mezzo le canaglie come l'ex di Eva.

"Ora, la vera domanda è... hai intenzione di sporgere denuncia?" gli chiese Tex.

Bubba aprì la bocca per rispondere, ma Zoey lo bruciò sul tempo.

"No."

Bubba si voltò verso di lei. "Zo..."

Lei sollevò una mano per poter rispondere. "Lo so, Mark; so cos'ha combinato, avremmo potuto morire, tu *sei* quasi morto... eppure, siamo ancora qui e stiamo bene. Detto tra noi, aveva forse altra scelta? Non sto assolutamente giustificando quello che ha fatto, ha compiuto qualcosa di tremendo e sarebbe dovuta filare dalla polizia dopo aver sentito il piano di tuo fratello, però..." lasciò la frase in sospeso.

"Tex, Eva è dispiaciuta?" gli chiese Bubba.

"Per quel che può valere, sì, credo proprio che sia dispiaciuta. Quando l'ho contattata mi sembrava addirittura sollevata, mi ha chiesto subito come stavate. Aveva notato che avevi le tasche piene di roba, Bubba, era sicura che te la saresti cavata in qualche modo."

Bubba chiuse gli occhi. Non gliene fregava niente di Eva Dawkins, ma pensò a quei poveri bambini che sarebbero rimasti senza nessuno, se lei fosse finita in prigione. Sospirò e chiese: "Bene, e ora che succede?"

"Le ho trovato un lavoro in Florida," gli rispose Tex. "Niente di speciale, ma si tratta di un posto onesto per tirare avanti in modo decoroso. Domani prenderà un volo con i figli, non dovrà mai più preoccuparsi dell'ex. Ricomincerebbe una nuova vita, con la tua benedizione. Le ho intimato di non incasinare tutto perché la tengo d'occhio. Se farà anche un solo passo falso le farò portare via i figli e la farò sbattere in prigione ancora prima che possa fiatare, ecco."

Bubba non riuscì a trattenere un piccolo sorriso, ecco il Tex che rispettava e adorava. "Ottimo."

"Zoey? Tu stai bene?" le chiese Tex.

Zoey portò lo sguardo in quello di Bubba, lo studiò attentamente per qualche istante e poi rispose: "Sto bene."

"Ho delle scartoffie da compilare, ora vi lascio. Mi dispiace per tuo fratello, Bubba."

"Grazie."

"Tex?" lo chiamò Phantom.

"Sì?"

"Hai qualche notizia da riferirmi su quella faccenda che ti ho chiesto di tenere d'occhio?"

"No, mi dispiace. Al momento ho sentito vociferare qualcosa di interessante, ma non ho ancora abbastanza informazioni concrete da condividere. Non appena scopro qualcosa, ti chiamo."

"Grazie, lo apprezzo."

"Va bene. Teniamoci in contatto, ragazzi. Ci sentiamo presto."

"Ciao, Tex. Grazie di tutto," gli disse rapidamente Bubba prima che Tex riagganciasse.

"Sì, grazie, Tex," si aggiunse Zoey, ma non gli arrivarono quelle parole perché Tex aveva già messo giù.

"Devi dirmi qualcosa?" chiese Bubba a Phantom.

L'amico scosse la testa. "No, nulla. Ho chiesto a Tex di controllare una cosa per me, tutto qui."

Bubba guardò a lungo il compagno di squadra: di certo non si trattava di una questione da *nulla*; se Phantom si era spinto a chiedere aiuto al loro genio informatico, si trattava di qualcosa di serio. Tuttavia, se Phantom non se la sentiva ancora di condividere, Bubba non voleva forzarlo. Era sicuro che l'amico avrebbe informato lui e il resto della squadra a tempo debito.

"Sono un po' dispiaciuta per Eva," disse Zoey a bassa voce.

Bubba appoggiò il mento sulla testa di Zoey, per nulla sorpreso da quelle parole. La sua donna tendeva a vedere sempre il buono negli altri, uno dei tanti motivi per cui l'amava. Bubba si sentiva meno comprensivo, una parte di lui avrebbe voluto dire a Tex di rendere la vita di Eva un vero inferno, ma in fondo quella donna stava *già* vivendo di merda. Alla fine, Eva era una vittima in tutta quella vicenda, tanto quanto lui e Zoey.

"Sappiamo qualcosa su Tracy, aggiornamenti?" chiese Bubba.

"L'ultima volta che ho parlato con Sean, mi ha detto che Kenneth ha contattato uno dei suoi amici avvocati di Anchorage per prendere il caso," riferì Phantom.

"Davvero?" gli chiese Zoey. "Che cazzata! Voglio dire, va bene che sono sposati e tutto ma uno, lei lo tradiva da chissà quanto tempo e due, non si è fatta alcuno scrupolo nell'uccidere noi, Colin e chissà quante altre persone! Stava per piantare Kenneth e scappare in Messico con Malcom!"

Bubba si avvicinò a Zoey e le portò una mano dietro la nuca, accarezzandola delicatamente con il pollice. "Calma, Zo."

"No, davvero! Cazzo! Kenneth è uno stupido, avrebbe dovuto chiedere immediatamente il divorzio, invece di sostenerla. Mark, se dovessi mai comportarmi come quella là, non restarmi al fianco, chiaro? Scappa subito e mettiti in salvo."

Bubba non riuscì a trattenere una risatina, fatto incredibile dopo quella tremenda giornata in cui aveva scoperto tutta la verità sul gemello, sul padre e sul perché sia lui che Zoey erano stati abbandonati nel bel mezzo del nulla. "Non faresti del male a una mosca, tesoro mio. Davvero."

"Potrei, invece," si intestardì lei. "Se Tracy ti avesse minacciato con quel coltello, avrei fatto di *tutto* per fermarla."

"A tal proposito... *dove* hai imparato quella tecnica spettacolare?" le chiese Bubba mentre continuava a tracciarle lenti cerchiolini con il pollice, nel tentativo di farla rilassare.

"Un giorno Colin ha invitato in fabbrica un esperto di sicurezza, per impartire lezioni di autodifesa a chiunque volesse partecipare, così mi ha permesso di accompagnarlo." Parlare di Colin la rese immediatamente triste. "Non riesco ancora a credere che sia stato avvelenato."

Bubba sospirò e l'abbracciò più forte. "Neanche io."

"Mi dispiace, Mark."

"Grazie."

"Dispiace anche a me," si inserì Phantom.

Bubba annuì. "Sapete, in un certo senso sono contento che Malcom si sia ucciso," ammise. "Non sarei stato capace di farlo io."

"Sì, invece," sbottò Phantom senza troppo tatto.

Bubba guardò l'amico con aria sorpresa.

"Il fatto di condividere il sangue con qualcuno non significa che ti vorrà bene per forza o che ti tratterà benissimo. A volte si fa solo quello che si deve fare."

"Ne sai qualcosa, a livello personale?" gli chiese Bubba, sicuro della propria intuizione.

Phantom fece spallucce. "Le famiglie sono tremende," gli rispose, poi si alzò. "Non tutti possono avere dei genitori amorevoli che si prendono cura di loro. Il male crea la sua progenie e spesso dei poveri innocenti restano incastrati con i peggiori genitori del mondo. Vado a letto, vi serve qualcosa?"

Bubba voleva dire all'amico di sedersi e di parlare, voleva chiedergli di aiutarlo a capire come e perché Malcom gli si era rivoltato contro, perché di sicuro Phantom aveva esperienza diretta in materia di parenti serpenti, ma alla fine scosse la testa. "Siamo a posto, grazie."

"Zoey?" le chiese Phantom.

"Non ho bisogno di nulla, grazie."

Phantom chiuse la porta della suite, Zoey guardò Bubba. "Sta bene?"

"Non saprei dirti. Phantom non ci ha mai parlato del suo passato, ma per quello che ho colto nel tempo mi pare ovvio che non abbia vissuto una bella infanzia. Credo che da qui in avanti io e lui avremo qualcosa in più di cui parlare."

Zoey si voltò e gli si sedette in grembo, a cavalcioni. Gli avvolse le braccia intorno al collo e gli si appoggiò sulla fronte con la propria. "E tu? *Tu* stai bene?"

"No," le rispose Bubba.

"Cosa posso fare per farti star meglio?"

"Quello che stai già facendo: abbracciami, ascoltami quando ho bisogno di sfogarmi, raccontami aneddoti su mio padre e... sii sempre come sei, Zo. Ecco di cosa ho bisogno."

"Affare fatto." Poi lei si sdraiò su di lui, gli portò il viso nell'incavo del collo e gli annusò la pelle mentre si sforzava di stargli ancora più vicina.

Bubba si sorprese del fatto che stringerla lo faceva *effettivamente* sentire meglio. Si sentiva meno solo; aveva perso il padre e il gemello, ma aveva guadagnato una compagna. A volte la vita era proprio strana.

CAPITOLO VENTI

Zoey sorrise mentre guardava Mark accendere il fuoco nel braciere fuori dal loro alloggio. Era stato un mese difficile per entrambi, specialmente per Mark: era dovuto tornare ad Anchorage già due volte per parlare con i procuratori distrettuali che stavano preparando l'udienza preliminare di Tracy.

Aveva messo in vendita la casa del padre e passato in rassegna tutti gli effetti personali di Colin e di Malcom. Ogni volta che si sentiva al telefono con qualcuno di Juneau o tornava dall'Alaska, impiegava sempre un po' di tempo per riprendersi.

Zoey era stata triste per lui, voleva solo vederlo di nuovo felice e sorridente. A quel proposito aveva organizzato un'esperienza di campeggio glamping, nella speranza di rallegrare un po' il suo Mark. Ne avevano parlato mentre erano impegnati a sopravvivere nei boschi, Zoey aveva pensato che quel viaggio li avrebbe aiutati a voltare le spalle al passato una volta per tutte, per poter vivere di nuovo in santa pace.

Fino a quel momento, l'idea di Zoey si era rivelata efficace. Avevano volato fino a Sacramento, poi da lì avevano guidato per circa quarantacinque minuti, fino a giungere a

Colfax, in California: si trattava di una cittadina piccola e pittoresca. Zoey aveva affittato una sorta di tenda chiamata yurt, a tema mongolo, perché spiccava in modo ridicolo nell'ambiente della California settentrionale. Dall'esterno sembrava una normale tenda bianca, ma all'interno era fin troppo colorata e decorata; quando Mark era entrato aveva sorriso a trentadue denti, Zoey pensò che quella visione valesse ogni centesimo speso per quell'esperienza.

C'erano anche una vasca idromassaggio, una doccia esterna, una sauna, una piscina e un'amaca, tutto per loro. Fino a quel momento si erano accontentati di oziare e isolarsi dal resto del mondo. All'interno della tenda sontuosamente decorata, infatti, potevano fingere di essere le due uniche persone rimaste al mondo.

In quel momento erano seduti all'aperto, davanti al fuoco e immersi nella profumata aria notturna. Dopo aver appiccato il falò, Mark era tornato in tenda, aveva preso una coperta dal letto e si era seduto dietro le spalle di Zoey, avvolgendo entrambi con il soffice tessuto. Lei sapeva che il SEAL non aveva freddo (lui non lo soffriva mai), ma apprezzava che come al solito si preoccupasse di farla stare sempre al meglio e bella calda.

Zoey guardò le stelle, si rilassò contro Mark e si lasciò andare a un sospiro.

"Sei felice?" le chiese lui.

"Sì, davvero tanto. Però vorrei chiederlo io a te."

"Sono felice ogni volta che passo del tempo con te," le rispose.

Zoey gli accarezzò gli avambracci che le cingevano il petto. "Sono preoccupata per te."

Lui le sfiorò una guancia con la propria e le disse: "Lo so, vorrei solo che iniziassimo la nostra vita insieme senza tutti questi drammi che ci pendono sulla testa."

"Tutti quanti hanno i loro drammi," gli rispose Zoey. "La

vita non è tutta rose e fiori, come vogliono farci credere i social media. Vorrei solo poter fare di più per aiutarti."

Mark sbuffò.

Zoey si accigliò e si voltò per guardarlo. "Cosa c'è?"

"Zo, non sono sicuro che avrei potuto superare tutto questo casino senza averti al mio fianco. Il solo sapere che mi sei vicina è la cosa migliore che mi potesse capitare. Questo viaggio mi ha fatto riflettere."

"Su cosa?"

"Su di noi, su come tutto quanto sia intrecciato, nelle nostre vite. Una piccola decisione può cambiare la direzione delle nostre vite, nel bene e nel male. Se avessi rifiutato il volo che ci ha organizzato Kenneth... o meglio, sua moglie... non credo che saremmo qui, adesso. Avresti potuto morire nel bel mezzo dell'Alaska, Malcom e Tracy avrebbero potuto farla franca dopo aver ucciso papà. Ci sono mille piccole decisioni che abbiamo preso e ci hanno condotto proprio qui. Anche se vorrei che mio padre fosse ancora vivo e che mio fratello non fosse stato un tale idiota, non posso rimpiangere di averti trovata, in questa brutta situazione."

Zoey sentì gli occhi riempirsi di lacrime, quelle parole significavano tutto per lei. Mark aveva affrontato un dolore immenso, aveva perso l'unica famiglia che gli era rimasta, eppure era ancora contento di averla con lui... era quasi troppo per lei.

"Ti amo," gli disse lei mentre gli stringeva la presa sugli avambracci. "Quando ero al liceo, mi piacevi fisicamente; poi sono cresciuta e ho imparato ad ammirarti per le storie che mi raccontava Colin sulle tue imprese, ma ora che ti conosco bene, ti amo per l'uomo che sei diventato."

"Queste parole sono preziose per me," le disse Mark. "Un giorno perderò i muscoli, forse mi cadranno i capelli e metterò su quaranta chili. Le mie imprese saranno solo un ricordo lontano, una nota a piè di pagina in qualche cassetto segretissimo, sepolto in qualche anfratto del Pentagono... però sarò sempre quello che sono: un uomo che farà tutto il necessario per tenerti sempre al sicuro e felice."

Bene, era giunta l'ora di andare. Zoey ne aveva avuto abbastanza del falò; anche se erano appena usciti all'aria aperta, il campeggio glamping aveva già perso il suo fascino. Si alzò a fatica, si servì dell'aiuto di Mark per sgusciare fuori dalla coperta. Una volta in piedi davanti a lui, gli tese una mano. "Prendimi ora o perdimi per sempre."

Dato che Mark le aveva detto di non aver mai visto *Top Gun*, una sera lei glielo aveva fatto vedere.

Senza esitare, le rispose con la battuta iconica di Goose, personaggio del film: "Mostrami la strada di casa, amore."

Poi le prese la mano, la tirò a sé fino a caricarsela in spalla e si alzò, diretto verso la tenda opulenta dove avrebbero alloggiato per un altro paio di notti.

Zoey ridacchiò, si puntellò sui gomiti e gli tastò il sedere, poi sussultò quando lui la scaricò sul letto.

A giudicare dallo sguardo intenso di Mark, Zoey ebbe la sensazione che non sarebbero usciti dalla tenda fino al mattino seguente. "...dovremmo occuparci del falò?" gli chiese, non voleva rovinare l'atmosfera ma non voleva neanche causare dei danni all'ambiente.

"Me ne occuperò io... più tardi."

"Ok."

Mark si chinò su di lei, intrappolandola tra le braccia, sfiorandole il naso con il proprio.

"Ti amo, Zoey Knight."

"Ti amo anch'io."

Lui chiuse gli occhi per un momento, come se stesse soffrendo, ma quando li riaprì Zoey intravide pura lussuria. Per lei.

———

Diverse ore dopo, Zoey giaceva inerme ed esausta tra le braccia di Mark. L'aveva assaltata come se fosse stato un uomo incredibilmente assetato e l'unico liquido in grado di salvarlo fosse stato il nettare del corpo di lei. L'aveva divorata per almeno un'ora, prima di permetterle di prendere fiato. Anche in quei momenti di pausa l'aveva esplorata e stuzzicata ripetutamente mentre lei tentava di riprendersi.

Zoey sapeva che ad alcuni uomini piaceva praticare sesso orale, ma Mark si impegnava a tal punto da portare il gesto a un nuovo livello. Sembrava insaziabile quando si trattava di lei e Zoey non si era mai sentita tanto amata come quando faceva l'amore con Mark.

Una volta scemati i tremiti, Mark l'aveva penetrata con calma e adorazione, fissandola negli occhi per tutto il tempo in cui avevano fatto sesso e sussurrandole parole d'amore. Prossimi al culmine, Mark l'aveva fatta girare su mani e ginocchia e l'aveva scopata brutalmente da dietro, fino a farli esplodere entrambi.

Zoey non riusciva a scegliere cosa le fosse piaciuto di più tra il sesso orale, l'amore lento e dolce o la scopata rude e rapida.

Sapeva che Mark non si era addormentato perché continuava a tracciarle dei cerchiolini sulla schiena mentre l'abbracciava. Dal nulla, Zoey si ricordò delle parole di Jess e sbottò: "Ma quindi devo dedurre che Jess avesse ragione? La chiave per una buona relazione è proprio il cunnilingus!"

Lui ridacchiò. "In realtà, ha detto che quella è la chiave per un buon *matrimonio*. Sono proprio d'accordo con lei." Mark si spostò per prendere qualcosa dal tavolino accanto al letto. Zoey non ci aveva fatto caso prima, ma non riuscì a staccare gli occhi spalancati dalla scatolina di velluto nero che lui teneva tra le mani.

Mark l'aprì ed estrasse un meraviglioso anello solitario con diamante a taglio smeraldo.

Zoey sussultò.

"So che stiamo correndo, ma fanculo. Tutta la nostra relazione è stata fuori dall'ordinario. Vuoi sposarmi? Non posso immaginare di passare il resto della vita senza averti al mio fianco. Sono un tosto SEAL della Marina, ma la verità è che senza di te non sono niente. Non mi interessa quanto dura il nostro fidanzamento: una settimana, un mese, cinque cazzo di anni, ma finchè sarai mia, sarò felice."

"Sono già tua," gli disse Zoey a bassa voce. "Un certificato di matrimonio non cambierà questo fatto." Non appena intravide dell'incertezza negli occhi di Mark, si precipitò ad aggiungere: "Certo che ti sposerò, Mark. Ti amo."

Allora lui sorrise e l'abbracciò con vigore.

Quando si tirò indietro e le fece scivolare il bellissimo anello sul dito, Zoey non poté fare a meno di prenderlo in giro: "Solo se prometti di continuare a praticare il cunnilingus."

"Come se tu potessi tenermi lontano dal tuo bel corpo," le rispose Mark con un sorriso. "A proposito, mi è tornato l'appetito."

Zoey urlò quando Mark la prese per i fianchi e la fece inginocchiare, poi scivolò sotto di lei con un movimento rapido; Zoey si trovò in ginocchio sopra di lui, Mark nel frattempo si era ficcato un cuscino sotto la testa e si era posizionato esattamente tra le gambe di lei. Zoey guardò verso il basso e fu quasi perforata dall'intensità dello sguardo di Mark.

"Ti amo, Zoey. Con tutto me stesso. Ti prometto che farò sempre di tutto per renderti felice, sarai la mia massima priorità e ucciderò chiunque vorrà farti del male."

"Tralasciando la parte dell'uccisione, il resto va benissimo."

Mark sorrise e le aprì le cosce a tal punto che lei fu costretta ad afferrare la testiera del letto per restare in equilibrio.

"Reggiti, tesoro. Sto morendo di fame."

Zoey gettò la testa all'indietro non appena lui le sfiorò il clitoride sensibile con le labbra e fece quanto richiesto, si aggrappò alla testiera come se si stesse aggrappando alla vita stessa.

Dopo che lui le aveva fatto tremare di nuovo l'intero mondo, Zoey gli si era sdraiata accanto e rannicchiata contro, poi si fissò l'anello al dito. Stava per sposare Mark Wright, l'uomo che aveva desiderato per la maggior parte della sua vita.

Sì, a volte la vita era decisamente strana.

———

"Ne sei proprio sicuro?" chiese Rocco a Phantom. Avevano appena finito di allenarsi e Phantom aveva preso da parte l'amico per chiedergli un favore.

"Sì. So che gli psicologi della base hanno campo libero, ma vorrei che ci fossi anche tu ad ascoltare qualsiasi cosa dico mentre sono in trance dall'ipnotizzatore."

"Sei *talmente tanto* sicuro di esserti perso qualcosa, quando eravamo a Timor Est?" gli chiese Rocco.

"Sì. Ho visto qualcosa, ma in tutto quel marasma della fuga dall'orfanotrofio a causa dei ribelli, ho rimosso cosa fosse," gli rispose Phantom.

Rocco si accigliò. "Cosa speri di scoprire?"

"Non lo so, è questo il punto."

"Phantom... Kalee è morta, abbiamo visto tutti il cadavere. Non tornerà tra noi," gli disse Rocco con gentilezza.

Phantom digrignò i denti. "Lo so," mentì.

Non riusciva a scrollarsi di dosso la fastidiosa sensazione che la donna (un precedente obiettivo di una missione che avrebbero dovuto salvare) *non* fosse morta. Phantom sapeva che se l'avesse detto ad alta voce e senza uno straccio di prova, gli amici lo avrebbero preso per pazzo, proprio come il padre di Kalee.

Il signor Solberg era stato congedato dall'ospedale psichiatrico e aveva ricominciato a prendere le medicine. Phantom voleva tanto andare a trovarlo per chiedergli informazioni sulla figlia, farsi raccontare storie su di lei, ma non se la sentiva: non voleva assolutamente dare false speranze al signor Solberg, facendogli credere che la figlia fosse ancora viva e fargli avere un'altra ricaduta che lo avrebbe riportato in ospedale.

Tuttavia, il fastidio interiore non accennava a diminuire, non lo lasciava stare. Phantom si era messo in discussione un sacco di volte, si era sforzato di ricordarsi il momento esatto in cui aveva trovato la fossa con i cadaveri delle bimbe, ma per quanto ce la mettesse tutta c'era sempre un minuscolo momento temporale di cui non ricordava nulla.

Aveva trovato la fossa piena di cadaveri, l'attimo dopo lui e la squadra erano in fuga con Piper e le tre ragazzine.

"Se ci tieni davvero, verrò" gli disse Rocco.

Phantom annuì. "Lo apprezzo."

"Fammi sapere l'ora e il luogo."

"Certo."

I due si strinsero la mano e Phantom si diresse verso la macchina per andare a casa e farsi una doccia prima di tornare alla base. Si stavano preparando per un'altra missione: ormai era trascorso un po' di tempo dall'ultima, si sentiva più che pronto a tornare in azione e a fare ciò che amava. Non appena Bubba fosse tornato dalla sua breve vacanza, si sarebbero occupati delle informazioni e molto probabilmente sarebbero partiti già entro la settimana.

A differenza dei compagni di squadra che avevano donne e famiglie, Phantom non vedeva l'ora di andare in missione. Si sarebbe distratto da quel buco nella memoria... e la sgradevole sensazione di aver commesso un grave errore.

Aveva chiesto aiuto anche a Tex, non aveva idea di cosa diavolo significasse quell'aver sentito "vociferare qualcosa di interessante" ma sapeva che l'amico gli avrebbe fornito informazioni utili, una volta trovate. Nel frattempo doveva tenersi occupato, incontrare lo psicologo che l'avrebbe ipnotizzato e sforzarsi di andare avanti con la sua dannata vita.

―――

Quando gli squillò il cellulare Rex era appena uscito dalla doccia, si stava mangiando in piedi una bella frittata fatta con quattro uova mentre guardava il notiziario del mattino. Il giorno precedente lui e i compagni di squadra erano tornati da una breve missione e quello era il suo giorno libero, non vedeva l'ora di rilassarsi un po'.

"Sono Rocco," lo salutò l'amico non appena Rex rispose al telefono. "Devi tornare alla base il prima possibile."

Rex si stava muovendo ancora prima che Rocco finisse di parlare, buttò via il resto del cibo e gli chiese: "Che succede?"

"Non appena arrivano gli altri, dobbiamo partire."

"Merda," imprecò Rex. Era già capitato di essere stati convocati per una missione imminente, ma in genere il comandante aveva sempre abbastanza informazioni prima di spedirli in situazioni pericolose. "Di che si tratta?"

Rocco esitò per un attimo, Rex sentì fitte di preoccupazione allo stomaco; l'amico era molto diretto, quell'attimo di esitazione non suggeriva nulla di buono.

"Si tratta di Avery," gli rispose Rocco a bassa voce.

Inizialmente Rex non aveva idea di chi fosse quella persona...

...ma poi realizzò. "La *mia* Avery?"

Quella era una sciocchezza: Avery Nelson non era sua, non erano nemmeno mai usciti insieme. Avevano iniziato a flirtare, nulla di più. Rex si era recato più spesso del dovuto in ospedale solo per vederla, stava lentamente trovando il coraggio di chiederle di uscire. Lei era via da circa un mese e mezzo, era stata assegnata a un distaccamento speciale in Afghanistan per una missione umanitaria: lo scopo era quello di aiutare le donne ad apprendere nozioni infermieristiche di base.

Del resto quella ragazza era l'unica Avery che conosceva Rex e considerando anche la premura di Rocco nel riportargli la notizia, era più che ovvio che si trattasse di lei.

"Sì, è stata data per dispersa. Dieci giorni fa, un convoglio di armi leggere ha subito un attacco vicino alla clinica dove lavorava Avery."

A Rex si gelò il sangue. "Qual è la nostra missione?" gli chiese.

Stava infrangendo il protocollo, ne era consapevole: sia lui che Rocco sapevano che non avrebbero dovuto esporre i dettagli delle loro missioni per telefono, ma non era riuscito a trattenersi dal porre la domanda.

"Salvataggio," gli disse Rocco in modo succinto. "I contatti della zona hanno riferito che lei e altri due del convoglio sono stati portati nelle grotte delle montagne vicine."

"Quindi è viva?" gli chiese Rex mentre gettava alcuni beni di prima necessità in un borsone.

"Per quanto ne sappiamo, sì," gli rispose Rocco.

Rex inspirò a fondo e gli disse: "Sarò lì tra circa mezz'ora."

"Guida con prudenza," gli disse Rocco, poi riagganciò.

Rex chiuse gli occhi e pensò all'ultima volta che aveva visto Avery. Era andato all'ospedale per salutarla prima della partenza. Quando l'aveva vista stava ridendo con un'altra infermiera ed era stato colpito ancora una volta da quanto fosse attraente. I capelli rosso fuoco quasi scintillavano sotto le fredde luci al neon dell'ospedale, ogni volta che la vedeva era convinto che le fossero spuntate altre lentiggini sulle guance e sul naso.

Si era avvicinato a lei; come lo aveva visto, Avery gli aveva regalato un enorme sorriso, come se in quel momento per lei non ci fosse nessun altro, oltre a lui.

"Ciao," le aveva detto.

"Ciao a te," gli aveva risposto lei.

"Ho sentito che a breve dovrai partire."

"Sì, dopodomani."

Rex aveva aperto la bocca per chiederle se volesse prendere un caffè prima della partenza, ma proprio in quel momento suonò il campanello di una stanza e lei gli rivolse un'occhiata di scuse. "Scusa, devo andare a controllare la situazione."

"Non c'è problema," le aveva detto Rex. "Stai attenta, ci vediamo quando torni."

Lei gli aveva lanciato uno sguardo indecifrabile, poi aveva annuito. "Mi farebbe molto piacere," gli aveva detto.

Poi se n'era andata con passo affrettato verso la stanza del paziente.

"Avrei dovuto chiederle di uscire," disse Rex ad alta voce, aprì gli occhi e riprese a fare i bagagli per la missione imminente.

Non avrebbe compiuto lo stesso errore due volte: sapeva più di altri quanto fosse breve la vita e quanto tutto potesse cambiare in un istante. Si era comportato da idiota e sperava vivamente di avere la possibilità di sistemare tutto quanto. Anche senza aver chiesto dettagli a Rocco, sapeva già che sarebbero andati a salvare Avery e gli altri ostaggi.

"Tieni duro, Avery," sussurrò. "Resisti e basta. Stiamo venendo a soccorrerti."

———

Avery Nelson sbatté le palpebre ma non cambiò assolutamente nulla, così com'era successo poco prima. Continuava a non vedere nulla, nemmeno un puntino di luce. Le pulsava la testa, sentiva di aver subito una commozione cerebrale quando una granata aveva colpito la clinica dove si stava riparando.

Era caduto un grosso pezzo di cemento e l'aveva colpita in testa, non aveva di certo aiutato. Si era sentita stordita e non era stata in grado di difendersi quando l'aveva avvistata uno dei terroristi che avevano attaccato il convoglio. Lui l'aveva costretta a salire su uno dei camion che trasportavano le armi americane e aveva portato lei, le armi e altri due ostaggi del convoglio verso le montagne.

Era stata gettata in una delle tante grotte sul fianco della montagna e l'avevano picchiata a sangue. Non aveva visto gli altri due ostaggi da quando era arrivata, però aveva visto molti terroristi.

Avevano nascosto le armi che avevano rubato al convoglio in una grotta vicino a quella dove tenevano prigioniera Avery. Tutti quelli che venivano a prendere un'arma erano stati invitati a guardarla, volendo potevano anche picchiarla o torturarla.

Grazie all'addestramento, Avery aveva imparato come resistere alla tortura e a resistere di fronte alle avversità, ma ormai era giunta al limite.

I terroristi le avevano rubato gli stivali, l'avevano lasciata solo con la maglietta marrone scuro che indossava sotto l'uniforme mimetica e i pantaloni cargo. Non era stata violentata, ma le percosse e le torture mentali erano state altrettanto tremende.

Gli uomini entravano nella piccola rientranza dove l'avevano legata e le mangiavano davanti, le versavano intere bottiglie di fronte e poi si sbellicavano quando lei strisciava a terra per cercare di succhiare il liquido dal suolo. Le portavano pane ammuffito e carne in decomposizione, provavano un piacere sadico nel guardarla mentre cercava di non vomitare.

L'unico elemento che le aveva permesso di sopravvivere tanto a lungo era il fatto che di notte la lasciavano sola; controllavano che la catena alla caviglia fosse ben salda, poi la lasciavano con una sola guardia fuori dalla grotta. Quando calava l'oscurità, Avery strisciava silenziosamente verso la parete dov'era rilegata e leccava l'acqua che gocciolava sui lati delle rocce.

L'aveva vista già dal primo giorno, mentre giaceva nel fango tra dolori atroci causati dal pezzo di cemento che le era caduto in testa e le botte che le avevano dato. Gli uomini non se ne erano nemmeno accorti, per lei quell'acqua era la salvezza; non sarebbe stata nemmeno in grado di stare in piedi, senza bere. Il corpo avrebbe già iniziato a cedere molto prima, senza acqua.

In qualità di infermiera, sapeva meglio di tanti altri di cosa fosse capace il corpo umano; senza acqua era destinato a perire.

Il giorno precedente, Avery aveva sofferto pene diverse.

Nessuno era andato a prendere delle armi, né le aveva gettato addosso del cibo ammuffito e raffermo, ridendo quando lei lo mangiava come se non avesse mai assaggiato nulla di più gustoso.

Nel primo pomeriggio era arrivato un gruppo di uomini, ma non erano andati a molestarla dov'era tenuta prigioniera. Quando se n'erano andati, regnava solo il silenzio.

Avery aveva osato sperare: se l'avessero lasciata sola, anche per un'ora, forse avrebbe trovato un modo per liberarsi dalla catena attaccata alla caviglia e darsela a gambe.

Purtroppo, invece, poco dopo che se n'erano andati gli uomini risuonò un'enorme esplosione e Avery si ritrovò immersa nel buio più totale.

Da quel momento era rimasta nell'oscurità; senza poter vedere il sole sorgere e tramontare, non aveva idea di quanto tempo fosse passato, non sapeva nemmeno quando fosse giorno e quando notte.

Non aveva alcuna intenzione di arrendersi, neanche per sogno. Se quegli stronzi pensavano di averla uccisa o sepolta viva, si sbagliavano di grosso. Il loro errore era stato quello di non spararle in testa prima di far saltare l'ingresso della grotta.

Avery era riuscita a rompere la catena che la teneva prigioniera con un sasso, da allora aveva iniziato a spostare le rocce un po' per volta per uscire da quella grotta maledetta.

Avery si era mossa con lentezza, ma anche con ferrea costanza. Spostava lentamente rocce grandi, piccole, talmente grandi che riusciva a farle rotolare solo se si sedeva a terra e spingeva con i piedi. Sarebbe uscita a ogni costo, anche se avesse dovuto aprirsi un varco fino alla Cina, dannazione.

Giorno dopo giorno, però, diventava sempre più debole. Era dimagrita talmente tanto che i pantaloni quasi le scivolavano dai fianchi. Almeno non era disidratata perché aveva abbastanza acqua per sopravvivere grazie al gocciolamento lungo il muro dove l'avevano legata in precedenza. Sfortunatamente, però, presto non le sarebbe bastata.

Avery iniziò a tremare, si costrinse a strisciare verso l'apertura della caverna e a raccogliere un'altra roccia. L'afferrò con forza e strisciò all'indietro; posizionò la roccia dietro di sé e a lato, ammucchiandola insieme alle altre che era riuscita a spostare fino a quel momento.

Era esausta, ma si rifiutava di arrendersi.

Doveva succedere per forza qualcosa: o i terroristi sarebbero tornati, anche se era altamente improbabile dato che davano per scontato che lei sarebbe morta in quella tomba artificiale; oppure lei avrebbe spostato abbastanza pietre per scappare da quella sorta di prigione. Avery non sapeva cosa sarebbe successo dopo, la zona sarebbe stata sicuramente piena di terroristi o simpatizzanti. Non sapeva nemmeno come avrebbe fatto a tornare alla base americana indossando solo un paio di calzini, ma non avrebbe mollato.

Sbatté di nuovo le palpebre nella speranza di intravedere anche un minimo raggio di luce provenire dalle rocce che le bloccavano l'uscita: quando non vide assolutamente nulla si lasciò andare in un sospiro frustrato.

Strisciò di nuovo verso il mucchio di pietre, ne raccolse una piccola e la scagliò con quanta forza le era rimasta dietro di sé. Era spaventata, stanca, affamata e le pulsava la testa... però non si sarebbe arresa, non voleva farlo.

Mentre si muoveva, non poteva fare a meno di chiedersi se qualcuno si fosse accorto della sua sparizione, se qualcuno la stesse già cercando.

Avery si fermò un attimo e si sedette sui talloni. Chiuse gli occhi (non cambiò nulla, dato che era già immersa nell'oscurità) e pregò come non aveva mai fatto prima.

Sono qui, proprio qui. Per favore, qualcuno mi trovi.

Inspirò a fondo, trasalì per la fitta di dolore alle costole ammaccate dalle botte e raccolse un'altra pietra.

* * *

Acquista subito il libro 6!
Soccorrere Avery

NOTE

CAPITOLO 1

1. I SEAL della marina sono le forze speciali della marina degli Stati Uniti. Vengono impiegati soprattutto in conflitti e guerre non convenzionali, difesa interna, azione diretta e azioni anti-terrorismo. [NdT]

CAPITOLO 8

1. Agenzia investigativa indipendente del governo degli Stati Uniti che indaga ed emette rapporti in merito agli incidenti che coinvolgono aeroplani, navi, treni, oleodotti e gasdotti. [NdT]

CAPITOLO 17

1. "Phantom" in inglese significa "fantasma". [NdT]

Salvare Harley
Il Matrimonio di Emily
Salvare Kassie
Salvare Bryn
Salvare Casey
Salvare Sadie
Salvare Wendy
Salvare Mary
Salvare Macie
Salvare Annie

Armi e Amori

Proteggere Caroline
Proteggere Alabama
Proteggere Fiona
Il Matrimonio di Caroline
Proteggere Summer
Proteggere Cheyenne
Proteggere Jessyka
Proteggere Julie
Proteggere Melody
Proteggere il Futuro
Proteggere Kiera
Proteggere i figli di Alabama
Proteggere Dakota

Mercenari di Montagna

Difendere Allye
Difendere Chloe
Difendere Morgan
Difendere Harlow
Difendere Everly
Difendere Zara
Difendere Raven

Ace Security

Il riscatto di Grace
Il riscatto di Alexis
Il riscatto di Bailey
Il riscatto di Felicity
Il riscatto di Sarah

Una raccolta di storie brevi

Un momento nel tempo

BIOGRAFIA

L'autrice best seller del *New York Times, USA Today,* e *Wall Street Journal*, Susan Stoker ha un cuore grande come lo stato del Texas, dove vive, ma questa tipica ragazza americana ha trascorso gli ultimi quattordici anni vivendo nel Missouri, in California, in Colorado, e nell'Indiana. È sposata con un ex militare dell'esercito, che ora la segue in tutto il Paese.

Ha debuttato con la sua prima serie nel 2014, seguita dalla serie SEAL of Protection, che ha consolidato il suo amore per la scrittura, e la creazione di storie in cui i lettori possono perdersi.

Se ti è piaciuto questo libro, o qualsiasi libro, per favore considera di lasciare una recensione. Gli autori lo apprezzano più di quanto tu possa immaginare.

www.stokeraces.com
susan@stokeraces.com

www.ingramcontent.com/pod-product-compliance
Lightning Source LLC
Chambersburg PA
CBHW060225100726
47907CB00003B/516